我的城

MY CITY, MY STORY

景 漂 的 故 事

JINGPIAO'S LIFE IN JINGDEZHEN

我的镇

胡平 编著

赣版权登字-02-2023-106
版权所有 侵权必究

图书在版编目（CIP）数据

我的城，我的镇：景漂的故事 / 胡平编著. —— 南昌：江西教育出版社；海口：三环出版社（海南）有限公司，2023.9（2024.12重印）
ISBN 978-7-5705-3666-5

Ⅰ.①我… Ⅱ.①胡… Ⅲ.①纪实文学–作品集–中国–当代 Ⅳ.①I25

中国国家版本馆CIP数据核字（2023）第063239号

我的城，我的镇——景漂的故事
WO DE CHENG, WO DE ZHEN——JINGPIAO DE GUSHI
胡　平　编著

江西教育出版社
（南昌市学府大道299号 邮编：330038）
三 环 出 版 社
（海口市金盘开发区建设三横路2号 邮编：570216）

责任编辑：张龙　董甜甜　徐文婧　王子禅
美术编辑：张延　黄熔
封扉设计：张志奇工作室
版式设计：光合空间

各地新华书店经销
江西千叶彩印有限公司印刷
710毫米×1000毫米　16开本　24.5印张　325千字
2023年9月第1版　2024年12月第3次印刷

ISBN 978-7-5705-3666-5
定价：78.00元

赣教版图书如有印装质量问题，请联系我社调换　电话：0791-86710427
总编室电话：0791-86705643　　编辑部电话：0791-86100026
投稿邮箱：JXJYCBS@163.com　　网址：http://www.jxeph.com

前言
新一幕的"景德气象"

"叩之以小者则小鸣，叩之以大者则大鸣。"

地域文化动感鲜明、魅力无穷的地方，总是书写饱满的地方，如肖洛霍夫写雄浑的顿河流域，马尔克斯写魔幻的南美，老舍写五月槐花香的古都北平，莫言写红高粱地里酿出神酒的高密。景德镇，则是一座不乏书写却总是被"小写"的城市。

大约地球人都知道此城与陶瓷有关。

1620年，英国哲学家培根在《新工具》（商务印书馆1984年10月版）一书中说："印刷术、火药、指南针这三种发明，已经在世界范围内把事物的全部面貌和情况都改变了。"以后来华的传教士、英国汉学家艾约瑟，又在上述三大发明的基础上加入造纸术。培根生于1561年，死于1626年。他作古的73年之后，英国商船"麦克利思费尔德"号，在伦敦港卸下53箱中国瓷器。倘若他生活在1730年，会看到欧洲上流社会几乎被中国瓷器所包围，或许他会再作结论——中国瓷，必会被列入迄今为止的人类重大发明之中。

瓷与中国齐名，承载着中国文化、哲学、审美、生活方式等丰沛内涵。在中国输出的所有原创器物中，瓷具有唯一性。恰如2000年前，丝绸是中国的一张名片；500年前，茶叶是中国的一张名片；瓷器则是1000年前中国的一张名片。瓷器这张名片，在18世纪70年代时就已醒目地存在于西方文化的历史记忆中。

一

　　中国陶瓷史上，古今窑口，总计238个，名称多由地名而来。东汉伊始，制瓷窑口，大河上下，星罗棋布。从考古发现看，古代陶瓷遗址遍布全国170个县，其中，有宋代窑址的就有130个县，约占总数的76%。宋代，五花八门的瓷器——青瓷、白瓷、青白瓷、黑釉瓷、红釉瓷、黄釉瓷、褐釉瓷、绿釉瓷、蓝釉瓷……像寒武纪生物大爆发一样，纷纷闪亮登场。"东风夜放花千树，更吹落、星如雨"，大多数名窑，在唐宋时期，已臻巅峰。景德镇躬逢其盛，至元明，已遍仿各窑口的精品，如汝窑、宋官窑、哥窑、钧窑、定窑、龙泉窑、建窑、湖田窑、吉州窑等。其时，景德镇的陶瓷生产，可谓集天下各窑口之大成。

　　景德镇拥有全球最出色的手工群体——工无所不用其极，技无所不用其绝，料无所不用其稀。你不可能在世界上其他地方找到全中国，乃至全球所有产瓷区的陶瓷品类，唯独在此城例外。这里，可以做出全世界最壮观的瓷板，做出全世界最伟岸的花瓶，也可以做出纤毫毕现、栩栩如生的如巴掌大小的微型雕塑。而且，窑有堂（室），堂有工，工有作，作有序。做什么品种，司何道工序，既榫卯密缝，又行云流水。明成化年间，为皇家烧造瓷器的派工窑口中，只剩下一个景德镇。由明入清，无论是瓷器生产规模，还是分工的细密程度，皆契合亚当·斯密《国富论》所阐述的劳动分工理论。

　　万历年间，冯梦龙（1574—1646）有言："话说江西饶州府浮梁县，有景德镇，是个码头去处。镇上百姓，都以烧造瓷器为业，四方商贾，都来载往苏杭各处贩卖，尽有利息……"景德镇已然形成"工匠八方来，器成天下走"的局面。景德镇的官窑、民窑，有如双子星座，担负了明清两代99%以上皇家陶瓷的生产，且充当了当时陶瓷外贸的压舱石。景德镇以一镇之力，改变了中国乃至世界的陶瓷历史。

景德镇，被英国的中国科技史专家李约瑟博士称为"世界上最早的一座工业城市"。至迟从宋代演化至今的传统手工业社会形态——从瓷石储量总计550万吨的浮梁高岭、东流、柳家湾、瑶里，到市区古窑民俗博览区、御窑博物馆；从刘家弄、陈家弄、富强弄、瓷器街、龙缸弄、彭家弄、薛家坞、新老罗汉肚等老街里弄，进而延伸至元华堂、皇窑、居和堂、九段烧、诚德轩、崔迪器等难以计数的陶瓷工坊——涵盖陶瓷文化、陶瓷工艺、陶瓷设备、陶瓷工匠群体的庞大、复杂的物质遗存，大体获得保留。

新中国成立后以"十大瓷厂"为代表的工业化社会形态，今日依然能在陶溪川文创街区感知到其热烘烘的存在：街区内精心保存下来的22栋风格各异的老厂房、老窑炉，直指蓝天的烟囱；陶瓷工业遗产博物馆里，1000只陶瓷手模搭建的"千手雕塑"，一经键盘输入就跳出来的职工名录；由发电机改造而成的车间服务台上，十几部陈旧的座机电话，拿起一部，话筒里传来那个远去的计划经济年代的各种声响……文献与实物互证，影像与想象交融。这种工业化社会形态，对于上几代人，是一个还予荣光与尊严的治愈机制；对于后来人，它给逝去的生活与时代做出质朴严谨的描述与理解；对于局外人，它则具有对1949年以来的工业史、社会学、人类学的认识价值。

在此城，街头巷尾，菜场酒家，你不会觉得那些男人女人有多么特别，然一旦进入指尖的世界，就变成执掌一物的国王。无论是素净的青白瓷、雍容的元青花、富丽的颜色釉，还是明艳的釉上彩，皆抒写共同的气度与性情：

人和自然的关系，在陶瓷匠人、艺人的手作里，最是明显——人从泥土中来，终湮泥土里去。人难活到百八十岁，一件陶瓷却可以亮一万年。瓷，实为人的谱系、情愫的绵延与寄托。瓷器不是藏品，我们才是藏品，人生寄一世，奄忽若飙尘；而瓷器不要说密封在真空玻璃窗里，就是埋在地下，历经两万年，科学家仍可以分析。非人手运瓷描瓷，是瓷收藏一代又一代的家族、藏家。泥土、水在火焰中的涅槃，特别挠人，打动人。变幻如海妖，恬淡似天籁。出窑后变形也好，收缩也好，总会和你内心深处的某种情感波动对应。镇上的许多展馆，参观者长年络绎不绝，却罕有人大声说话，一众沉迷、安静，如待神祇。看到那些流转几百年、依旧光彩照人的好东西，回眸过眼云烟的我们，自己算个啥呀？这样一种赤子般的调性，力透漠漠千年、扑扑窑火，从未断过。

传统手工业荦荦大观——苏州有苏绣，湖南有湘绣，徽州有宣纸、墨砚，德化、佛山陶瓷，亦播大声……唯有景德镇，巨佛一样打坐于青山碧水间，千年无休，风火泥作。

若跃上无人机扩大视野：距瑶里中心约17公里，名撼世界的高岭村，出产的正是高岭土。至20世纪60年代，经过800年大规模开采，西山削低了好几百米。矿工们淘洗瓷土剩余的砂子，即尾砂矿，堆积面积约16万平方米，总重750多万吨。尾砂堆上早爬满植被，尾砂中含有晶莹明亮的白云母，阳光下闪闪发亮，被此地墨客称为"青山浮白雪""玉带绕青山"；三宝蓬、浮梁、进坑那古老的水碓，嘡，嘡，嘡，无休止，如巨大的分秒针，分割日月阴阳，弹跳晨岚夕照。整座城市围绕陶瓷历史、陶瓷工艺精准地脉动。人们的语汇、民俗、节日乃至小吃，都有着强烈的地域特色和不解的瓷缘——镇上人感悟人生："宁呐就是干柴搭湿柴。"（人啊，一生就是干柴搭湿柴，有得意便有失意。）又如"件"，这是一个瓷业约定俗成的计价且计量的单位，外人至今难搞明白。比较通行的说法，是做一把小汤勺，需要的瓷泥与时间是50件。千百年来，对于瓷与瓷业崇拜的风俗，深深地烙在此城的每个角落，似乎连小动物的基因也沾上了"瓷"气。遍布昌江两岸的手工作坊，如梳如篦，遇上好天气，总要找块空阔之地晒坯、晾坯。猫、狗们见了，从不碰撞，亦不在此处逗耍，而是做绅士状，温文尔雅地绕弯而去……

二

人们往往少了解的是，作为一座城市的地理符号，"景德镇"，在16世纪之前，大漠驼铃，山梁磷火，在陆地上走得最苦、最远。此后，景德镇亦是所有城市中饱受海难最多的城市之一；亦没有哪一座城市，像景德镇一样深刻而又广泛、持久地影响了人类文明。

著有《东非考古学》的英国考古学家M.惠勒，在坦桑尼亚考古结束后，惊叹："我一生中从没有见过如此多的瓷片，正如过去两个星期我在沿海和基尔瓦岛所见到的，毫不夸张地说，中国瓷片可以整锹整锹地铲起来。"他认为：10世纪以来的东非地下埋藏的历史，是用中国瓷器写成的。

岂止东亚、南亚，非洲，也包括西方文明——

至少在16、17世纪，大半个地球成了一个任青花瓷流动的世界。1635年（明崇祯八年），荷兰商人第一次将欧洲人在日常生活中所使用的宽边午餐碟、水罐、芥末罐、洗脸盆等，做成木制模型，运到广州，让中国的瓷器匠师们模仿生产。此后，景德镇从广州转手接到大量外商的订单，外销瓷上出现越来越多的外国纹章、图案，以及洋文字母。图案中有鹿特丹的城市街道建筑，有水车和磨坊，还有渔民在海中捕捉鲸鱼、北极熊的景象……后者还销往挪威、丹麦等北欧国家的市场。

1638年，已有300多万件中国瓷器运往荷兰。在荷兰艺术家、学者和百姓的生活与想象中，因为瓷，东方遥远的中国占据了显著的位置。这体现在许多"第一"上：1655年，最早的地球仪制作家之一，约翰·布劳，出版了第一幅详细的中国地图；1675年，孔子的《论语》，首次被译成外文——荷兰文；1667年，诗人兼剧作家约翰斯特·范登·冯德尔，创作了第一部完全将背景设置在中国的欧洲戏剧《崇祯皇帝》，并将中国描述为"高贵的钻石，闪耀着神圣之光"……

欧洲最伟大的画家之一伦勃朗，1624年，18岁的他，来到繁华的阿姆斯特丹，接触到包括瓷器在内的各类远东商品。他开始用铁胆墨水创作大量素描，其干净利落的"简笔画法"，其源头，正是晚明外销青花瓷上的图案——中国水墨画一旦转换到外销瓷上，便迅速从纸上的精致细腻，蜕变为瓷上的潇洒疏狂，整体呈现出线条化、程式化、图案化的倾向。伦勃朗人物素描的笔意，恰恰饱含着这种浓郁的中国风，在欧洲的素描史上一鸣惊人。还有威廉·卡尔夫（1619—1693）、西蒙·吕蒂黑斯（1650—1680）等一批重要画家，前者代表作品是《静物：水果、玻璃杯与瓷盖碗》，后者是《静物：土耳其毯上的水果与青花盘》。在这些油画中，一张摆满各色奢侈品的桌子上，有青花瓷器和土耳其地毯、地中海水果等物。瓷器和柔软的地毯放在一起，凸显了瓷器的坚硬和光亮。水果的黄色与橙色，反衬出青花瓷的艳丽……如此的奢华静物油画中出现瓷器，显示出17世纪下半叶景德镇瓷器在欧洲社会具有奢侈品属性。

16世纪之前，欧洲一个普通人家的财产，大概加起来，不超过一张床、几把凳子，外带几件赤土陶器。在乡下，农民很是珍惜赤土陶器，一旦破损，还会设法塞进铅粒，以作修补。但自1500年划时代的全球贸易开启，欧洲人知道、购买了许多新东西，尤其是工业革命带动消费浪潮波及社会各阶层后，家庭购买力大大增加。去欧美各大博物馆看看，会发现在这新登场的热销品之中，景德镇瓷及其不少的仿品，名列前茅。

17世纪末，坚船利炮的英国，驱逐了"海上马车夫"荷兰。18世纪，驶往东方的西方帆船，桅杆上的旗帜变成了米字旗。英国商业贸易的规模之大，更令人咋舌。一艘名为"黛安娜号"的英国商船，沉没在马六甲丹绒比拉拉海域。《南洋商报》1994年5月4日报道，该船装载有180大箱各类中国瓷器；同年6月10日，在"黛安娜号"沉船附近，共捞出500余箱，约2.4万件。

1774年，伦敦有52家专门经营中国瓷器的贸易商。餐具、茶具、咖啡具、花瓶、花斛……随中国茶叶大批量地进入欧洲，17世纪末期，英国各阶层饮茶成风。大量介绍茶叶知识的文章和广告，见之于报端，为中国茶叶在英国的流行起推动作用。喝茶需要茶具，市场的巨大需求，使得茶叶与瓷器贸易，成为18世纪里中英通商的两个最大的单一贸易项目。喝中国茶，用中国瓷器，成了摩登。绅士仕女们的下午茶应运而生，欧洲人不复早期鲸吞牛饮的野蛮形象，而是在庄园午后裹着绿荫的淡淡阳光下，在说也罢不说也罢的会心一瞥中，或海浪徐徐拍打沙滩的浅吟低回中，捧着玲珑透亮的景德镇茶具，徐徐呷茶，小啜几口，轻拿轻放，体现着特殊气氛、情调与仪式感。

1960年，洛克菲勒二世离世，遗赠给纽约大都会博物馆的藏品中，有不少精美的景德镇瓷器，清康熙五彩开光鸟兽博古图大棒槌瓶、清康熙五彩花篮图大盘等，均为难得一见的珍品。洛克菲勒三世大卫·洛克菲勒小时候的记忆中，经常浮现一幅画面：明亮的灯光下，父亲的头发也乌亮。父亲拿着放大镜，俯身细察那些打算买入的瓷器，确保它们没有破裂或经过修复。

至今，美国白宫的瓷器室收藏着历届总统使用过的瓷质餐具，有一套是景德镇瓷餐具。美国的第一个百万富翁、第一个千万富翁，都发迹于对华贸易。第一批百万富翁的排行榜上，有二战时期美国第32任总统富兰克林·德兰诺·罗斯福的外祖父华伦·德兰诺，他在19世纪中叶的对华贸易中赚得盆满钵满，为罗斯福家族的财富和地位及外孙日后入主白宫，打下多根桩脚。直到1937年中国抗日战争全面爆发，美国利特尔·琼斯公司，在景德镇还有代理瓷商"美成瓷庄"，前期由美方提供订单、资金，中方据此定制，并负责包装运输至上海出洋，报酬为在离镇成本上加5%的代办费；后期改为计价买卖，每年出口仿古艺术瓷等数百箱。

存在这样一种倾向，倘若没能收藏中国古瓷器，尤其是景德镇瓷器，或收藏了却未达一定数量，就不敢、不好意思把博物馆的牌子挂出去。据不完全统计，全球50多个国家和地区的博物馆，收藏有中国各式文物160万件，瓷器数量最为庞大。

去找那种瓷器吧，
它那美丽在吸引我，在引诱我，
它来自一个新的世界，

我们不可能看到更美的东西了，

它是多么迷人，多么精美，

它是中国的产品！

（［英］赫德逊著《欧洲与中国》，中华书局1995年版）

太平洋、大西洋、印度洋那阵阵黛蓝色的波涛下面，还沉睡着多少"哥德堡Ⅰ号""黛安娜号""南海一号"？一艘艘鼓起风帆的大船，满载中国瓷器，在季风的吹拂下驶向世界各地。不再是零打碎敲，单打独斗；不再是迂回辗转，遭古铜肤色的波斯人设卡，被精明的阿拉伯人算计，西方大船借大航海时代的来临，磅礴地奇幻地直达地球另一端。

帖木儿的王孙们饮酒切肉用的大酒罐、大浅盘，阿拉伯酋长拌了玫瑰花沐浴的大澡盆，宫殿上深得出奇的鱼缸、阔得出奇的荷花缸，法国国王要的绘有法国国徽的五彩瓷罐，路易十五送给王后、情人的成套餐具，还有在英国需求巨大的茶具、茶盒、牛油盘、奶油碟、水果篮、糖盒、啤酒杯、用途不明的各种壶及壁炉装饰、手杖柄，等等，皆出自中国。有学者推论，在那个特殊的历史时期，中国瓷器的国际贸易，其利润极高，成为欧洲商人获利的重要手段。1700年，荷兰东印度公司的船只，在欧洲港口一天就卸下146748件中国瓷器，以"倾泻"二字方可形容。明代中晚期至清初的200余年，是中国瓷器出口的黄金时期，约有3亿件中国瓷器在欧洲登岸。输出的瓷器，主要是景德镇民窑的青花瓷、粉彩瓷，还有一些广东、福建等地生产的瓷器。

英国华威大学历史学系何安娜教授，2020年出版著作《青花之城：中国瓷器与早期现代世界》，从全球史的角度来讨论中国瓷器。

在一幅以全球时间、空间为坐标轴的图上，空间刻度是元青花的诞生，时间刻度是15世纪的大航海时代，两者差不多交叉在同一点。景德镇，恰逢其时地处于这一点，早来了不行，晚来也不行。因缘际会，恍若天遣神使，如台球桌上漂亮的一击，黑色小球轻盈落入那个洞，并迅速渗透近代全球人类生活精细化的过程。

回首16世纪后的全球史，其序幕、发展、高潮，景德镇无不贯穿始终。瓷器顶着中华古、近代物质文明的桂冠，披漓中国人的天地观、审美观，还有一件瓷器成型要砸碎多少次的决绝与负重，那样的风雅静好，清凛细美，那般地令上至国王、伯爵下至面包师、马车夫，一眼千年，心移神摇，让市场仿佛风吹金色稻田一样，随大船到港口震荡起来，在此后400年里影响着伦敦、巴黎金融市场的浮动……

这是中国文化、中国创造兼制造，在全球唤起的前无古人、尚不见后者的景德气象；亦是大航海时代后，中国成为第一波全球化最好注脚的证明。

三

倘若说，中国大地上还有一批重量级的，甚至是世界级的选题被圈内外忽略，还有待挖掘、呈现，景德镇和景漂，必定位居其列。

海纳百川之态的景德镇，还是中国历史上最早五方杂处的移民城市。

靖康之乱后，北方的职业窑工来了；本地亦陶亦农者，悻悻然洗脚离开。明清两代，都昌、鄱阳、徽州的人来了；原住民，迤迤然于道上，日渐稀少。现存王家坞、程家坞、杨家坞、郑家坞、姚家坞、朱家坞等一些地名，刨去遗址，可能搜到的只有家谱、墓碑，却不知原主人及其后代去了何方。民国时期镇上还有24处会馆，皆是各地移民们的同乡会。1949年后，御窑、民窑，统统被改造成公窑；20世纪90年代里，"大师"一时爆踩工匠，小作坊烧出野火春风，学院派、现代陶艺派，纷纷雄起。"一川烟草，满城飞絮，梅子黄时雨。"流水营盘，擂台武馆，总有新人换旧人。不断的搅局踢馆者，从无永远的霸主、不散的宴席。

大约20世纪末，中国改革开放20多年后，国内年轻的艺术家们，在学习西方与反叛传统的过程中，开始意识到传统不容抛弃，应代之以现代性去重构传统，让传统符号在重构中展示出新的魅力。历史传统太浑厚的此城，焕然成为新艺术新形式的试验场，不仅是本地的陶瓷大学，国内各大美术、工艺院校的教师、毕业生，还有来自国内外追求变革创新的艺术工作者，都纷纷到此试水、驻扎。"楼船夜雪瓜洲渡"，陶瓷产业的营销、衍生者，与瓷业相关的广告、媒体等从业人员，亦"争渡，争渡，惊起一滩鸥鹭"。

所谓"景漂"，不只是这些人，更多的是2010年前后来景的人，在社会转型时期，主动或被动跳下几乎蒜瓣一般拥挤的绿皮火车，恍若穿了一双魔法鞋溜冰般，溜出无法停止下来的职场，无号令，无组织，如三宝谷春天的脚丫，悄悄从遍山竹林的笋尖上冒出来；像龙珠阁下入冬臃肿的迷雾，渐渐在松针、竹叶间堆积。还有人，无酒也微醺了，原本的经历与艺术、陶瓷八竿子打不着，却像游走的行吟诗人，讶然"闻香下马"——

200公里范围内，皆是江南名山奇岳——庐山、怀玉山、三清山、龙虎山、黄山、武夷山，有钟灵毓秀之气。这一片沿众山余脉，舒缓如女中音的坡丘景观，山线迤逦起伏，树木森森，松林、杉林、竹林，间有乌桕、朴树、野栗子树、野柿子树，树冠不时交叉，恍若形成一弯穹顶。林子里雀子飞舞，啥鸟都有。三月里，沿溪涧行路，突然冒出一簇簇杜鹃、迎春，嗅到春水新涨的气味……只因为多看了你一眼，顿然"马后桃花马前雪，出关争得不回头"，魔怔般爱上这座城市，无可自拔地留在这里。那日，"穹顶"下，路旁有一群野山鸡悠闲自在地散步，顶上一抹丹红，有着纤长纯白的尾羽，若下凡的仙鸟。原本在广州做设计师的安静，人生中第一次看到野鸡，情不自禁地被那份自在触动，忍不住落下了眼泪。那一刻，安静决定，自己遍寻西南找到的古稻谷种子，还有自己和女儿，要定居此处。

少数景漂，在镇上已深耕多年：肖学锋，来自武汉的地产经理人，以三宝蓬艺术聚落，给这座山谷、这座城市写了一封情书，一写十年。他不写，可能别人也会来写，但他写得恰逢其时，那是此城新页换旧页的节点，也稔纤合度——工作坊、美术馆、手作街区、餐厅……有大团阳光倾泻，大块风景推进。芭蕉雄伟，似披挂的将军；竹子纤长，若青衫雅士，旁有簇簇月季、玫瑰的"红袖添香"。赤色墙体一路延伸，直取天际，将宋代古典美学、瓷的素静，悠然揽入隐逸情怀，轻奢酒店的广告语，直击你的软肋——"生命那么短，时间那么急，是时候去隐居了，哪怕只有一天"。只是，"掌柜"如他，做了一门叫好叫座却到今天也不赚钱的生意。

名动半城的王志刚，家安在北京，两个闺女总抱怨爸爸没陪她们成长，好在夫人冰雪聪明，通情达理，上照顾老人，下抚育孩子，让心怀愧疚的"王厂长"（"厂长"意，请看正文解）可专心地在镇上苦心经营。对日新月异的这座城市，洞见有多深，情爱就有多深，故"王厂长"的苦心比较"乱码"——风来时有银币响的时候太少，反之——大会小集，都有他的策划、提议，如已经举办八届的三宝论坛，多在现实落地，众声呼应。在对外地学者、专家、记者等不绝来访的接待中，常能听到他宽厚的男中音。平常日子，也总见他为景漂在政府各部门游说通联……

景德镇是幸运的：2019年，景德镇国家陶瓷文化传承创新试验区获批成立，景德镇的发展上升到国家战略的层面；在又一个千年辉煌的起点上，呼啦啦上来一支尚未见尽头的景漂队伍——手工艺加生态，手工艺加时尚，手工艺加批量化，手工艺加高科技……无论是设计的文化语境，还是设计的技术内涵，创意正在有力地改变景德镇的传统面貌，已然构成这座城市创意经济的基石。年轻人有一个低成本的平台——创意市集，展示、出售作品，直接面对客户，从而搜集到大量即时有效信息，用于开发、打造产品，还能建立自己的业界圈子。他们一步步地摸索与提升，实现市场化后转型做工作室，其中一部分人在成立工作室后，仍不舍在市集摆摊，以"窥测方向"。这是此城陶瓷行业过去从没有见过的现象。最早的一批摆摊者，不少在当下知名度很高，或是小众品牌的创始人，他们正被称为改革开放后第一代年轻陶艺家。

创意远不局限于陶瓷，以工匠精神做木艺、铁艺、玻璃艺、金石艺，做服装、皮具，投入餐饮、民宿、书院，还做乡村改造、小乐队，做摄影，画油画……越来越多的新居民，是"斜杠者"，是不再满足于以"专一职业"生活的人。

涂睿明，有自己的陶瓷工作室，有旋转泥巴、描绘青花、布控火焰的能力。博客上早有一系列短文《青花五品》，梳理青花发展过程中最重要的五种风格。又在微博上开"一日一瓷"，每天用140个字，从昌江边的一枚枚碎瓷片上，读出镇上千年长河里的蛟龙鱼鳖、沙洲老树，拢归成第一本著作《捡来的瓷器史》。以后是《制瓷笔记》《纹饰之美》，一本比一本更切入陶瓷历史、工艺的清晰肌理，探讨瓷文化当下转换的多种可能性。

思亮，网名亮子，见太多的外地朋友、客户，到此城"打板"，开了一家"一夕"，菜、汤俱鲜美，没有菜单，给客人配好，每位120元。"一夕"集餐厅、威士忌品酒室、茶室、民宿于一体。店里却少见他身影，常有客户邀请他去外地设计、统筹：贵州黄果树瀑布边，建一私家客厅；浙江安吉林海里，摆一席长桌宴。他摆出的长桌宴，最远的设在阿里雪山脚下的一块河谷地。

"凡有井水处，皆能歌柳词。"当下镇上，凡有创造力风起云扬之处，总见景漂屡仆屡起，英姿骄骄。冉祥飞，盯上了玲珑——玲珑眼呈米粒状，朦朦胧胧，有微光透出，婉转幽雅，特别东方。玲珑在日本叫"萤手"，西方人叫"嵌玻璃的瓷器"。玲珑作为景德镇四大名瓷之一，它的传统工艺拥有500多年的历史。冉祥飞在设计上作了大突破："点滴"水具，如星光点点的玲珑眼，点缀的是蓝金色釉，素净里顿然跳出一份活泼泼的情调，让人心生欢喜。"扶风柳叶"水具，玲珑是不规则的柳叶形，青白的瓷身，宛若春日的堂前，有柳枝轻漾，柳叶浮光，处之怡然。"拾光"水具，改造自老式铜钱纹，有着富贵人生的美好祈愿……从设计到成品，花费1年，成品率仅为30%。又在功能上延伸，玲珑瓷月影灯，胎厚度仅一两毫米，单片上的桂花状雕眼，有200余个。无须拉线，可在室内室外移动，且防蚊子。灯一开，即便自处独床的静夜，有此皎皎"明月"相伴，也倍感温馨。2018年，镇上第一个专注于做玲珑的年轻品牌，由以他为主的独立设计师团队，和玲珑瓷非遗传承基地——玉柏陶瓷联合创立，叫"若有光"，得名于《桃花源记》："山有小口，仿佛若有光……"

景德镇从不缺商品、作品，也不缺工匠和艺术家，缺的是在传统的产品创新、创意研发的基础上，力推商业模式和市场渠道的隐性研发；缺少整合各种资源打造过硬品牌、走向国际的推广力度——将满林子吱吱叫的麻雀，变成高枝头圆润流啭的夜莺；缺的是将山前打到山后的火炮，变为响彻天际的隆隆礼炮。始终认定"景德镇"三个字就极有品牌价值的刘瑞华，在全国十多个省市，包括首都机场T2航站楼，开设品牌旗舰店、直营代理店30余家，经销商上百户，让"邂逅景德镇，从'观宋'开始"。"百陶会"的谢卫锋，满城作瓷忙，他攻现代陶艺设备，十年磨剑，剑走偏锋，路径匠心独运，在国内拿下除西藏外的全部市场；以往客户多为国内机构，时下又关起门来厉兵秣马，闷声拿下加拿大的两个大订单，由此在北美市场拱出些局面。

景德镇，有了新的艺术形式，新的运营理念，新的人格姿态，新的人生风景。

40多年前，村子是一个知青点。一些老屋的外墙上，还留有时代痕迹："知识青年到广阔的农村去，是大有作为的。"年轻人渐渐走光，有人烟的住户不超过10家，孩子过节回来，不过节不回来，更有的父母不死不回来。土地连连抛荒，河道渐渐圮废，村路日见蔓草丛生。天气好时，老人们偶尔会在村里踽踽游动；天气不好，一家家关门闭户，若了无活物……

我走访过浮梁灵珠村的涂格夫妇、李继浩夫妇，曹村的成皿夫妇，湘湖北安的安静。他们以艺术为内容，用文化、生态赋能乡村建设，又兼乡创特派员，填补进"空心化"的农村。而今，满耳阳春雀子的聒噪，随时有媚眼如丝的商机——地处僻野，却可能是镇上上客率最好的民宿：国内众多高校学生来写生，艺术家来采风，城市的年轻父母带孩子来度假，更多的来游学、做企业团建。以前卖不掉的鸡蛋、土鸡，现在不愁去路；为客人烧饭、打扫卫生，跟施工队打下手，皆有收益，土地租出去还有租金。村民顶开心的是，往日坟地一样清寂的村子，终有人马喧哗，人气相拱。老人们用豁齿的微笑，迎送他们的进进出出……

一千个人，有一千个心目中的景德镇；一千个人来景德镇，至少有上百种活法。

景漂们有时间的自由、生活方式的自由，这是一个可以唤醒你被钝化或被遗忘了的对生活毛茸茸的感触的地方。网上，太多的网民翘首这样的日子："等再奋斗几年，就去农村，买个农家院，养点鸡鸭鹅狗猪，种点花草，春天挖野菜，夏天钓钓鱼，秋天扒苞米，冬天扫扫雪，没事的时候，约几个朋友斗斗地主，喝点小酒，吹吹牛皮，农村生活多美好啊！"在景德镇，无须大旱之盼云霓，你若真有此意，无须多久，便可以和诸多的景漂一样，"舍南舍北皆春水，但见群鸥日日来"。

景漂们有创作的自由、生产的自由、财务的逐步自由。陶瓷文化深厚的珠山区，这些年新注册的小微企业的数量，每年呈10%的增速增长。国家陶瓷文化传承创新试验区成立后，手工制瓷减免按3%征收增值税。版权的保护，商品、物流、金融和平台流量等方面的支持，加之创意设计的难模仿性和不可替代性，使得市场不断细化，既填补了市场空白，使定制服务和弹性专精的生产方式成为可能，又与佛山、德化、淄博等传统陶瓷产区真正相区别，各美其美，天下大美。即便摆个小摊位，有仨瓜俩枣的收入，年轻人也能够自食其力，只要你愿意干，日子就有奔头，几年间，大概率牵手第二代。

如今，摆摊者人数占到经营主体总数的48%。小红书上凡与景德镇有关的帖子，每划两行，就有一则市集的影子。粉蔷薇摇曳于五月，野百合也享有春天。一个让"家里无矿"的弱势者，能够就业谋生、身心安顿的城市，远比一座仅有霓虹迷离、广厦林立的城市，更直抵当下人心。

冬去春来，博物馆展览、数字艺术展览、茶屋沙龙、稻田夜宴、专业竞赛、音乐会、大小剧场演出、行内评比、剧本杀、缤纷夜市、品鉴会、泼泥节……难以胜数，乱花迷眼。不时有穿汉服的年轻男女走过，桃花、杏花、桂花，轻洒肩头，花瓣上或缀雨针，欲湿未湿。手腕缠绕各色珠串，遛一两条犬，或捧几束花，夹一架琴，神态之从容，是你在急惶惶的城市难看到的。你能想到吗，他们中的一些人，或已博得一众国际著名品牌的青睐，或在上海、深圳、杭州等一线城市，有自己的品牌公司。冉祥飞，原本是湘西土家族的一个少年，夏天见他，头发不长不短，梳理得乌亮，身上着一件T恤，轻快、简练，我以为普通，打死不过几百元一件，实是从一个专门做领带结的朋友那儿买的。视场合，他有时缠一条日本匠人老使的头巾，有时戴顶有暗格纹的鸭舌帽。像是钛合金材质的眼镜，镜片后似有一些些玩世的意味。一个好友生病躺在床上，他去探慰。室内有面镜子，他过去一照，心想：哪来的这个男人，怎么长得这般风神俊朗？回过头，他对朋友说："现在我这副样子，就是站在东京街头，也不会输呢。"

四

"景德镇对学陶瓷的人来说，相当于纽约的布鲁克林。"……

说这句话的是洋景漂：他们主要是来自日本、美国、澳大利亚、英国、韩国、法国、土耳其等国家的艺术家。最多的时候，3万多景漂里，含短期与常住的，有几千洋景漂。其中不少人对大城市意兴阑珊，那里只是一个现代化气息很浓、精英白领扎堆的地方。景德镇则不同，原乡的底色，生生的烟火气，"抓一把泥土，变成神话人物；再抓一把泥土，变成飞禽走兽"，更能激发灵感。每年五一、国庆期间，镇上举办的盛大的"春秋大集"上，世界各地30多个国家600余名艺术家，与国内含八大美院在内的40多所艺术院校的师生，齐聚文创园"练摊"。对陶瓷的共同热爱，对陶瓷艺术的追逐探索，让不同国籍、肤色的人们，济济一堂，展示出另一种"全球化"——与艺术与美并驾齐驱的全球化。

有办了中国"绿卡"，长居于此的——安田、艾丽耶夫夫妇，两人都是国际著名的陶艺家，前者从业60余年，后者是英国皇家艺术学院的博士生导师。已有15年从业经历的法国雕塑家开弥，闲时戴上墨镜，骑上摩托，穿梭在这座城市的大街小巷、郊外的平畴旷野，感受这片土地的野性和蓬勃；当栗色卷发被发夹挽起，她面对自己作品的眼神，专注又变幻，释放出一股坚定而强大的气场：近1米高的人物身上纹有9条青龙，让人想起《水浒传》中的史进，古代好汉的打扮，头上却带着棒球帽，帽上是此城的拼音缩写——JDZ……

不乏与中国人联姻的。杰米发现，无论地球上哪一种文明，都有类似汤匙一样的工具，就算在没有任何工具的远古，先民用手去河边舀水喝，手也拢作一个勺子的形状。汤匙像是一种宇宙图腾，一门世界语言。他和太太舒悦，做各种各样的勺子，大部分灵感来自树枝、鹅卵石、岩石、水流等大自然中的美好事物。景德镇食材新鲜，俩人老琢磨做各种好吃的。每天忙忙碌碌，开心快乐，还有一只猫和一条大黄狗的陪伴。夫妻朝朝夕夕，耳鬓厮磨，要让"七年之痒"见鬼去！结婚一满5年，杰米便会申请中国"绿卡"。几年前，他父母相继去世，景德镇对他来说，已然是他的家了，只是有时候还会梦到明尼苏达州的粗犷山水……

高柳绫绪，家乡是日本群马，迷醉于宋代吉州窑木叶盏的风格。吉州窑陶瓷的烧制技艺最早由我国传到日本，对日本陶瓷艺术影响也最大。木叶盏是"天目"的一个种类。2014年，高柳偕来自广州的先生温敏雄，长居三宝，设立无边窑。安田猛评价他们的"天目"系列作品"细腻婉约，让人心生欢喜"。高柳经常受邀，展示日本茶道表演。不管是上百人的大场面，或几个十几个人的小聚会，她都一丝不苟，面敷浅妆，身着和服，脚套白袜，登上茶席。在似有若无的琴声、袅烟里，将茶碗、竹筅、茶炉、茶壶、茶巾等，依次摆放停当。然后拭器、煮水、投茶、注水、调膏、击拂、奉茶——泛着绿色泡沫的日本抹茶，环环相扣，轻柔利落，若行云在峦，月溶我心，将观众深深带入"茶禅一味"的境界……

识见照亮艺术，呈世上最美的活色生香；热爱邂逅珍重，定是人间绝配。

在当下烽烟不断的地球，洋景漂们快乐一隅，想象力爆棚，率性创作与生活，恍若飒飒秋风里的满地静叶，又为此城添一道风景。

五

景漂活水不绝一样地到来——艺术家、设计师、商人、各式手作人、自媒体主播与高知、乐手、摄影师等等，翻新着此城的历史——

由一座陶瓷之城、工艺美术之城，转型为创意之都、艺术之都。

景德镇在本已存在的两种社会形态之上，叠加第三种形态：星星点点散布于昌江流域的，以自然野趣与自由精神的流苏丝丝拂面的后工业化形态，即所谓的后现代化形态。

此种形态，在表层易感知的是，景德镇在静水流深地进行一场慢生活运动，在对山川日月的敬意里，在清水的滋润、瓷泥的旋舞、焰火的婆娑下，谙熟手工，认识和创造艺术，感悟创造生命与世界的关系，让灵魂追上脚步，身心得以双修；让生命融和自然，像春夜蚕宝宝静卧桑叶般的安详。所有人生、人间的疾病，从根子上说，是否都来自非安详？一座城市，一个国家，要想风调雨顺，百兽率舞，就要善养安详之气。

据老夫的观察，进入后现代化形态，有诸多深层要素。

需有创新与创业活动的激活体系，新颖高效的生产与服务模式，有利于各种创意活动的宽松社会、文化环境，以及城市中的各种便利设施。大批自由职业者，将社会的基本结构从刚性的单位、企业＋员工，变成了弹性的"原子化"的生产个体，其中的"80后""90后"，尤为追求个体价值、自我实现。越来越多的个体立业、创业的成功故事，如浮梁、乐平境内春日无边的油菜花的金黄色火焰，凸显中国改革开放以来一个铁的事实：民间是经济发展与文化创造的重要力量。

未来，各行各业，或许会全方位走向数字化和智能化，往日大量的职业技能,可能会很快进入半衰落期、衰落期。年轻人就业,将成为未来相当长一段时间里困扰经济和社会生活的痛点,他们中的许多人,也许会自愿或被迫地,成为景漂这样的自由职业者。倘若国内有更多的此城,那将能消化多少大学毕业生就业,又会有多少暮气沉沉的农村被激活?

景德镇的流量时代,应该来了——传统与现代,乡土与国际,传承与创新,守成与突围……各种思想、思潮,交织碰撞,涌现许多有意思的人物。已然成百工之城的此城,从生活美学向城市美学全面提升,可能会成为中国乃至全球的一个核心艺术区;此外,这堪称新一幕的"景德气象",其丰赡的蕴涵,当下无论涉世论世,还是立人做人,窃以为在某种程度上均有样本意义。

景漂,更是一部朴素却动人的时代励志剧,剧里满是星河白鹭、霞友云朋、桑田沧海,也不乏风花雪月。遗憾的是,至今看不到这样一部影视剧。以往的影视剧,讲的大多是发生在北上广深等大城市的励志故事,希望导演、编剧们,未来能更多地关注景德镇这座城市以及景漂这个群体。

自2013年深秋第一次来景德镇,此后数不清地来往,少则住几天,多的待十几天。最后,在三宝山谷中段马鞍岭的一个小院里,客居了三年。

2014年5月出版《瓷上中国:China与两个china》。2017年4月出版该书的修订版。2019年该书入选"新中国70年百种译介图书推荐目录"。

2021年8月出版《景德气象:中国文化的一个面向》。

2023年9月出版《我的城,我的镇——景漂的故事》。

十年里,三本书,几缕情思总萦怀——

在东西方国家之间的互信成本越来越高，不同文化之间的对话越来越困难的时下，什么样的文化形态，才是真的、活的、生动的中国文化？

如何以中国文化的元精神、审美追求与生活方式，在全球讲好令人理解、让人温暖的中国故事？窃认为，景德镇要努力走出一条具有世界意义、中国价值、新时代特征的中华优秀传统文化传承创新发展新路，奋力把"千年瓷都"这张靓丽名片擦得更亮。

胡平

2024 年 3 月 27 日—4 月 6 日

目录

▶ 第一章

我们在这里

镇上有个王厂长 / 2

景德镇的"魔法学校" / 18

寻桃源，觅陶源 / 32

我们刚好在这里 / 52

"观宋"，用瓷器讲好中国故事 / 68

双向奔赴，非典型景漂之光头老谢 / 78

▶ 第二章

不以山海为远

享受在景德镇的"生"与"活" / 94

把东方和西方雕塑在一起 / 110

"我觉得自己好幸福" / 124

打破这道"边" / 136

▶ 第三章

与时间的对话

雨落天青人宋韵 / 152

观山听雨，搏土制器 / 174

姜还是老的辣 / 190

山里的一对"聋子" / 200

景德镇是我第二个家 / 214

如草之兰，如玉之瑾 / 242

像风一样自由 / 256

心安处，是故乡 / 270

▶ 第四章

稻香与远方

在稻香中期待明天 / 288

大漆姻缘 / 302

英泽年华 / 318

"一山重过一人出" / 332

灵珠山居 / 350

后记 / 366

▶ 第一章

我们在这里

倘若说，中国大地上还有一批重量级的，甚至是世界级的选题被国内外忽略，还有待挖掘、呈现，景德镇和景漂，必定位居其列。

改革开放20多年后，国内年轻的艺术家们，在学习西方与反叛传统的过程中，开始意识到传统不容抛弃，应代之以现代性去重构传统，历史传统太浑厚的此城，焕然成为新艺术新形式的试验场，年轻艺术家们都纷纷到此试水、驻扎。

不只是这些人，更多的是2010年前后来景的人，在社会转型时期，主动或被动跳下几乎蒜瓣一般拥挤的绿皮火车，恍若穿了一双魔法鞋溜冰般，溜出无法停止下来的职场。还有人，无酒也微醺了，原本的经历与艺术、陶瓷八竿子打不着，却像游走的行吟诗人，讶然"闻香下马"——

镇上有个王厂长

景漂，让景德镇成为"一座让年轻人看到希望与前途的城市"，"一座聚集了无数有趣灵魂的城市"。

王厂长王志刚走南闯北，视野开阔，落户北京之后却在不惑之年选择回到景德镇。他将目光聚焦于景漂这一群体。他打心底里接纳景漂，与他们打成一片，真诚地向他们伸出援手。透过几百度的近视眼镜，王厂长眼光炯炯，充满文化自信的力量。

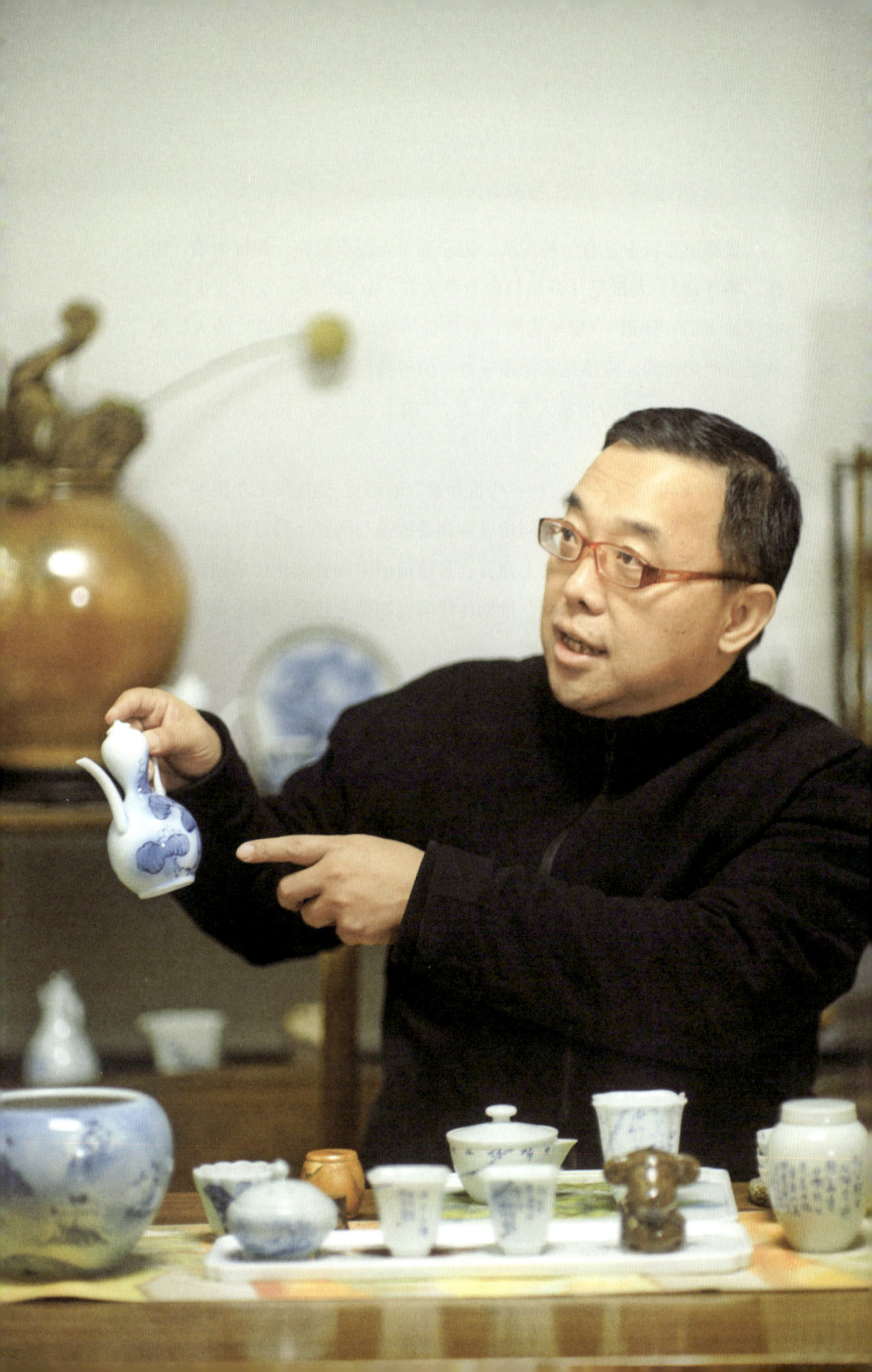

景德镇方言中，有一种说法，把三五个人没事聚在一起扯闲篇，叫作"嚼牙膏"，大抵是牙膏跟口腔有些关联，故而代称。胡平先生得知此说法之后，便道："那王志刚，就是景德镇最会'嚼牙膏'的人，他就是生产牙膏的，应该是景德镇牙膏厂的厂长！"

座下，众人纷纷拊掌大笑，于是，"镇上有个王厂长"的说法，不胫而走。

王志刚，也确实给人一种"巧舌如簧"的感觉：他连续七年担纲"三宝论坛"策划与主持，从不同角度解读景德镇与陶瓷；转过肚腩稍隆的身架，又在市区各个座谈会上建言，景德镇国家陶瓷文化传承创新试验区建设需以设计创意为引领，推动传统陶瓷制造业转型升级为现代手工业，即他命名的"第 2.5 产业"……

但即便是与王志刚相交多年的老友，也不清楚王厂长是何身份，来自哪家公司哪个机构，具体做什么业务。

文化领域的人，看他是生意人，却从没见过他有拎包的打扮、跑腿的跟班，什么时候，都是孑然一身。在奔向财富大山途中，别人开的是推土机，他操的是一把小锄头，有人望见时还常往袖子里掩。商业领域的人，说他是文化人，又不见他著书立传，謦欬间不乏高论警语，可写出来的多是"豆腐干"样的几段文字。体制外的人，看他是体制内的，初来乍到的外地景漂，常以为他是政府的人，总跟他打听，"今年的瓷博会什么时候开？""暂住证要怎么办？""陶溪川还有店铺可以租吗？"令人惊掉下巴的是，所有这些琐碎之事，王厂长居然游刃有余，应对自如。有句话叫"有困难，找警察"，他就像是一名老便衣。

云山雾罩，雾里看花，欲迎还遮，大约是许多人对他的认识。

八面玲珑的王厂长，也有颇多的不堪与无奈。他其实也是一位景漂，家安在北京，两个闺女总是叫嚷着爸爸在家里的时间太少，没陪她们成长；好在厂长夫人冰雪聪明、通情达理，上照顾老人，下抚育孩子，让心怀愧疚的王厂长可以专心地在景德镇，闪展腾挪，苦心经营。

王厂长人生轨迹漂移，如不系之舟。在当铁道兵的父亲修铁路的养路班里，他呱呱落地。少时在景德镇读书，后去厦门、北京打工创业，专业经营体育器材。再后来，去美国晃了一晃，原因种种，没有持续，返回上海。2008年，他回到景德镇。出门在外的十几年里，兜兜转转，与少时伙伴创办了体育器材公司，完成了买房、成家、生子的必修课。时代高速运转的二十年里，总算没耽误，分到一杯羹。归来景德镇的十几年，算是趔摸到一些门道，刚要高歌猛进，放手一搏，突然发现，有一句歌词得改，"归来不是少年"——而是一位大腹便便的油腻中年男，且身后有三朵桃花在北方的风中摇曳，自个儿需小心求证，以稳为妥。其中的不甘，尤其是眼瞧着别人在推土机上顺风顺水时，那心中的酸涩，非局外人所能理解……

好在王厂长走南闯北，视野开阔，回景之初，就坚定地认为，相对于曾经"逗留"过的北上广深厦，甚至是美国的旧金山硅谷，景德镇还是一块"处女地"。作为极具中国文化意味的景德镇和陶瓷，早晚得登高望远，再次被镶入镏金镜框，成为国家典藏。透过几百度的近视眼镜，王厂长眼光炯炯，充满文化自信的力量。

王厂长开拔去景德镇，先是参与改造提升百年老字号"培荫堂"。觉得不过瘾，又把《正大综艺》，以及吉尼斯世界纪录认证官拉到镇上，为古窑景区量身定制了最大柴烧瓷窑的世界纪录，马未都、王雪纯等京城名角纷纷助阵，一时间，坊间欢喜雀跃：景德镇陶瓷文化传播又出新手笔啦！后来闹出更大动静的，是上海龙美术馆刘益谦、王薇伉俪与镇上制瓷大家向元华先生联袂推出的大明成化斗彩鸡缸杯复刻项目，闹得"满城尽带鸡缸杯"。再后来还有在江西省内开创先河的博物馆之夜活动，三宝瓷谷的泼泥节，浮梁的稻田夜宴，瓷之源绕南遗址上的茶屋沙龙，凡此种种，王厂长左接右挡，"长袖善舞"。忙得手脚朝天的时候，他不禁自问：景德镇仅仅是需要几场热热闹闹、弹眼落睛的活动吗？我老王，老是这样吹吹打打，什么时候是个头呢？景德镇所谓的大发展，何时才能掷地有声、东方破晓？

这时候，王厂长机敏地嗅到一股幽微的春初气息，那就是景漂。他开始关注景漂现象，逐渐明了这个群体的意义与价值，自觉不自觉地把自身、把景德镇这座城，与景漂高度关联起来。

所谓"景漂"，是指在景德镇或长或短地学习、工作和生活的非本

王志刚与马未都先生一起工作

地人，他们大多学习过文化艺术类专业知识，从事过文化艺术类专业工作。有的是陶大、美院、景院等本地院校毕业的，有的则是央美、国美等八大美院毕业的；有的是一般大专院校美术专业毕业的，有的甚至不是美术专业出身，是设计、广告、中文、视传、动漫等有关专业出身，有的可能什么专业也没学，只是脑洞大开、"初生牛犊不怕虎"而已。景漂也未必都是年轻人，还包括有复杂经历的"老炮"，不少人做过好多种工作，待过不少地方，但骨子里都是有范儿的"文艺中老年"。艺术与自由，对他们来说，像是一个小而美的理想世界。

他们冲着景德镇的千年文化底蕴和感召力而来，然后，"马后桃花马前雪，出关争得不回头"，魔怔般爱上景德镇，无可自拔地留在景德镇。这里，周遭都是充满奇思妙想、来自五湖四海的"同党"。创业念头一旦激活，镇上手工制瓷林林总总的活化石手艺，在那里恭候。只要你有创意有想法，这里就能提供一切解决办法。当然，其间不乏跟工匠师傅、本地老板还有房东，斗智博弈。这是每一位景漂创业必须走过的路。吃过苦头，栽过跟头，屡屡搬家之后，终于"打怪冲关"成功。在乐天、陶溪川市集上摆摊，拿到订单站稳了脚跟，乃至雇用起本地匠人，与其他窑房老板或合作或竞争，一个不小心，转身成为作坊主、品牌商。

这期间，镇上或会遇到那个他（她），相识、相知、相恋、相爱，铆足了劲烧瓷器做东西，交订单赚钱。一线城市买一间厕所的钱，在镇上就可买套房，东拼西凑，买房买车，结婚生子，一番浮沉苦乐，终于扎下根基，成为新景德镇人。他们的爱情结晶——"漂二代"，不会明白所谓"漂"的含义，因为已经是理所当然的景德镇人。一段由漂而定的人口迁徙路径，就此真切地在人口地图上刻画出来。景德镇是近些年江西流进人口最多的地级市之一。

留下来的，不全是依靠陶瓷创业，还有许多是搞摄影的、玩音乐的、爬格子写文章的、做设计的，甚至跳舞的、做新农村乡建的、开民宿的，然后还有身兼数职跨界玩耍的"斜杠"，等等，可以统统简称为"创作人"。只要精神上"英姿骄骄，青春繁茂，挺拔如秀美的白杨"，本身又是生产精神产品的人，在景德镇就特别受待见，就有发展的土壤和空间。会有很多人愿意跟你分享漂之心得，倾情介绍哪里租房子比较便宜，哪里有你的校友或者老乡，哪里可以做东西，哪里有风景可以露营野泳，哪里可以找到好喝的手冲咖啡，等等，不一而足。就是拼了命地告诉你此城有意思，此镇有味道，让你想不留下来都不好意思，宛如"让我们荡起双桨，小船儿推开波浪"，一起快乐地在海面玩耍。当然这"海面"不在别处，而在三宝、在湘湖、在陶溪川、在新厂、在老厂、在新都、在名坊园、在602研究所、在湖田、在智造工坊、在陶青台……今日之景德镇，如"凡有井水处，皆能歌柳词"，红到凡有青春力、创造力之处，无不景漂风集云从，如影随形。

王厂长，早早地就跟这拨景漂打成一片。他认为这些新新人类的到来，给景德镇带来了生机和活力，带来了商机和发展。他打心底里接纳景漂，亲近这些自由而有趣的灵魂，生怕他们待不下来，匆匆而去。王厂长推己及人，尽自己所能，为他们着想——有业务订单的时候，总会想着分发给年轻的创业团队，与之共美；一对国际创客八月和盖，本再普通不过，他将之推向三宝论坛的前台，引得各路媒体争相报道，这对组合立时声名鹊起；法国艺术家开弥因签证每三个月要往返一次南昌，他到公安局出入境管理处求助，帮她拿到一年多次往返签证；他甚至操心景漂的终身大事，当起红娘来见缝插针，眼疾手快，促成一位景漂女乐手与本地的一位警察叔叔浪漫牵手……

2013年秋，我来景德镇创作《瓷上中国》，见到的第一个人，就是王厂长。2020年6月，先生客居三宝马鞍岭，至今三年多了，其间完成《景

/ 我们在这里 /

王志刚在御窑元华堂,向外宾介绍景德镇传统制瓷技艺和工具

德气象》的写作。近十年里,关于景德镇的历史、现实与未来的观察与思考,受王志刚浸染颇深,受惠颇巨。

2022年始,我们二人组织写作团队,先后采访各个领域的26位景漂,收集了30余万字的原始素材。初稿、二稿、三稿,依次完成后,又会同江西教育出版社、三环出版社编辑团队,进行三轮梳理打磨,书名定为《我的城,我的镇——景漂的故事》。考虑到当前传播形式的更新迭

9

代,影像传播成为重要形式,对景漂题材应深耕细作,又耗时甚巨,于2022年年中开始制作同名的视频版,选取12位受访景漂代表,跟踪拍摄,制作纪录片性质的视频短片。片头片尾音乐,采用了景德镇本土乐手老张、九三的歌曲《我的城》。这是一首充满了对景德镇的依恋与热爱的歌曲,非常适宜配置在记录同样依恋与热爱这个城市的景漂的故事的视频里,以达到引起共情共鸣的效果。

壬寅虎年春节之后,王厂长与胡平先生有一次对话。现摘要如下——

胡先生:景漂这种现象,你看是从什么时候开始出现的?

王厂长:如果把到景德镇工作生活的外地人士视为景漂的话,那可以说,景漂在景德镇古已有之。周边农村的劳动力,在农闲的时候,就会到景德镇打零工,很多人一开始只是打短工,久而久之,就留在了景德镇。这是支撑景德镇瓷业发展重要的人力资源因素,陶溪川大剧院还专门演出过一部叫《上镇》的戏,说的就是这个现象。

胡先生:把时间范围缩小,只讲目前这股景漂潮流,它大概是什么时候兴起的?

王厂长:应该是从20世纪90年代末,三宝国际陶艺村创始人李见深,买下四家里四户人家的农舍开始,加上后来郑祎在雕塑瓷厂设立乐天陶社,便陆续有艺术家在乐天和三宝驻场创作,比如澳大利亚的戴安娜、日本的安田猛,都是那一时期来的。还有一些美院的毕业生到景德镇搞毕业创作，有不少搞完就留下来了。真正有大量的青年人来到景德镇，应该是在2010年前后，那时郑祎为青年人打造的乐天市集，已经开设两年了。现在活跃在镇上陶瓷领域的许多品牌主、设计师，都是那一时期最早一批摆摊的摊主，像罗骁、罗骅兄弟，赵磊，还有安然，等等。

胡先生：那有没有关于景漂数量的统计数据呢？前后到底有多少景漂在景德镇工作、生活？

王厂长：真无法精准地计算出来，因为统计的口径没有明确。到底怎样界定景漂？是以待在这里的时间长短来界定吗？比如有很多人来了，待了一段时间又离开，然后过一段时间又回来待一段时间，这种来来回回的情况还很多，那是否计算在内呢？

但有一点是确定的，那就是近五年来，景德镇是人口流入地，而不是人口流出地，而且，这是把乐平、浮梁这两个下属地区大量外出务工的流出人口冲抵之后的统计结果。由此说明，每年还是有不少人流入景德镇的，数字应该在3万至5万吧。长期在景德镇工作、生活，且经常露面的"洋景漂"，有几十位。

胡先生：你可否解释一下，为什么会出现景漂现象，为什么会有这么多人留在景德镇学习、工作和生活？

王厂长：我认为有这样几个因素，大背景是国家经济发展到一定阶段，人员的流动性变大，人们不用一辈子钉在一个地方不得动弹，可以"到处走走看看"了；然后，就是景德镇的名气太大，历史传统太深厚，稍微跟文化艺术沾点边的人，都想来一睹千年瓷都的芳容，浸染一些千年历史积淀的文气,由此各路人马在此会聚。环顾左右,都是同道中人,在一起交流碰撞,互学互鉴,彼此融合,互相促进,本地开放、包容、多元的人文环境,就此形成;加上此地山川风物娟秀,生活成本不高,手工手作缓慢的生活节奏,能让人回到木心诗句里的时光——"从前的日色变得慢/车,马,邮件都慢/一生只够爱一个人/从前的锁也好看/钥匙精美有样子/你锁了,人家就懂了。"此地宜居也!

更重要的是,这种人才的会聚形成了大而全的文艺市场供给。这类市场供给不再局限于陶瓷文创,其他很多手作工艺作品也可以在这里找到。还有器物以外的精神产品,供应也很充足,展览、沙龙、讲座、清谈、文艺表演、艺术评比、品鉴会等等,比比皆是,乱花迷眼,妥妥的一个文化创意之都的面貌,稳稳地"勾引"着老中青各个层级的文化消费者纷至沓来,忙不迭地"买买买"。对于景漂而言,景德镇更是一座有发展空间和潜力的宜业之城。

如此宜居宜业,既可以享受江南自然美景,以及宽容多元的人文环境,又可以用自己的专长和爱好创造价值,获得相当的经济收入,过着有尊严的生活。举目四望,想想这样的地方,景德镇是其中之一。

胡先生:景漂群体的到来,对于景德镇本土而言,意义重大。厂长目光如炬,作何解读呢?

王厂长:首先,这些人的流入,改变了景德镇的人口结构,丰富了景德镇的人才构成。过去的景德镇,由手工艺者支撑起陶瓷产业和陶瓷文化;现在,由于很多设计师、商人、手作人、乐手、记者、作家、摄影师等的涌入,城市品位得以提升,文化业态极大丰富,景德镇从一个手工业城市,演变成一座多元文化艺术之城。

其次，这些新景德镇人，带来了新的思维、新的创意、新的市场、新的活力，为景德镇腾飞发展注入新的力量。纵观景德镇历史上几次革新，都是由本土力量与外来力量交融推动而达成的。比如，北宋，北方工匠南迁，带来了北方先进的制瓷技艺；元代，景德镇以中东地区的苏麻离青为原料，创烧青花瓷器，灿烂曼妙的青花成了中国蓝，屹立于东方；清代，从珐琅料中推陈出新，获得了精美绝伦的粉彩瓷器；等等。仅仅依靠本地力量，难有突破性的创新，借助外力有助于变革突破。

还有，改革开放，是中国人民的生路活路；闭关锁国，是中国人民的死路绝路。这无须逻辑推理、科学研究，是三百多年来中国人亲身经历后刻骨铭心的认识。同理，景德镇这座以陶瓷产业立市的城市，面临着传统产业转型升级的挑战，无论是以互联网的手段去开拓全新的增量市场，还是以创意设计来撬动供给侧改革，都需要开放的视界与外来力量的介入。否则，生产制造的还是古已有之的生活器皿，跟现代生活脱节，它们作为工艺美术品可以被接受，但作为大众快消品，就美人迟暮了。怎么办？跨界联袂其他领域的设计师来搞陶瓷的设计创作。他们的创意与本地保留千年的制瓷技艺相结合，承古创新，提供新的市场供给。还有这些品类的市场需求主体，不再是原有的对传统文化认可亲近的中老年，而是新兴的中产阶级，及Z世代人群（1995—2009年出生的人）。传统的传播营销模式，触达不到这类消费者，唯有互联网，如抖音、淘宝、拼多多、快手、京东等新工具、新手段能触达他们；而来自杭州、北京、深圳、上海的年轻人，更熟悉此类营销模式。两相结合，景德镇传统的制瓷产业，方可转型升级成为现代手工业，或者可称为服务型制造业。这是景德镇走向未来必须跨过去的一道坎。

胡先生：对景漂现象进行解读，应认识到它有着高于景德镇这座城市的意义。未来，不少行业或许会全方位走向数字化和智能化，往日大量的职业技能，会很快进入半衰落期、衰落期。年轻人就业，将成为未来相当长一段时间里经济和社会生活的痛点，厂长如何看呢？

王厂长：是的，从更宏观的层面看，景漂现象对于解决当前我国经济发展中最重要的就业问题有启发。到景德镇这样的小城市就业，只要你有创意、够勤奋，靠自己的双手和努力，就可以在这里获得很好的回报，过上富足的日子。其中创业成就突出者，如"观宋"的刘瑞华，"百陶会"的谢卫锋，十年磨一剑，匠心独运，其企业路径在镇上前无古人，各有员工七八十名、百名以上，且每年上缴税费都在百万元以上。如果全国有很多个这样的小城市，那将能促进多少大学毕业生就业！

再有乡村振兴的问题，如若谈及振兴，最主要的还是要有人。现在农村普遍存在青壮年劳动力外出打工，留下老小在村子里的问题，就是农村空心化问题。在景漂群体中，很多喜欢原始的山水自然环境的青年走进了农村，他们在农村里搭建民宿，搞陶艺体验，搞传统农业，做直播卖货，以艺术为内容，用文化赋能乡村建设，以新农人的身份，填补进空心化的农村。比如，灵珠山居的涂格夫妇、李继浩夫妇，湘湖北安的安静，都是扎根农村的景漂、"景归"。如果这个模式推广开来，将会有多少暮气沉沉的农村被激活？这对于其他地区的农村建设工作，难道不也是一个借鉴吗？

还有，现在大家都在说要讲好中国故事，打造对外文化交流新平台，那些常年在景德镇工作、生活的"洋景漂"，对于景德镇的肯定与热爱，就足以作为中国故事的素材进行传播。他们在这里开心快乐，自由自在，其中有不少人与本地人联姻，办中国"绿卡"长居于此，这不正好说明中国文化的多元包容，中国民众对于和平、友爱的向往与珍重吗？这些发生在景德镇的故事，在当下烽烟不断的地球，犹如一股沁入人心的清流。它们贴近生活、贴近艺术，很容易被理解与接受，远胜过口号式的宣传。

此外，对于个体而言，景漂的状态也是应该被提倡的，特别是对治愈"大城市病"尤为有效。许多都市青年因为要生存，先要解决收入问题，通常要找赚钱多的工作，而不是自己喜欢的工作。所以，上班一族，表面上是在为自己打拼，实际上是在为那个既定的生活轨道工作，以期达到未来那个目标。为什么不能听从自己内心的召唤，做自己喜欢的事情，跟自己喜欢的人在一起玩耍，活出自己喜欢的样子，一如那些活色生香的景漂呢？结果就是——呼啦啦景漂队伍又壮大了！

胡先生：*厂长所言甚是！*

景漂，让景德镇成为"一座让年轻人看到希望与前途的城市"，"一座聚集了无数有趣灵魂的城市"，也让这座千年古城"从生活美学向城市美学全面提升，可能会成为中国乃至全球的一个核心文化艺术区"。

相较于"北漂"的"漂"所蕴含的漂泊感与被动感，"景漂"的"漂"，反而像是一种主动意识，是精神上的回归。有人用现代的游牧民族来形

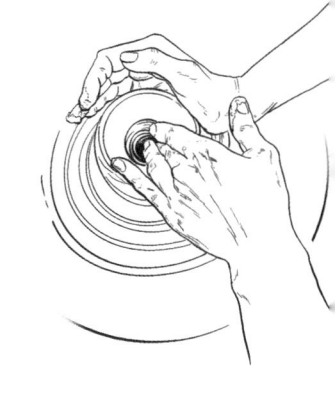

我的城，我的镇 | 景漂的故事

王志刚陪同日本著名设计大师原研哉先生一行考察御窑元华堂

容景漂，如果说游牧民族的移动是要近水草，景漂的"水草"，便是景德镇这方土地。

　　景德镇，远没有北上广深的宏辉伟丽，但或许能成为冠领中国、代表江西走向世界，让世界感知中国的城市。

/ 我们在这里 /

艺术气息浓厚的御窑博物馆

景德镇的"魔法学校"
——郑祎与她的乐天陶社

2005年,在周游了大半个世界之后,郑祎带着她的乐天陶社,落户于景德镇。宛若吹来一阵初春的惠风,在城郊雕塑瓷厂的旧址上,外来艺术家、瓷业经营者渐渐会聚于乐天陶社,工作室、公共窑、模具店、代工作坊、咖啡厅、民宿、市集多了起来,各种艺术形态相继绽放,相互依托。

经过十多年润物无声的渗透、改良和再造,景德镇延续千年的原生系统和时尚的国际品牌乐天陶社,形成了一种和谐而美妙的共生关系。

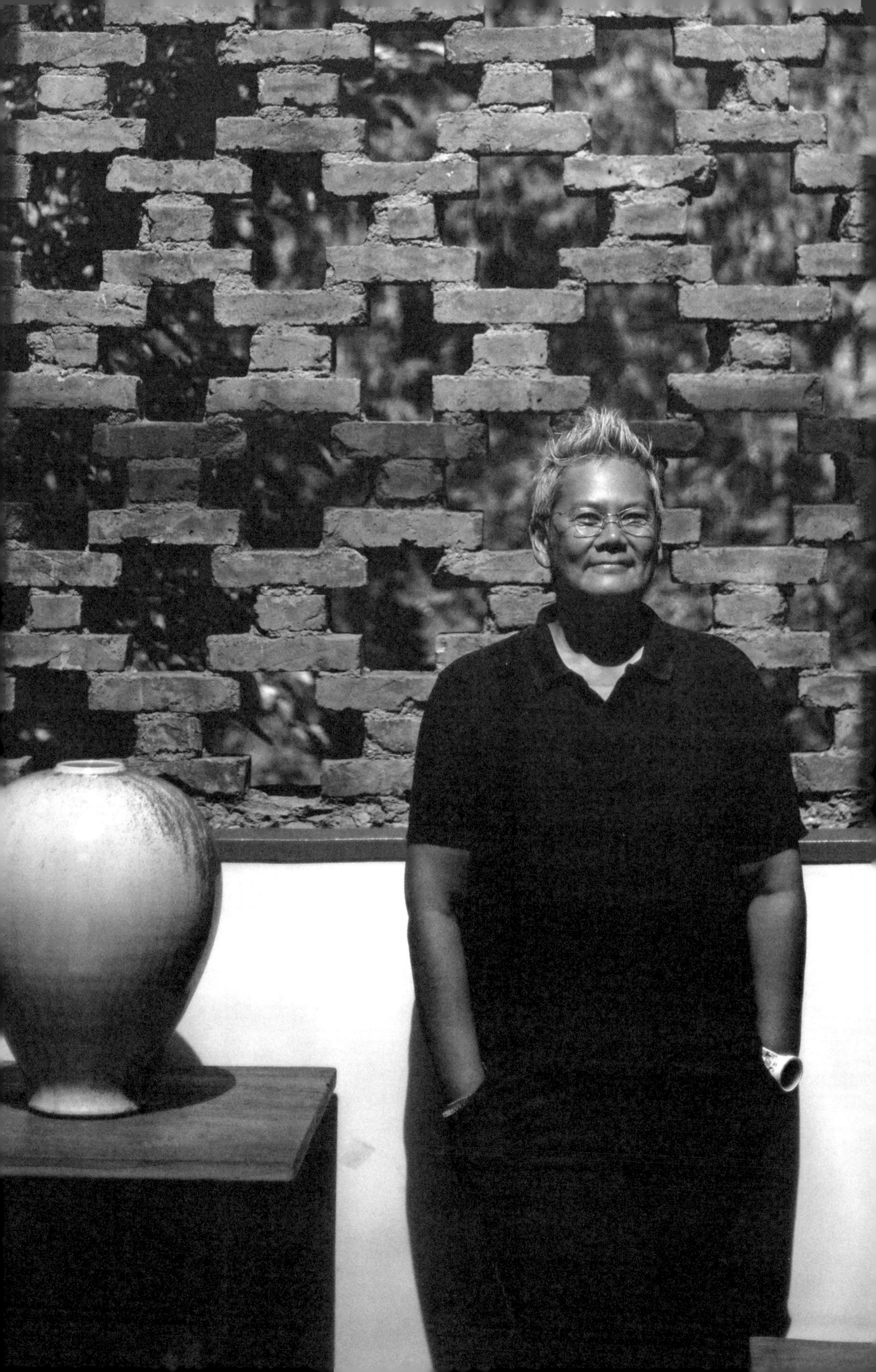

壹

景德镇十年大变化的发端，与乐天陶社在镇上的设立密不可分。

说起乐天陶社，不能不先提到郑祎女士，乐天陶社无疑是她人生经历和志趣的投射之一。在处理个体和企业二者的关系时，她如鱼在水。

小学二年级的时候，郑祎中文听写常吃"鸭蛋"。由于吃"鸭蛋"次数过多，老师让她拿着画着"鸭蛋"的卷子去给家长签名，但郑祎的父母足够开明，鼓励女儿只要做好自己就可以了。每年暑假，郑祎都会前往英国的祖父母家，这是少年郑祎最为期盼的日子。

其祖父郑德坤，出生在厦门鼓浪屿，1938年，到美国哈佛大学攻读考古学与博物馆管理学博士学位，三年后取得学位证书，返回祖国，在华西协和大学任教兼任校博物馆馆长。1947年他赴英伦，在剑桥大学、牛津大学和伦敦大学轮流讲学一年。1948年郑德坤路经香港，本打算入川，但因当时政局动荡而未能成行。1951年，他受邀再次来到剑桥大学任教，这次一下待了23年，直到1974年，67岁时，在剑桥退休。

郑德坤在剑桥大学任教期间，得天下英才而教化之，桃李满全球。现今在西方学术机构与博物馆执东亚美术考古学牛耳的学者，不少都是他的学生。郑德坤还创建了独立于剑桥的木扉图书馆，1951年，他一到英国，就开始收集与中国考古文物有关的书、古物、幻灯片等。经过二十几年的努力，所藏图书有五千余种十余万册。此后，他还专门整理编印了《木扉图书目录初稿》，此书目大16开，厚达474页。如今，"木扉"已是学者们研究中国考古学参考资料的宝库。

在博物馆、图书馆里"摸爬滚打"，是郑祎暑假的必有活动之一。祖父一旦童心发作，也与孩子们在自己书斋的书堆、古董间捉迷藏。郑祎最喜欢的，是进门右手边的一尊坐姿观音像。祖母与祖父青梅竹马，亦酷爱金石考古之学。祖母还是个陶艺爱好者，经常塞一堆泥巴给孩子，郑祎和兄弟姐妹就变着花样，捏制小飞机、小鹿、小船和小桥……多年后，郑德坤的儿媳即郑祎妈妈——张永珍女士，因向上海博物馆捐赠雍正粉彩蝠桃纹橄榄瓶，并在拍卖市场上屡创中国古代瓷器成交价格纪录而闻名。

在大学里，郑祎学习的是动物学专业，但受祖父母的影响，开始接触艺术，并慢慢喜欢上陶瓷。21岁那年，她背着沉重的行囊，揣着每日50美元的生活费，独自游遍了整个欧洲。在全部行程中，她住的是青年旅社，吃的是最简单不过的食物，有时还会靠打工为自己赚取下一程的路费。一圈跑完，她活跃的创意思维、超常的动手能力，赢得了艺术圈的肯定。

美国留学结束后，郑祎在1990年回到香港，致力于陶艺事业并拥有独立的工作室。在香港、北京、巴黎等地，她先后举办过7次个展，以及超过50次的联展。1997年受到圈内人推荐，才华显露的郑祎，开始继麦绮芬女士之后掌舵香港乐天陶社。将乐天陶社渐渐带出困境之后，她将工作重心放在内地。2002年，她在上海泰康路设立乐天工作坊和展示厅。如今，在上海"乐天"周围，原来多是旧厂房的泰康路上，出现了更多的意趣盎然的艺术品店家，游客如织，成为沪上一景。

贰

1998年，郑祎和60个外国艺术家，一起来到景德镇，发现这里的陶瓷技术成熟且生产的分工协作极为合理，很多人从事单一工种数十年之久，还能够在一个生产体系内和别人完美配合，这和她在西方看到的独立陶艺家工作室大相径庭，这也激发了她的热情和兴趣。此后，她每一年都来景德镇，一年最少两次，并不断在自己的圈子里介绍景德镇，还带外国朋友来这里考察。

2004 年，郑祎决定在景德镇成立乐天陶社，经过一年多的前期准备和选址装修，2005 年 5 月 1 日，景德镇乐天陶社在原雕塑瓷厂里正式开张营业。

当时，雕塑瓷厂附近并没有像样的酒店，郑祎向厂里租了一些房间，作为外国艺术家休息和住宿的地方。接着，她成立了艺术家的驻场工作室，让他们可以在镇上进行创作。为满足国外艺术家对于咖啡的日常需求，乐天咖啡厅出现了，艺术家们有了一处在喝咖啡的同时还能社交小憩之处。

2007 年，我大学毕业，晃荡了两年后，在 2009 年夏天，经朋友介

驻场艺术家在交流

绍，在雕塑瓷厂内租了一个40平方米的小平房，简单装修后，我把它作为自己的工作室"一方庭"。当时，我并没有和制作陶瓷产生任何联系，装修工作室只是为了和喜欢古陶瓷的朋友经常聚聚，各地的圈里人来景，也有个地方落脚。重要的是，这个工作室的位置，在乐天市集的入口处，与乐天咖啡厅遥遥相望。在这个绝佳的位置，春来秋去，我默默地观察，市集一点点地变化着。这里发生过很多令我难以忘怀的事情，也塑造了现在的我。

　　随着外来艺术家渐渐增多，雕塑瓷厂旧址在镇上变得另类且时髦。那时的景德镇，常能看到一群外国人在一起做陶瓷、聊天、喝咖啡，这不啻外国人看到山溪畔的一群熊猫。外国艺术家的到来，吸引了很多年轻学生前来，他们渴望学习交流，了解不一样的文化。其中，一些外国艺术家虽愿意分享，却有点不堪其扰。郑祎提出一个想法：每周五开设公众讲座，让这些艺术家可以公开讲述自己的经历、创作以及作品。在那个移动网络还不怎么发达的年代，这样的知识分享方式，迅速一传十、十传百，宛如初春唤醒草木的惠风，吸引了大量年轻人来此聆听不同的艺术观念，观摩不同的创作手法，感受不一样的风情。于是，一颗新鲜的种子，在昌江之畔被种下了。

　　一段时间后，专业的陶艺课程设置也应运而生，这些课程为现在的乐天陶社教

国外驻场艺术家在创作

乐天陶社创意市集

育中心打下了内容基础。年轻人的创作欲开始萌动，他们不愿意走老路，想表达，想创新，做了很多在今天看来仍显稚嫩，且与传统方枘圆凿的东西。新问题又跟着来了，当时的主流市场不接受这些玩意，没有人买单，于是，黄飞和符开娥向郑祎建议，另辟蹊径，利用乐天咖啡厅门口的一块空地，让年轻人摆摊。

2008年6月7日，日后大名鼎鼎的乐天市集开摊了，人们在空地上铺块布条，开始营业。后来，以经营陶瓷器材设备和窑炉为主的贸易公司、以设计和制作陶瓷及环保再生家具为主的设计工作室、展示和售卖乐天市集摊主作品的艺术品商店，陆续浮出水面，乐天陶社呈现出今天我们看到的风姿——

位于城市东部的雕塑瓷厂旧址，远离传统的围绕水系的中心城区，并非构建商业形态的理想地段，但乐天陶社凭借其自身需求和衍生出来的配套设施，就足以在旧址上构成新生业态的基础。随后，蜂聚蚁屯，各种工作室、店铺、公共窑、模具店、代工作坊、饭馆、民宿，甚至是推板车运送素坯的师傅，都很快找到了各自生存的位置。它对雕塑瓷厂当今生态面貌的塑造起到巨大的作用。

这不是一个全局式的商业规划，所以这个改造过程并非犁庭扫穴，而是相当温和地渗透、改良和再造。缓慢而克制的行动，使得雕塑瓷厂并未因为外来文化和商业的到来，被冲击得七零八落；相反，人们互相试探、彼此磨合之后，原生系统和乐天陶社，形成了一种奇妙和谐的共生关系。乐天陶社各类机构的布局，也在相当程度上同枝连蔓，相互依托，扩展了雕塑瓷厂的原有业态，呈现出时空交错、行业多元的场景。这在全盘规划、凭空构架的文创园区里是难以再现的；且在这许多年里，在一些地方因强调快速发展，甚至不惜推倒一切"前朝旧物"的气氛里，这样的发展成果，亦显得弥足珍贵。

乐天陶社最重要的商业拼图之一，是在搭建基础设施并输出想法后做的创意市集。那时候的市集氛围，远不像今日这般如火如荼。年轻人终于找到一个低成本的平台，可以展示、出售自己的作品，而且是直接面对客户的，这能让他们搜集到大量即时有效的信息，用于开发、打造产品，建立自己的圈子，让他们看到别人在想什么、做什么，并启发自己。这是景德镇陶瓷行业此前从没有过的景象。

很早的时候，我就开始逛乐天市集。镇上的原住民对这样的摆摊形式和年轻人售卖的作品多半不屑一顾。曾看见本地人边逛边聊天，说："这些都是什么破玩意，歪歪扭扭，釉都不上，随便烧一下就敢拿出来卖。见鬼，还真有人买。"很快，市场开始接受这类产品和作品。于是，很多没有创作方向的手艺人，开始模仿年轻人的作品，批量出售。有一段时间，一些摆摊者凌晨就来占摊位，甚至为了占摊位在咖啡厅门口的广场上铺个席子过夜。

摊位之争，反向证明了乐天陶社带来的价值，后续镇上更多不同市集和文创园区的建立，大多参考了乐天陶社的模式。乐天陶社的工作人员和市集摊主是最直接的受益者，他们在这里学习、实践，从而积累关于制作、管理和销售的经验，为将来的独立发展打下坚实的基础。其中的很多人，现在成了当下国内知名度很高的陶艺作者或小众品牌的创始人。他们沿着当年各自的兴趣、实践方向，一点点摸索与提升，有的实现市场化后成立了工作室，有的有了工作室之后，仍坚定地在市集设摊，

郑祎作品《蝴蝶衣》

以"窥测天气"。

乐天陶社的另一个重要贡献,就是通过开放式的自由交流,和持之以恒的知识分享,慢慢融化了镇上的这一坨"坚冰"——不同国家、不同风格的艺术家,讲述自己的作品,分享自己的创作逻辑和人生,为年轻人提供了多元化的视角。此外,景德镇传统制瓷的商业逻辑,大部分是从历史传统和市场本身出发的,更多考虑工艺本身;乐天陶社带来的,除了工艺形式的拓展,还有思考方式上的冲击,年轻人开始觉醒,知道可以先从自身经验和情感出发,去构思产品和作品,然后再利用镇上的技术条件达到目的。这种情况下,自己的主观意愿是创作和设计的缘起,市场并非唯一的目的。

个人是珍贵的,风格是各异的,乐天陶社为手艺人提供了一个平台。

总而言之,乐天陶社提供的,并不仅仅是一种商业操作模式,或是某种成熟经验,它更像一个实际存在且坚守理想主义的灯塔,照亮很多景漂的迷途。乐天陶社打破桎梏,在互联网还没有独霸天下的时候,就引领一帮年轻人看外面的世界,脚踏实地地做自己,然后越来越多的可能性就生发出来了。如今，小树们已经郁郁葱葱了。

顾力，在乐天陶社看到那些"不一样"的作品后，在咖啡厅里萌生了要在南京成立和光陶社的想法；汪豪，在乐天工作期间去到日本益子町考察，了解到完整的个人陶艺工作室该如何运作，最终选择了今天在乡间的个人创作之路；罗嘉诚，在乐天市集结识了很多摊主和朋友，他在上海开设陶瓷买手店"常乐"，去年又签下了十年的店铺租约；而我和太太，因为个人兴趣、市集影响力的扩大和朋友圈的建立，最终也开始自己制作产品，并开起集合店。

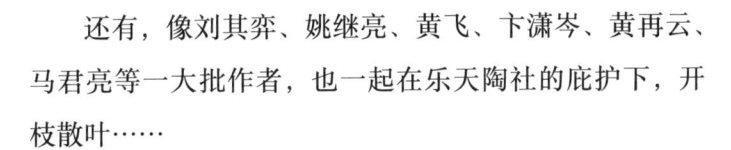

还有，像刘其弈、姚继亮、黄飞、卞潇岑、黄再云、马君亮等一大批作者，也一起在乐天陶社的庇护下，开枝散叶……

郑祎做每一件事时，都行动力十足。上个月，因为陪央美的老师考察项目，我才真正第一次把乐天陶社的所有部门逛了一遍：咖啡厅、画廊、教育中心、艺术家驻场工作室、设计工作室和柴窑。乐天陶社体系越来越健全，经营得越来越好，影响力也有口皆碑。郑祎终于无须每年为填补其财务上的窟窿而百爪挠心了，不用再亏钱来做如此规模的社会慈善教育了。现在，她正满载着无数年轻人的快乐与成长继续前进，这也是景德镇历史上少有的奇观。

除乐天陶社在经营上完整呈现给我的系统感外，在乐天工作的员工们的个人魅力，也给了我很大的触动。他们无不热情，具备专业精神，但又不过度职业化。艺

术家驻场工作室的负责人是个女孩,来自香港,给我们介绍陶社情况时所呈现出的个人状态,以及对于这份工作的专业程度和喜爱,让她身上仿佛散发出某种圣洁的光芒。这样的人在我所见的年轻人里并不常见……

很难想象,没有乐天陶社,我和我们身边的这些年轻人,会有一个什么样的人生。

2019年年初,我写过一段文字,把乐天陶社比作霍格沃茨(小说《哈利·波特》里的魔法学校):

如果说安田猛先生是邓布利多(小说《哈利·波特》系列中的一个

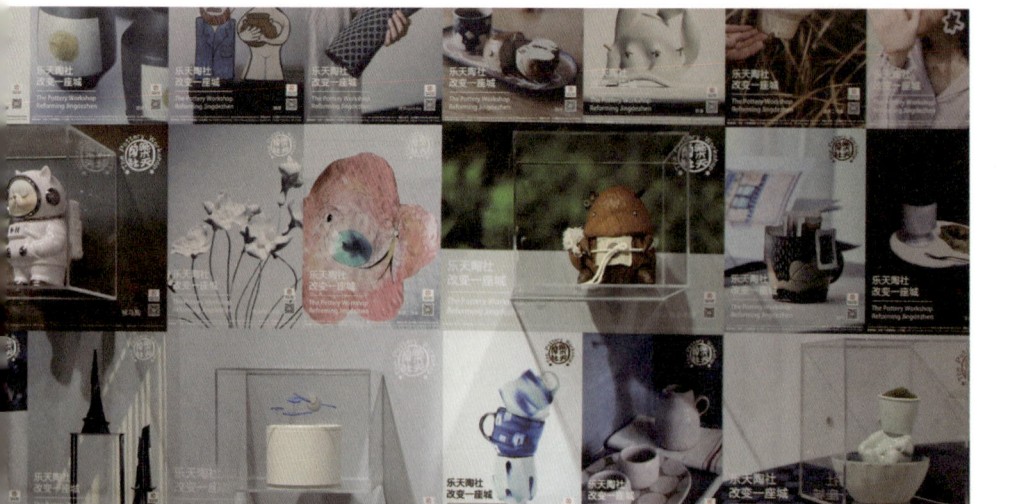

2021年乐天陶社参加"设计上海"的展位图

角色），那么，乐天陶社就是霍格沃茨了；而社长郑祎，魔法世界里没有对应她的角色，她是J.K.罗琳，是这个中国当代陶艺"魔法学校"的创立者。

叁

十五年了，市集周边的店铺，换了一茬又一茬。

我依然保留了"一方庭"。乐天陶社里的各类活动和分享，让我受益良多，但我并不算一个切实的参与者，只是一个观察者。我愿意把乐天陶社经年累月所做的事情，看成一个跨度很长的运动，如同塑造了那些朝气蓬勃的年轻人的五四运动一般。

我和郑祎，很多次在雕塑瓷厂擦肩而过。在一年前，我们都还没有任何交流。我曾觉得，了解乐天陶社所做事情的意义和影响就够了，对于窥探它的缔造者，我并没有太大的兴趣，或许是坊间一些关于她行事风格和个性的截然不同的评论，让我觉得难以捉摸。

后来有机会，我坐在她的面前，她回答了我关于乐天陶社发展进程的时间节点和关键事件等各种琐碎问题后，我终于稍微放松了一些。其间，她对于那些重要事件的回忆又迅速又准确，让我惊讶，仿佛她可以随时打开时光机，回到现场。

她基本上解答了我的所有疑问，有的回答在我意料之中，有的回答完全超出我的想象，更有一些回答，其实就是我所期待的。它们时而让我有强烈的共鸣，时而又让我产生一点儿宿命式的忧伤。整个过程，我忐忑又释然，对她来说，可能只是一次梳理性的表述，但对我来说，这绝对不轻松。

对"老虎姐姐"这一标签,她完全接受。

她明白,因为乐天市集的摊位申请完全由她一人说了算,势必会得罪不少人;加上总有些虚张声势、不学无术的伪君子登门,她很难哈哈一笑,以那种圆滑世故的处事方法去"打太极拳",所以得一个这样的标签,也实属自然。不过,因为家境优越和视野宽阔,以及秉持"东方不亮西方亮"的态度生发出来的自信,她选择保持自己的风格。

再有,她身上具有那种老派知识分子的特质,虽少见她为自己去辩解什么,但她却一直保持对各类事物的关注并发声。比如,她比很多人都了解像万能达这样的老厂和毛窑作为地标的原生态产业聚合地的价值和重要性,现在这些地方早已荡然无存,为红尘滚滚的商业区所湮没。想到这里,我佩服她的尖锐,也理解她的愤怒……

我感觉,一些人对郑祎的脾气和性情颇有微词,或许是因为人们将她神话成一个偶像,没有把她视作一个有血肉的"人"来看待……

当你以一颗单纯直接的心,去和她交流,她也会这样对待你;当你带着各种目的和企图,山转水绕地去接近她,她势必能看清楚你;而且,在她看来,无知、无敬畏和不作为,犹如乞丐身上的虱子,最容易消耗中国社会花费巨大历史代价所获得的进步。

与她的聊天里,我得到的判断是:这是一位思路清晰、实践性十足的开拓者和实干家。

她说,她希望哪天自己突然死掉,像张国荣,或者迈克尔·杰克逊那样。我懂她的意思,那样她就不会有垂垂老态的一天,她就会成为传奇。

她说,她一直很想做的事,就是突然某一天关掉乐天陶社,把东西全部搬走,不告诉任何人,于是,所有人都会问,乐天陶社去哪里了?

这也许会是她最棒的作品。

她说，如果她去世了，乐天陶社一定歇业，因为不会再有一个人可以做到她今天做到的事情，没有她，乐天陶社就不会是乐天陶社。

寻桃源，觅陶源

——李见深略传

20世纪90年代，毕业于景德镇陶瓷学院的李见深远赴纽约追寻艺术理想。2000年，他回到心心念念的景德镇，在城郊三宝村买下一处农家院落，创建了三宝国际陶艺村。

曾经，他带着景德镇去走世界；而今，他要带着世界来看景德镇。

三宝国际陶艺村创建至今，已有两万余名国内外陶艺家在这里创作、访问、驻留。那个靠山临水、充满艺术气息、被称作"世外桃源"的院落，成为景德镇与世界交流的"陶源"，昔日古朴的三宝村也成为闻名遐迩的瓷谷。

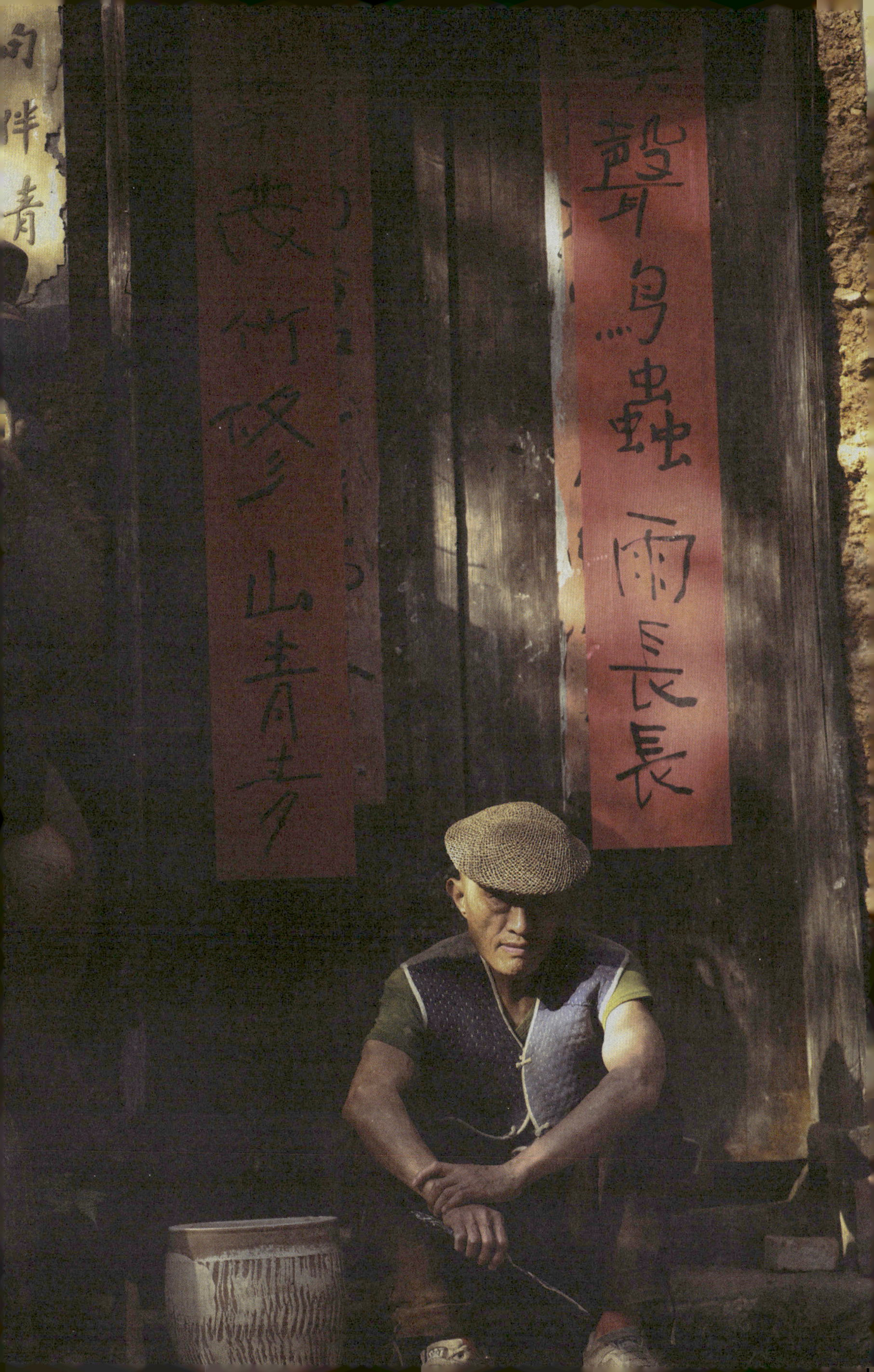

我的城，我的镇 | 景漂的故事

第十届法国国际陶瓷电影节上，李见深领奖

2000年三宝国际陶艺村正式对外开放

李见深"新马家窑"系列作品之一

壹

那是一趟从 20 世纪 70 年代末、80 年代初开出的中国列车。

"大山踊跃如海洋，小山跳舞如羊羔"，高昂的汽笛，拂去来不及擦干血泪的"伤痕"之声；滂沱的蒸汽之雾，茫茫苍苍，遮掩铁铆松动的路基、两侧积满河泥腐叶的堤岸。与当时的许多中国人一样，李见深也在这趟列车上，不过他扎着马尾辫，有着一张如在晨光里开出的喇叭花一样年轻的脸。1982 年，他摩拳擦掌准备考研，首考中央美院。考完那天，正好是大年三十，晚上，他正返程。

那时，还是绿皮火车，窗外爆竹声喧天，京城的万家灯火，织成缤纷而虚幻的罗绮，渐渐被抛在后面。夜色中掠过他眼前的，再没有那些痛苦的记忆，而是和中国的古代文化记忆、出土的文物、久远时代的视觉相关，比如汉代霍去病墓前的石雕、甘肃天水麦积山的泥塑、四川乐山和重庆大足的佛像造像。大学里，他足足有一年在汉唐宋明里穿越，还屡屡与一位 1600 多年前的伟大乡贤枕流听风，品茗采菊。两人的故乡同为寻阳柴桑（今江西省九江市）。

临近零点，餐车打烊，座椅全部收起，旅客和乘务员搞了一个通宵舞会。歌声如湿了翅膀的鸽子，扑簌簌地掉了下来，伴着铿锵有力的车轮声，

李见深又一次深深激动，深切感觉到中国在改革开放的路上，自己亦将永远在路上。

贰

1993年，李见深受邀在美国底特律艺术中心任驻坊艺术家。已转入陶艺圈的他，盯上了阿尔弗雷德大学纽约州立陶瓷学院，它是美国五大艺术学院之一。阿尔弗雷德大学纽约州立陶瓷学院位于一个叫阿尔弗雷德的大村庄里，村庄周边都是牧场。这所一百多年前在纽约州一片荒野上开垦出来的学校，如今是全世界最好的陶瓷学院之一，陶艺专业位居全美第一。

他曾带朋友去牧场主家里做客，主人的女儿在弹钢琴，主人跟他和他朋友，谈马奈的《草地上的午餐》、莫奈的《日出印象》。朋友诧异了，一个养牛的，也能扯印象派？朋友不知道，牧场主本人就毕业于阿尔弗雷德大学。这户人家，与当代中国财富的大海上拍出惊天大浪的巨鳄们相比，不过是只小蝌蚪，但后者看起来，远没有前者幸福。这种生活方式中的美学、人文状态，令李见深沉醉不已。

这所大学本身，也与他的母校截然不同：

当年，景德镇陶瓷学院美术系有一座大楼，大楼有五层，但只有两个门，一个是进去的大门，一个是后门，大门晚上十点锁上，后门在他记忆中则永远关闭着。曾有个外教来找他，聊晚了，两人得翻窗出去。阿尔弗雷德大学艺术学院的大楼，搞不清楚有多少门，仿佛到处都是门。在景德镇陶瓷学院，若要到艺术学院美术系办公室，只要上楼，再一拐弯就到了，就好像上华山顶只有这么一条路。但要在阿尔弗雷德大学艺术学院的大楼里找一间办公室，可谓条条大路通罗马，有不少于十条路线可以去。

当然，两所大学也能找到相同之处——在公厕里发现的种种涂抹，文字有别，但"闷骚"一样，青春期的荷尔蒙一样……

叁

1994年，阿尔弗雷德大学赠送了一些本校出版的书，给来访的景德镇陶瓷学院校长、教授，第一本书《铜红》(Copper Red)，第二本《青釉》(Celadon)。第三本书更神了，精装本的《景德镇》(Jingdezhen)，把那遥远城市的前尘后世、众多窑口、造型纹饰、断代特征等，讲得正中肯綮，娓娓动人。

此非个别情况，李见深曾在西弗吉尼亚大学做访问学者，见到一位研究中国陶瓷的专家，他把中国古代的各种釉料翻了个底朝天，并转成美国的配方。今天在美国，所有设有陶艺专业的学校，都可见国内早已惊鸿远去的钧釉、乳浊釉、天目釉……他还读过英国一位著名陶瓷专家的书，专写中国古代官窑的釉。这些书在世界陶艺界颇为权威，国内的入门者，常常遇到的抽象、模糊的说法，皮不连筋、骨不沾肉的，乃至自诩秘器暗门的独门诀窍，在此，被一网打尽。

至今，说起景德镇，多是"新平冶陶，始于汉世""白如玉、明如镜、薄如纸、声如磬""工匠来八方，器成天下走""共计一坯之力，过手七十二，方克成器"……今日，高鼻子的、蓝眼睛的、红头发的、黑皮肤的，像桃花投入春水一样来这里，他们感兴趣的是景德镇瓷器曾经对人类文明发展的踊跃参与，这座城市施与西方对古老东方那份绮丽浪漫的期待，描绘的手工艺创造与自然形态蔬笋生活的图景，是对当下全球正大不安的人们的一份灵魂安抚……怎么不能换点新词说说呢？

从砖头般的大哥大问世，到今天轻巧、智能、多功能、可折叠的手机进入生活，君不见，移动电话已经换了多少代？

其间，他带很多同胞来阿尔弗雷德大学参观——景德镇陶瓷学院的教师，甚至市里多所医院的院长……当然不会仅是参观阿尔弗雷德大学，还带着他们去美国、加拿大多地考察。途中他乐呵呵地、鞍前马后地操持着，希冀景德镇能更好地与世界对话。

肆

1995年学成。

一年里他有半年在路上。20世纪90年代以来，他应邀访问、讲学、主办个人展览，足迹遍及世界各国，其陶艺作品在美国、加拿大、澳大利亚、意大利、挪威、韩国、巴西、日本等许多国家的艺术机构均有收藏。他还为加拿大总督、挪威女王特别定制陶瓷作品。央视十套《人物》、四套《华人世界》、九套的《瓷路》专题纪录片对此有介绍。

美国著名陶艺家、艺术教育家，阿尔弗雷德大学纽约州立陶瓷学院教授韦恩·海格比，如此评价："李见深的作品自然、率

李见深（左）与韦恩·海格比

性，充满了爆发力，与其说是完美，不如说是一种随意性的挥写。他把泥土当作最基本的材料，泥是感性的、可触的，对他来讲，手中的泥，经过火的锤炼变成一种热望，印证那永远的浪漫遥想：唐诗宋词里的场景、居屋、人物、人性之间的亲昵与脆弱，交织在作品中，唤起人们浮于脑际的往事；吟唱般的抒情与忧伤记忆，展现遥远古代中国神话中的景致与魅力……"

一年里，他有半年在国内。他是景德镇陶瓷学院国际交流项目的负责人，也是该院和阿尔弗雷德大学合办的进修学院的创始人，还是把全球做陶瓷、说陶瓷、做陶瓷教育的老外直接带到景德镇来的第一人。

地球人多知晓是中国发明的瓷器，但许多人却不知道，或忽略掉了景德镇这座城市，且"景德镇"三字，对老外来讲，中文发音紧促聱牙，很难记住。比如，几百年前的洋商定制景德镇瓷器，只能在广州交易。早先，从九江到景德镇陶院，要早上八点在九江坐早班车，顺利的话，下午四点可到达，不顺利，得挨到五指摸黑。

在那个交通并不发达的 90 年代，李见深将一批批老外，"忽悠"到上海虹桥国际机场，他们换乘小飞机，小飞机只能坐二三十人，噪声大不说，一遇强气流，还会剧烈地颠簸。但来到景德镇后，老外们无不深受感染。这里有关于陶瓷文化、陶瓷工艺、陶瓷设备、陶瓷技艺的大量遗存，是一个活着的历史宝库，一座 24 小时开放着的博物馆，是证明人类手工文化和陶瓷文化仍在呼吸的巨型"化石"。无论从社会学、人类学，还是从文明史、手工业发展史的维度上看，景德镇的陶瓷艺术都是一流的。老外们倦容还未撤退干净，惊喜、欢乐就跃上了脸，几乎个个都像退潮后在海滩上捡拾贝壳的孩子……

现在，回想起景德镇新时期的开放史，人们首先会提及两个人，一个是开办了乐天陶社的郑袆女士，一个就是李见深。正是在 1998 年，由后者一手策划的国内第一个国际陶艺研讨会,在宜兴举行。郑祎参加了研讨会。两人熟络后,李见深热忱建议已在香港创办乐天陶社的郑祎,将其事业转到内地发展,于是,很快有了上海、景德镇的乐天陶社。

2000年,景德镇主办了首届"国际陶瓷艺术研讨会"。作为主要推手,李见深提出会议的主旨为:第一,瓷的精神;第二,高岭的意义。此次研讨会,有上百位外国专家、艺术家参加,有接续李希霍芬(Ferdinand von Richthofen,1833—1905,德国地理学家、地质学家。曾在景德镇高岭山实地探勘陶瓷原料,以"高岭"的拉丁文译名"Kaolin"命名高岭土,从此高岭闻名世界。高岭土是世界上第一种以中国原产地为通用名称的矿物)130年前那次科学考察的意味,也成为新世纪景德镇与世界对话的滥觞。现在内容广泛、规模宏大的"景德镇国际陶瓷博览会",年年踏着金秋十月的余晖,风姿绰约地款款而来。到2022年为止,它已经举办了十九届。

伍

25年前,走在野草缠脚的三宝瓷谷的小路上,仍可听见十几架水碓粉碎三宝瓷谷的瓷石时发出的声音,这声音无休止地分割着晨昏:冬天雨水很少,晚上听过去,缓慢的"砰咯,砰咯"声,非常孤独,像失双的白鹭;一场春雨过后,"哐切哐,哐切哐",任性,纵情,似思春的呐喊。水碓的声音,应该就是景德镇的心跳声,是这块土地上先民们的心跳声。还有枝头上雨点一样洒落的鸟叫声,撕开晨雾升起炊烟的鸡鸣声,偶有村民经过的打趣声、喧哗声,稻田里有轻风拂过的沙沙声……这一切混沌的、刷满岁月"包浆"的声音,敲窗过耳,让李见深白日神志清明，夜里睡得深沉。早上醒来，感受不像他在国外国内其他许多地方那样，打开双眼，神志有些恍惚：我这是在哪里？

花一万美元，在三宝谷里买下一块叫"四家里"的地方，这地方原本是一个荒芜已久、建筑倾塌的村子，只有几个老人寡妇守节般住着。陶渊明的《桃花源记》，是一个梦，宛若一朵云，从 4 世纪飘到今天，此后中国的文人大多在形而上的这块云里徜徉。当这块云飘到这代文化人的时间段里时，同为柴桑子遗的他，不仅是心念神往，还想让这朵云形而下，化作一滴滴雨水，落在三宝，做一个看得见摸得着、真正走得进去的世外桃源。

如今世间有太多的灵魂，如气喘咻咻的老狗，被"职责""义务"碾压，有太多的脚步，在功名利禄的丛林里穿梭。所以，他想邀灵魂和脚步在这里歇息，风静云收天似扫，回望生命出发时的晨曦。他的设想是——

将旧城改造拆毁过程中废弃的旧砖瓦、旧物件留下来，聚合在每一房每一室，重现这里千年来如老树般的生活年轮。他常坐的就是一把舒适又简洁的竹椅，人坐上去便会不由得盘起腿来，舍不得离开。他时而会想："千年来，景德镇的农民种完田，也是坐在这椅子上围炉夜话的。"

当手工制陶已然成了工业化产品时代的一股清流时，他要引这股清流——把陶瓷的精神隐逸在每一天的日出月落、每一场春风秋雨、每一餐的寻常烟火中，即"西边务农，东边作陶"，还原和保留中国最传统的制陶场景。

再有，residency（艺术家、作家、音乐家为某机构工作的驻留时间）这一概念，在全球有几十年

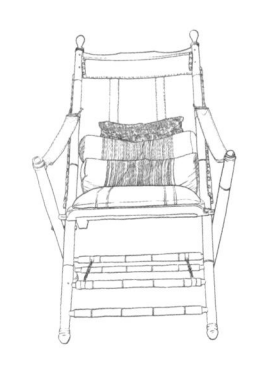

历史了，如硕大的鸽子棚，扑棱一声，放飞文化交融的银色羽翼，还鸣响"友谊""和平"的鸽哨，他自己就是这"鸽子棚"的受益者。他把三宝村定义为一个具有东方人文精神的国际艺术村落，让景德镇的制瓷传统与国际化的审美实现平和的对话，向世界打开一扇千年瓷都的窗户。

在他看来，毛笔就如同中国的太极，柔中见刚，刚柔并济。他痴迷于毛笔：在加拿大东端大西洋边，在美国西部大峡谷旁，在澳大利亚黄金海岸边，在瑞士日内瓦湖岸的石垒间，在他去的所有地方，收集用于制笔的材料。景德镇三宝初春的竹根，加上密苏里州黄鼠尾毛，纽约上州猎手奉送的公鹿尾毛，三宝村路边拾到的羊毛、牛毛、兔毛，统统被凑集、梳理起来，制成笔头……

开村典礼的盛况，就是毛笔的盛况，那天有100多个老外参加。从2000年正式对外开放，至2019年，三宝国际陶艺村已经接待来自国外的陶艺家和国内的艺术家、专家、学者两万余人。那些年里，每年有几百名来自美国、加拿大、澳大利亚、日本及欧洲各国的陶艺家，在这里创作、交流、研修。

艺术、灵感，来自同一片泥土、山水，食物来自同一片田间、同一条河渠。当然各吃各的，但有些日子里，大家会借着美食交流。你来自法国，这一天全村的膳食交给你，你做一天的法餐；巴西的，你搞一天烧烤；希腊的，你做一顿希腊饭。而三宝的国际村宴，一年总有几次，李见深已经做了20多年。选一口直径一米的大锅，晨起炖汤，选本地应季食材——肉类、豆制品、蔬菜——统统下锅；再在院子里发动全体人员动手，包上几大蒸笼的饺子粑。食客们人手一碗，三三两两地散坐在春日的阳光里，吃得痛快，聊得舒心。

若再将旁边那堵由中外陶艺家联手打造的千年陶艺墙摄入镜头，后者系断臂的观音、有裂纹的名人像、没有头的菩萨、变形的龙缸，乃至渣饼、破钵、碗底等"垃圾"组成，会发现这些"垃圾"不但构成了一部伟大的别具深意的现代艺术作品，而且，还原了一段睽违已远、稀缺少见的场景。这场景令世人温暖，木讷的人看见也会变得浪漫起来。

　　李见深喜欢应时在村内外的门上写歪对子，记录生活情状，诸如"野趣横生信手拈秧花，信马由缰随意插春柳""走街巷寻美味口福大开，淘旧物搜古董捡漏找乐"。另有一副，上联是"三宝村人说鸟语"，说的是如今有村民听得懂英文，也会说一点英文。

　　岂止是人？他养了一条狗，好几年里，他说中文，它不动，但只要说"come in"，它马上疯疯癫癫地过来了。

　　岂止是狗？李见深抱了两窝鸡，一窝鸭。番鸭是第一次孵蛋，抱了一半跑了。后来让母鸡继续孵，最后孵出来，一窝黑鸭子跟着它，成为村里一道有趣的风景线……

陆

　　在路上。

　　2017年11月，李见深出现在西双版纳，他是澜沧江·湄公河流域国家文化艺术节"陶艺之光"国际陶艺汇上，"傣陶声音"的总策展人。

　　人类制陶，经历了漫长的过程，直到4300多年前新石器时代晚期，才大抵形成一套完整的技艺和烧制方法。其显著特点是平地堆烧：先把牛粪均匀地堆在地上，达到一定厚度，往上面堆积做好的陶坯，再均匀地捂上一定厚度的稻草，抹上一定厚度的泥巴，开好透气孔和点火口。点燃牛粪，让火慢慢燃烧。烧到一定时候，把所有的透气孔打开，经过两天两夜的烧制，陶器就烧好了。

这一古老的烧制方法，经过历史风雨的冲刷，在起源地和百越族群南迁经过的许多地方，早已被其他烧制方法所取代，但在西双版纳傣族遗留的慢轮制陶技艺中，仍完整地保存了这一方法。李见深希望通过艺术节的平台，解开新石器时期制陶之谜，解读陶的文化意义和时代精神，开辟傣陶设计创新、产品创新的新路径，推动一个新的中国"陶"时代的来临。

2019年4月，李见深及其团队，作为"新马家窑"国际陶艺创作营的策划执行团队，从三宝的浓春出发，来到春日刚至的马家窑。

位于甘肃临洮县的这个村庄，榆钱花开得满树都是，成了孩子触手可及的零食，更成了牛羊难得的美味。站在高处，能看到大片大片地堆积晾晒着的往年的玉米。色彩上，玉米须的紫，玉米颗粒的黄，也和村里盛产的陶土的色调，相映相承。

到了这里，你就能体会李见深何以稀罕并亲制毛笔。人们很难想象，如果把时间退回3000年，或更久远，正是在这块土地上，先人是如何想到，取什么材料加工，制成了世间的第一支毛笔的。先人以它为绘画工具，以线条为造型手段，以黑色作为主要基调——中国书画艺术的童年，便跌跌撞撞起步了，如流动的水形波纹，蛙类斑斓的皮纹，男女人形的模仿……稚拙、粗犷，甚至是粗糙，但几何学里，最朴素的点、线、面的关系在毛笔挥洒下得到诠释，中国文化里的阴阳对比，也在毛笔的舞动下初现雏形；尤为重要的是，马家窑的彩陶，奠定了中国画发展的历史基础与以线描为特征的基本形式。

李见深邀请所有参观创作营的中外艺术家，在方形的陶土上，印上自己的手印。无论把手印放在一起，还是单独框裱，皆能成为一件独特的空间装饰。所有人的手聚集在一起，构筑的是一种走向未来的力量，而来自世界各地的手放在一起，就意味着交流、沟通和文化的融合。

2019年，李见深（左三）与友人在马家窑

其间，李见深团队策划执行了两场村宴。一堵厚实、矮壮、斑驳的夯土墙外，是 5000 年前人类生活的遗址现场，墙内清走的只有牛粪，其余的一草一木，原封不动地保留下来。燃篝火，架土灶，撑起蒙古包，摆好方桌与条凳，现场制作临洮地方小吃，烤洋芋，烩大锅菜；还有来自民间的草根艺人，奉上祭祀舞、秦腔、变脸、打西番婆等精彩节目。最后，在浩浩星空下，大家围绕篝火，跳起锅庄舞……

今夕何夕？此地何地？

是三宝国际陶艺村搬来了西北高原？

还是西北高原在以一粒壮丽的天狼星，向遥远的三宝致意？

不到三个月，李见深出现在浙江苍南县桥墩镇碗窑古村。这是他第三次来桥墩。

历史上，碗窑古村"实业瓷矿，屋宇连亘，人繁若市"，产品销往福建、江西一带。至 20 世纪 70 年代，全村 4000 多人，只有 30 多人务农，其余几千号人基本从事手工制陶。全村 18 条窑全部开工，每月能卖掉 160 余万只碗，碗窑人因此富甲一方。之后，碗窑村风光不再，20 年内渐渐衰落，目前村里仅剩一条古龙窑……

李见深沉思于碗。

他有一个做了多年的项目，做 100 把壶、1000 个杯子、1 万个碗，取名《日复一日》。碗看起来简单，就两条线，一圆线一斜线，不像雕塑有那么多变化。过去满窑的时候，窑口等最不要紧的位置就放碗。但在中国古老的大地上，不论南北，绝大多数的民窑，都主打碗。碗、盆、瓮、缸，这类东西出来之后，先民才有了烹饪、储存的条件。而且，碗也是区别东西方文化最早的源头之一，从 5000 年前马家窑的彩陶至今，碗和钵子的形态，还未有过改变。未曾改变，说明神州先民对碗这类生

李见深绘制瓷器

活器物确有执念。你看阿拉伯国家、西方世界，小容器上总是会装上个把子，大容器上还一边安一个把子，大罐便是这样，但中国人大罐也不装把。有把，便于随人移动和挂上马背；无把，则有些风雨如磐、安土重迁的意味。何为农耕民族？何为海洋民族、游牧民族？这或可视为一个小小的注脚。

在李见深眼中，碗窑村是走失在深山里的一个宝宝，是中国5000年农耕社会在陶瓷领域里的一道深情回眸。他满怀信心，向当地政府建议，由他牵头邀请10名联合国教科文组织的陶艺大师来碗窑村，用村里的陶土和龙窑，做1000个碗——做1000个不同国家风格的碗，结合大师的碗，把碗窑打造成世界民窑博物馆。同时，把龙窑复烧作为撬动碗窑复兴的转折点，并申报世界民窑文化遗产。

柒

三宝国际陶艺村村口，土墙上的一幅壁画《三宝赋》里，刻画了这片土地上诸多神仙形象——陶神、风神、雾神，还有窑神等——他们簇拥在一起，仿佛窑事已毕，天气正好，有暇"神聊"，捎带吞吐此间山水草木的灵气。我看那窑神，双目透澈，脸肉精瘦，有影射"村主"之嫌。得便，一次撞见壁画作者文那，她说："李老师烧的窑，窑窑都成功，窑窑都好；而且，李老师本来就是守护这块地方的老神仙。"故此，她将李见深封为"窑神"。

他何止是三宝村的"老神仙"！

你看他的作品《日复一日》，他拍的那些以《民窑的声音》为代表的一堆片子，你看他走的那些路，前面提到的西双版纳、甘肃临洮、浙江苍南，只是他近几年走过的，空间与时间更远、更持久的路，难以书写；或者说，如他养的番鸭划水，只干不说。

其中，"中国民窑万里行"，就由他牵头组织，国内外学者、艺术家共同参与，他们的足迹几乎遍及国内重要的古民窑地区。当初比他年纪大的，有的去世了，健在的，也接近 90 岁。这项具有史诗意义的工程并未加镏金镜框，依靠政府投入，而是靠自筹或基金会资助得以继续。有米开饭，米少喝粥，没米找米，断断续续，至今已有 25 年。其主旨为"捕捉丰富的制陶的技艺、多彩的地域特色，记录曾经伴随着千年农耕文明发展的陶瓷精神，与在工业化与城镇化的过程中也许是最后的民窑手艺人的生存状态"。

李见深说："民窑是一望无际的大海，御窑、官窑，只是一片淡水湖。"

他，还是一个凌于浪头且守护这大海的"老神仙"。

捌

李见深的目光，不仅留恋在往日中国陶瓷的江山上，还在当代的陶瓷世界里逡巡。

景德镇瓷器以 1300 ℃以上的高温烧制出彩，但他不主张全国都追逐高温，而是建议根据本地条件，选烧 1200 ℃的中温釉或 1000 ℃的低温釉，以解决艺术上的多种需求，同时降低生活用瓷的成本，以便批量生产。他一直在做这方面的尝试——抓住一切机会，把所有和陶艺有关的完整的低温、中温的烧制技术，向陶艺界普及。中国陶瓷艺术的体量是巨大的，千万条支流汇集在一起，中国将成为世界陶艺的"大海"。

近 20 年里，李见深一直在思索，传统文化和艺术要怎样与当下的精神生活联系在一起，如何转换陶瓷的传统价值，使陶瓷艺术介入当代的生活形态。他锁定了墙面砖。他念兹在兹，认为在所有材料里，陶瓷材料中的中国元素极多，能很好地承载本民族的建筑语言，配以匠心独运的创意设计，在感觉、触觉、视觉上，陶瓷材料具有无限的可能性，比起金属、石材，肯定更具中国味道。而墙面砖，则是城市外观设计中颇为要紧的元素。当下，多少人心思"躺平"，他的心，却如郑和下西洋的舵轮一般旋转，那是大湾区的风在召唤，佛山、南海，以及相邻的潮州……

南方，不乏敢担事，更善做事的公司，又具良好资源，其陶瓷建材、卫浴产业在国内名列前茅……

他又在路上了，但早就不是80年代国内青年艺术家的标配——束马尾辫的长发。光头锃亮，劳作时常有豆大的汗珠沁出来，这让我记起，早年去御窑厂考古遗址公园参观，拾到的一块古窑砖碎片，上面有经千百次烧炼后吸附的窑汗。身形瘦削，手上的筋结盘突，视天气，穿普通的汗衫或大褂，戴一顶草帽或便帽，若不是帽子的材质、颜色有些别致，路人视他，当是还在为儿孙辈鞠躬尽瘁的农民工，或是混乘免费公交车的退休老头。

没有人能料到，未来几年，在大湾区若干城市的广场、街头，将要出现的艺术公厕——不仅会给人们带来舒适的使用体验，而且充盈着艺术感，有可能让人横生妒意：真想抢劫这厕所。其创意者是他，其组织者是他，参与者里，多是他联系的国外优秀陶艺设计师。

玖

　　李见深出自景德镇，其直感、判断和资源，在有效整合、铸实后所形成的势能，又似乎已超出景德镇。现在，很多爱陶瓷、做陶艺的外国人，都会说"三宝"，知道"三宝"。然而，在寻常工作、生活中，谁能看出这是一位中国当代最具影响力的国际陶艺大师呢？

　　这个小个子永远在路上，永远不知道他的下一个兴奋点、爆发点，在哪里。

　　唯一可确定的是，他的生命，有一股"虽千万人吾往矣"的精神力量，对多少人漠视或不屑于去碰的"边界"，他凝然静虑，胸怀真宰，而后出发。一旦抵达，总能破一根文化与艺术的红丝绳，或踩出一方文明与友好的红地毯。

/ 我们在这里 /

李见深工作室外景

我们刚好在这里
——一个人和一座城的 8 年

  坐落于三宝国际瓷谷的三宝蓬是一处特别的存在,它是一座美术馆,也是一处艺术聚落,集文创、艺术、旅游于一体,各类展览、沙龙、茶会、雅集、论坛、讲座在这里轮番登场。

  如同人们用文字、影像去记录和表达一座城市,对三宝蓬的管理团队来说,他们是用三宝蓬这样的建筑和空间去表达景德镇,把它作为写给这座城市、这个时代的情书。

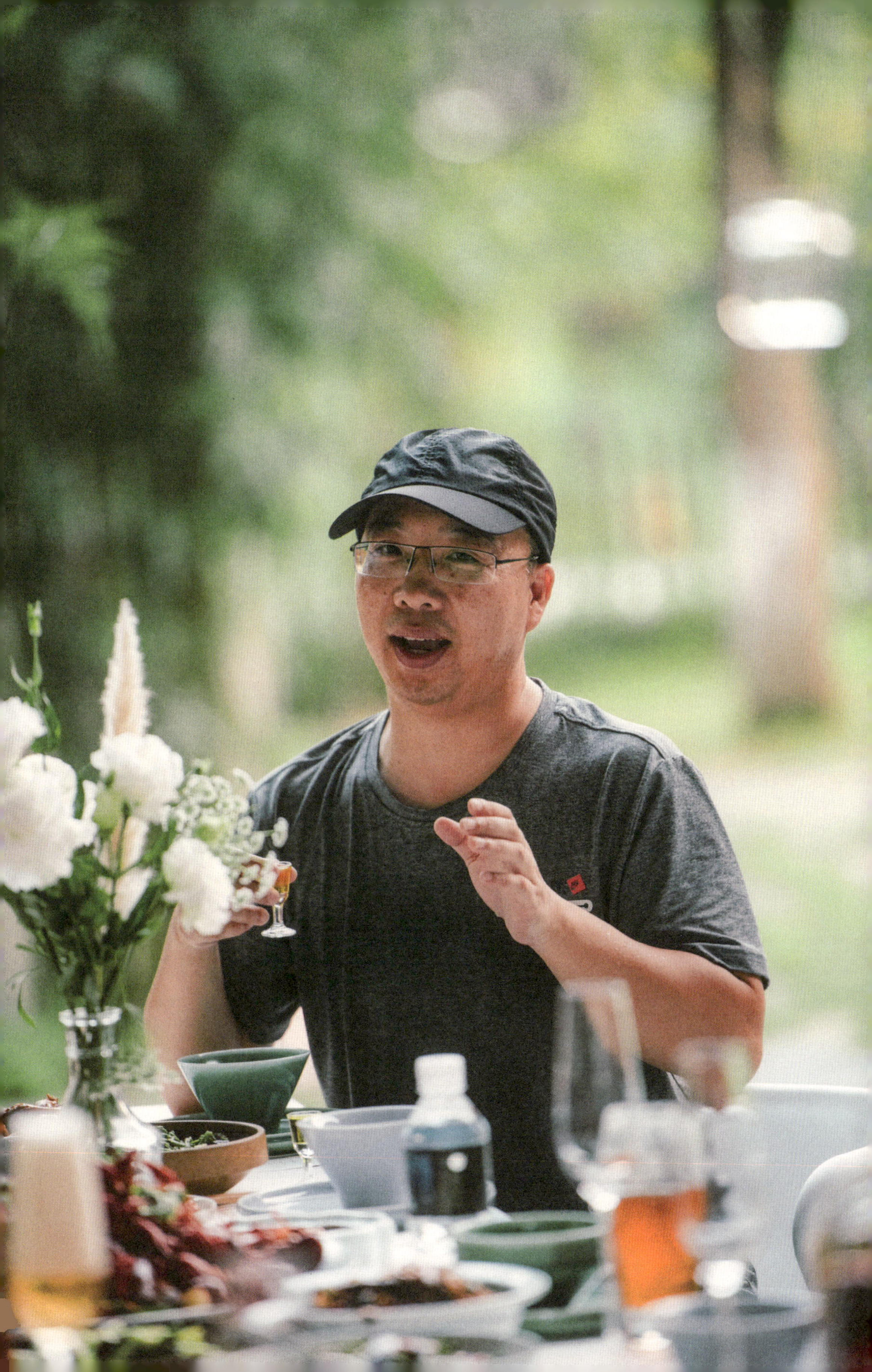

壹

我的第一个问题是:"你后悔吗?"

他沉默了一会儿,用很小的声音说:"不后悔,但很愧疚。"

"为什么不后悔?为什么很愧疚?"

"不后悔,是对自己、对三宝蓬、对这座城市而言,我努力了,我付出了,有了一些成绩;很愧疚,是对父母、对妻子、对孩子而言,我陪伴他们的时间太少了,亏欠他们的太多了。"

可能,我的问题太直接,太尖锐了,又或许面对一个下属,他想掩饰什么。我明显感觉,他有些不自然,可我不想停下来。

"你是一个好父亲吗?"

"我想努力做一个好父亲。8年里,我尽量保证每一个休息的日子都回到武汉,并且在武汉的所有时间里,尽量不出门,不见朋友,拒绝任何社交活动,保证和孩子在一起。即使如此,在孩子的成长过程中,父亲的陪伴仍相对缺失,这总归是一个无法挽回的缺憾。

"我也很亏欠我的妻子。她一个人,默默承担着抚养和教育孩子的所有责任。孩子的生活、孩子的教育、孩子的成长,她都独自面对,她有时候也难以承受……

"可是,有谁的生活容易呢?没有在深夜里痛哭过的人,没有资格谈人生。这世界那么难,我只能告诉自己,我更努力一些,就能让孩子在未来面对这个世界的时候,稍微从容一点点,可以多一点点的选择,而不是如同当年的我,一个人面对社会,孤立无援。"

肖掌柜的手机微信里,有很多私密的记录,都是关于儿子成长过程中的点滴。在思念的时候,他会打开这些记录,久久地看着一家人的照片、视频和他曾经的话语。这个时候,我们都躲得远远的,知道他在"疗伤"……

我想换个话题。坐在对面的这个采访对象,是我的上司。一个景德镇的"知名企业家",一个曾经接待过许多文化学者、艺术大家的"三宝蓬主",一个有着诸如"市人大代表""市工商联副主席""市新联会副会长"等社会身份的知名人士,却有着如此柔情的一面。

这可能是他不愿意示人的一面,又确实是他最真实的一面。

贰

三宝蓬背后的男人,是个轻度精神分裂症患者。曾经,这是我的猜测。

采访结束,我发现肖学锋其实也有着同样的自我评价,不过略有放大,他的描述是:心里总是充满矛盾、分裂,时常焦虑,甚至略有抑郁。我相信,这是所有人不知道的肖学锋的另一面。

如果说,三宝蓬建筑与空间的气质,与传统景德镇"不搭",是一种刻意的高明的选择,那么三宝蓬年复一年、日复一日的运营过程中的种种行动,肖学锋个人的职业规范和他的自我定位的矛盾,则是无意的、明显的、难以简单说清的。他性格中的矛盾,其实在三宝蓬的日常运营中体现得非常典型,只是没有人关注,没有人在意而已。

"肖掌柜"是肖学锋广为人知的"称号",这其实说明了很多问题。掌柜不是股东,只是替股东打理三宝蓬的人而已,用现代的说法,掌柜即职业经理人。既然是职业经理人,就得清晰明确地制订营业目标吧?得井井有条地管理队伍吧?得时刻站在舞台中央向全社会推介自己吧?可他的思考、他的作风,经常与他的身份相悖。

他的矛盾,首先体现在低调与高调方面。

毫无疑问，三宝蓬是高调的，三宝蓬的影响力已经让它不可能低调。年复一年，各种从中央到地方的政府的考察、社会各界愈来愈多的关注、不断丰富完善的业态，以及持续涌入的外地客人的赞誉，等等，都证明三宝蓬，已经成为三宝国际瓷谷，乃至景德镇最有影响的项目之一。它频频出现在各种场合的对话与各种媒体的报道中。在这些聚光灯下，肖学锋几乎都是沉默的、低调的，甚至隐形的，除非迫不得已，他极少站到台前。8年里，三宝蓬策划并举行了400多场活动，他站上讲台、舞台的次数，屈指可数。在所有的活动中，肖掌柜，都是一个观察者，他会敏锐地观察，第一时间发现各种潜在的问题并提出解决的方案，让每一个年轻的下属，站在舞台中央。这个时候，他一个人在角落里，默默地看着，当然会碰上很多熟悉的朋友，但他也只是笑笑，打声招呼而已。他经常一个人在美术馆，在三宝蓬一个又一个的空间里，独自行走，独自思考，宛如一只行走在冬天的雪地里的孤独的狼。他在想什么，唯有天知道。

他的矛盾，还体现在"社牛"和"社恐"之间。

在景德镇，肖学锋算个"名人"了。一周，他一般有3—5次重要的接待；有1—2次市一级的会议；有2—3次与来自外地的建筑、艺术、设计、文旅相关的圈内圈外的朋友的邀约；此外，就是主持美术馆的展览、园区的工作；等等。听上去，他应是一个"长袖善舞"的社会活动家，是一个传统意义上的"社交牛人"，但实际上，他却是个不折不扣的"社恐"。这一点，从他的微信朋友圈可见端倪。2022年6月30日，他发了一段无人机拍摄的视频，内容是正在美术馆进行的曲汉林个人陶艺展"不动的暗礁"中的一件作品，视频中没有音乐，但画面很美。他写了很长一段文字：

曾经有人问过我一个问题,为什么我每天很早就会到三宝蓬?是因为年纪大了睡不着吗?一开始,我觉得可能是一种习惯,慢慢就成了自然。后来我却发现,这对于我来说,其实是一种精神的疗愈。欣赏美,是真正的疗愈。我是一个特别内向的人,人多的时候其实很怕,哪怕到现在也是如此,可我却不得不面对太多的人和事。

清晨的三宝蓬,静谧而又生机勃发。人很少,不管是早起的住宿客人,还是下夜班回家的员工,都有一种宁静感。我会从这一切中获得一些启发、一些力量,这让我有能力面对很多。如果不是有美的陪伴,我真的不可能坚持这么久。

请注意,"我是一个特别内向的人""却不得不面对太多的人和事"。他的矛盾,还在于自我认知和现实定位的矛盾。

三宝蓬是一个特别的存在,是一处集文创、艺术、旅游于一体的艺术聚落。连续8年,400多场不同形式的展览、沙龙、茶会、雅集、论坛、讲座……都是三宝蓬自己的团队、自己的空间、自己的思考,以及自己有限的资金投入做的。他自己,却在企业职业经理人和某种另外的说不清道不明的社会身份和社会定位之间,摇摆、困惑,以至于有时候会焦虑。在几次公司会议中,他提到,三宝蓬是一个企业,需要赚钱,需要实现盈利。他知道企业策划了太多的没有商业价值的活动,这造成了品牌商业价值的稀薄——即使"西席"品牌活动已经坚持5年,举办了超过100场;即使"蓬客计划"还在持续;即使其他品牌展览愈加成熟……

我认识很多熟悉肖掌柜的人,他们对他的评价是"性格特别好"。但是,"好性格"的他,在我们面前正逐渐改变,经常会为一点点事情,变得不耐烦,甚者肝火蹿升。这小火苗的背后,我觉得就是焦虑,是"小分裂"。

我的城，我的镇 | 景漂的故事

　　三宝蓬艺术聚落，是外来民营资本投资的项目，占地50亩，建筑面积2.5万平方米，完全自主运营。稍具商业常识的人都知道，几乎所有的文旅商业项目，因为商业规律使然，在企业投资文旅项目的同时，必然配有一定比例的地产项目，并以地产销售的现金流来维系文旅项目的正常运营。只有投资人持续地投资，才能保证文旅项目的正常运作。比如国内大量城市的万达广场旁边，总有大量的高档公寓和高端住宅销售；大量的华侨城欢乐广场旁，总有华侨城住宅小区……

　　三宝蓬，却是个马瘦毛长的"光杆司令"。

　　三宝蓬占地仅仅50亩，没有配套相应的住宅和商铺以销售，即使在50亩的范围内，在政府规定的容积率0.7—1.5之间，还取了下限，仅仅建设了2.5万平方米的建筑，放弃了超过2万平方米、市值超过2亿元的房屋（按照

三宝蓬美术馆内景

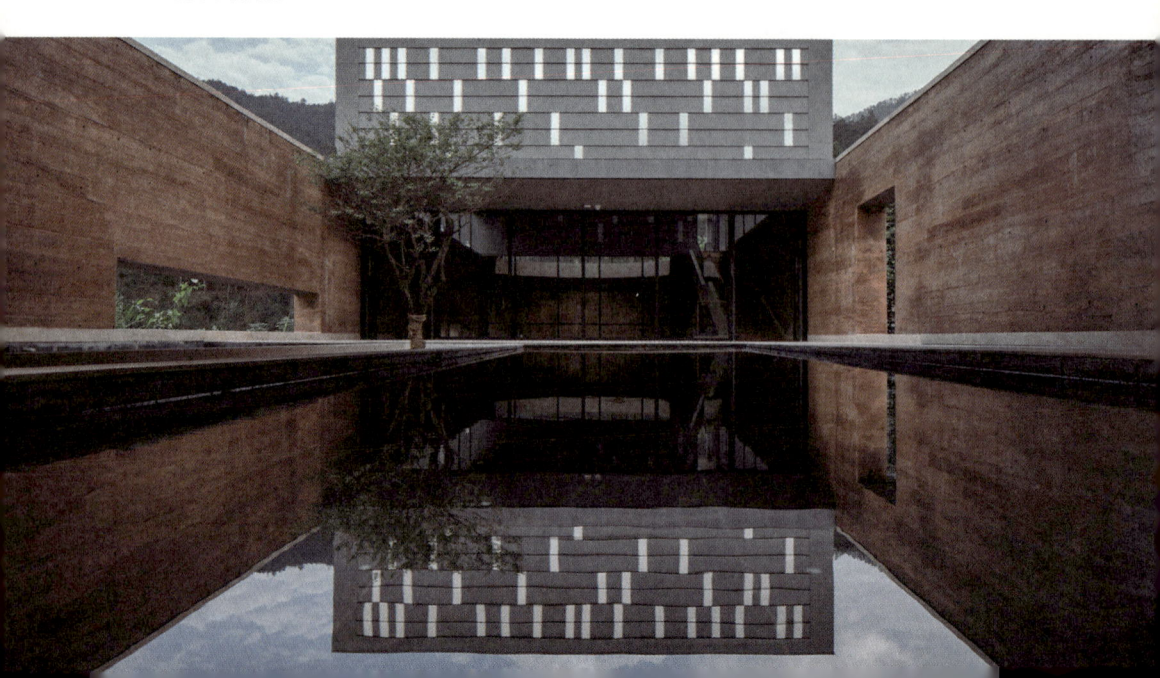

目前三宝村民房每平方米1万元销售）。也就是说，以8年的时间，不断加大对三宝蓬的各种投入，持续不断地做，却也只做了一个到今天为止都不赚钱的生意。

这是三宝蓬最深层次的矛盾，大约也是肖学锋诸种矛盾的"火源"。

叁

肖掌柜依托三宝蓬艺术聚落的微信公众号设置的个人专栏，始于2018年7月5日，止于2020年10月30日，平均每两周更新一篇，总计49篇文章，超过20万字。

如果说，在他的个人专栏面世之前，公众对肖学锋的认识，还是一个飘忽模糊的影子，不熟悉的人们，只能从三宝蓬的建筑和活动中，略微窥探到这位总经理的性格。那么，在专栏文章一篇又一篇地推出，他一个又一个观点，如油锅炒豆般地蹦出后，公众开始惊叹，其个人IP在不知不觉中被构建、被传播，甚至，在某些时候，他个人与三宝蓬成了两个并行的品牌。

我觉得，要采访肖学锋，他的个人专栏是无论如何都绕不过去的篇章。超20万字的文章，几乎可以解答所有我对他的疑问，可真实、全面、立体地反映他丰饶的思维空间，以及与此形成反差的谨慎而小心的性格。这些专栏文章，阐尽了他对景德镇这座城市的热爱和思考，这思考是一个用爱编织的大箩筐，装满与景德镇相关的陶瓷艺术、陶瓷文创、乡村振兴、民宿发展、电商经济、定制旅游、新民艺、生活方式……

2019年5月21日，《诗与远方，景德镇的日常和其他》一文中的"你们的诗与远方就是景德镇人的日常"，一度成为地方政府文旅推广时主打的广告语。他在文章里写道："这些平凡的、细小的、日常的美好，恰恰是当下景德镇数以万计的艺术家、设计师和手艺人日复一日、年复一年的生活状态。与北上广深的人们为房价焦虑、为事业奔跑、为生意纠结的状态相比，景德镇手艺人的生活，则闲适、恬淡，甚至有些与世无争的感觉。"

2019年7月5日，专栏开篇，他讲述了为什么会开专栏：

重要的是这5年，恰恰是景德镇城市建设发展最快、城市变化最为迅猛的阶段，我都有幸参与其中。更重要的是，因为三宝蓬，我其实站在了一个人与人、资讯与资讯的链接点上。三宝蓬如同一个枢纽，链接着外部的世界和景德镇，链接着艺术和商业，链接着诗和远方，也链接着景德镇的市井江湖。

可能和我不是景德镇人、不从事设计与艺术工作有关，也可能和我在媒体待过一阵儿有关，我没有预设的立场、没有人情的羁绊、没有利益的纠葛，我看待问题的角度、思考问题的方式稍微会有点儿不同，我得以有机会可以多做一些思考，稍微探究一下现象背后的逻辑。

…………

关于景德镇，这座以陶瓷闻名、以单一产业支撑、千年窑火生生不息、天生自带光环的世界级的明星城市，有太多的专家、学者、机构和媒体，对其进行过全景式的研究和论述。而我不同，我只是暂居景德镇，做了一个景德镇巨变的见证者和参与者。我希望从切身的感受出发，从景德镇越来越多的人身上、越来越有意思的现象上出发，发表自己的个人的感受，所以，我称之为非典型景漂的非典型观点。（有删改）

2019年11月8日，个人专栏第18章《周杰伦〈青花瓷〉与大鹏〈缝纫机乐队〉——景德镇，你需要一个崭新的城市形象宣传片》：

当下的景德镇，传统与现代、乡土与国际、传承与创新并存，各种人、各种思想交织碰撞，携手向前，成就景德镇向前发展、与世界对话的美妙乐章。这里没有理由不诞生伟大的作品，当然也包括电影。

我不知道位于吉林省通化市的集安小城，有没有为《缝纫机乐队》投资，或者支付广告费，也不知道电影播出后，集安的旅游产业有没有得以提升。但我当时看完电影的第一感受是，这部电影，要是把集安换成景德镇，把那座被强折的公园改成陶溪川。那情景，妙不可言。（有删改）

2019 年 12 月 20 日，个人专栏第 24 章《年收入超亿元的李子柒，会在景德镇诞生吗？》：

李子柒的成功，是人们追求根植于内心深处的田园生活的梦想的必然，是在中国崛起背景下，世界各国的人对于中国农耕文明生活状态好奇的必然。

…………

内容的价值、时间的力量、传播的方式、资本的推动，是我对于李子柒成功背后的逻辑的理解。回到景德镇，从这四个维度来分析，有"生长"出下一个李子柒的可能吗？（有删改）

2020 年 8 月 7 日，个人专栏第 38 章《景德镇，是时候扛起"中国新民艺运动策源地"旗帜了》更新了。文章中，他这样描述：

"新民艺"是具有悠久的文化传承、但在当下时代依然能够融入生活，具有长久生命力的民艺。当下，越来越多的高学历的青年人，对民艺怀着极大的热情，并投入民艺复兴的大潮中，但由于民艺复兴需要时代的背景，更需要设计的赋能、产业的推动等，单打独斗往往事倍功半。景德镇天然具有手工艺属性，在打造"新民艺运动策源地"、推动新民艺复兴的产业扶植政策出台后，将吸引来自全国各地优秀的民艺工作者来到景德镇，带来高素质人口的净流入。在全国所有城市都在上演"抢人"大战的背景下，景德镇同样对人才高度关注，以"新民艺复兴"为主题的文化活动，对民艺传承者、民艺推广者的吸引力是巨大的。

……………

在越来越多的乡村日渐凋敝的当下，在越来越多的年轻人抛弃乡村、离开生于斯养于斯的小城市的时候，景德镇却吸引着全世界的青年来朝圣、体验、创作、生活，这充分说明景德镇文化的魅力、城市的魅力、生活方式的魅力之大……当下的景德镇，在城市开启百年复兴的新征程的大背景下，也正在无意识地酝酿着中国新民艺复兴的汹涌大潮。

景德镇，是当下中国极有资格、能力担起"中国新民艺运动策源地"责任的城市；景德镇，是时候扛起"中国新民艺运动策源地"的旗帜了。

（有删改）

2020年9月18日，在个人专栏第44章《景德镇，是一座能让年轻人看到前途的城市》中，他写下：

岁月静好的日常，有诗、远方和梦想的生活，关乎个人的生活状态，是行走在景德镇这座被各种标签所定义的城市的大地上的你我他的追求。关于景德镇，不同的人有不同的理解、认知、定义、定位。方李莉老师认为，景德镇正在经历"从生产地到艺术区的变迁"，将是"超越

三宝蓬外景

现代性"的；也有人认为，景德镇除了被世界所熟知的千年窑火外，在当下中国这一大背景下，"景德镇现象"对中国的发展，有着样本意义……我所感受到的，景德镇多元、开放和包容的城市气质，是景德镇得以有今日之吸引力的内在原因。这是一个更大的命题，我不是学者，无力做更加深入的论证，这只是一个局内人的体验和感受。（有删改）

此外，还有2019年8月16日发表的《野蛮生长的三宝、规划有序的陶溪川之于景德镇的不同意义和价值》、2019年11月22日发表的《从景德镇富田美术馆被拆说起——艺术如何介入乡村》、2020年1月10日发表的《景德镇，三宝里理想书店的模样》、2020年6月26日发表的《在希望的田野上，让小而美的艺术、设计和生活的试验田，多一点，再多一点》、2020年7月24日发表的《如果越后妻有牵手景德镇》……这些文章透露出很多发生在景德镇的文化事件，其间都有他的身影或观点，比如国际知名的北川富朗团队在中国举办的大地艺术节"艺术在浮梁"项目中，连接该项目策划团队瀚和文化和地方政府的人，就是肖学锋，只是不为人知而已。

对于专业文字工作者，平均每两周写作一篇3000字、观点鲜明、文采还不错的文章，可能都不是一件特别容易的事情，何况肖掌柜是业余的。这些文章是他在终日繁杂的工作之余的思考和表达，往往写于夜深人静之时。如果不是真正的热爱，不是对这座城市，对这个山谷，对三宝蓬发自内心的热爱，我想是很难完成的。

作为一个文字工作者，我一直认为，文章最能反映一个人的性格和思想，反映他在想什么、他渴望什么、他排斥什么、他热爱什么、他憎恨什么。尤其是当我重读《诗与远方，景德镇的日常和其他》时，试图理解他所有这些思想的原点、思维的方向、观点的提炼、文字的表达时，我认为我的观点得到了印证。

"为什么不继续写？"关于个人专栏，我抛出了又一个问题。

"懒呗。"他轻描淡写地回答。可谁都知道，他不懒。

再问，他就笑笑。可能，这也是"大智若愚"的标志之一吧。

肆

"我在您的朋友圈里看到，《三联生活周刊》主编李鸿谷老师曾经说，他非常困惑，即使来了很多次，也没有找到答案：三宝蓬是什么？在他看来，三宝蓬之于景德镇这座城市而言，是一个很'怪异'的存在，跟这座城市'不搭'。您怎么看待李鸿谷老师这样的评价？"

"李大人"——我们都这样称呼李鸿谷主编——从2016年的工地现场、2017年的第三届"三宝论坛"，到2018年与《新周刊》创始人、目前扎根大理凤羽致力于乡创，提出"田园是地球的头等舱"的封新城，联袂出席"西席特别版：星空下的怼话"活动……李鸿谷几乎每年都会来三宝蓬。关于三宝蓬，关于景德镇，他有着非常多的新鲜视角和观点，给了三宝蓬非常多的指导和建议。

但肖掌柜对"李大人"关于三宝蓬和景德镇"不搭"这个观点,却不完全认同。

"太多太多的人,第一次来到三宝蓬,都很意外,为什么在景德镇的山谷里,会有如此当代而时尚的建筑?如同这座城市的基因,在某个节点发生了突变。在几乎所有人看来,景德镇是一个非常古老、非常传统的城市,有着悠久而辉煌的历史。他们对景德镇的认知,是古窑、是御窑、是陶溪川、是玉窑山庄、是三宝国际陶艺村……唯独不会想到三宝蓬。这也是为什么大家都会觉得'意外'和'不搭'。可在我看来,一座城市有很多面。绝大多数人看到的,是景德镇的 A 面,但它还有很多不为人知的 B、C、D、E 面,三宝蓬是这座城市的另一个面,只是这一面,还没有被更多的人感受、了解和熟悉而已。"

从 2014 年到 2016 年,肖学锋花很多时间,不停地和各种人喝茶聊天,探寻和感受这种印象下的汩汩暗流。

那些被忽略的、年轻的艺术家慢慢凸显,从 2008 年到 2014 年,乐

三宝蓬夜景

天市集的第一代摊主已经慢慢成长起来了，他们逐渐在市场上有了一席之地。他们从乐天市集走向长虹、走向陶艺街，有了一个又一个的第一代工作室，成为最初绽放生活美学的空间。还有来自世界各地的，各种做文创的、做手工的、做设计的、做茶艺花艺的、做音乐摄影的、做银器铜器的、做布艺皮具的……开始在这座城市聚集。

他到一个又一个艺术家的空间里去坐会儿，聊会儿，这些空间可能是小小的展厅，也可能是小小的作坊。在不同的空间里，面对不同的人，他们可能年龄不同、职业不同、爱好不同，但探讨的话题，有柴米油盐，有家长里短，最多的还要属与艺术、设计、空间、生活、时代息息相关的内容。在这里，丝毫感受不到这是在景德镇，会有一种置身于北京、上海的艺术区的恍惚，这让肖掌柜觉得特别有意思。

如此密集，如此多元，如此鲜活，他们的生活状态和生活场景，是很多大城市的青年人向往的诗和远方。这在其他小城市，是极难看到的。这就是他屡屡说的"魔幻"。

以我们朴素的眼光看，当中国成为世界第二大经济体之后，中国传统文化的复兴，是历史的必然。在文化交流方面，当中国与世界对话时，陶瓷一定是最好的载体，景德镇一定是最好的城市。景德镇的"王冠"，稳稳戴了一千年，无可撼动。2019 年 7 月，国务院批复了《景德镇国家陶瓷文化传承创新试验区实施方案》，这是国家给予景德镇的全新定位，也印证了肖学锋预判的正确。

今日，暗流早变成湍流。萌发、生长、开花，从看不见到看得见；水流从没有声音，到声音哗哗逐渐响亮起来，直至叩响时代的窗棂。景德镇，已然成为陶瓷艺术、陶瓷加工、新生活方式的试验场。关于今日的景德镇，肖掌柜有非常多免费奉献却很值钱的"观点"——

>你们向往的诗和远方，就是景德镇的日常；
>
>景德镇是一座聚集着无数有趣灵魂的城市；
>
>景德镇是座"治愈系"的城市；
>
>景德镇是最有可能成为中国新民艺运动策源地的城市；
>
>景德镇是中国传统生活美学和当代生活方式融合的打样间……

最后回到问题本身，他如何定义三宝蓬？如何看待李鸿谷主编定义的"不搭"？

他说，首先，三宝蓬与景德镇的"不搭"或者"冲突"，更突显出三宝蓬的价值。景德镇从历史中走来，三宝蓬从未来中走来。未来和历史，汇聚于此。其次，三宝蓬与景德镇的"不搭"已经成为过去式。2014年的规划显得超前，可从2017年开始，三宝蓬已经被越来越多的人认可，无论是在官方还是在民间，三宝蓬的热度始终没有衰减，这也能说明三宝蓬的生命力之强。

三宝蓬，是我们以自己的理解、自己的方式，来表达景德镇城市气质的一种载体、一种全新的空间媒介。通常，人们会用文字、影像，去记录和表达一座城市。我们则是用三宝蓬这样的建筑和空间去表达景德镇，把它作为我们写给这个山谷、这座城市、这个时代的情书。我们不写，别人也会来写，它一定会在某个时间、某个地方出现，只是，我们刚好在这里。

"观宋",
用瓷器讲好中国故事

"观宋",观的是文化,续的是瓷脉。

景德镇自北宋景德年间立镇始,即以瓷为业,以瓷立世,产品行于九域,施及外洋,成为备受全球追捧的奢侈品牌,对人类社会的生活、审美、文明等影响极大。因为一次邂逅,刘瑞华被景德镇深厚的陶瓷文化底蕴所吸引,毅然放弃体制内的稳定工作,只身来到景德镇,创立"观宋"品牌。他默默深耕十多年,整合优质资源,突破产业瓶颈,创新商业模式,使"观宋"从单一的有形产品销售,发展为用瓷器讲好中国故事、向世界展示中国形象的文化产业。

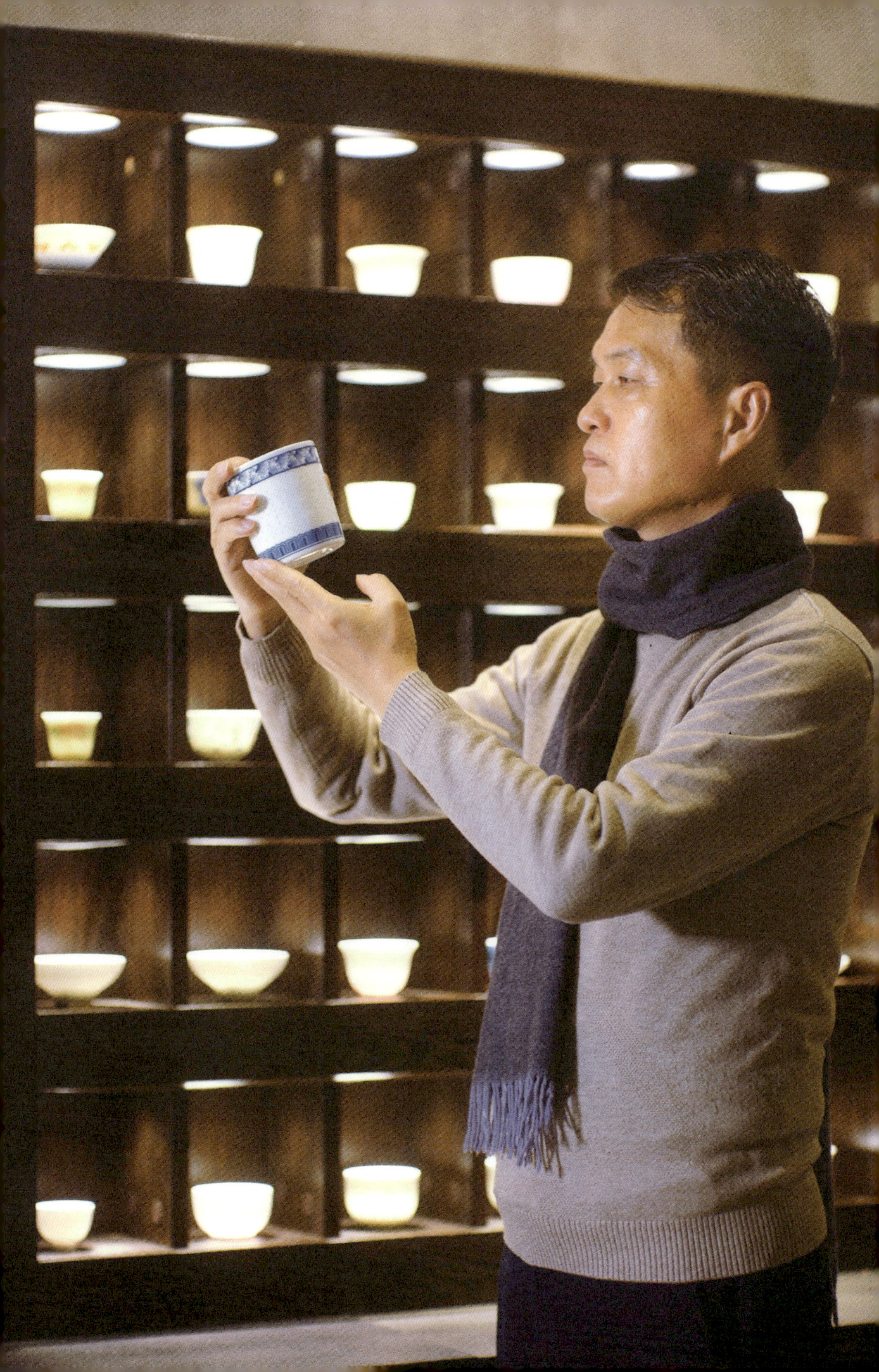

壹

刘瑞华只身来景德镇的那一年，是 2011 年。

那是一个起风的年份，房地产、移动互联网、共享经济……轮番造富，大家都争当那头站在风口上的"猪"。景德镇也一样，线上电商把陶瓷行业推上了又一轮高潮，勃发的经济刺激人们日渐膨胀的野心，人们谈论的是愈发高企的拍卖价格、销量惊人的线上爆款，都踮着脚忙着摘果子，罕有人关心这棵大树的根基是否牢固，树身是否有虫蚀。

老刘初到便发现，外地人，尤其是外省人，来景德镇，要买一套好的陶瓷餐具，竟如老虎吃天，不知道从何下手。听谁，信谁？到底谁家是镇上的"大哥大"？景德镇大大小小的堂口，蜂屯蚁聚，涛拥波急。在圈内，有的堂口口碑不凡，自视甚高，离开景德镇却如泥牛入海，无人知晓。消费者普遍知道的，唯有"景德镇"这个地域品牌。

不知道是天欲降斯人大任，还是老天爷赏饭，和陶瓷本无丝毫缘分的刘瑞华，开局便是顺风的，靠着做邮票型陶瓷，赚到了人生中第一桶金——500 万元。同时，他在陶瓷城旁边的一家快捷酒店的一楼，扎下了他的营盘——景德镇德韵陶瓷文化发展有限公司。换作一般的淘金者，可能就会志得意满，从此做好一个规模不大不小的公司，过着衣食无忧的日子。

在镇上，要卖牛奶，大可不必自个儿圈家奶牛场，拉来订单，只要竖旗招工便可，工匠可谓满街都是；若无订单，老酒喝喝，麻将打打，一觉睡到日上三竿。有景德镇这块金字招牌垫底，不论怎么做，不论如何卖，总能卖出去……可他不是来入伙守成、萧规曹随的，而是来破茧、踢馆的。

从历史上看，"景德镇"曾是中国唯一的世界品牌，独领风骚一千年，特别是在17、18世纪，对人类社会的生活、审美、文明等各层面的影响很大，大约只有20世纪90年代以来覆盖全球的互联网可以比拟。但近代以降，欧洲瓷器异军突起，遑论世界七大顶级陶瓷品牌——丹麦"皇家哥本哈根"、德国"麦森"、英国"韦奇伍德"、法国"柏图"、西班牙"雅致"、日本"鸣海"、匈牙利"赫伦"。在出口海外方面，昔日从不见经传的"赫伦"，已在全球58个国家销售，位列美国陶瓷奢侈品销售榜第一，跻身世界三大手绘瓷器，获得许多权贵和明星的青睐。在如此强劲的竞争者面前，刘瑞华坚信景德镇陶瓷的世界性价值，决心用毕生精力，以景德镇作为资源平台，用现代的审美与更精湛的技术让古老的艺术重新焕发活力，让千年瓷文化走向世界。

贰

景德镇不缺商品，不缺作品，也不缺工匠和艺术家，近十年，随着一批批景漂的到来，昌江之滨耀眼如白日。景德镇缺的是核心竞争力。在这里，不缺在创新传统的产品的基础上力拓商业模式和市场渠道的人，但缺少整合各种资源打造过硬品牌、走向国际的人，缺少将满林子吱吱叫的麻雀，变成在高枝头流啭的夜莺的人，将山前打到山后的火炮，变为响彻天际的隆隆礼炮的人。

哦，我忘了交代——他的爷爷和四爷，都是从瑞金走出来的红军。一个打到贵州，一个打到贵州边上，途中爷爷与队伍失散了，不得已回到老家种地。刘瑞华很长时间不明就里，很晚才发现自己是红军后代，但革命者的"初心"，却全盘接受过来了，这或许就是冥冥之中老天安排好的。

他的"初心",是要实现景德镇价值的当代重构——

把真正有手艺的人聚集起来,把真正有思想有风格的设计师、艺术家集中起来,形成一个"云"资源库。利用现代互联网技术,整合资源,将景德镇的陶瓷产能与社会的需求紧密连接,并形成一个可匹配各自需求的平台为产品信誉背书,让设计师专心做设计,让艺术家潜心于艺术,让工匠也可以心无旁骛地打磨工艺,无须操心自家的东西怎么卖。最终突破瓶颈,实现景德镇瓷业的转型,甚至,与全球多元化文化进行融合。从单一有形的产品销售,发展为推广中国传统文化和现代生活方式的产业,如是品牌,才可能辉光于景德镇,又脱颖于"景德镇",在全球品牌之林重获一席之地。

几年后,刘瑞华把基于这个概念与模式创建的品牌,叫作"观宋"。

宋代,无疑是中国陶瓷历史上辉煌的年代,景德镇躬逢其盛,有太多的可圈可点之处。首要就是,景德镇在瓷器上找到了一种既可满足南方,又让北方莫名欢忭的颜色。青白瓷,既无妨南方人对传统青瓷的趣味,又满足北方南迁移民对白瓷的怀念,从诞生的那一天起,就受到广大民众喜爱,成为宋代产量最大、销售最广的瓷器。曾任中国古陶瓷研究会会长、国家文物鉴定委员会委员等职,被国内外陶瓷界誉为"中国古陶瓷研究第一知名学者""亚洲乃至世界难得的陶瓷专家之一"的冯先铭先生(1921—1993),生前于《宋元青白瓷》中盛赞道:"青白瓷流通地域如此广泛,几乎达到了全国三分之二的省份。除个别省出土的青白瓷为本省产品外,绝大多数青白瓷都是景德镇窑产品,任何一个宋代瓷窑产品都远远不及景德镇青白瓷流通区域广泛。"

这可是好大的一个成绩啊,几乎逼近刘家老前辈刘备恢复汉室的梦想。

不知他人看刘瑞华的这份宏愿,是否会像十八路诸侯看刘、关、张三兄弟亮相讨董会盟一样，谈之以讥；即便是2013年年末相识相交于他的我，多年来，心里也经常为之忐忑。不管外界、朋友们作何观感，他在小城西北的一隅，年复一年地做着，如武侠小说里的扫地神僧一样，不懈地廓清瓷界的地面。

"德韵"阶段，其产业上游，是他签的二百多个生产作坊、画室，这是他货比三家，走出来、比出来的。他的目光多投射于那些目前市场价格起点低、未来有成长空间的青中年中坚力量。他取其优势，避其短板，把不同产品订单给不同的对象，还安排专人加强品质管理和监督，一个项目，可调动十几个作坊。除成本控制合理外，他的每个产品还会附上工艺说明书、寓意说明书，让哑巴瓷器变成会说话的陶瓷，变得有利于广泛传播。

其产业中游，是产品的设计、创意、策划部分，这些都被他牢牢掌握在自家手中。他注重设计研发团队的创新能力，根据客户的需求与品位，在陶瓷产品的基础上，配之以布饰、灯饰、大理石、实木家具、小家电、美妆用品、贵金属藏品等，从而满足婚房装修、高档家居制作、办公室装饰、餐厅布设等的需要，从单一产品销售，拓展为生活场景、生活体验的全面打造。他公司的产品与服务既反映当代人的审美趣味，又"杏花烟雨秦楼间"，飘逸出书卷气息和东方情调。

其产业下游，就是营销。在景德镇，工艺陶瓷产业没有国家价格标准，"德韵"在严格高效的管控下，自主创建了符合市场规律的质量、成本、价格及生产管理等的一系列标准和规范，只制作符合客户需求的产品，给客户以性价比优于同类竞品的产品。

认同"德韵"性价比、感其真诚的客户日益见涨，其中不乏中国平安、中国石油、中国石化等下几万件、十万件大单的大客户。他的公司还有6家分别位于重庆、成都、珠海、长沙、武汉、九江的加盟实体店，销售额以每年40%的幅度增长。2015年，互联网上莺啼鸥鸣，呼叫"德韵"的越来越多。

眼见由快捷酒店一楼起步的"德韵"，几年内一一租下各层楼，更名为"观宋"，每年一两次的见面中，我便向他问起经营的情况。他像多数客家人那样，不大的脸盘上，浮现出栀子花一样不浓不淡的笑容，说："还好，还好。"我也只当真话听。他邀我等在公司用餐，桌上多是他从老家千里迢迢带来的客家食材，有几回还添了甲鱼，我大快朵颐，像是吃自家的，再无忐忑感。2020年年初，仅用两个月，原来淹没在陶瓷城一片老旧建筑里的"观宋"，移阵名坊园。这片新的"根据地"，是四层楼的大院，占地八亩，建筑面积达6000平方米。

2020年以来，陶瓷行业的直播电商进入深秋，让景德镇不少陶瓷企业选择节衣缩食，裹紧身子，生怕风来时，自己像蒲公英一样一吹就散。再看他，仍是衣冠楚楚，领带笔挺，微笑依旧，不见焦躁，只有淡定。我若不问境况，他不会说，我问起来，他言语间又有些昂扬，像一张拉开的弓，有着饱满的张力。

观宋博物馆展厅里的陶瓷作品

2021年元旦，"观宋"首都机场直营店开业，这意味着国家门面对景德镇瓷器的高度认可。2021年10月南昌昌北机场店、萍乡高速公路服务区店、庐山高速公路服务区店陆续开业。

此前一年里，景德镇罗家机场店、南城高速服务区店"观宋"品牌店开业；除原有的本省赣州、抚州、新余加盟店以及湖南张家界、广东珠海、山东烟台加盟店，这一年里，观宋又成功签约重庆、长沙、成都、武汉加盟店；"邂逅景德镇，从观宋开始"，"观宋"的品牌店立到哪里，景德镇的光芒就照耀到哪里……

2021年春节前后，在南昌九龙湖片区，1300多平方米的"观宋"旗舰店开业。至这一年10月，"观宋"在全国10多个省市开设有品牌直营代理店，经销商上百家，还与来自西班牙、波兰、捷克、斯洛伐克、土耳其等国的经销商，达成广泛合作共识。全球馆藏元青花瓷最多的地方，恰是土耳其伊斯坦布尔老皇宫，期待不久的将来，这些流走远方的"祖上"，能够听到"观宋"亲切的吆喝……

叁

在镇上一帮喜欢茶服道袍、宽衣大袖的陶瓷圈人中，刘瑞华从早到晚西装着身，发型一丝不苟，"发条"始终上紧，这颇像酒店大堂经理的打扮，和这座城市骨子里的"散漫"气息并不相合，也和一些景漂在上午的慵懒状，大相径庭。

连日对他的采访，不禁让我联想到他仿佛是一个从20世纪30年代赣南苏区穿越来今日的游击队队长。勇于奉献（一般老板很难做到的——全年无休，不是在公司，就是在去公司的路上。10年来，他和员工一样只拿一份工资，除此之外，没往家里多搬运一元钱，钱尽可能花去做渠道建设和吸引人才）；对自己的目标永远充满激情，牙关紧咬，眼看有揭不开锅的困境，这困境若内里烧着了的棉被，没有明火，没有声息，他也只默默承受。似乎这是一个人的战争，也是一个人寂寞的修行。以至于采访过他的几个作者，慕名而来，铩羽而归。

是的，在理想如深秋数万枚黄叶飘落，生活如踱步的猫迷惘地眺望远方之时，还有多少人能信豪言壮语呢？

事实却是，他在2022年也开始玩起了抖音。在他的频道，他很少说生意经，而多侃人生商海哲理、岁月世事断想。不到一年时间，他没有花推广费，就吸引了4万多粉丝的关注。线下，数量不断增加的生意伙伴中，他的粉丝大有人在。其中，有老板，有退休干部，有海外华人。而"观宋"的高层，是他的一票钢铁拥趸，其员工大多刚从大学毕业就来到"观宋"，一直干到结婚生子，一干就是10年。连清洁工阿姨亦做了10年。很多人在公司待的时间，比跟家人在一起的时间还多，公司却从未发生有人跳起脚来要求加薪的事。这么多年下来，每年都是老板提出要给加薪。仿佛"观宋"就是家，跟着刘瑞华就是他们的宿命。

"观宋"的艺术总监郭女士，语速快，思维清晰，逻辑严谨，穿着打扮、举手投足之间，透着浓浓的北上广的精英范儿。她毕业于中国美术学院，获硕士学位，曾是中国美术学院的自主品牌"敦品"的创始团队主创之一，也在国内最早做传统文化的"东家"App任职过平台运营总监。从2004年开始，她在文化艺术行业学习和深耕，涉足艺术品拍卖、策展、文创品牌的设计和推广、互联网运营等。我问及薪资的时候，她大方地说，和她七八年前待在杭州时的薪资一样。

她说了这么一个故事——

有个人去4S店买车，接待他的，是一位外形特别帅气的小哥。那人问："在北京要请到你这样的人，需要多少薪资呢？"

那位小哥告诉他："每月1万元。"

顾客嘀咕道："这样的条件做销售，底薪才每月1万元，可能是学历很低吧？"

小哥说："我是211院校毕业，拥有双硕士学位。"

顾客又推论："那你的业绩提成一定很高！"

观宋博物馆中心展厅

小哥答:"卖一辆车有500元提成。"

顾客心中大惑不解:"你长得帅,学历高,那么优秀,拥有很多更好的机会,为什么来这做销售服务工作呢?"

小哥给出了最终的答案:"我的梦想就是改变人类出行的方式,我愿意为我的梦想买单。"

郭女士直言,自己和故事里的小哥,是同类人。

双向奔赴，非典型景漂之光头老谢

　　武汉人谢卫锋早年做过医生，干过推销，办过医院，多番折腾之后却选择在景德镇安家，投身于陶艺推广和教育事业。他创办"百陶会"，以科学的视角、开放的态度，深入研究陶瓷材料和工艺，研发陶艺设备，规范陶艺体验课程，建立了全球首家陶瓷共享烧成中心，百陶会也成为全国知名的陶艺培训教育机构。

　　谢卫锋在景德镇如鱼得水。他说，所有的困难，都将成为实现梦想的垫脚石。

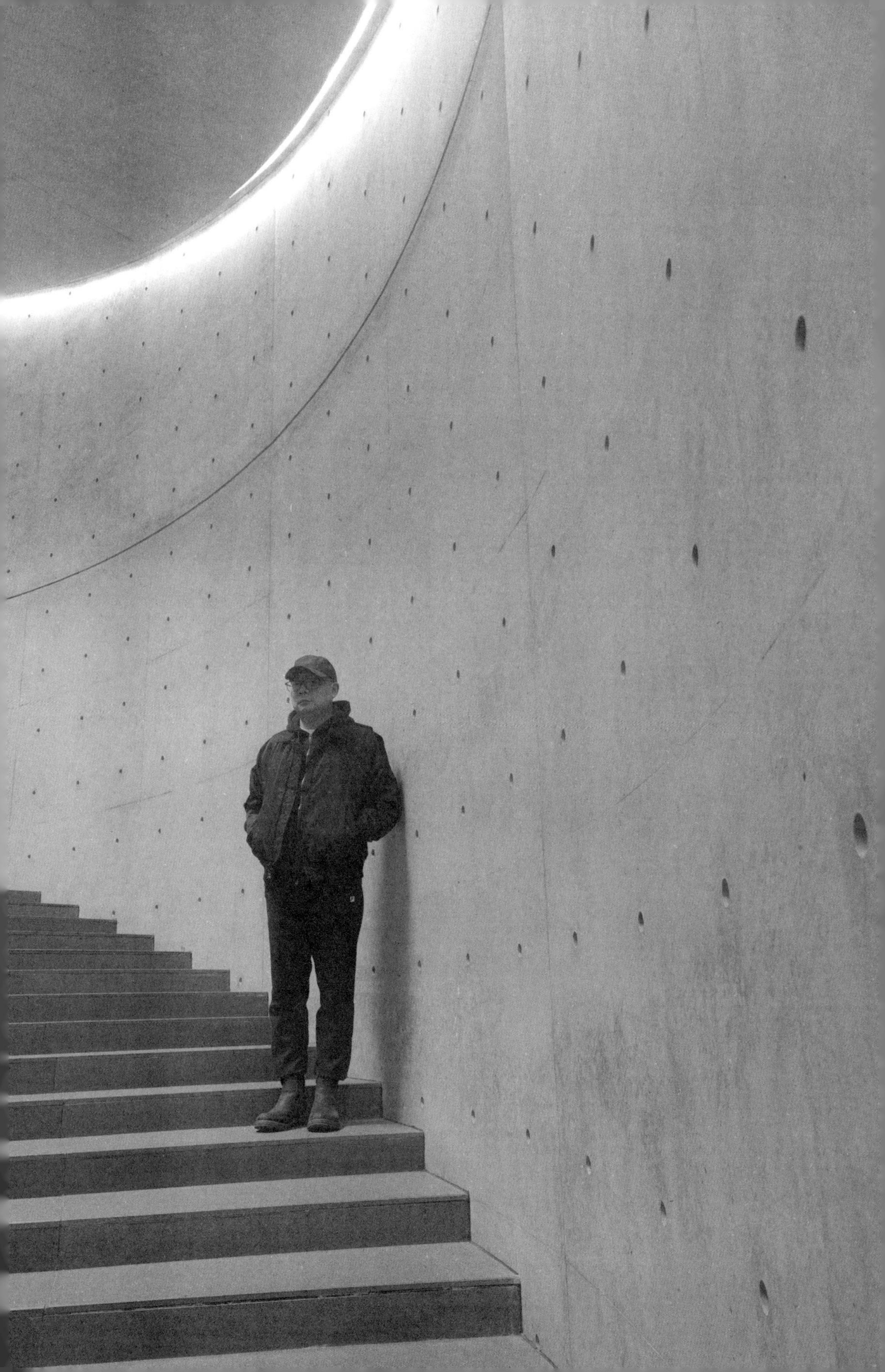

谢卫锋，被人称为"光头老谢"，正宗武汉人，家却安在景德镇，是景德镇的女婿。在景德镇，他不仅找到了一生的真爱，还开启了将为之奋斗一生的事业。

认识谢卫锋的人，都能从他身上，感受到一种力量、一种坚定、一种温暖，还有一丝丝的柔软。

壹
非典型景漂

在景德镇，光头老谢有一些另类。"非典型景漂"曾经是我给自己的定义。现在看来，用在谢卫锋身上，竟然也无比的恰当。

老谢年龄不大，个儿不高，微微有些发福，但完全不"油腻"，属于暖男。他最突出的特点是光头，锃亮锃亮的，经常露出招牌式的谜之微笑，让人着实猜不出他在想什么。

猜不出他的想法太正常了，因为无论是思想还是行动，他永远走在别人的前面。我甚至觉得，很少有人能够准确定义谢卫锋具体是做什么的。做陶艺体验的？做陶艺培训的？做陶艺设备研发与生产的？是，又不全是。从功夫小瓷到百陶会，从陶艺体验到陶瓷共享烧成中心，老谢涉足了材料、设备、工艺、教育领域。老谢一路走来，以敏感的预判、超前的眼光、人文的精神、科学的实践，以及企业家精神，走出了一条独特的属于自己企业、自己人生的发展之路，堪称典范。

"非典型景漂"，是我站在景德镇这座城市历史和当下交汇点上看老谢，对老谢的定义。

没有从历史的纵深和当下的广阔去定义一个人、一件事，那这个定

/ 我们在这里 /

义是没有坐标、没有意义的。在讲为什么用"非典型景漂"定义谢卫锋之前,需要简略地阐述一下我个人对景德镇,对陶瓷工艺、陶瓷艺术的浅薄理解。

景德镇城市的发展与陶瓷的发展息息相关、一脉相承。回望2000多年的冶陶史,陶瓷的发展过程其实就是陶瓷材料不断更新、窑炉技术

百陶会部所研发中心,柴窑烧成区

不断革命、陶瓷工艺不断追求极致的过程。从一元配方到二元配方；从单色釉到青花、粉彩、斗彩，乃至到有"瓷母"之誉、集制瓷技术之大成于一身的各种乾隆釉彩大瓶；从古代的龙窑到镇窑，到现代的煤窑、气窑、电窑，无一不是材料的更新、技术的进步所带来的结果。

在当下，景德镇最时兴、最典型的景漂，是艺术家、设计师和手工匠人。确实，景德镇能有今日之胜景——既古老又年轻，既传统又当代，既乡土又国际——与无数来自全世界的艺术家、设计师和手工匠人密不可分。对于景德镇而言，一个一个的个体很难被关注，甚至显得有一些寂寥，但当许许多多的人聚集起来一齐努力，就成为一种现象，成为一股越来越有影响力的力量，成为这座城市不可或缺的部分。他们各自独立又相互关联，无论是手工艺从业者，还是设计师，又或是艺术家，他们在创作中相互借鉴，在精神上相互影响，在审美的品位和高度上处于相近的维度，于是，他们在无形中改变了这座城市的气质，让这座非常古老、传统，以手工艺为文化主调的江南小城变得年轻，变得时尚，变得国际化，变得如此鲜活生动，让无数北上广深的"城里人"心心念念地想成为一个"镇巴佬"，过几天"镇生活"。

于是，在《景德气象》一书中，我曾经谈到"景德镇是最有可能成为中国新民艺运动策源地的城市""你们向往的诗与远方，就是我们的日常"等等思考。

这是我理想中的景德镇，这是我理想中的景德镇的未来。但所有这些美好的图景背后，所有这些站在城市舞台上闪闪发光的艺术家、设计师和手工匠人的背后，景德镇的繁荣需要很多很多普通人看不见的条件来支撑：城市建设的不断发展（大背景），高品位艺术街区和艺术聚落的建设与运营（小场景），让非陶瓷专业人士（无论是普通体验者还是专业设计师）更容易参与的陶瓷材料、陶瓷工艺和陶瓷设备……只有当所有支撑体系完备了,这些城市的"舞台""灯光"完善后,"舞台"上的"明星"才会被发现,被看到,散发出更大的魅力。

无疑,老谢就是站在聚光灯背后的推动者,是典型的"非典型景漂"。

在我看来,老谢的"非典型"体现在几个方面:

在景德镇,企业家精神是最稀有、最珍贵的品格,但在老谢身上,我看到了企业家精神的光芒。千百年来,手工制瓷都是支撑景德镇城市发展的最核心的产业,工匠精神是景德镇最引以为豪的城市品格,一个一个的手工艺人,如同满天的繁星,各自闪耀。景德镇陶瓷历史上,除了"景德镇"这个城市品牌,除了"御窑"这个皇家品牌,几乎找不到一个陶瓷商业品牌,这与历史上徽商、晋商各种层出不穷的品牌(商号)形成了鲜明的对比。千百年的工匠精神是弥足珍贵的,但也让景德镇人骨子里少了些开拓精神,少了些品牌意识,少了些对于产业的系统性的思考。

"厚德实干、义利天下"是新时代的赣商精神。这一点,却在"天上九头鸟,地下湖北佬"的老谢身上,显得尤为突出。对产业方向的精准预判、对企业发展的清晰规划、对公司品牌和形象的不断矫正和推广,都是他企业家精神的体现。

科学精神作为一种现代性思维方式,在当下的景德镇陶瓷圈内,仍是极稀缺的品质,然在重视经验的景德镇,老谢敢于用科学取代经验。在以手工制瓷为主的景德镇的陶瓷江湖上,技艺手手相传,经验代代相继,让太多的陶瓷工艺蒙上了神秘的色彩,这既是手工陶瓷最迷人的地方,也是在某种程度上制约了大众了解陶瓷、亲近陶瓷、热爱陶瓷的原因之一。在当下的景德镇,将陶瓷材料、陶瓷技艺、陶瓷工艺、陶艺设备等等科学化、标准化,从而为陶瓷打开更广阔的世界是十分急需的。光头老谢,是这方面的践行者,他用科学取代经验,如庖丁解牛般将陶瓷材料、陶瓷工艺、陶艺设备、陶艺课程等等进行分析、拆解、重构，形成完整的体系。

这之中，既有陶艺体验、陶艺教学、陶艺设备为企业带来的巨大市场商机，也有让更多行业外的艺术家、设计师，乃至普通人也能容易地理解陶瓷、运用陶瓷材料进行跨界的创作，推动陶瓷创新的可能性。更有价值的地方在于，通过陶艺的普及，能在无数的热爱陶艺的人们心中播下景德镇梦想的种子，这对于推广景德镇，善莫大焉。

人文之光芒是他的另一特质。光头老谢呈现在大多数人面前的形象是商人，是成功的企业家。设立助学金、捐赠陶艺设备、建立陶瓷共享烧成中心……他种种此类的做法，被许多人称为"情怀"，而我更愿意将其称为人文的光芒。"情怀"是一个被用得烂俗的词语，无数人打着"情怀"的旗帜，将"情怀"高高地举起，赚到钱后，就狠狠地扔在地上，甚至会踹上几脚，唾一口唾沫。老谢不同，老谢是个精明的商人、成功的企业家，且在精明之外，依然散发出人文的光芒。

贰
不疲倦创业者老谢

光头老谢不是一开始就光头的，他也曾经是翩翩英俊少年郎。不然，如何孤身来到景德镇，抱得美人归？

老谢已经过了不惑之年，他的后半生如何，我们无法预判，但我们很清楚地了解，他的前半生是传奇。从放射科医生、保健品推销员、社区医院创始人兼院长，到陶艺教育的领军人物，他这样多次的身份转变是不是让你觉得有些魔幻，有些传奇？

"我领了最后一个月500块的工资，骑辆自行车就出来了。"

这是1997年，19岁的老谢从家乡的医院办理"停薪留职"时的情景，我似乎能看到一个倔强少年的义无反顾。

1997年，谢卫锋是武汉城郊一家医院的放射科医生，他端着铁饭碗，却对终日枯燥乏味的工作和生活感到厌烦，内心深处充满了对外面的世界的憧憬和跃跃欲试，他不顾家人的强烈反对，"骑辆自行车就出来"闯世界了。于是，医院里少了一个谢医生，街头多了一个推销员小谢。从武汉到孝感，从湖北到江西，从南昌到景德镇；从推销酒水到推销保健品，从街头推销员到地区总代理：无论风雨大小，无论成败，谢卫锋一路走来。我能想到，在无数个风吹日晒、雪盖雨浇的日子里，当他感到疲惫的时候，应该总能想到1997年前，每天骑着那辆自行车，花费两个小时穿过长江二桥上下班的日子。望着江面上那些忙碌的大船小舟，他勉励自己：再苦再累也得坚持下去，只要走下去，我一定能够找到人生的入海口！

景德镇，应该就是谢卫锋人生的入海口。

在这片海，他遇见了他的那个她，然后他们一起创造了更大的海——事业的海洋。

彼时，谢太太是《瓷都晚报》的记者，她有着如花的年龄、如花的容貌、如花的前程。有一次因为工作关系，老谢陪朋友接受采访。采访结束了，被采访对象离开了，陪去的老谢却看上了采访的记者，暗暗打定主意把她追到手，一如当年义无反顾地骑辆自行车闯世界般勇猛。

其实，老谢有福气，确切地说老谢有魅力，他遇到了对的人，遇到了懂他的人。

都说情人眼里出西施，老谢和谢太太都老夫老妻了，但只要说起谢卫锋，谢太太眼里依然充满了光芒，"谢卫锋是个在工作和生活上都很有激情的人，他不墨守成规，思维的火苗很跳跃。我们约会时，他骑自行车来接我。我注意到，如果路中间有个橘子，他就会压过去；如果有一只老鼠倏而过街，他一定会骑车去追老鼠。一旦成功，他会抬头和你相视一笑，眼神纯真得像个孩子。如果身处一个战争年代，以他的性格他绝对会去打仗。作为他的老婆，应该同意他去打一仗，哪怕他牺牲了都没关系，否则他会一辈子后悔和遗憾，一辈子不与你和解……我想，这就是我要找的人，一个有野心、有激情、有梦想，立志要做成事的男人。"

从此，老谢停下了漂泊的脚步，娶妻、生女、创业……爱情的浇灌，鼓舞了老谢创业的激情。于是，2006年春天，从医院出走的老谢为了圆自己一个"院长梦"，再一次加入创业者大军：创办景德镇第一家社区医院。他去租场地、找医生、拉队伍、跑资质、做宣传……他历经了千难万险，当医院终于赢利时，股东矛盾又凸显出来。老谢和景德镇本土的一位股东之间出现了矛盾。为了不影响医院的正常运营，更为了不让自己有限的时间和精力在无休止的纷争中消耗，老谢选择了退出。一年半里，他昏天黑地地忙碌，没有一分钱收入，只过了一把当院长的瘾。

让我们记住2007年。这一年，原本是翩翩少年郎的谢院长成了光头老谢，正如苏轼在黄州成了东坡一般。彼时，他们的孩子出生，剖宫产。谢太太出院的第二天，老谢就开始没日没夜地跑人民医疗事业，每天回来还会很兴奋地跟太太聊天，谢太太说他"目光亮晶晶的，满是医院的灿烂前景"。但是很快，各种压力接踵而至，谢院长内分泌失调，一洗澡，头发掉一把，最后头发都掉光了。

"我劝他去治疗,他根本就不管,说:'有你这样好的老婆在身边,我还在乎别人作何观感?'到现在,他还是顶着一个硕大的光头,像颗小卫星一样飘进飘出。"

这就是爱情,双向奔赴的爱情。

从此,景德镇有了光头老谢,有了功夫小瓷,有了百陶会,有了一个以科学的视角、开放的态度,全面而深入地研究陶瓷材料、研究陶瓷工艺、研发陶艺设备的企业,有了全国最大的陶艺培训教育机构,有了全球首家陶瓷共享烧成中心。

景德镇成就了光头老谢,老谢亦没有辜负景德镇,这何尝不是另外一种双向奔赴?

百陶会工厂师傅正在检查设备

学生们观看陶艺老师做演示

叁
光头老谢和百陶会的 14 年

景德镇是谢卫锋人生的入海口，陶瓷，则是谢卫锋遨游的无边无际的海洋，这海洋有波涛汹涌的时候，也有波光粼粼的时候。2009 年之前，光头老谢是不安分的，当医生、推销员、代理商，创办医院，一两年就得换个地儿，换个行业。但他一遇见陶瓷，一干就是 14 年。

2009 年，百陶会创立，开始专注于陶艺设备生产和陶艺体验；"功夫小瓷"的名字犹如脑白金一样在圈里传播。2012 年，百陶会陶艺体验和陶艺培训课程系统逐步建立，百陶会从单一的陶艺体验，转向专业陶艺培训和陶艺教育，4年时间服务了国内5000多家学校和社会教育机构；同年，百陶会开始陶艺设备的生产与研发。迄今为止，百陶会所占的陶艺设备的中高端市场份额，在国内已经达到80%，并且产品远销加拿大、德国等国家；2021年，百陶会和中国轻工业陶瓷研究所窑炉开发中心合作，联合创立了全球首家陶瓷共享烧成中心，专注于陶瓷材料生产和陶瓷烧成工艺的科学化、规范化、系统化……

百陶会的每一步都缓慢、清晰、坚定。老谢和百陶会在14年间亲历了景德镇的变化。老谢凭他的智慧和资源，赚得盆满钵满本是一件轻松的事儿，可他却在陶艺体验、培训、教育——少有人问津、看似寂寥的道路上，一步一步走着。

谢太太曾经有一句调侃的话："见过忙的，没有见过比他更忙的。"百陶会创办初期，只有6个员工，却面向全国开发市场。后来，有了几十个加盟商，服务几百个学校，其业务大多是由老谢一个个跑出来的。最长的一次出差，他差不多跑了两万公里，光新疆就去了乌鲁木齐、奎屯、喀什、伊犁，南疆、北疆基本跑遍了。他又坐飞机又包车，交通费用就好几万。他去完新疆再赶去广州。女儿老见不到爸爸，妈妈就挂了一幅中国地图在家里，并告诉女儿，爸爸现在在哪里："这是合肥，这是苏州，这是伊犁……"

企业能迈着稳健、清晰而坚定的步伐，源自谢卫锋对市场的敏锐洞察、对发展的精准研判、对城市和产业的无比热爱。成绩是建立在他日复一日、年复一年地对陶艺教育和陶瓷产业的深刻研究基础之上的。此时的他，已经如同思想上打通了任督二脉的武林高手，对产业的认知、企业的未来，已经成竹在胸。

在谢卫锋眼中，陶艺教育的底层逻辑，是"感知、抽象、逻辑与实证"。

他从人类认识陶瓷有着阶段性的规律上受到启发，规划企业的发展方向，建立陶艺教育的系统课程，开展陶瓷创新的基础研究，为企业、产业提供理论构建和实证支持。

对于非陶瓷专业的人来说，现在进入陶瓷系统的门槛仍相对较高，没有经验的人一头扎进来，若老虎吃天，不知从何下口。在创建陶瓷共享烧成中心的时候，谢卫锋曾经说，陶瓷材料本身是一种语言，绝大多数人没有时间和能力，也没必要研究得太透彻。一个艺术家、一个设计师，只须用最便捷的方式了解材料性质，服务于自己的艺术创作和产品设计即可。我们的实验结果就会给他们参考。

利他，才能利己，这就是老谢和百陶会的智慧。科学的精神和人文的光芒从老谢身上和百陶会的事业上绽出，进而影响着更多的人，乃至这座城市。

肆
致敬，灵魂的孤勇者

景德镇，走向全国舞台，走向世界舞台，绽放出愈加迷人的光彩，给全世界带来了深刻的影响，让越来越多的人开始思考如何生活、如何在生活中寻找自己生命的价值。

景德镇这样一座江南小城，不管世事如何变化，当地人的生活依旧缓慢、闲适、恬淡、从容，但景德镇人并不缺乏进取之心，他们充满了青春的活力，他们茶照喝，窑也照烧，并且敞开大门，迎接越来越多的来自四面八方的客人，愿意接受表扬的、批评的、审视的、挑剔的目光。

2022年"十一"长假，景德镇突然沸腾起来，如一壶温开水终于烧到了 100 ℃，以至于有了"半个小红书，都漂在景德镇"的说法。

我一直认为，这一天的到来，其实是意料之中的，是凝结了无数人心血和努力的必然结果，犹如一部大戏，经历了数十年、数百年的排练，终于拉开大幕，面向世界。在这出永不落幕的大戏中，有一些人、一些事是不能被遗忘的，他们有的并不站在舞台的中央，比如"非典型景漂"光头老谢。

当游客沉迷于"玩泥巴"的乐趣时，他们并不知道手下的拉坯机出自百陶会；当全国数以千计的中小学普及陶艺教育、开设陶艺课程，数以百计的高校建立陶瓷实验室时，可能没有多少人知道光头老谢；当越来越多的设计师和艺术家轻松地了解起陶瓷材料、掌握起烧成工艺，为陶瓷创作带来更多可能的时候，也许并不知道这一切背后，是源于老谢的全球首家陶瓷共享烧成中心的努力；甚至可能有数以万计、十万计的人来到景德镇，就是因为他们在某一时刻，通过老谢的陶艺体验课种下了关于景德镇的种子……

这一切，都和老谢有关，又都和老谢无关。老谢不会去讲述这一切背后自己的心路历程，他描述的只是一个又一个的数据、案例，而我却从中看到了他内心的骄傲。或许，夜深人静的时候，光头老谢和谢太太偶尔聊起，会相视一笑；或许，很久以后的某个时刻，已是耄耋老人的光头老谢，依然会突发少年狂地对孙儿说"你爷爷当年如何如何……"

一个人，一座城。

在景德镇，有无数人以自己的奋斗、自己的付出塑造着这座城市的气质，每个人都值得被尊重，每个人都值得被铭记。

"非典型景漂"光头老谢、乐天陶社创始人郑祎、三宝国际陶艺村创始人李见深、陶溪川掌门人刘子力……他们走着与众不同的路，注定更加艰辛，注定更加孤独。他们在不同的时期、不同的地方，以自己的方式，改变了这座城市的许许多多，让这座城市变得不一样。

他们是灵魂的孤勇者。

▶ 第二章

不以山海为远

前后短期与常住的，有几千洋景漂，其中不少人对大城市意兴阑珊，那里只是一个现代化气息很浓、精英白领扎堆的地方。景德镇则不同，原乡的底色，生生的烟火气，"抓一把泥土，变成神话人物；再抓一把泥土，变成飞禽走兽"，更能激发灵感。

识见照亮艺术，呈世上最美的活色生香；热爱邂逅珍重，定是人间绝配。

在当下烽烟不断的地球，洋景漂们快乐一隅，想象力爆棚，率性创作与生活，恍若飒飒秋风里的满地静叶，又为此城添了一道风景。

享受在景德镇的"生"与"活"
——安田、艾丽耶夫夫妇的一个决定

志相合,不以山海为远。

出生于20世纪40年代的安田猛,在日本制作陶瓷30余年,年近花甲时来到景德镇,被这里活生生的、从未中断的历史和传统手工艺所迷醉。他来了,就不想走了。他的英国妻子艾丽耶夫也是国际知名陶艺家,很快也追随丈夫而来。他们在景德镇创立"红房子"工作室,做陶艺,办讲座,交朋友,品美食,活得有滋有味。

景德镇的泥土,慰藉了他们灵魂的思念。

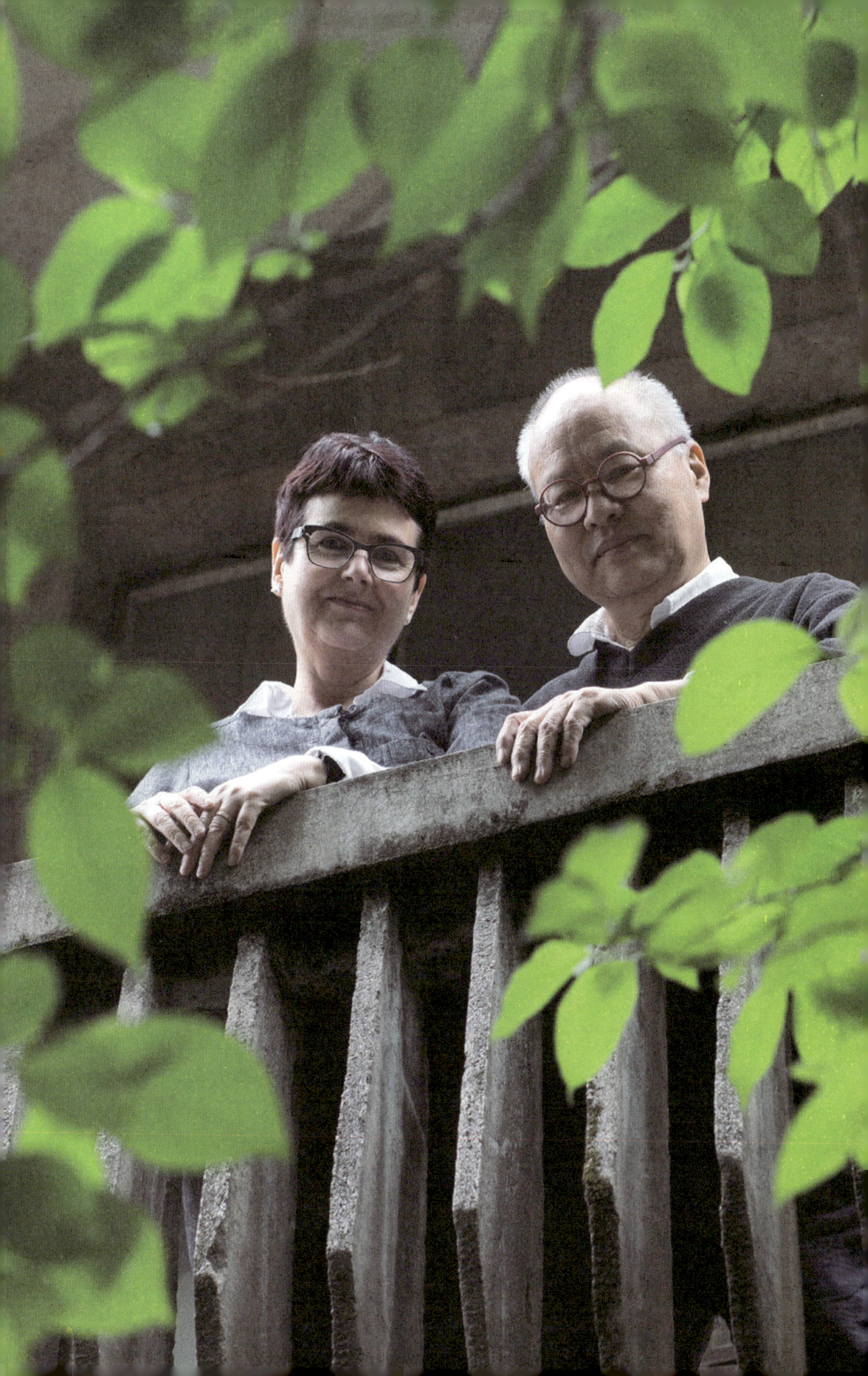

我的城，我的镇 | 景漂的故事

壹

安田猛，1943 年出生于日本东京。他是家里的第二个儿子，日本奉行长子继承制，家庭责任不在他身上，想做什么都没有心理负担，可以尽情放飞自我。于是，他在益子町的百年陶业坊"大诚窑社"当了三年学徒，之后自己开了七年工作室。1970 年代初，日本发生经济奇迹，经济体量跻身世界前列。百姓钱包慢慢鼓囊起来了，对日用品的要求也

20 岁出头的安田猛站在工作室门口

随之提高，实用陶瓷供不应求，其创作、生产者吃足了红利，安田便是其中一位。

安田觉得，自己的作品卖给了五湖四海的人，自己却没怎么看看外面的世界，如井底之蛙。他决定不再对着方寸天空沾沾自喜，而是去更远的地方学习。于是，安田来到了英国。

在英国的学习，让他慢慢体会到艺术的多元性。50多岁时，他觉得自己做陶泥创作太久，应该改变方向，便尝试瓷泥。从那时候起，他开始深入了解景德镇。在日本，做陶瓷的人大多知道中国瓷都景德镇，知道那儿有个出品质极高黏土的高岭村，但鲜有人真正对景德镇进行深入了解。

2002年，安田在美国陶瓷艺术教育学会结识了乐天陶社的创始人郑祎，郑祎盛情邀请他去景德镇参观。安田欣然前往，他搭上一架小客机，在气流的颠来簸去中到了景德镇。当时三宝谷杂草丛生，道路泥泞……安田看到这一切，却觉得新鲜而又怀念，仿佛回到了19岁，回到他年轻时生活过的、和这里一样朴素的益子町，他从相似的零乱原始状态中，感受到了熟悉。

在景德镇的三天，他集中看了一些陶瓷作坊，参观了雕塑瓷厂和三宝村。他惊异于这里还保留着传统手工艺，不是浮于表面的形式，也不是形象工程，是活生生的、从未中断过的历史。

2004年，郑祎与安田共同谋划，在景德镇创办国际陶艺交流平台。基建花了近一年之久，次年安田担任创意总监，景德镇市乐天陶社正式开张。陶社离创作者们越近越好，既能方便摆摊，也能浸染在浓浓的文化氛围中。在已经倒闭的雕塑瓷厂，仍存续着许多作坊，那里是当之无愧的最佳选址。

安田发自内心地希望乐天陶社能办好，能给年轻陶艺家们创造尽可能多的机会、尽可能好的环境，如同40年前给他蓬勃生长空间的益子町那样。创意总监干起了调度活，他调动自己从业几十年积攒的广泛人脉与资源，邀请全球各地的陶艺大师来陶社举办讲座。大师的影响力举着乐天陶社冲出景德镇，无数人被这块陶艺圣地所吸引。讲座场场爆满，座无虚席。到2010年年初，乐天陶社已运营得非常成功，安田辞去创意总监的职务，决定把以后的时间留给自己的创作。次年，安田与妻子艾丽耶夫、合作伙伴熊白煦，在雕塑瓷厂内另寻了一个空间，成立红房子工作室。

弗莉斯蒂·艾丽耶夫是英国人，与安田相识于伦敦。

两人在巴斯开工作室，一起享受着二人世界，直到安田前往景德镇参与经营乐天陶社，只身在异国生活。

2005年的夏天，艾丽耶夫跟随安田的步伐，初次造访景德镇。她在学生时代就知道瓷都景德镇，英国的博物馆有许多瓷器来自万里之外的景德镇。景德镇对她而言，是座完全陌生的城市，唯一相牵的"丝线"，仅是在这里生活过一两年的丈夫说的些许故事。

抱着不确定的态度，她踏上景德镇的土地，一到这里，便震惊于一件件大型瓷器。之前，她在欧洲也做大型瓷器，大的作品有近两米高，最小的也有五六十厘米高。景德镇的大型瓷器，居然高达五米，快有两层楼房高了！她的兴奋之情溢于言表，从事陶艺工作几十年没有做的事，在景德镇可以完成了！

制作如此大体型的陶瓷是一个巨大的挑战，这激发出她强烈的创作欲望。对艺术家而言，最重要的是挑战自己的创造力、满足自己的好奇心。因水土不服，艾丽耶夫在景德镇经历了很长一段时间，才真正进入创作状态。一开始，她不适应，不喜欢吃米饭，菜也不合她的胃口。之后，她慢慢了解了景德镇的风土人情。有一天，她突然说："我好想吃米饭。"

从此，她渐渐爱上这边的饮食。她喜欢吃豆沙包，喜欢到设计了一个以小包子为造型的作品……

作为外国人，他们在完全陌生的环境中却感觉到非常自由。安田夫妇已是功成名就，没有很大的经济压力。在自己国家，他们或多或少要社交，社交时需要面对许多问题，但在景德镇，他们可以做两个完完全全的"小白"。毕竟，不懂语言就无法与人沟通，就算周围人常常绘声绘色地"哇啦哇啦"个不停，艾丽耶夫也只是一头雾水，索性装作没听见。她把更多专注力放在创作上，自由自在，非常轻松。

贰

2019年年底，他们回到英国，准备关掉巴斯的工作室。未曾想到工作室一卖出，因为众所周知的原因，他们一时无法返回中国。

安田从事相关行业的60年间，从来没有超过两个月不碰泥土。作为陶艺家，泥土早已融入他的指尖，成为他生命的一部分，如同体内的血液一样，与他难舍难分。同样因为众所周知的原因，他近两年无法触碰泥巴。600多个漫漫日夜寡淡如水，让他觉得自己的创造力消失殆尽。

最终，对泥土侵入骨肉的思念，让他决定：排除万难，回景德镇！

这段时间对艾丽耶夫的影响也很大。她的角色更多样，她是英国皇家艺术学院硕士研究生与博士研究生导师，需要搞教学。她任职的学校是全球顶尖研究型艺术院校，思想开放、学术领先、学费昂贵，学生对学校的期待也很高，校内有很多事需要艾丽耶夫进行多方面统筹协调，事务繁杂。同时，她也是艺术家，不仅要创作，还要做作品评论及担任比赛评委，等等。她每次的创作试验都需要马上得到反馈，此时，她的这项需求不能快速得到满足，她也就没办法及时进行新的创作。

最初丈夫安田还在艾丽耶夫身边，但为处理日本家中的一些事务，安田回到日本故土。合伙人熊白煦有一段时间还在英国，后来就剩艾丽耶夫一个人了。困难的是，他们无法计划任何事情，辛辛苦苦安排好的计划，也总是被突如其来的变化打乱。生活无法按计划进行，意味着无法推进生活，也没办法与朋友、爱人见面。除此之外，还面临身体不适等一系列问题。

现在科技发达，在手机上划拉两下，等待几秒，就能看见远隔重洋的爱人。艾丽耶夫和安田难忍思念，每天不间断地打开视频聊天。思念如潮水般只涨不退，这种看得见触不到的联络方式，愈来愈像饮鸩止渴，像在熊熊燃起的眷念上，狠狠地泼油。

停止聊天反而好点，一聊起来，他们就刹不住车。情绪起来时，明明想时时刻刻黏着方寸屏幕里的人儿，却说："要不这周不要视频聊天了，天天看到你更想念！"艾丽耶夫常常泪水盈盈……

安田夫妇彼此想念对方，也想念景德镇的创作氛围，想要返回中国。后来，景德镇国家陶瓷文化传承创新试验区获国务院批准成立，在新的政策下，可邀请外国艺术家重返中国。当时，艾丽耶夫在英国还有教学任务，一时脱不开身，白煦以为安田会先爱人两个月回中国来，但安田没有这样做。白煦不解：站在工作室的角度，被延宕的事务越早继续做越好。为什么安田不能先一步回来呢？

艾丽耶夫毫不思索地回答："他可是我的丈夫呀！我更希望他先回英国团聚，然后我们一起回中国。"

年轻的白煦听了，还是不明白，直到她后来和一位中年朋友谈到这件事，那人才对她说："白煦啊，你真的不能理解吗？"

"不能理解什么？"她更加诧异了。

"安田夫妇都是六七十岁的老人了,一场分别很可能就是一场诀别。你怎么不懂他们的心情呢?"

她这才恍然大悟,惭愧地说:"是是是,唉,是我想得太简单了……"她立马帮安田和艾丽耶夫办了一起回来的签证与机票。

他们是 2022 年后第一批从国外回来的驻陶溪川红房子陶瓷工作室的国际艺术家。

叁

熊白煦是景德镇本地人,但有时候她对自己的城市也会抱怨,比如她发现有人在电梯抽烟,让狭小的空间变得乌烟瘴气的时候。安田和艾丽耶夫反而不在意这些,总是化大为小,去繁为简。又或许他们因为语言不通,从而更专注自己,常忽略外在环境的影响。

安田的精力,比很多年轻人都好,做事非常专注。他在工作室门口做焊接工作时,街上人来人往,他眼睛都不偏一下。甚至有人喊他,他都听不见,喊他的人得凑到他耳朵旁,喊"安田!安田!",他才把注意力从手头的事上移开,笑眯眯地说:

安田夫妇重返景德镇相聚的瞬间

"Hello！"

安田享受在景德镇"生"的状态，也看重"活"的质量。

他每天按时作息，自制力很强。早上六点半，闹钟响过十五分钟后，他就起床，打开手机阅读时事新闻，了解国际形势。上午八点，他准时到工作室，中午从来不休息，一直干到晚上八点，是个十足的"工作狂"。为了更好地工作，他把外套的袖口剪掉一大截，这样可以把袖子挽到很高，不耽误做事。工作之余，他也很注重养生，饭量只有一个拳头的大小，哪怕今天的饭菜是他喜欢的，他也决不多吃。他不抽烟不喝酒，从不放纵自己，这是他健康且长寿的秘诀。

安田在中国待了很长时间，日常用英语交流，很久不用日语了。曾经有日本的学生来拜访他，说他的日语像是"古日语"，很久没有更新了。有日语说得很好的人采访他，采访结束后，他说："以后再也不要用日语采访我了。"日常交流没关系，一旦探讨较为深入的话题，他母语的语言结构和表达能力就不够用了，属于明显"退化"。

安田喜欢吃景德镇的特色食品。如果很久没来中国，一下飞机，他就要跑去吃拌粉和肉饼汤。他是工作室公认的美食家，会做多国美食，中餐、日料、西餐不在话下。他对咖啡也颇有研究，常自己烘焙咖啡豆。他一掌勺，工作室的员工都要胖上三四斤。

他做的菜，都是经过思考后的"改良版"。有一次，他做了茄子盖饭，和外面的不太一样，原来是他自己又

改进了一些。他以研究的态度做美食，哪怕是简简单单的泡菜，加的盐都要按克称。他为了做面包买了十几种小麦粉，经过不断试验，达到理想效果才算做好。

他做任何事都精益求精。这次没做好，下一次再改。这种永不停歇的钻研劲头，体现在生活的方方面面。比起现在的很多年轻人，安田对现代科技产品的了解也毫不逊色，安装电视、改装汽车，都不在话下。工作室里一些组装机械的活，都是他亲自做。他的父亲是摄影师，他的摄影技术也很棒。

年轻人爱逛的淘宝，他同样用得很溜。熊白煦三天两头就要去取件处拿安田在网上买的东西，有螺丝钉、烤箱、焊机、面粉……他什么都买，被熊白煦戏称为"红房子的淘宝一哥"。

有时，看到安田的一堆堆包裹，熊白煦既好气，又好笑："你买这么多，支付宝的钱够用吗？"

安田仔细想想，拿出一沓现金，说："我给你5000元现金，你给我转到我的支付宝上。"

肆

艾丽耶夫选择陶瓷，是因为她觉得陶瓷能把她的所思所想物化得更加高效和完善。甚至，只有陶瓷，才能表达她内在的思想情绪。一次教学中，她的学生问她："我好像对数字艺术品和虚拟世界感兴趣，但没有那么确定，该怎么办？"

她的回答是："可触碰的材料，才容易被感受到；只能观看，无法触碰的东西，多少显得虚无缥缈。实体可以给人带来真切的物质感，给人以'我做出来的东西，完完全全属于我，是我的个人表达'之感。"

陶瓷，便是艾丽耶夫选择的材料。作为陶艺家和教师，艾丽耶夫做陶瓷是为了充分地表达她的创造力、满足好奇心，而非仅为了表达某种哲学观念。

对现在的年轻人来讲，做陶瓷的现实意义也许不大，但如果价值观只停留在追求科技的层面，而且人人千篇一律，是不可取的。一个人的生命有无数种可能，把自己的精力花在诗、酒、茶上，并不影响他们同时热爱科技。人应该寻找自己喜欢的东西，让生命更有意义，而不是只盯着大众潮流。潮流只是一时一段的趋势，可以选择跟从与否，但重要的是在趋势中找到自己的位置。

熊白煦（右）与安田夫妇在陶溪川红房子办公室

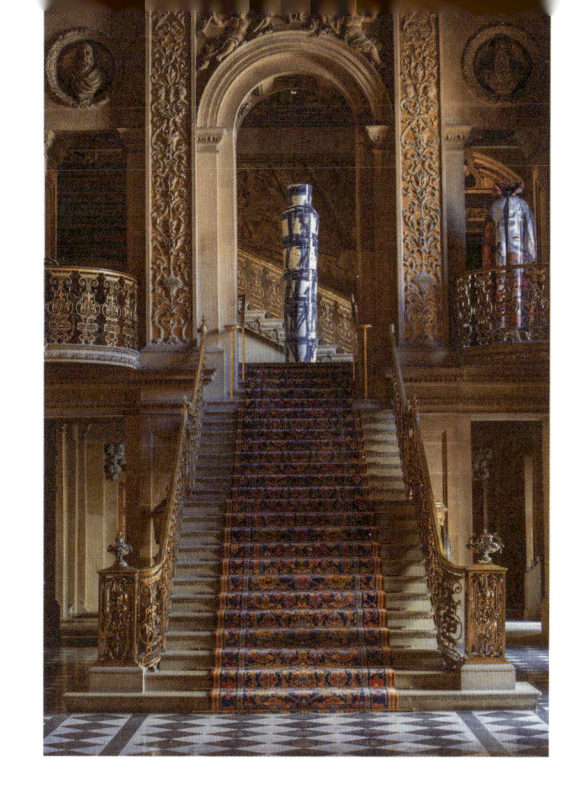

2010年，艾丽耶夫大型青花作品在英国查茨沃斯庄园展览（英国 Adrian Sassoon 画廊供图）

比如尼龙的发明，让服装设计有了更多可能性，却没有限制人们只穿尼龙面料的衣服，人们依旧有纯棉、羊毛或者其他合成纤维制成的衣服可选择。如果人们的价值观仅限于注重科技，忽略传统，就无法认清自己。

安田选择做陶瓷，钟情于陶瓷，是因为越做越觉得陶瓷文化博大精深、趣味丰富。相较之下，自己显得才疏学浅。哪怕世界不需要陶瓷，他也还会选择陶瓷，因为这是他的信仰所在。

陶瓷不像其他材料"硬邦邦的"，它既可以做成器皿，又可以做成雕塑，甚至可以用来遮墙盖瓦，是令人着迷的材料。安田也对陶瓷所积淀的历史人文层面的东西有兴趣，这些使他不断地钻研。

2022 年，正在创作的艾丽耶夫

　　来景德镇之前，安田对瓷器的理解，还只限于纸上谈兵。在这里的十多年间，他孜孜不倦地学习如何运用瓷土材料，不断提升自己。曾有人说看他拉坯，像看乔丹打球一样，行云流水。他的技术水平很高，他已经不用刻意考虑动作是否标准，作为陶艺创作者，他更喜欢创作的不确定性，喜欢把玩和实操。

　　安田和艾丽耶夫，非常注重自己对年轻人的影响。安田在全球很多国家讲学，他的创作理念影响到了很多同行，在陶艺教育领域影响力很大。艾丽耶夫从事教育事业多年，对教育体制改革，对陶艺教学的推进，都做了很多贡献。红房子工作室未来的发展业务，也将会开辟教育板块。

　　在景德镇的这十多年，他们感受到了景德镇的巨大进步，特别是各种各样的国际化展览和其他文体活动越来越多，无论是政府组织的还是民间组织的，水平都很高，体现出百花齐放的样貌。

他发现，在集市买陶瓷的基本都是年轻人，也许他们正在试图寻找自己文化中的新的生活方式。他们在这边寻找理想，思考在中国的文化情境下，如何在创作中表现自己的特色，提炼自身的文化属性。比如16年前，景德镇还没有一个人制作手工拉坯的茶具，现在却有超过150位年轻人在做，而且还是通过柴烧。柴烧的落灰和火焰的肌理效果，从前并不被大众普遍喜欢，甚至被视为失误。市场反映的这一审美品位的剧变，不是因为大众接受了学院的教育或是展览的熏陶，而是因为"喝茶"这一传统的生活习惯，正被大众重新欣然接受。这证明，有越来越多的中国人，酒足饭饱后，开始关注如何回归自己的文化身份。

历史上很少有机会，让整个民族探讨寻根问题，安田很兴奋能够见证这个时期，甚至在其中起到了一些推进作用。晚年，能作为著名国际陶艺家待在瓷都，通过观察景德镇的发展理解整个中国，是他们的幸运，也是他们来到这里的意义。

20年前，艾丽耶夫在英国皇家艺术学院教书的时候，几乎没有听说过中国的陶艺家，甚至艺

2014年，艾丽耶夫创作的青花抽象大件作品《蓝色的风景》

我的城，我的镇 | 景漂的故事

安田猛作品《青白釉 金碗》

术家都很少听说。2010年以后，越来越多的中国艺术家出现在国际舞台上。中国经济发展了，文化上更加自觉，话语权也更大了。

  20年前的景德镇，还是一座平凡的小城，如今却是陶艺家的朝圣地。全球很少有一个像景德镇这样的地方，能够给年轻人提供这么多的可能性。一线城市光房租就非常高，生活成本自然就高，景德镇不一样。现在的年轻人来景德镇，不一定都做陶瓷，各行各业的人都有。景德镇创业成本低，包容度高，又有陶瓷的文化底蕴。年轻人的到来，能为景德镇输入新鲜血液，对这片土地而言肯定是好事。已经谈了千百年陶瓷的故事的景德镇,不再关着小作坊的门,而是流淌着来自世界各地、五湖四海的新鲜血液,迸发着强劲的动力。它正用一种全新的样貌,和世界继续谈着陶瓷。

把东方和西方雕塑在一起
——法国艺术家开弥在景德镇

  法国艺术家开弥是资深景漂,她在景德镇做雕塑。工作时,她挽起栗色卷发,眼神专注,气场强大;闲时,她戴上墨镜,骑上摩托,穿梭于大街小巷、郊外旷野。她的作品如她一样,野性而蓬勃,自由而洒脱,有头上戴着现代棒球帽的"九纹龙"史进,还有长着海蓝色头发的叛逆少年哪吒,既古代又现代,既东方又西方。

  开弥已经有七年没回过法国了。对她来说,景德镇更像家。

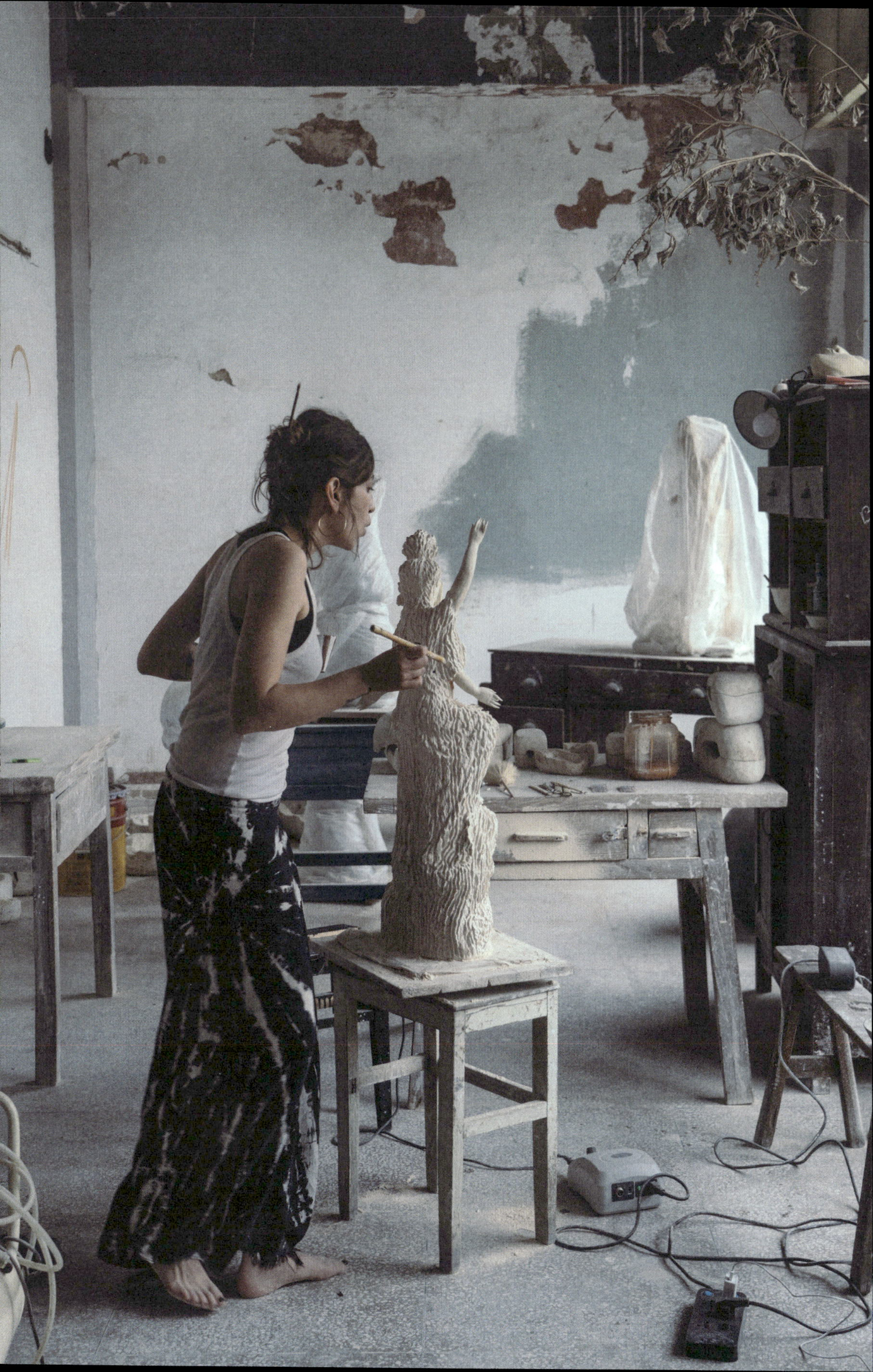

我的城，我的镇 | 景漂的故事

壹
不是大王，也应是小王

　　法国艺术家开弥，是在景德镇待了七八年的资深景漂，那几年，朋友走进她的工作室，一下便弹眼落睛的，是几尊高约八十厘米的雕塑，从脸到脚，覆盖着面条状的金色涡旋，涡旋中有若干只纤纤素手旁逸斜出。或者相反，涡旋是素色的，纤手为金色。而那片金色、白色涡旋，似耳畔响起施特劳斯的万物复苏的春之旋律，如白鸽晴空飞翔……在观者琢磨"她"到底是谁的时候，"她"也在观察你到底是谁，来自何方。

　　不久前，我去了一趟开弥的工作室。现在，小客厅的书橱、圆几上，各置一件新雕塑。这第一件雕塑，身上文有九条青龙，让人想起《水浒传》中的史进，江湖上称"九纹龙"；一身古代好汉的打扮，头上却戴着现代的棒球帽，帽子上是景德镇的拼音首字母——JDZ。文身遍布全身，半敞胸膛上是虎头、蜘蛛，后背是蛇、骷髅头，手臂上有眼睛、

开弥作品《无相》

《无相》细节：金色纤手探出素色涡旋

蛛网、老鹰、太极，手指根上写着"LOVE（爱）"……

另一件，是中国百姓耳熟能详的哪吒，除脚踏风火轮未变，开弥依然给了极大的变形：海蓝色头发，童子之身穿了件荷叶裙，手持的不是常见的金刚棒、剑、杵，而是莲花和小金圈，一根中指明显翘起，开弥称这个手势很酷。民俗里的"战神""军神"形象不再，活脱脱一个面善目暖、爱逗乐打趣的美少年。开弥在镇上遇到过很多年轻人，性格都有点叛逆，追求自己向往的生活，不屈从于社会陈见与家庭压力。哪吒那只比着中指的手，莫不是她为这支新生力量发声的一种方式，像是在说："我不在乎你们怎么说，只在乎我自己怎么想，我知道我要走向哪里。"开弥乐不可支地举起"哪吒"，满脸收不住的爱意，宛若那是她的宝宝……

她闲时戴上墨镜，骑上摩托，穿梭在这座城市的大街小巷、郊外的平畴旷野，感受这片土地的"野性和蓬勃"；工作时，她将栗色卷发用发夹挽起，面对自己的作品时，眼神专注又变幻，释放出一股坚定而强大的气场。这些雕塑到底是谁，或者说不是谁？它们的造型古代而又

113

现代，东方而又西方；其纹饰丰富而又突兀，高雅又剑走偏锋，是蕴含着她深刻的理性思辨，抑或是某一时间，某一景致拨动了她的心弦后，特予的灵思妙构？见者更想问的是，到底是她创作了这些作品，还是这些作品打造了她？

看得懂的，自心领神会；看不明白，你就当看个热闹。开弥极少诠释，我听说的有过一回：中国传统陶瓷雕塑中，女性雕塑造型一般中规中矩。开弥制作一个女性雕塑时，却有意让她光着一双脚，白生生得晃眼。相熟的老陶艺工委婉地说：中国的女人，哪有不穿鞋的？她回答：那是师傅你没有看到，比如夏天很热的时候，她在自家的客厅，还有后院的园子里，就不穿鞋……老陶艺工无话可说，觉得这样也解释得通。

看起来，开弥是一个开放的法国女郎，其实，由大处观，她是一个传统且格外依恋传统的女子。说格外依恋，是因为她有别于那些也热爱古代艺术、喜欢中国陶瓷的一般游客、玩家，后者即使多次来景德镇，也大都抱着旅游的心态，或者一到巴黎，放下行囊，直奔卢浮宫、圣母院，而开弥，已在景德镇安营扎寨，深耕七八年。

开弥在英国皇家艺术学院读了一年。在此前后，她因游学、工作或其他原因而到过的都市，有巴黎、纽约、罗马、日内瓦、布鲁塞尔、阿姆斯特丹、巴塞罗那和丹吉尔（摩洛哥北部著名古城）。来中国后，她在北京、上海、深圳生活过一段时间，漂来景德镇，还多次应邀去深圳国际学校开展陶艺讲学活动，每次一两个月。她没有在这些城市留下来，是因为赚不到钱？不，在那些地方工作的话，薪资比景德镇高多了！是因为生活不适应？不，在巴塞罗那和丹吉尔生活更符合她的习惯，且风光绮丽的地中海近在咫尺，建筑物色彩与海鲜一样丰富。而像深圳这样的城市气候宜人，商业设施齐全，有法式餐厅，国内外文化艺术圈的朋友以"堆"计，社交方便，离群亦方便，还可去海边晒太阳、发呆，奔海里划船、冲浪……

且你不是搞艺术的吗？巴黎不但是法兰西的心脏，更是全球艺术家魂牵梦萦、"魂断蓝桥"、"不到长城非好汉"之地。开弥反问我：除了博物馆、美术馆和凯旋门、圣母院等一些古建筑，现代的巴黎，和阿姆斯特丹有很大的区别吗？

且你来中国，除去陶艺互鉴，还有一个目的——不就是为了认识中国，接触、了解我的同胞吗？开弥抽了一支烟，话从悠悠的烟圈里旋出来：我去北京、上海，可能看到的是一个繁华、喧嚣的中国，一个个精英圈扎堆的中国。在北京、上海，我没有太多的机会接近老百姓，感受他们的口语、风俗、习惯。而且繁华、喧嚣的城市和生活，我已经体验过了。

开弥眼中，景德镇独一无二。

已有15年从业经历的开弥，大件的陶瓷作品，在其他地方，她也见过，但景德镇的一种街景十分具有冲击力：路灯的陶瓷柱子，最少高2米，更高的有5—7米。又有一景何等巍然，国贸广场，中国陶瓷城，原雕塑瓷厂、曙光瓷厂旧址上，门面内外，林立一个个、一排排炮弹、鱼雷弹大小的陶瓷花瓶，一般体量都在万件以上，街上还有人用板车推着陶瓷花瓶行走，不是推一个两个，而是六个八个，外表云淡风轻，内心却有造航母之势。哇！厉害！没到中国之前，她被"熏陶"认为中国人是有功夫的，她曾立下誓言，"我得好好地学习这些'功夫'"！

第一次来到雕塑瓷厂，触目皆是雕塑，街上的每家

商店都与雕塑相关：历史人物、现代人物、神话人物、动画人物、动漫人物，有的微笑，有的大笑，有的眉目传情，有的陷入沉思……无不生动有致，风情蕴藉。摆件及小玩具一类，小巧玲珑，莹润清雅，具有浓厚的装饰趣味和东方特色。来到景德镇，她才知道什么是"满坑满谷"，什么叫"恒河沙数"。倘若这镇上的雕塑，有朝一日，能统统被施了魔法般活了过来，那开弥就该惊骇什么是"大江澎湃"了……

至今，这座城市的绝大多数人，还和他们的师承者一样，一辈子只做一件事。人群中你永远不会发现他们有多么特别，一旦进入泥作火烧的世界，他们就变成执掌一物的国王。深谙于心的动作和经年累月的经验，让看起来稀松平常的活计，成为一种常看常新的美学。

而且，20世纪末至今，景德镇像是全球化时代下文化与艺术重新组合、深度开拓的一座城市。满怀热情和憧憬到此地的，不仅有中国国内以及全球大量陶瓷艺术的参与者，还有众多陶瓷文化的评论、推介者，陶瓷经济的营销者，以及其他手工业的从业者。他们的行为方式、生活方式，深刻地影响着这座城市的今天与未来。正是传统的活态传承、文化嫁接，让景德镇不但没有老去，而且在中国，乃至在全球类似城市里，呈现得风姿骄骄，青春繁茂。

却又是低调的，谦和的。

景德镇够牛了吧，在中国故事的传统里，不是大王也应是小王的景德镇，却远不像北上广那些摩天高楼组成的森森峡谷，在万丈霓虹里高傲地"梦游"，峡谷间如欲望汹涌如鱼群喋喋的滚滚车流，那般时不我待，咄咄逼人；虽不时被放倒在国内生产总值的冰冷统计里，被视为总也走不开的小脚女人，却少有怨言，站起来，大神在在地过着平和清浅的匠心日子，若此城太多的匠人所造之物，默默无言，具诚实之德和坚固之质，历千年而有辉光。

让我记起中山王鼎所刻铭文里的十三个字：

尔毋大而肆，毋富而骄，毋众而嚻。

这些年，全球黑天鹅横飞，灰犀牛频出。世人总在咻咻奔跑，像要追逐什么；或者干脆"躺平"，又像要逃避什么。昌江之滨，珠山脚下，则可以慢下来，静下来，隐逸于陶，创作于瓷，开弥欣赏并享受着这样的生活。

贰
莫不是杀鸡用了牛刀

哦，在景德镇，开弥有太多机会接近老百姓，说起那位近几年出镜率最高的洋景漂，几乎连城里的蚊子都认识她——

刚来的时候，不会中文，只会木木地说，"你好""谢谢"。身体不舒服，不知道医院在哪旮旯，进去了怎样办手续，需要找人陪同才敢去看病。买东西也不知道怎么讲价，挑来拣去对她来说是一件不礼貌的事情。于是，摊主可能给她六人量的豆腐，一星期都吃不完的肉。她没法表达，只能急赤白脸地拎回来……几乎每次，朋友都说她做了冤大头。

现在她单枪匹马，一骑绝尘，说着一口流利的中文，结识了很多朋友，发现自己居然有学习多语种的天赋。这让她感到惊讶。从前在学校时，有老师告诉她，除了法语，她不可能学会其他语言。她早餐去楼下附近的小吃摊，爱吃油条、冷粉，尤喜油条裹麻糍，称饺子粑也是瓷城小吃一绝。能吃辣，晚上还会出门买辣条之类的小吃。以前不识甲鱼，有次朋友给她点了一盘，吃完后，她觉得因连续工作而紧绷的身体，如一下放松的螺圈，那厚厚裙边充满了正能量。满城的按脚店，她也曾光顾过，感受热水泡脚的养生之法。热爱游泳、跑步、骑摩托，踩几脚油门，便到三宝，或是浮梁，早就无须他人带路，由公路入小径，一头钻进山林。湘湖那边有个瀑布，许多当地人都不知道，那是她常去的"私人花园"，她在那儿看瀑布，游泳，用泉水泡茶喝茶，听音乐。最近一次露营在2020年9月，地点稍有些远，随朋友开车去了烟波浩渺的鄱阳湖。

现在，她也越来越多地深入、熟悉这座城市，也有了一些观察的心得——

你知道景德镇的生活为什么慢吗？我想过这个问题，我觉得跟景德镇这座城市做陶瓷有关系。陶瓷是一种很神奇的材料，做陶瓷的时候不能快，而是要慢，每一个步骤都不能出错，比如我们做印坯雕塑，在拼接各个部分的时候，绝对不能快，要慢慢地感觉是否完全粘连了？是否完全干透了？如果没有耐心，很着急地把坯放进窑里去烧，对不起，它出来的时候一定会惩罚你，不是裂了，破了，就是歪了，倒了，你前面的所有功夫，都白白浪费了。这个时候，你绝对后悔自己为什么要那么着急，为什么不能慢慢来。

有些她实践后的感悟、识见，充分体现一位国际友好人士对中国的洞察之深。她不远万里前来中国，维护景德镇，如同维护自己的眼珠子，保护这些非物质文化遗产，而且，"穷追猛打""上纲上线"——

我工作室里画釉上彩的阿姨，始终用传统颜料，采用粉古彩雕塑装饰技法，这属于景德镇传统工艺。然而有一些人希望更多更快，不断地把原来的东西丢掉,找出所谓新的办法,这个有没有必要?

给你举个例子,我奶奶说,她的妈妈一生只有三五件衣服,也够穿。那个年代没有那么快,只能手工做,慢慢纺,慢慢缝。好了,后来西方人发明了纺织机,可以很快地织布,做出很多衣服,使得现在每个人一辈子可能有几百件衣服。其实,人的一生不需要那么多衣服,不是吗?可笑的是,这时,西方又开始宣扬手工做的东西,认为手工做的东西最高级、最稀缺、最昂贵,那你干吗要发明那么多机器,生产那么多布和衣服呢?不用发明,还是像我奶奶的妈妈那样,不就直接享受到最高级、最稀缺、最昂贵的东西了吗?这是他们拿来忽悠人的、最傻的说法。我看不惯!

开弥还大抵懂得了中国人的含蓄,她会为自己理解了其中的玄妙而开心大笑,为自己破解了一道交流上的难题,或者跨越了一道东西方文化差异的门槛而高兴。

她工作室的两名师傅,一个做雕塑拼接,一个做釉上彩画,两人都是从小吃陶瓷这碗饭的,从不涉猎别的手艺,但对于本业的技术,可谓手到擒来。他们没少跟开弥提各种建议。有的建议,她认真听取,比如她做了一尊《大力去爱》的雕塑,人物造型取自武松打虎,原眉毛是倒立起来的,做釉上彩画的师傅说了,这是一个大力献出爱心的男人,怎么可能怒目圆睁,眉毛倒竖?他应该是眉开眼笑,眉毛往下的。开弥觉得说得很对,马上就改,而且"狗尾续貂",还给武松配了个女朋友。有的建议,她貌似耳聋,比如坚持作品中的女人光脚……不论采纳,还是弃置,从未影响双方良好的合作关系。看似矛盾的理念碰撞,往往迸发出创意,更符合当下潮流的新作品也随之诞生。

有时含蓄后面,隐藏的则是无奈,乃至几分苍凉。一位师傅几次感

开弥作品《大力去爱》

慨：没有几个人晓得他的名字，而他以前一起在厂里做事的同事，已经当上大师了。一天，开弥认真地对王厂长说：我觉得他的水平也够当上大师，你看有没有什么路子？你在镇上认识的人多，关系也多，一起想想办法……当开弥说此话的时候，王厂长脑袋里猛地浮现圣女贞德的样子，不过，她翻动的旗子上写的是：为公平而战！

开弥对外部世界的观察，有时真是细腻到令人叫奇——

最近去游泳，发现清澈的河底有很多螺蛳。我刚来的时候也有，后来没有了，现在又有了。我想了想，刚来的时候河里有很多螺蛳，没人要吃，说明大家看重的是菜市场里的大鱼大肉。后来生活水准提高了，大家喜欢吃这种野生的东西。当时我看到几位老爷爷很厉害，摸到很多螺蛳，能拿去市集上卖钱，所以螺蛳越来越少。

小小的螺蛳，居然也成为她看待经济形势的一个"风向标"。

和开弥聊天，我发现，其目光之毒，既宏可跑马，又细可穿针，毒到几次我脑仁嗡嗡作响，不禁恍惚：她是驻景德镇的外国陶艺家，还是法新社、法国广播电台驻中国的记者？其对人性和社会事态的把握，在外国人中，实属一流，以至于我认为开弥做陶艺，莫不是杀鸡用了牛刀？她若不玩雕塑，或是一位有全球视野的社会学家，或人类学家。

叁
回法国，还是不回法国

开弥于景德镇，真是融入得太彻底了。

在国内一些城市，上海、广州、西安、深圳，总有人问起她来自哪里？开弥的回答是两句话：我是法国人。我在中国的时候，待在景德镇。

她多出来的一句话，便让对方脑中多出一堆问号，脸上惊涛裂岸，乱石穿空。固然多数国人知道景德镇是中国瓷都，但印象中，现在陶瓷世界中的风云际会者，应该还有德国的"麦森"，荷兰的"代尔夫特"，英国的"韦奇伍德"，西班牙的"雅致"……在如许佼佼者面前，他们疑惑眼前这个面容姣好、从事陶瓷雕塑艺术的法国女子，要长待在四五线城市的景德镇干吗？或者问，不在巴黎、伦敦，而在景德镇搞创作，你能够赚到钱？

在景德镇，收入肯定不如在国外。她不太会做生意，卖作品大多靠运气。有时是朋友介绍来工作室，直接购买作品；有时和画廊合作；有时是老顾客定制作品。"这里可塑性极强的泥土，更能激发我的灵感，诞生于灵感的作品，拿到全球各个国家，无须多言，自然有人会懂。"在景德镇，开弥拥有更多属于自己的时间，能保持自己喜欢的生活状态。她也会说"鱼和熊掌不可兼得"，她对现在的生活非常知足。

她非常着急，也非常可惜，像看见对方若有牌神眷顾，手上久违的一副好牌，却给别人截和了。她为景德镇着急，为景德镇可惜。每当这时候，她内心会涌起一点小冲动，要去纠正他们，要给对方"现身说法"。再看那款造型取自"九纹龙"的雕塑，一身古代好汉的打扮，头上戴着现代的棒球帽，飒飒生风。帽子上标着JDZ，这或隐约昭示她的心旌——

开弥在景德镇

欲扫荡天下一切对景德镇的不实之词!

为啥开弥是出镜最多的人?

她本不屑出镜,她不是公众人物,更非明星。可这几年,只要打着宣传景德镇的旗号来的,不管是中央台、地方台,还是报社记者、自媒体人……找上门来,基本上她都颔首应可。冰雪聪明的她,何曾不知道有些编排、拍摄套路化,但她仍笑靥如初、温雅如初,她心里想的,是让更多的人了解今日之景德镇,了解这里的小镇生活。

在景德镇安营扎寨后,开弥已经六七年没有回家。她老家在阿让,法国南部波尔多与图卢兹中间的一个小城。生还是死,曾是哈姆雷特王子的一个难题。回法国还是不回法国,到本文收笔,是开弥的一个难题。

"我觉得自己好幸福"
——一对韩国夫妇的景德镇生活

"我觉得自己最近好幸福。"在景德镇某条深巷的小院中,来自韩国首尔的女子金炫珠,迎着四月的软风,轻声对丈夫姜东弦说。这对韩国夫妻在景德镇做陶瓷,有工作室,也有展厅。然而,他们一点儿也不像外国人。他们和景德镇的市井夫妻一样,骑着小电驴上下班,周末去市集摆摊,吃本土特色小吃,收留受伤的小土狗……过着平淡而简单的生活。

两人一狗,三餐四季。身边有最爱的人,一起做热爱的事。这样的生活,很"景德镇"。

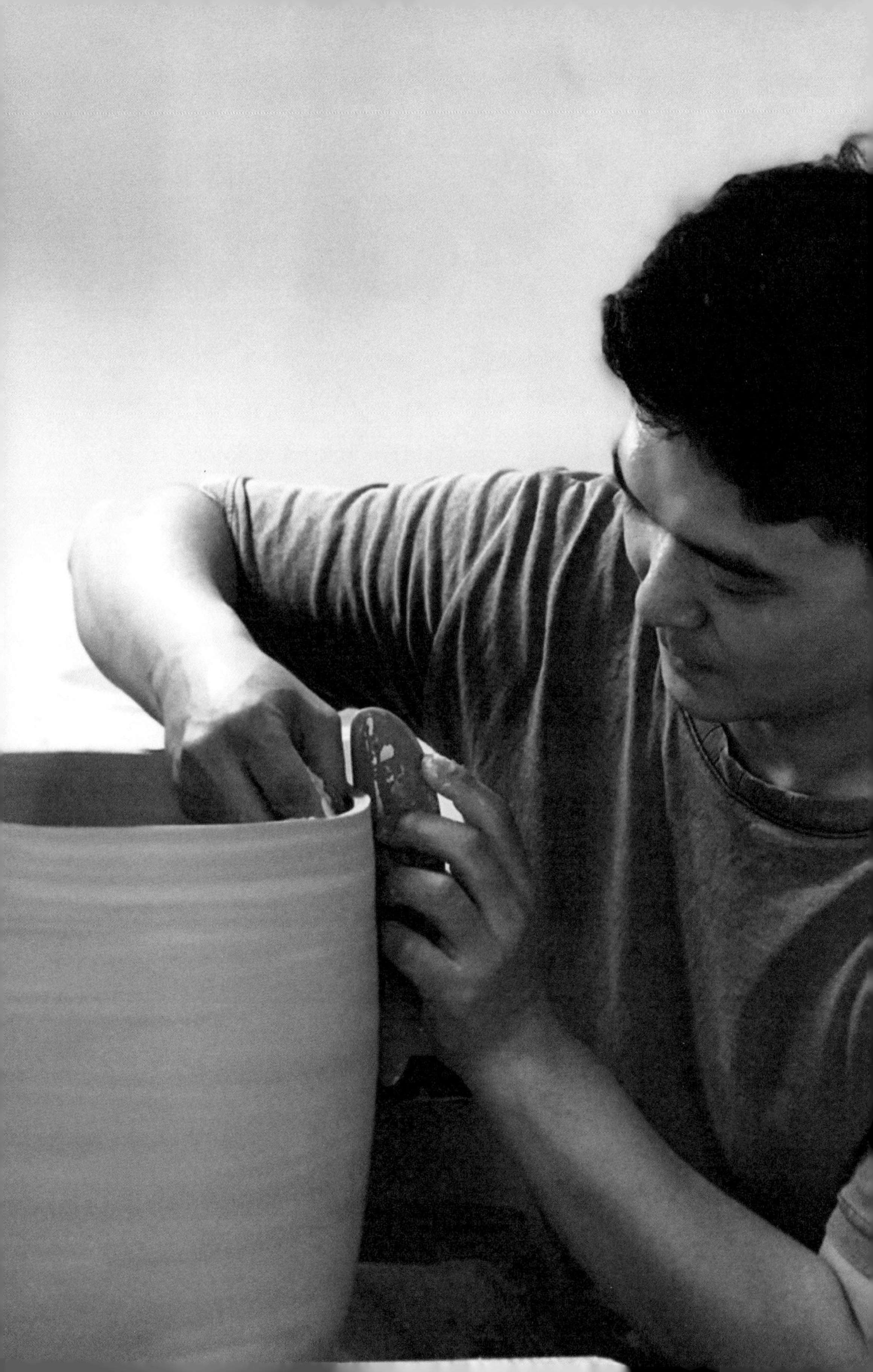

创作中的金炫珠

四月的景德镇，新茶，软风，和阳光纠缠不清的絮雨。

异国他乡的小城，两点一线的日子。

"我觉得自己最近好幸福。"来自韩国首尔的女子金炫珠，总是这样对丈夫姜东弦说。

一成不变的生活，好像也没什么坏处——只要是做热爱的事，身边有最爱的人。

壹

8：00

今天算得上是早起，9点是起床的红线。

下楼买份景德镇的特色早餐，冷粉配上碱水粑。姜东弦酷爱中国菜和小吃，当初毕业后选择留在中国的原因之一，就是满足"口腹之欲"。

饭后是特定的遛狗时间。他们的狗，是一条白色的小土狗，四年前，趴在路边奄奄一息，骑车兜风的两人看到后，生了恻隐之心，抱着它去宠物医院看了病，而后留它在身边，成了"三口之家"。

贰

10：30

出发去工作室。

座驾是一辆小电驴,姜东弦是司机,金炫珠环着他的腰,坐在后面。她自从前几年驾车时差点出车祸,就再也没摸过车把。

比起首尔,景德镇相对来讲,没那么繁华。因为这一份"落后",它拥有一片湛蓝纯澈的天空,清新沁人的空气。但也因为这一点儿与摩登城市不符的"落后",这座四线小城,也铆足了劲地发展,拆房,盖楼,修路……

一年半之前,原先的工作室,没逃过被拆迁的命运。本着第一要求就是安静的标准,两人寻寻觅觅,找到了一处偏僻的院子。开过铁轨,穿过桥洞,七弯八拐,驶入一条仅容一辆轿车单行的小巷。

院子不大,胜在幽雅。两侧是灰色的水泥墙,墙边的大缸蓄足了雨水,稀稀疏疏的盆栽叶子,被雨水打得一颤一颤,墙头的陶瓷小人摆件,颔首偷笑。左侧是一间小仓库,门旁贴着友人赠予的对联,上联为"身体好天天开心",下联为"心理好万事如意",横批为两人名字"东弦炫珠",简单而蕴藉。

房子有两层,一层是他们的工作室,二层是房东的住处。房东是个40多岁的大姐,和善热情,常帮助这对异国夫妻。

进门,右转是金炫珠的工作室,左转是姜东弦的。妻子的工作室一尘不染,器具井井有条。素坯像是列队的士兵,整整齐齐。画笔支支平行摆放,连角度都似乎经过精确的测量。丈夫的空间与她的相比,称得上是云泥之别。工具摆放得杂乱无章,常常落手随便一搁;工

我的城，我的镇 | 景漂的故事

姜东弦正在创作作品

作时，姜东弦从不穿围裙，身上左一块泥点，右一处污渍，像孩子画的世界地图；脏衣服总是随手乱扔，无论金炫珠说多少次都记不住……爱干净的妻子，每每看到便紧皱眉头，说了也等于对空气说，干脆视东弦工作室为禁区，甚少进入。

但俗话说得好，认真的男人最帅。姜东弦工作时专注的模样，是吸引金炫珠的"江原道"（韩国首屈一指的风景区）。

在她眼里，丈夫是一个勇于尝试、不怕失败的人。他从不画草图，作品里出现的大部分纹饰具有偶然性，很多效果都是创作时的即兴表达。

每一位选择留在中国的艺术家，总是会被某种中国文化元素所深深吸引。姜东弦就对中国的水墨画很感兴趣，将其融入作品之中，创作了"水墨系列"。他的灵感，很大一部分来自大自然中的各种曲线，包括山峦的曲线，水在流动时形成的曲线。看起来变化不大，实则如造物主随心所欲的魔法，变化无穷。由大自然的变化构成的曲线，是其作品的主旋律。

最近，他在研究"Serendipity（机缘凑巧）"系列。一层一层，叠加不同的泥，制成叠层图案的泥片。或是随意将泥土混合在一起，不预设图案，制成纹样比较随意的泥片。将这种纹样随意的泥片，叠堆起来，就会形成形状。在这个过程中，拉坯机的动力、人手的压力，或是其他偶然性因素，都会对成品产生影响。运用绞胎技法，混合泥土制成新图案，进而揉捏出器的形状。姜东弦将这一系列作品的核心，总结为"在偶然中找寻意外的趣味"。

姜东弦陶瓷作品《绞胎瓶》

室内摆放的金炫珠作品

正在创作的金炫珠

金炫珠的设计理念，与丈夫完全不同，她看中的是计划性。往往先绘制草图，再进行准确的制作。她的作品以线条和波点为主要元素，在重复中展现创意。

她认为波点是永恒的。波点一直是备受人们喜爱的经典图案。虽然是以点重复而形成的简单图案，但是根据点的样子、大小、间隔、排列，可以演绎出多样的变化，给人不同的感觉。金炫珠用阴刻和阳刻代替平面，加入波点，再加上颜色和线条，以此形成自己的图案。相同又不同，相互重叠，相互协调。通过这些，人们感受到视觉和触觉上的"音符"跳跃感，这不就是一曲快乐！

在不断重复的过程中，金炫珠总是能感受到新鲜感。工作的过程于她而言，也是寻找乐趣的过程。

2022年初夏，三宝蓬美术馆主办的"'绽放'——菲·主流 青年女性瓷画联展"，展示了金炫珠的"It's fun!"系列瓷板画。几何图案的组合看似是一种克制感情的创作方式，但在用多种配色填满画板的瞬间，金炫珠心里却充满欢喜。每种颜色的烧成温度都不一样，经过四次烧制，层层叠叠的不同颜色，最终成为一种图案，各尽其美，和而不同。她没有赋予作品太大意义的雄心，宛如她只是个苗条、清雅的小女子，只希望大家能感受到她感受到的快乐——日常琐碎的日子里，其实也埋有珍珠般闪烁的喜悦。

在工作室的时光是独立、沉静的，两人互不打扰，享受创作。隐匿在深巷的院子里，一对性格截然不同的异国夫妻，在一种古老的缓慢节奏中，形成了某种坚定的力量。

姜东弦在陶溪川开了家店铺，雇了员工看店。一些专门批发陶瓷的人，会直接来工作室订购。金炫珠的作品，主要在乐天市集售卖，在那里认识的客人，也时常来工作室谈合作。两人还利用自媒体进行宣传营销，时常在小红书、抖音上发布作品，总有斩获，"贼不踏空"。

叁

15：00

若是往常，这个点吃过午饭，两人会继续投入工作。生活虽然白粥一样平淡，但总有些不一样的味道"窜访"。

一会儿，有人要来给他们做个采访。

客人如约而至，妻子的中文水平显然不足，沟通的任务主要由姜东弦负责。她摆好提前备好的饼干、坚果等茶点，为来访者添好茶，坐在丈夫身边，俨然恭敬的小学生，听着他一一回答客人的问题。

"二位为何会来到景德镇呢？"

"我本科毕业于首尔科学技术大学的陶瓷设计系。在韩国时，我对景德镇的陶瓷材料感兴趣，正好我们学校和景德镇陶瓷学院有交流项目，导师推荐我来陶院读书。2013年，我来到景德镇陶瓷学院攻读艺术硕士。来这里的第一年学习中文，第二年开始上课。

"在我心中，景德镇做陶瓷的环境比韩国好，我最满意这里的泥巴材料——这也是景德镇吸引许多陶艺家前来的重要原因之一。韩国也有白泥，但比不上景德镇的白泥洁白透亮。现代科学技术发达，早已能从物理、化学的角度分析泥土成分，甚至人工制造白泥，但在陶艺家眼中，工业生产的泥土与景德镇的泥土还是有差别的。景德镇的泥土颜色好，硬度强，方便塑造和雕刻，可以做大型陶瓷，高温烧制也不会变形。

"2014 年，我拥有了属于自己的工作室——姜东弦陶瓷工作室。2015 年，我在陶溪川开设'studio 樂'陶瓷展厅。"

采访最初，一些老生常谈的问题，围绕经历、创作、陶瓷，他们聊了些自己的看法。桌上的茶添了一壶，气氛正好。许是客人窥出两名老外不是矫情之人，胆儿壮了些，所问便放开了些。

"两位是怎么认识的呢？"

丈夫说："炫珠是比我低三届的直系学妹，本科和研究生都在首尔科学技术大学的陶艺系。经前辈介绍，我们开始有了联系。2013 年，我到陶院读研，她留在本校，我们经常通话，我与她讲景德镇的美妙之处，在这边可以随心所欲地创作，她由此萌生了来这儿做陶瓷的想法。"

金炫珠用磕磕绊绊的中文，断断续续地补充："我们专业大多数都是女生，他在那时并不受待见。有点儿竹竿瘦，还抽烟，性格也不太好，总是犯错。一开始我们接触不多，对他也没什么好感，后来交流多了，才渐渐喜欢上。"

"那时我只身一人来到中国，有时候感到孤独，想找个人倾诉，就给她打电话，一来二去，确认了关系。2017 年，我们在韩国结婚。炫珠想和我一起去景德镇生活。她从来没来过中国，因为我，才想要来这里。"

金炫珠对姜东弦的爱，勇敢且坚定，他在哪里，她就愿意去哪里。热烈纯粹的爱值得双向发力，结婚六年，炫珠对东弦保持着依恋，他也近乎百依百顺地宠着她。周末乐天市集上，总能看到他们成双成对。无人问津的时候，两个人就靠在一起说着悄悄话，像是校园里热恋期的小男生小女生，彼此脸上半是甜蜜，半是缠绵，毫无忌讳，仿佛世界本该就是这个模样……

姜东弦自己每说一句,就给妻子翻译一句,回答问题前,都会用韩文问她能否这样说。采访者有些"叵测",问道:"谁掌握家里的财政大权?"

答案似乎很明晰,等不得请示妻子,姜东弦无奈地说:"我花钱得跟她打报告。在陶院读研期间,中国政府每月会发3000元奖学金。十年前的景德镇,物价很低,奖学金完全够用,我也会去市集摆摊,经济上没难处。那时,我花钱大手大脚,常常不知道钱花在了什么地方。结婚后,两个人的开支变多,起初只有我的作品在销售,钱不太够用。她便开始记账,逐渐形成了习惯,持续到现在。直到她的作品也开始售卖,我们的经济状况才逐渐变好……"

看来每个被控制花销的男人背后,不论中外,必定有一个女版"黄世仁"。

"若是她要买贵一点儿的衣服,会跟你商量吗?"

丈夫回答说:"商量归商量,但最后还是她自己决定,无论我同不同意,她都会买。"

金炫珠听出他带着"委屈"的语气,像是明白丈夫在"偷载私货",有些小得意地笑着,应了那句歌词:"被偏爱的都有恃无恐。"

肆

19:00

工作结束,准备回家。

天气晴朗的晚上,姜东弦会载着妻子兜风,享受一个小时的二人时光。三宝的山谷,或是浮梁的乡野,千山初秀,繁花在野。他们暂时没有要小孩的计划,他们说,现在有生活、教育压力等现实原因,也敢言,这二人时光还远远没有过够,可不能如一棵树,已经打成了家具,才去沉醉当初的枝繁叶茂。

晚饭一般在外解决,尤其偏爱工作室不远处的朝鲜族烤肉店。姜东弦是他们家的老主顾了,从在陶院读研时开始光顾,与老板有了近十年的交情。以前是和同学去,现在是带着妻子去。

金炫珠偶尔也会大展厨艺,在家做一些家乡菜,如大酱汤、泡菜汤之类的。来自网上商城的韩国泡菜,也能抚慰思乡的味蕾。对酌一壶烧酒,唇齿间的体己话,带着淡淡的酒香,焐热微凉的夜晚。

与故乡远隔千里,学生时代的同学,毕业后便回到韩国。姜东弦自己留在景德镇,常感寂寥。五年前妻子随他而来,两人相互依偎,彼此支撑。从语言不通到能说流利的汉语,从摆摊创业到开办自己的工作室,这对从首尔漂来的景漂夫妇,享受着平凡日子里的快乐。景德镇的市民大多和善友好,他们在这里结识了许多朋友,有附近烧窑的师傅们,也有乐天市集的陶艺家。

思乡之情,偶有生起,但他们还是选择待在景德镇。这里能找到关于陶瓷的一切,多年生活于此,景德镇早已是他们心中的第二故乡。

伍

23:00

洗漱过后,是惬意的休息时间。

挑选一部韩剧——选择权和财政权一样,牢牢掌握在女主人手里,姜东弦依着妻子的喜好,做一个合格的陪看者。

"我觉得自己好幸福。"金炫珠又一次对丈夫说,"以前在首尔,每天需要想的事情太多了，学业、工作、社交，压力很大，忙忙碌碌。但景德镇的生活很慢，固然单调了些，但像是怀揣的手机充满了电，人生旅途上很踏实。"

　　沙发，爱人，韩剧，趴在脚边的狗狗。

　　充盈而幸福的日子。

姜东弦作品《绞胎花器》

金炫珠作品《手冲咖啡具》

打破这道"边"
——高柳、阿雄的那些纷纭事儿

高柳的家乡,在日本。然而,她喜欢以中国书法的"真""行""草"来自比。她说自己外在表现符合"真",但内心世界却如"草",肆意洒脱、不羁随性。

高柳的丈夫阿雄是广东人,他们在印度相识,在广州成婚,在景德镇做陶瓷。这样的经历挺浪漫,且有禅意。所以,他们给自己设计的品牌取名"无边窑"。生活也好,创作也好,不要被困住、被束缚,要打破这道"边"。

"无边",是有形的窑,也是无形的生命方式。

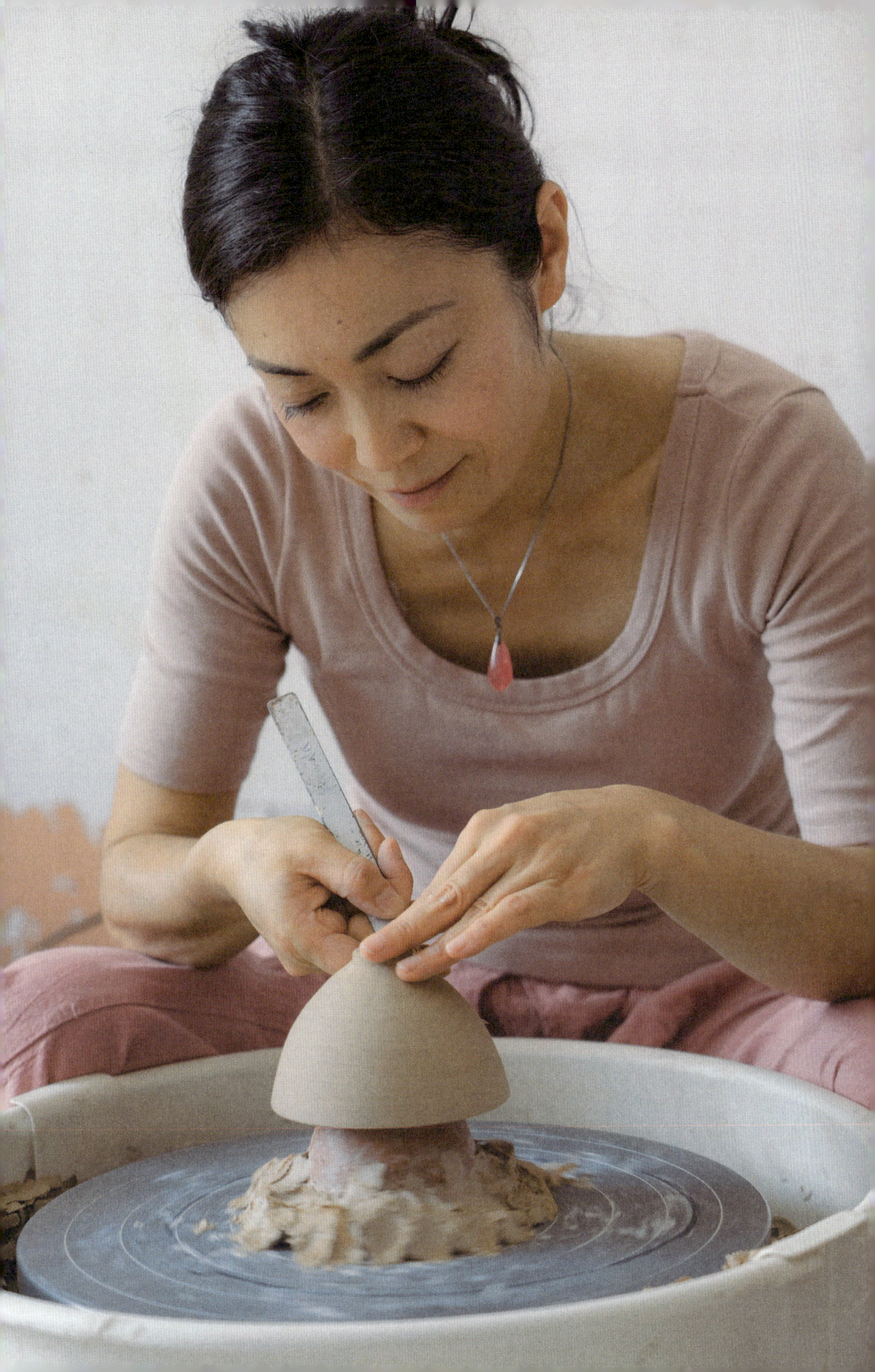

我的城，我的镇 | 景漂的故事

壹

高柳绫绪，这名字一下让我想起深秋时节柳永在长安路上写下的一首词《少年游》："长安古道马迟迟，高柳乱蝉嘶。"

高柳的家乡，在日本群马县神流町，那里稻田连绵，温泉遍布，住民淳朴率真。上大学以前，她一直在老家上学，当时日本还未实施教育改革，学业繁重，放学后她还要参加与运动相关的社团活动。在这期间，她爱上打垒球。这项运动需要集中注意力，不知不觉中，锻炼出她异常强的专注力。

高中就读于高崎女子学校，毕业后考上东京的共立女子大学，学习美术文学、策划管理。大学毕业后回到家乡，受业于一位陶艺老师门下，之后创立陶艺工作室。在日本东京一个展览中，她偶然看见南宋玳皮天目盏，顿时被它瑰丽的外形、奇特的风格所折服，不可自拔地爱上这种黑与白碰撞、光与影交融的陶瓷。

唐宋时期，天目盏从中国吉州窑传入日本，吉州窑擅长用剪纸和木叶来装饰茶盏，前者分剪纸漏花、剪纸贴花，后者则是将南方遍地生长的桑树、乌桕树的叶子，浸泡发酵，除去叶肉，存剩叶脉络，再敷沾一层淡淡的黄釉，贴于施过黑釉的坯胎上，烧成后为木叶纹盏：当盏内装满茶水时，叶影飘动，宛如一片带着晨光的叶子，在黑夜中飘摇；又若一片不舍离秋的落叶，在湖面徘徊。能工巧匠们谙熟釉料成分的变化、火候的控制、冷却时间等微妙的制作技术，使烧成后的器物满布鹧鸪之斑点，白兔之须毛，海龟之甲壳，呈现特别的釉色；或呈现出瑰异、变幻的釉面。今日高柳的作品，有别于镇上一般窑口的产品，像是来自远古南方山地丘陵的一股自由、巫谲之风，扑面而来，有方家将其装饰风格归纳为"妖""变"两字。

天目盏的引入,又是日本茶道史上一个主要的里程碑。一休和尚(1394—1481),是日本佛教史上最有名的禅僧和传奇人物。他出身于贵族,后入京都大德寺,把茶式规矩化,从中领悟到禅意和中国文化精神,并传给弟子村田珠光(1422—1502),此人在后世被称为日本茶道的"开山之祖"。日本茶式在几代茶人的耕耘和整合下,上升到了"道"的层面,发展出今天的日本茶道。高柳研习日本茶道多年,对于茶的理解、领悟,较一般茶道师更深。茶道需要长时间跪坐,起初不习惯的她,双腿酸痛到发麻,却在痛苦中感到丝丝山泉般的平静。后来,她竟然爱上这种感

高柳绫绪在取山泉水准备表演茶道

觉，爱上这一隅安定。

高柳的父亲是一名高中英语老师，从她小时候起，就对她十分严厉；母亲是位业余画家，其家族属于岛上传统书法绘画的文人世家；高柳是其三个子女里，颇具文化艺术素养，且最有天赋的孩子。母亲对她寄予厚望，希望她继承家族的财产，如土地、房子，并担当起传承家族文化血脉的重任。加之，早年的日本教育比现在严格，学生压力很大，高柳一直处于高压状态，性格在潜移默化中受到影响。以中国书法字体的"真""行""草"比喻，她自认自己外在表现符合"真"，也就是较真、严谨，但内心世界有时如"草"一般，肆意洒脱、不羁随性，或可总结为外刚内柔。后来看其作品，和性格一样，时常体现出一种严肃的风格，时常又会受内心"草"的影响，风格多变……

贰

温敏雄，不像广东人，方正脸膛，眼神纯净，络腮胡子下笑起来有几分含蓄，给人以亲近感。

阿雄是广州人，老家在广州郊区农村，家中有六兄妹，大约因为他最小，父母对他一直比较包容。阿雄的大学专业是国际贸易，毕业后从事相关行业。当几千里外的高柳，还在"真""行""草"之间腾挪待定时，阿雄正在广州上班。当时他的收入可观，手头比较宽裕，在国内有车有房。广州是个灯红酒绿、夜夜笙歌的码头。由于工作生活压力大，他健康状况不佳。阿雄当即以身体不佳为由，辞掉了不错的工作，选择到印度的一个营地学习。营地位于印度西部城市浦那，在孟买东南120

正在学习茶艺的阿雄

多公里处。浦那不是一个著名的城市,却凭着独特的文化资源,吸引了各国对此感兴趣的人前去。

在浦那学习期间,阿雄对"我是谁""我该做什么"这些问题,有了更深层的了解,之前工作生活带来的"后遗症",有所缓解。

学员白天需要穿着藏红色袍子,晚上需要换成白色长袍。所有人穿着同样的衣服,首先,可以弱化国籍、年龄、身份和地位的差别;其次,简单的色彩,不仅容易打破人与人之间的界限,帮助彼此更顺畅地交流,还能让人更加关注自己的内心。但同样的衣服,不妨碍阿雄、高柳的相互识别——同是东亚人面孔。遇见几次后,高柳主动和他说"Hello"。

阿雄，不像今日在三宝看到的，尚未开口，方正的脸膛上便有淡淡的浅笑，加上纯净的眼神，像是个入职场不久的白衣少年。那时的他神色矜持，一副警惕可疑的样子。面对一位眉目清秀，说话温润，步履轻浅，典型的东瀛女子，许是矜持，许是太过害羞，当时直接化她的招呼为空气，径直走掉了。高柳和他多打几次招呼后，两人才慢慢有了交集。

营地的食堂很漂亮，户外环境优雅，可见充满东方风情的竹林、洁白的大理石步道、湖泊形状的游泳池，还有以古人的名字命名的房子：庄子殿、老子花园……高柳喜欢一个人在那吃饭，享受美食的同时，也欣赏美景。阿雄开始端着盘子过来，和她一起吃。课后，他们也坐到一块，共享笔记本电脑里的记录与图片，两人一起慢慢练习，久而久之，成为熟悉的朋友。

后来，阿雄的课程结束，回到了中国。没过多久，高柳在浦那的学习也到了尾声，从印度回日本要到中国香港转机，正好阿雄在深圳，离得很近，她便和他说想到中国玩玩。他非常热情地说："欢迎欢迎。"

到达那天，阿雄开着一辆跑车，捧着一束花等她。"这花应该是送给女友的吧？"车上，高柳一路磨叽道。

叁

在那一刻，高柳感到身心放松，仿佛中规中矩的人生，终于写出了自由的草书。

2008年，高柳带阿雄回日本老家见父母。

四人相处融洽，一起游山玩水，不亦乐乎。二老对他非常满意，支持两人在一起。但也有一个顾虑：家族有超过300年的传承历史，一直都是家里的女人主持家庭。母亲本想把家业交给高柳打理，女儿却不想接手，现在还要离开日本，远嫁中国。母亲大跌眼镜。况且，当时两人并不打算结婚，因为都不喜欢结婚这个概念，觉得婚姻像是合同一样，对人生来说是一个麻烦。如果两个人没有爱了，却因为离婚的复杂而勉强在一起，被一纸婚约所束缚，这将非常悲哀……

两个问题都没有谈拢，父母怒火中烧。一气之下，父母让女儿马上离开家。意外的是，在那一刻，高柳感到身心放松，仿佛中规中矩的人生，终于写出了自由的草书。当即收拾所有行李，包括茶道用具、和服、作品等等，做好几年不回家的心理准备，随一个其实结识不久的中国男人，离开了家。

水不急鱼不跳，此男早做好了准备。高柳行李很多，阿雄买了一辆比较大的车，驱车到离家600多公里的京都，找了一个文化底蕴厚重、风景优美的地方——岚山，那里离一休和尚修行的地方很近。高柳平日一个人做陶艺，做好后，两人一起拿到集市卖，来来回回，过着不是蜜月的蜜月。两个月后，阿雄签证到期，高柳决定和他一起回中国。此后三年，高柳和家里没有任何联系。

2011年8月，高柳父亲去世。感觉母亲一个人在日本，孤独会加剧悲伤，高柳决定回日本陪母亲一些日子。这时，母亲已不再执着于让她继承家业，觉得可由其弟弟继承。对高柳来说，这是最好的结果，不仅可以继续"草书"人生，也可以帮到弟弟家。考虑到阿雄是外国人，没有身份，在日本待不长。于是，两人在广州领了结婚证。那天是9月5日，领完证后，去吃了顿火锅，火锅店也是阿雄随便选的，没有特意预定。高柳看着沸腾冒气的汤底，问："这算是结婚的一个仪式吗？"

阿雄回答得很干脆："不是。忘记结婚吧！不用管结婚。"

好像眼前的鸳鸯火锅，一边一个颜色，很分明。

高柳一脸惊讶："毕竟是新婚啊！连火锅都不算结婚的一部分吗？"

肆

最初很多东西，高柳可以决定，慢慢地阿雄开始指手画脚，即便在作品的造型、构图上，他也有话要说。作品销路好的时候，妻子没意见，但有时候销量欠佳，妻子就不会同意——这方面，妻子有"一票否决权"。

婚后，夫妻俩在庐山开过民宿，这是阿雄有兴趣做的，高柳内心对陶瓷则依然念念不忘，想继续陶艺创作。

2013年，听朋友说，景德镇的三宝村环境优美，陶瓷文化氛围浓厚，在对它了解甚浅的情况下，两人凭着导航来到这里，立刻就被吸引了。现在所说的三宝瓷谷，是指以湖田村、三宝村为始端，沿杨梅亭—画眉楼—三宝蓬—马鞍岭—水坞口—元溪—芭蕉坞一路过去，一条长10公里，最宽处约300米，最窄处为40米左右的，向山谷里不断延伸的狭长地带。某年，三宝村民辟开重重灌木丛、野草，在山头上清理出

6000多米的古矿道。"在山石骨出山泥，水碓舂成自上溪。"（[清]龚鉽《陶歌》）矿石运下山后，利用山坞流出的泉水，形成自然落差，带动水轮装置和水碓运转，从而粉碎瓷石。瓷石被粉碎后，经淘汰、滤清、沉淀、风干，制成的长方形瓷土块，本地人称不子，是可塑性强的优质瓷原料，宜拉筋外，可绝缘，透明度尤高。三宝瓷石矿，保障了周边20多处窑场之需，如本地的湖田、杨梅亭、黄泥头、银坑坞等，以及毗邻浮梁县湘湖镇、寿安镇的进坑。三宝谷本身，亦呈现"村村窑火，户户陶埏"的景象。在一次聊天中，三宝前村主任齐宝国说，三宝是泥土放光芒的村，天生自带光芒，若没有三宝，就没有湖田，若没有湖田，也不会有景德镇横空出世。

三宝谷里，早有太多的景漂，他们盘下、租下民居，并适当或花大力气改造，浪打浪，花堆花，开出艺栈、客舍、工作室、艺术馆、书院，以及花艺、木艺、铁艺、布艺等作坊小店。2018年年初，珠山区国资公司出资2100万元，成立景德镇闲云涧文化旅游产业有限公司，入村开展运营，先期投资1300余万元用于村容村貌建设、桥涵改造、道路拓整、水质清理等，共整合25栋房屋和全部山林田地。三宝渐若一幅展开的江南水墨图，造型各异的徽派民居，层次错落。山气绿波里，粉墙黛瓦间，有青葱菜地，清澈小溪，这里的人家都不用洗衣机……

高柳先在三宝国际陶艺村进修学习，起初做的作品，也在三宝国际陶艺村出售。阿雄在家里洗衣服做饭，主管家事之外，也未埋没自己的强项。他之前是做商务的，知道怎么去拓展销售渠道，于是寻找代理来卖妻子的另外一部分作品，还带着她的作品去上海天山茶城。广州有一家店非常喜欢高柳的作品，特意来景德镇考察，下了一笔20多万元的订单。这是2014年，他们接到的第一笔大单。如果全靠高柳一双手上下游做下来的话，可能需要将近2年。

高柳和阿雄创作的盖碗

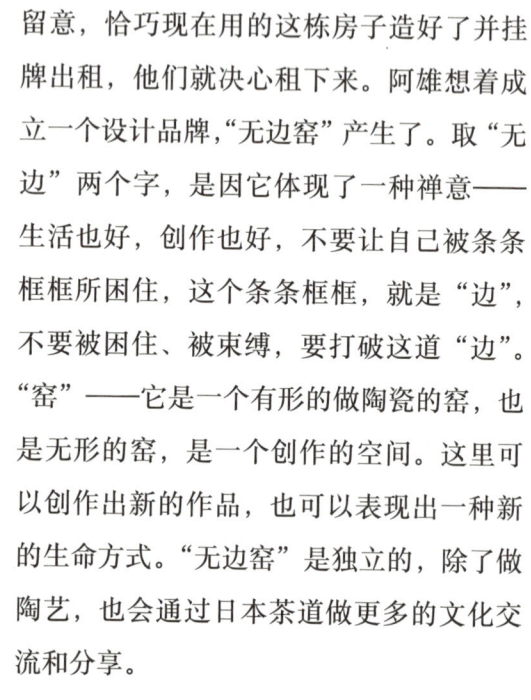

有了这笔订单之后，他们从三宝国际陶艺村搬出来了，每次从三宝进出时也会留意，恰巧现在用的这栋房子造好了并挂牌出租，他们就决心租下来。阿雄想着成立一个设计品牌，"无边窑"产生了。取"无边"两个字，是因它体现了一种禅意——生活也好，创作也好，不要让自己被条条框框所困住，这个条条框框，就是"边"，不要被困住、被束缚，要打破这道"边"。"窑"——它是一个有形的做陶瓷的窑，也是无形的窑，是一个创作的空间。这里可以创作出新的作品，也可以表现出一种新的生命方式。"无边窑"是独立的，除了做陶艺，也会通过日本茶道做更多的文化交流和分享。

培训了三天，阿雄考取了烧窑资格证，一样的釉料，在不同的烧窑方法下，呈现的纹样效果不一样，煞是神奇，这让他对陶瓷很快有了兴趣。开始时，请了四个师傅来帮忙。因为泥料和烧制效果不稳定，器型也需要特别把控，他们得很严格地盯着做。任何一丝细节，都会决定一整窑瓷器的成败，容不得半点差池。高柳在景德镇做陶艺，遇到的最大难题是，她的工作技法是日本技法，如拉坯是用少量的土，轻轻地拉起薄薄一层，再一点点、小幅度地修整出器型。景德镇这边，师傅拉坯时用很厚的泥料，再大块大块地削土。她觉得这样太浪费瓷土，且不太喜欢那种完整的、死板的造型，而偏爱有点手工痕迹、比较自然的感觉，甚至喜爱瓷器上有肉眼可见的纹理。实在看不下去了，她会告诉他们，但因为语言不通，沟通有障碍，师傅们很难明白她的意思，一番鸡同鸭讲之后，双方还是云里雾里。有时太着急，高柳说起话来比较严厉，师傅们仍茫然不解。阿雄却明白了，他不喜欢这样，干脆要妻子别说话，由他来沟通。这样做效果还不错，至少师傅能听懂，高柳的需求也得到了满足。有了理解，双方就可以相安无事。后面高柳就只管创作，整日关在一间小屋里，专心画画，由阿雄在外面当"传声筒"。

阿雄看上去很温软，但内在是个"大男人"，做事很有章法，能撑起大场面，从开始找代理、跑销售，到后来成立品牌，处理各项事务，他都展现了过人的能力。最初很多事情，高柳可以决定，慢慢地阿雄开始指手画脚，即便在作品的造型、构图上，他也有话要说。作品销路好的时候，妻子没意见，但有时候销量欠佳，妻子就不会同意——这方面，妻子有"一票否决权"。总体上，一个管创作，一个管销售。一个月烧一两次窑，成品常常供不应求，虽没在日本销售，但在中国市场，受到很多人的喜欢。高柳将在三宝看到的山水、草木、星空、花朵的形胜之美，一一绘制于坯体之上，再将天然树叶浸水腐蚀后留存叶脉，贴在已施黑釉的器物上。敷上透明黄釉，入窑烧制后，那一片仿佛来自深秋里的黄叶，或平铺盏底，或曲卷折叠，或牵越盏口，在在不同。若注入茶水，叶子仿佛在水中漂浮……

安田猛，猛爷，曾评价高柳的《天目》系列作品，"细腻婉约，让人心生欢喜"。

伍

  隔山隔海的两个人，一见如故。至今已相伴十三年，秤不离砣，砣不离秤。高柳说没法解释，硬要解释，那就是缘分。

  七八年来，这对异国夫妻在三宝像住了多少年的本村夫妇一样，貌不惊人，早出晚归。开的一部挂着江苏牌照的车子，风吹日晒呈腌菜色，有年头了，还是租的。生活上能简皆简，连孩子也给简没了。两人一直坚持丁克。对他们来说，重要的是怎样生活，不要给自己太大的压力，

高柳创作的吉州窑风格抹茶碗

比如生意好坏，都不会影响到自己心灵的成长，也不注重仪式感，甚至没有结婚戒指。高柳天天做手工，戴着戒指不方便。生日、纪念日也不互送礼物，平时只买必需品，很少在意鲜花、巧克力一类浪漫的东西。但这并不妨碍高柳打心眼里对阿雄的认可："这不代表阿雄不想担当丈夫的责任，这个在浦那还有些装的中国男人，其实是个可靠的男人。"

七八年来，这对异国夫妻，已和当地村民打成一片。采摘杨梅的季节，和村民一起采摘野生杨梅，泡杨梅酒；村民在菜园里摘来沾露水的时鲜蔬菜，也与他们分享。他们也融入三宝的公共生活之中。阿雄仍在探索瑜伽和心灵结合的路径，有几个艺术家的"子弟"跟随他。高柳经常受邀参加日本茶道表演，最远的是去上海新天地的悦闻陶艺廊。无论是上百人的大场面，还是几个、十几个人的小聚会，她都一丝不苟，面敷浅妆，身着和服，脚套白袜，登上茶席。伴着似有还无的琴声、袅烟，将茶碗、竹筅、茶炉、茶壶、茶巾等，依次摆放停当，然后拭器、煮水、投茶、注水、调膏、击拂、奉茶——泛着绿色泡沫的日本抹茶——环环相扣，轻柔利落，若行云在峦，月溶我心，把"和、静、清、寂"的茶道精神，庄严而清雅的仪式感，表达得淋漓尽致，也将观众深深带入"茶禅一味"的境界。若是在野外，和80后、90后的年轻艺术家一起，高柳会请大家先采摘一些时令的花草，拼成曼陀罗花的形状，众人按这花序，各自安坐，再布茶席，充满童心与野趣……

日本导演竹内亮，从2015年开始拍摄《我住在这里的理由》纪录片，记录对象为住在中国的外国人和住在日本的中国人。这部纪录片在国内外多家视频平台上播出，反响很大，光哔哩哔哩视频网站就有几千万的播放量，评分高达9.8分。高柳参与第三季第28、29集的录制，纪录片还原了她和阿雄在三宝的生活。高柳经常对日本的亲朋好友说："中

我的城，我的镇 | 景漂的故事

无边窑茶器的侘寂之美

国很好，景德镇很好，三宝很好，中国人也很友好。欢迎你们来体验这里的'镇生活'！"

▶ 第三章

与时间的对话

在又一个千年辉煌的起点上，呼啦啦上来一支尚未见尽头的景漂队伍——手工艺加生态，手工艺加时尚，手工艺加批量化，手工艺加高科技……无论是设计的文化语境，还是设计的技术内涵，创意正在有力地改变景德镇的传统面貌，已然构成这座城市创意经济的基石。

创意远不局限于陶瓷，以工匠精神做木艺、铁艺、玻璃艺、金石艺，做服装、皮具，投入餐饮、民宿、书院，还做乡村改造、小乐队，做摄影，画油画……越来越多的新居民，是"斜杠者"，是不再满足于以"专一职业"生活的人。

景德镇，有了新的艺术形式，新的运营理念，新的人格姿态，新的人生风景。

雨落天青入宋韵
——涵宇访宋

  从维也纳留学归国后，年轻的涵宇背起行囊，融入江西的山川，先在井冈山种茶品茗，后在景德镇画瓷码窑。

  "宁做我"是艺术创作的根骨，也是他的审美边界。这根骨，是一个人对艺术的感受力，也是面对艺术时怦然心动的最敏感的情绪。涵宇把它们注入笔锋，就像老农荷锄刨地一般，把自我的种子撒进"涵宇访宋"的青花皴染的江山里。

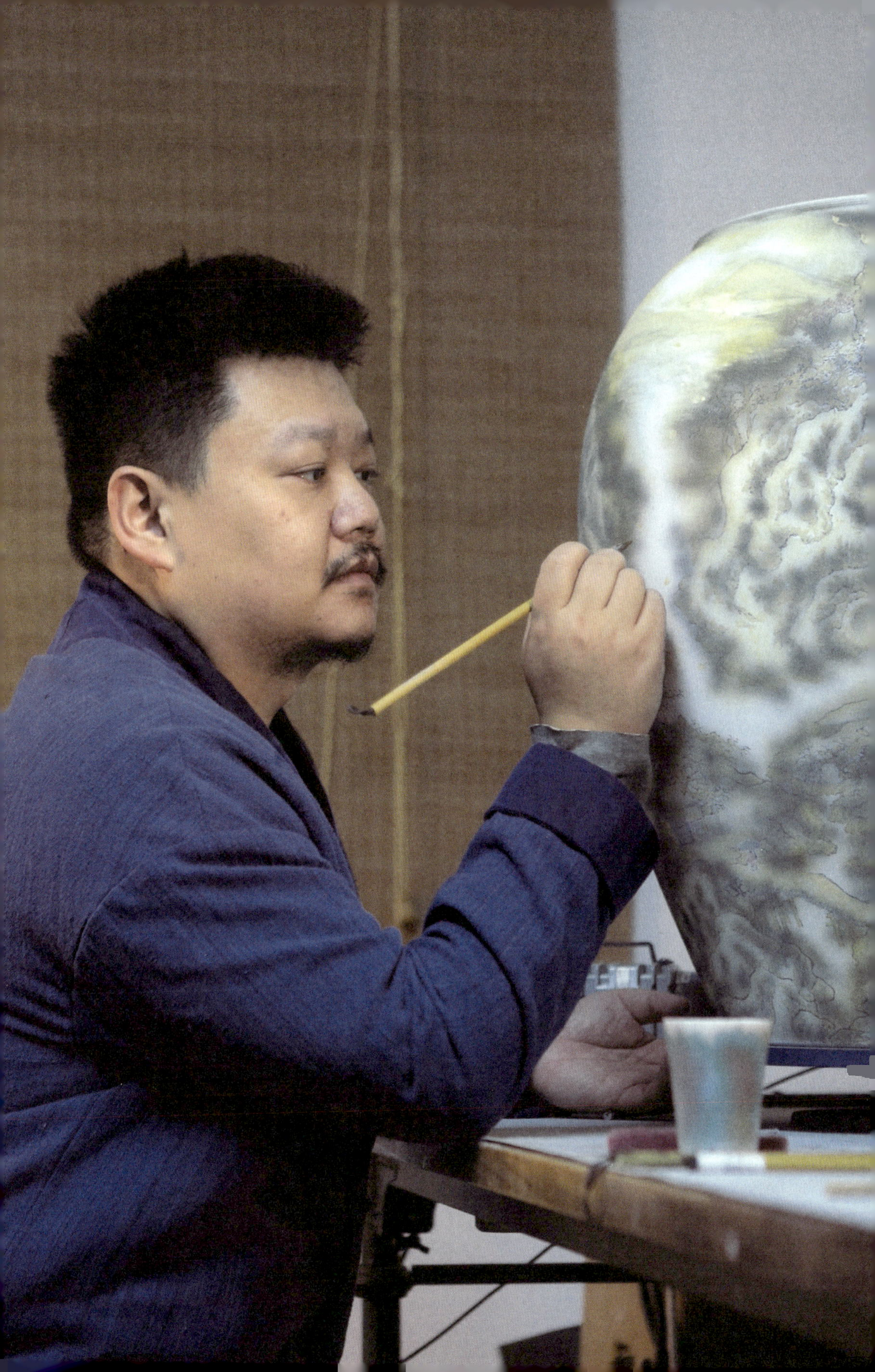

没想到他会成为景漂。从维也纳回来，还未及小试年轻气盛的各种抱负，便把人生最珍贵的美少年的热情注入千年窑火不息的景德镇，这是命运抛来的橄榄枝，涵宇的人生注定不凡。从"京漂"到"景漂"，决定了他一生的走向。

难道不是吗？历史上，有多少能工巧匠的智慧沉湎于这片土地，滋养生于此、驻足于此、流连于此的人，这些人皆富灵性，在创造自己的幸福时，也使人类文明的进程薪火相传。只有在景德镇，我们才能彻底地肯定泥土是人类审美追求的始基，在泥土中创造对生活的审美想象，唤醒并重启人与生俱来的创造性的回归。

壹

从"京漂"到"景漂"：带着春茶的风雅，燃起第一把窑火

时为2008年，涵宇海归。他父亲说，回国做事，首先要向农民学习。于是，一家人从北京出发，重游祖籍江西的山川。井冈山地区海拔800米的茶山美景，攫住了我们的双眼，使我们的脚步停了下来。

初生牛犊，看到一位茶农的门厅里摆着茶叶，便决定住下来。傍晚钻进去，第二天一早便告知父母，他已经租了百亩茶园，租期十年，租价十分便宜。后来才知那是这片茶村里最高的去处，是春天采茶时茶农最不愿攀爬的一块，但他喜欢。此处云雾缭绕，竹松环抱，耳无车马喧嚷，茶芽应春雷而发，全无尘染，就像是大山里的富裕山谷，这里的茶，就叫它"富谷茶"吧。如果说春天里采茶制茶最风雅，从此刻起，他便开始了收获春天的风雅的青年茶农生涯。

学茶种茶三年，经历不可谓不丰。险从崖上跌落，一件皮棉袄被树枝挂划得七零八落;给茶人穿上白大褂,戴上白帽子和白手套,制茶就像进实验室;为一颗小小的茶芽,每天记录空气的湿度及上下午日照和风向的变化;为销茶辗转反侧,还有一次竟在凌晨两点给父亲打电话,商议如何处理突发事件。

从教科书到社会最基层,从种茶到制茶,虽捉襟见肘,三年后还是做出了传承手工精神的富谷茶品牌——富谷"抹云"绿茶和富谷"素晴"红茶,并以高品质得到认可。

喝茶是件风雅之事,但那茶一定是清明前的"抹云"和谷雨的"素晴",它们充满了春天的生机。就这样,被春雷惊醒的一枚绿芽,给了他十二分的精神,敦促他在南昌市滕王阁脚下的榕门路开了一家供游人驻足的风雅茶店,题:吾倦矣!吃茶去!

风雅是个性的,然命运似乎格外青睐"个性",不允许他不曾领

刘涵宇独自走在山间

略摧枯拉朽的繁盛就自己包揽了自设的理想蓝图。滕王阁周边的生活区开始拆迁，"吾倦矣！吃茶去！"消失在夕阳下的烟尘里。

他是在大山里泡过茶的，四时曾为他插花，山川亦为他挂画。他的视野和审美，不允许他内心发出蜉蝣般的生命呼告，年轻的尊严使他赦免了时间之虐，在一切生灭不息中，他把创造之火投向了泥土。

正如他所说："数年前，刚刚留学归国的我，怀揣着梦想与激情，尝试着各种可能性，懵懂莽撞，却没有什么结果。当我背起行囊走进山里时，一切都改变了，因为我也有了一片小茶园。现在的我淡定从容，快乐充实，踏着自己的节奏，朝着自己的目标，行走在实现梦想的路途中。这一切缘于茶。"

茶之于涵宇，是一种生活方式。这是关于春茶之风雅的品位问题，有关品位，决不妥协。就像玻璃杯会让茶汤失了背景的依赖，而瓷碗却给茶汤一个青白的底色。

春茶在消失之际，把风雅卖了个审美"高价"。这也许是我们仨都想要的结果！命运使然，它就来了。

三年后下山，他说要到景德镇码窑去，要烧出风雅的茶具，才能说喝茶是件风雅之事。

当他在这片滚烫的大地落脚时，才知"生活艺术化"并非高大上的概念或者口号，而是深植于日常生活之中，"日用而不知"。当然必须是在景德镇，才能看到艺术创造的"片花"无处不在，散漫而隐于"炉火照天地，红星乱紫烟"的烟火气里。

对于青春来说，即便明知艰苦就像黑夜一样总要来临，那也要拥有一个欢乐的黄昏。刚来景德镇，他几乎每天都在惊喜中拥抱欢乐的黄昏，关键是他不认为艰苦。真不知那些年他睡在一张怎样的床上，他的青春状态如何。总之，与"吃茶去"的斗室不同，他在李家村租了一个四面通风的 L 型大罩棚，谓之冬冷夏热十分熨帖。

第一次踏进他的工作室，我的脑波迅速切换到石器时代，工作室后现代得如此彻底。满是瓷土素坯，以各自特有的形式感，排着如波如涛的曲线，涌着涨潮的必然性奔入你的视界，有势有力挺起震撼的场。是那种泥土本色的冲击，还有什么能比它更有力量呢？

自然，工作室的建造不如蜘蛛"织布"、蜜蜂"建筑"蜂巢那么符合几何学或力学原理，因为以上二者毕竟都属于自然进化，是在自然的空间里进行的，而人类的风格化则是在想象的空间里完成的，想象是创造的羽翼。

人类艺术活动的过程，原本就是一个创造的过程，可人类日用而不觉。就像人初制石器，只是顺应石头的自然属性来加工，就石器而言，依然是自身自然属性得到延伸，不属于人的创造。

但，烧造陶器则不同了。陶器，自然界原本没有，是人类创造出来的器物，是人类利用水火土三"元素"再造的新事物，这才是老祖宗留给我们关于创造的启示，是人之初遗赠基因的永恒记忆。并不是所有的人都能有幸被某种极限唤醒基因记忆，他在试图想象不同风格的活法儿时，那带有原始爆发力的创造性记忆竟然被命运"额外"激活了。

自然对于万物，存亡都是一次给定的，唯独于人，活法儿由人定。只有刚从冰期走出的人，才真正懂得，正是那把创世之火点燃了人类创造性进化的文明，也点燃了人类的活法儿。制陶是用火的艺术，他庆幸在景德镇找到了一万年前的窑火之神，他在这里可以重新创造自己的神话、艺术以及燃烧自我的表达之火。

他的第一把窑火就在这里燃起。

中国文化对人类文明的物质贡献极大，其中又以丝、瓷、茶为最。对于窑火艺术而言，瓷的最高峰在五代两宋，而景德镇的窑火是从北宋景德年间炽盛起来的，如今这里除了瓷还是瓷，有关瓷的一切都触手可得，连空气都流动着光滑玉润的古典精神。在古典的启示中，他找到了自己的门槛。

贰

从茶农到匠人：烧造一个"第六大窑口"

"影青"，还有另外两个好听的名字——"隐青"或"映青"，皆拜窑火所赐，釉色因窑温的变化，在青白两色之间散漫晕染，像蓝天白云的变幻，如诗如画；堆青积釉，隐隐约约，如美人飘忽不定，若兼葭苍茫幽远。就是这一千年前景德镇烧制的青白瓷，锁定了他的第一把火。

他开始拜师学艺，没有过多的波澜，真正做事儿的日子，枯燥而又烦琐。他知道，若要奋振创造的羽翼，必先脚踏实地、老老实实地从工匠做起，烧窑出窑。那以后，他匠人不离口，他不是流水线上的工人，而是凡事亲自动手的工匠，这是他给自己在景德镇的定位。

在与青白瓷相处的日子里，他偶遇了一位老瓷厂退休的老匠人。老匠人其实并不老，不到六十岁，一身"泥土病"，有点儿未老先衰，却有景德镇老匠人风范。他如获至宝，随侍身旁，重走经验式言传身教的师徒之路。他们这一代人，不缺教科书学院派的经典教育，却少有师徒式传艺。有了茶场的历练，他轻车熟路，将自己置于窑火旁，就像为每一枚茶芽记录风向一样，他又开始为烧成的每一件莹润剔透的瓷品做记录。从选泥到拉坯、满窑、支钉烧、把握窑位与火舔的关系，以及跟着师傅观火眼、调火温、开窑门等等，他都

正在创作的刘涵宇

有详细记录。

在人们热衷谈论他的海归经历之际,他已经完成了从茶农到匠人的转型。

2015 年他回北京过春节,返回景德镇时,双肩包、拉杆箱装满了带给师傅的"吃喝"。他说师傅最喜欢每餐喝上二两白酒,就在窑炉旁,夏天烤得大汗淋漓才觉酣畅,冬天则可取暖,如沐春风。据他讲,进入状态了,老师傅观火眼才是神来之笔。师傅能看到汝釉在火中流动的状态,再据此决定窑温的曲线走势,出窑的瓷品,个个皆如被火神亲吻过的素肌玉骨。白中映青,白里有青的影子,是江南的味道。青釉在丝滑的薄胎上流动,似风之飘逸,如丝之柔软,釉薄处隐约留白,积釉处蓄积水绿,渲染处如晨曦般朦胧,氤氲宋人的古典格调。

他惊呆了,被捧在手上的小东西摄魄夺魂了。青如天,明如镜,声如磬，薄如纸，是宋人对青白瓷的审美标准，从形、色、声、义四维度，将工艺提升到文化的高度。这表明自宋以来，素瓷强调的是内心的审美感受，而不在于眼感陷于绚烂的摄取，这正是他想要的，他也做到了。

他拿起一件自己窑口烧制的青白小瓷蛋壳杯，擎在手上细看，就像观赏戏台上的"小旦"，光染下，一股天真稚嫩淡然的气韵瞬间满堂，给她写上底款"富谷烧"，折一枝富谷茶，每一片叶脉都烙印着那些日日不凡的记忆，顺便给自己的窑口戴上了"富谷烧"的桂冠。

青白瓷系出名门，来自宋真宗景德元年，浮梁镇烧出一款像怀玉山一样美的青白瓷，真是君子怀玉。

生逢其时，当时南方的越窑青瓷、北方的邢窑白瓷工艺已经很精湛了，景德镇得风得水，将南方的"青"和北方的"白"合为一胎，加上景德镇的好山好水，青白瓷带着玉的韵致出窑了。

可陶瓷史上，这款青白瓷既未被白瓷系所接纳，亦未被青瓷系所青睐，更未能跻身宋代"五大窑口"官、哥、汝、定、钧之列。至于为什么，他不管，历史原本就是偶发性的一连串的惊鸿一瞥，他必须抓住青白瓷那瞬间的历史样貌，将它定格在第六大窑口的地位上。

叁
"瓷素茶寂琴破音"：人与泥在寂中达至圆融

"瓷素茶寂琴破音"，是他对中国传统生活艺术的提炼，趋于雅化的审美标准，透着一种孤高的审美格调，这样的艺术追求，始于他对孤独的认知。他发现世间万事万物都有自己的语言，而沉默是它们最优美的表达，那种孤独之美就隐藏在沉默的背后，启蒙他豁然欣喜的孤独是一种最好的生命状态。他放下多余的成见，仅以内在的孤独之眼观看，一切都是生命，这种感觉太放松了，放松到他似乎可以倾听万物沉默的秘密——有关泥土、窑火的秘密。这是千年景德镇恩赐他的智慧，给予他享用"孤独之美"的特权。他常独自静守在窑炉旁，在万籁俱寂之时，破译窑变在熊熊窑火中的沉默密码。

师傅的身体日渐衰弱，他决定试烧"五大窑口"，向难度更高的素瓷挑战，创造自己的神话。

艺术是栋房子，门在哪儿？

没有哪一个朝代比宋更懂美的生存了。什么是美的生存？黑格尔说，就是美的理念的感性显现，而宋代五大窑口就是宋人美的理念的感性显现，它们有一个共同的审美趋向，那就是以"素"为底色。唯钧窑特立，有玫瑰紫、钧红、天蓝、月白等窑变的斑斓，可它的底色仍属青瓷系列，无论窑变如何炫彩，青则始终固守"素"的美学操守。定白虽不属于青瓷，但它可是孔子所说的"绘事后素"的那个"素"。

宋人热衷创造美学范式，汝窑可谓素瓷的高峰，于是，五大窑口，他首选汝窑试烧，研究素胎和汝釉的构成，对于出身理科的他来说还算凑手。

汝窑工艺高超，细腻微妙的工艺高度成就了汝瓷的艺术高度。汝窑的艺术高度是宋诗、宋词、宋画兴尽悲来的青影，汝窑以它天青的本色，绵延了宋代文人的温文尔雅，流动着宋代士人的玉骨气韵。从青白瓷的素雅平静，到钧红窑变的高潮迭起，再至汝瓷追求的理性回归，这些共同成就了汝窑的审美特征——内敛、高贵、优雅的天青精神。

他找到了门径，期待登堂入室……

他的电话，声音很低沉。他原本声音就不高，说："一窑的钞票都烧飞了。"回:"好惨啊,交学费是必须的。但不能白交,继续第二窑。"难以揣度电话那头的表情,但知其心情。其实第二窑同样惨烈,只是没电话了。没电话不打紧,只要记住老母亲的话就行:"大不了,拉板车,拉不动时要记住,后面还有一双老母亲的手呢!只要自食其力,就是高贵而又体面的事情。"

第三窑死灰里略有生机,烟熏狼藉中依稀带着绝代风华的韵致。这些都是在后来赏器时的笑谈中听闻的,也许彼时尘埃未定,想安静专注吧,于是就自饮自吞来自窑口的"火舔",不外宣了。

"惟草木之零落兮,恐美人之迟暮",他要追加日夜,"朝饮木兰之坠露兮,夕餐秋菊之落英",仿佛雨后芬芳就应该落在他的天青上。

又开窑了,"雨过天青云破处,这般颜色做将来""面如玉,蝉翼纹,晨星稀",瓷釉就在他小小的窑里闪烁明灭。前者是柴世宗追求天青的命运归属,后者是宋徽宗对天青审美的极致定义。这一切审美追求落定在器物上耗时上千年,而今就要在他的窑口出窑了。

当窑门打开时,景德镇正值盛夏,外温40℃,窑门前近80℃,冷却回落的速度很慢,他说他可以在门前停留20分钟左右,记录每一件作品在它所居窑位的不同表现。

捧着他的"窑宝",雨过云破,天青如洗;滢厚堆凝脂,"开片"如丝如缕,吹气若兰;釉面因明暗而波光粼粼,曲线缘温柔而敦厚如诗,内蕴则藏着另一重境界,那是"釉崩"之刚烈归隐在圆融温润的天青里。他为它们撰铭:"雨霁""天雪",一件又一件……品瓷如品人,造化亦化人。

现在是沉醉的时候,现在也是思考的时候。

在炎炎的考验中,他似乎有了新的体认。

他认为,理性的追求没有极致,而是共融,就像几何学的理念圆与现实圆的距离,这之中有着永远难以跨越的距离;但现实中不放弃追随

刘涵宇作品《天雪》系列之一　　　　　　　　刘涵宇作品《雨霁》系列之一

理念的勇气，人类理想主义方能不竭。"薄如纸、声如磬、明如镜"是景德镇人自古以来的极致理念，是景德镇瓷的精神冠冕，也是景德镇人追求极致的理由，它使景德镇至今仍然充满活力，充满现代性的古典范儿。

人类文明就是在试错中前行的，在试错中留下经典，淘汰伪劣。

他决定再试错一次，让汝瓷釉在素坯上更加恣肆地流动起来，而不再纠缠于若隐若现的气泡带出的寥若晨星的恢廓。烧窑时"流釉"的不确定性给了他"流釉"的灵感，也给了他"破"的勇气，他就想试烧这种"流釉"的效果，就像"古琴破音"的苦涩，以超越完美的边际。

紫口铁足，是今人烧造汝窑的上品。内胎以龙泉铁胎泥油性最足，汝窑釉因各有配方而个性纷呈，但景德镇以1380℃的强高温烧造，成就了最好的汝窑精品，出品虽少，但品质不输宋瓷。

他开始订购了一批龙泉铁胎泥，撞一下"南宋官窑"的老腰。先试烧铁胎泥素坯，出窑后的素坯给出大地的赭色、肥沃的质感、油性的温润，这足以弥合他内心焦虑导致的皴裂。太疗愈了，他要把这种从视觉延展到触觉的审美联想，分享给观赏者，那就要裸露素胎本身的大美质地，可如何控制汝釉被燃烧后的流动呢？反复试验后，流釉的自然效果如同海浪拍击沙岸，迟滞的流淌曲线参差婉转，素胎的本质如江河湖汊的河床逐渐裸露，瞬间的恰到好处创造了美学上的极致体验，带来"倾"

的艺术效果。

　　他终于烧出了一窑理性与情感变奏的露胎汝瓷，底款为"书山"。

　　好一阵子没电话打来了，突然发来一段音频。侧耳倾听，隐约掩映，寂寂疏离，若天青的幽远次第近来，又似天青渐隐般远去。给他打电话了，为什么这么短暂，不可以录制得长一点吗？回答：我手握着手机，在刚打开窑门之时，伸进窑里录制，只能坚持这么长时间了，再长不要说我的手机，手都会化了。又一个叹息，只好作罢，却难以释怀！难以……

　　没有辜负盛夏打开窑门的热浪。

　　再一次打电话约他回京避暑几天。北京当然不是避暑胜地，但总与景德镇热法不同。回来了，满以为会一头扎进各大时尚之场，没

刘涵宇作品《书山》

想到他说"缺氧"。他在北京亦庄有个自己的家,150多平方米,可他回来就像大学生放假,抱着一摞书准备啃。其实,除了犯困吃喝玩之外,什么也做不了。

在家几天,他用一个沉闷治愈另一个,闷了几天后,又回景德镇了。他说一回到水泥森林就昏昏欲睡,一到景德镇就神清气爽。他的确不喜社交,但并不是社恐。他谈起所长时,滔滔不绝;他孤独至乐,喜欢一个人待着,干自己想干的事儿,懂得如何保护自己免于奔走名利场的虚掷;他因孤独而至寂,泥土的本色也是"寂",刚好与他嗜"寂"的性格相合,从玩泥巴开始,用寂眼发现美,以寂心审美,还有一双寥落的手把瓷釉上的"芒"打磨掉,尽可能接近土的本色。他已经土得掉渣了。

朋友们奇怪,他为何北京、杭州的家不待,偏偏喜欢景德镇的大罩棚。他认为,在景德镇他可以还原成一个真实的自我,就像他反复强调的还原焰。

从未听他炫耀大城市的家,亦未曾听他炫耀海归经历。他看起来懒散沉默,又属鼠,大概躲进某个角落里才是他的归宿吧。

肆
青花访宋:一个人的文艺复兴

在景德镇做画家太幸运了,当他笔蘸青花料水,即便面对一个小蛋壳杯的素坯之际,应该也有一种在大地上作画的感觉。

又打电话了,他说,五大窑口都烧了一遍,下面干什么呢?回答:那就在瓷上作画吧!从宋画开始!

宋画是中国传统绘画艺术的一个高峰。无论是从思想、精神的角度看，还是从材料、技法创新的角度看，都有一种文艺复兴般的格局。尤其是宋画有了独立的表情，它开始表现人的精神生活，表达人的内心世界。

他跃跃欲试，在瓷上表现宋画于他是一次前所未有的尝试，更是一次激发创造力的补给，何况纸寿千年，瓷寿万年乃至无限。如果将宋画甚至中国绘画史都落定在瓷上呢？……他窃喜在梳理宋画时这一额外馈赠的启示，让他对传承有了新解——当代人难道不应该一手牵着沉甸甸的古典，一手牵着充满联想的未来吗？很快，来自艺术的创造性记忆，又使他迅速调整了思路，他把自己的绘画定位为"涵宇访宋"。"访宋"而不是"仿宋"，一字之差，表明他不想在宋人脚下盘泥。但如何在瓷上用宋人的技法表现宋画超越宋人的精神，他相信借助窑火会生成一个新的形式感。

有一方水土叫青花，而那一方水土，就是景德镇。他意识到这里的水土，是他的艺术之母。油彩之于画布，水墨之于宣纸，都不及青花之于素坯，他把自己安顿在青花里了。

就这样，"涵宇访宋"瓷上系列绘画，开始了以青花表现人类艺术高峰的宋画样式，用水墨的笔法，借传统青花料水和瓷器这一载体，将宋代始创的士人山水画进行一场一个人的文艺复兴。

可他的绘画训练仅仅是小学时期喜欢上蔡志忠漫画后的涂鸦呀，呀呀呀！如今选择用陶瓷这种相比于宣纸更难驾驭的材质表达自己对宋画的理解以及与当下艺术理念的对接，这中间需要多少时间的训练呢？就像当初租茶园种茶一样，大家竟然都没有多想，以为想到了就去做才是理所当然的。

一周后，一幅青花山水雪景画寄回北京，是巨然的《雪图》，万古萧寒簇拥雪底生机,青花的表现不俗!

我着实被惊到了,赶紧打电话过去,是你的画吗?回答:是呀!

我开始有点儿不淡定了,又问了一遍,回答依然是肯定的。电话这头长长地舒了一口气,电话那头则是莫名其妙的沉默。他大概在得意吧:让你总把我当作任风吹雨打而不动声色的石头!

记得《走进宋画》谈到米芾时,开篇第一句话就说:"艺术是自由的,不安分的,它习惯于流浪,只是不知会撞上哪一颗与它呼应的自由性灵,就会火花四溅。"那颗艺术之灵,不仅撞上了米芾,一千年后,又撞上了他。

一发不可收了,既然被艺术之灵撞了一个趔趄,便索性匍匐于宋画的桃花源里。董源的《潇湘图》,李成的《寒鸦图》,范宽的《溪山行旅图》《雪景寒林图》……皆在瓶瓶罐罐方方长长的瓷上铺陈出青花晕染的艺术张力。青花飘摇的江南烟雨,同样透着黛瓦白墙的斑驳凄迷。

题材是中国传统绘画的艺术结晶,形式是窑火赐予的具有不确定性的卓越表现。"不确定性"最符合艺术的期望值,它可以使美的创造永不重复、永远鲜活。但不确定性也给他带来了"痛心疾首"的体验,唯如此,他的作品才珍贵,永无重复。

素坯上的创作与宣纸绢帛的柔软或轻盈不同,它有大地泥土的沉郁质感。一件纵五十厘米、横一百八十厘米的大瓷板或"三百件"的大花瓶,动辄十几公斤或几十公斤重,在这些器物上创作十分艰难,而在大件花瓶和大瓷板上创作则最为困难,因为大件素坯不方便运输,因而常常是直接到能烧大件瓷器或大瓷板的窑口去创作。窑口的绘画环境比较简陋,好在他已经熟悉这样的环境了,寒来暑往,一站几个小时,每一次都在场感十足,画毕直接入窑。他是在景德镇画瓷练出来的画家,他可以在任何场合现场创作,这也练就了他

正在创作瓷板画的刘涵宇

的平常心。

在窑火旁,他的心必须平静坦然,那是等待出窑的一番心情。他向苍天祈祷过,这些他曾经不以为然的仪式,都会给他带来精神慰藉。可出窑时的作品,并不会件件都达到他的期待。有时,费时不少的大瓷板,小心翼翼入窑,待冷却后,打开窑门,发现画面模糊或玻化、细腻的笔触烧飞了等等各种瑕疵,这些瑕疵降低了他沉甸甸的时间的含金量,比起一窑钞票烧飞了,还要令他心痛。但正是这种不确定性带来的艺术期待,以及认为每一件都是唯一的武断裁决,才是他创作的不竭源泉。

三年时间,他一边在小壶小杯小盖碗上画些有趣的小东西售卖以谋生,一边创作大作品,逐渐迎来了认同,赢得藏家的啧啧赞叹。这是他的幸运,最起码我们不用再担心他的经济状况,他可以有尊严地创作下去了。

一边沉浸在蓝色的梦里,一边寻觅真诚的自我。当内心的笔锋饱蘸青花蕴藏的无限生机时,那种创作的冲动,使他无法停留在宋画面前临摹。他时时提醒自己"循前人之礼法,付今人之思想",在宋

刘涵宇作品《青花访宋》

人绘画艺术高峰的脚下"草木自馨",直到人见他的瓷上宋画,不知所宗谁家门派,只知宋画,他才释然。

有人说,山水是中国人的圣经,山水也是他的信仰。他说,他画山水画时,是从下往上画的,带着景仰的情感和对艺术的忠诚,当他为自己的青花吹上透明的灰釉,再经1300℃高温烧造之后,他看到了自己的人生结晶。

当然,独特的表现,还在于青花的表现与水墨的不同,在于素坯与绢帛宣纸的异质,而且比起水墨浓淡的变幻,青花色阶在高温釉下的表现力更为瑰异。同时,青花又像水墨一样拥有一色次第晕染的无限笔意。与水墨有自身的独特表现一样,青花亦禀承着青白之志,在青白之间,不断妥协,不断让渡,不断暗示,青色无限可分,宣告一个青花晕染的印象世界、光影的空间。其实,瓷釉玉润般的光泽很难表现次第的质感和苍老的粗粝,他便反复叠加皴擦,给画面的氛围加以块面的肌理，在釉下蹒跚迟滞，形成他自己的宋画表情。

不宗他人，方为真"宋画"，才是宋画里的"宁做我"的精神。从为绘画史的传承与留存而作的宋画，到"涵宇访宋"的宋画，他纵横自由，来去潇洒。

他的语言准确质朴，他说："我的山水画师法五代、北宋，以青花装饰于器物之上，把文化传承与生活艺术相结合，在日常中品味古典之美。我的山水画也具有现代性，在光影中寻找精神的意境，在笔墨中寻找内在的气韵。在瓷的语言中，笔墨之趣只能占三分，需窑火之天工才能达到圆满。"

白地青花是涵宇心目中的阳春白雪，他在青白之间，无论线条走笔，还是青花点染，必倾诉自我的情绪直达山顶而后快，必表现"涵宇访宋"的艺术风格才搁笔。

伍
快闪的艺术，让灵感稍歇一会儿

艺术没有终点。

他的最大优点，就是无法忍受重复自己。当他的"青花访宋系列"积攒到一定的"质"和"量"时，他那创造之灵又开始躁动不安了。

他了解瓷语，如果放任青花在素坯上的流动，造物主给予苏麻离青的天生丽质就会"任性"而为，表现在工艺上就会呈现一种瓷调香软的华美。光昌流丽比瑕疵更令他焦虑，太美了，丝滑到几乎找不到思想落地的抓手。因为它提供了一种沉醉而缺乏勇气的审美，会融化我们对艺术的感受力，如果不以苦涩的艺术质感去触碰，抑或换一个"宁做我"

的驿站去沉淀,接下来作品的表达就会沦为僵化的呓语,很有可能遭遇当下水墨画的困境。

"宁做我"是艺术创作的根骨,也是他的审美边界。其实,这根骨就是一个人对艺术的自我感受力,而且是面对艺术时才会瞬时产生的那种最敏感的情绪。当他把它们注入笔锋时,就像老农荷锄刨地一般,把自我的种子撒进"涵宁访宋"的青花皴染的江山里。

自我是什么?就像人是什么一样,难以回答。在他则是乡愁,这乡愁落脚在他的宇宙意识里,敦促他不停地开拓安放自我的艺术领地。

艺术的性格里,有一种堂吉诃德式的骑士精神。面对无法回答的问题,它会用线条、色块,不断地组成追问的形象。这,就是艺术的使命,它用批判的精神,审视过去,思考现在,定义未来。

他开始对景德镇流行的万花筒般的釉色着迷,并在瓷上探索设色。可不可以在色釉上表达他对宋画的理解和再现?他发现,色釉更适于表现"青绿"印象,于是他转向了明画与吴门画派的古典山水。

比起"青花访宋",颜色釉让他在瓷泥上发现了更深的艺术禀赋。他在青花上苦苦追求的内在笔触,无比虔诚地拱手于窑火,并期待窑火能使他的作品风貌更接近他的艺术追求。

他的创作行为如快闪艺术,在漂泊中快闪。就像从"京漂"到"景漂"一样,他从"宋漂"到"明漂",从宋画漂到明画,从淡泊的青花漂到绚烂的颜色釉,从古典漂到现代以至于未来。

画家尽力了。

电话来了,有点儿迷离。他在素坯上的创作和有窑火参与的创作,可以说完全是两种艺术形式的呈现,甚至素坯上的创作更富含艺术表现。与他耳鬓厮磨、累日完成的素坯创作,在耗尽他的思想感情之后,还未尽享最终完成的喜悦,就要进入窑火的生成过程。他反而迟迟不舍了,就像自己的孩子要交与他人培育般，进入窑火后的不确定性，也带来了不安和焦虑。

就在作品即将进入窑火时，他不淡定了，他开始嫉妒窑火的再创作，出窑的呈现常常与他的初心相反，甚至彻底毁灭，给他留下无数个毁灭性的阴影。

但他必须接受窑火，窑火是他艺术生命的另一面，是有光的面，有光就有阴影，阴影与他的生命合体，与他的心灵互补，是他不可或缺的创作原色。窑火的二度创作，即使是对他留在素坯上的理念"大开杀戒"，他也必须坦然接受，即使全部烧毁，那也只能期待这是一次凤凰涅槃的艺术超越。

当艺术家把一件涂满花釉的瓷器作品交给窑火时，便听天由命了。火可以给釉无限的可能性，窑温的偶然造化，会给每一件作品印上独特的命运胎记，无论这胎记于作品是完美还是憾疵，都是窑火的恩赐。

青花与窑火，都没有给他如此强烈的感受，讨论中，他又生出意外的惊喜——快闪！从素坯的创作到进入窑火，素坯艺术就像快闪，转身出窑便是另一种艺术表现了。

另外一种艺术形式的可行性，就是用照相机的快门为素坯的快闪存照，用视觉艺术记录素坯在窑火中的变化。有了这种有快闪意味的艺术留存，他更加越界了，被他"玩坏了"的作品，总能收获"陌生化"的艺术效果。

比起凡·高的夜空、塞尚的色块，他更喜欢莫兰迪色系。如果说西方印象派对光影变化的追求打破了古典主义绘画对"固有色"的执着，那么在陶瓷领域，这个角色就是由颜色釉来扮演的了。他在颜色釉上，调和了后印象主义画家乔治·莫兰迪的灰调，在宋明山水里讲述"灰"的故事，表达"灰"的意志，竟然获得了非同凡响的视觉效果。颜色釉的现代性陶瓷语言很适宜表现古典主义的风范，传统的"大写意"风和印象派风格跨越时空握手，一千年前的宋画在他的笔下生成了一种完全陌生的艺术表现样式。

他成就了一种新瓷格，颜色釉的斑驳光影，提纯了古风。这古风重新沁入瓷骨，他的目光竭尽俯仰摩挲，那不是丝滑，是一种跳跃或者磕碰。

后来他说，他必须接受，气火之变是天工开物，釉面直接面对灰与火的冲击，色泽温润又变化无常，面对无常，只有淡然处之。他已经很坦然了，即便不知道下一次快闪到哪里。

当下，后现代来势汹汹。不管到哪里，他都会坚守古典主义的一撇一捺，从宋画到明画，仍归于古典门第，在瓷釉上生成了自己的出身和人生色调。

他用一种自由的生活方式沉淀自己，三年学茶，七年烧窑，三年习画。一个从"京漂"到"景漂"的自由创业者，一个从宋瓷漂到宋画、明画直至进入瓷作中国绘画史的青年艺术家，一个从"吃茶去"到成立富谷烧品牌，开启瓷与茶的美学日志的独立品牌主理人。

观山听雨，擂土制器
——雷子与"新宋瓷"

雷子从山东来景德镇求学，毕业之后就留了下来。一晃眼，20年过去了。如今，他在景德镇山里的宋代古窑址上做新宋瓷，以宋韵之风，照入当代器物。

他像古人一样，依水制陶，依时生活。立春，耕且陶焉，擂泥物事；三月，带着妻儿，进山采茶；五月，雨水丰饶，安身休整；冬日，喝罢老黄酒，起炉煮陈皮。又到年末再烧一窑，昔日的窑具收拾一番，就可回老家过年了……

他说，瓷器活儿，大都是在吃老祖宗留下来的东西，于现代人是一种福报。

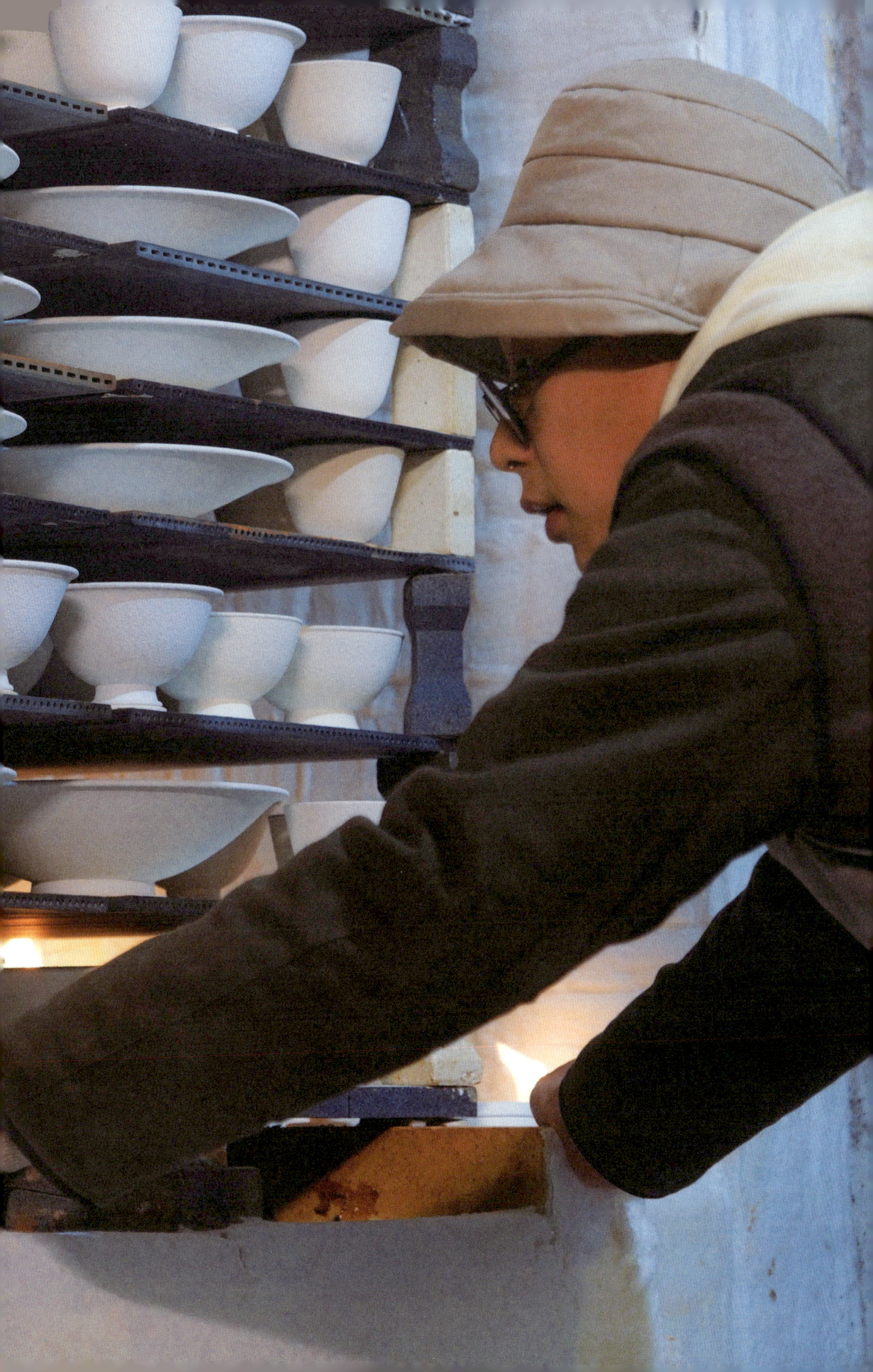

2002年，我从山东来景德镇求学，一晃眼，20年过去了。

如今，我的家庭在这，事业也在这。

壹
第一次面对拉坯机

20年前的夏天，我提着大包小包，坐着绿皮火车，独自从山东济南来景德镇陶瓷学院求学。

车外的风景，在30多个小时的车程里不断变化。这是我第一次去往南方。南方的山水、城市，于我而言，都是陌生的景象，这种陌生感一直持续了将近两年。那时候，我尚不知道，在这座城市生活的时间，会超过在家乡的岁月。

一下火车，热浪迎面而来，路上的灰尘，也随着汽车极速而过，扑面而来。火车站门口有接新生的老师，我坐着校车来到学校。当时学校门口还是泥巴路，与现在的繁华热闹不一样。但校园里的香樟树，却让我眼前一亮，特别美，绿荫如盖，俊秀苍劲，比我在北方见过的任何树都要郁郁葱葱。

我当时住在9栋宿舍，一位山东学长帮我把行李搬过去。他跟我打招呼，说家乡话，但山东土地辽阔，他在胶东，我在鲁南，方言只能听个一知半解，大学四年间，我和他也基本是断断续续地联系。老实说，我的性格比较后知后觉，属于进入状态特别慢的人，再加上当时年纪小，南北方的差异，常常让我觉得陌生疏离。

对异乡的陌生感，直到我接触泥巴，才被打破。

当时教拉坯课的老师是刘颖睿,第一次面对拉坯机时,我内心充满神圣感,拉坯是陶瓷制作中非常重要的环节。我刚开始学习时,手不巧,总是将瓷坯拉得歪东倒西,但很奇怪,泥巴的神奇让我沉醉其中,我感觉自己被吸进去了。对于喜欢的事情,人自然会投入全力,没多久,拉坯和盘泥条我就都做得很不错了,并喜欢上了用泥巴创造器物的过程。

由此,我获得了自信。也是从这时开始,我想,自己可能会在这座城市生活很多年。

贰
山外有山,上海真是海

学艺术的大学生,大多个性奇特,复杂多情,甚至带着好自我煎熬的秉性,对自由和创作的探索,怀有满腔热情。

虽然大家专业不同,但学习陶瓷设计的我,常跟着陶艺班的同学一起玩泥巴、配釉。有时候,学长找我去做东西,因为有课业任务,我不敢跟老师请假,他们便找到我老师商量。老师开明,竟应允我请假。现在想来,如果没有老师的这份包容,我们这些"奇葩",很难逐个绽放。

当时正值现当代陶艺在国内兴起,虽然现当代陶艺还未形成一个完善、有序、合理的体系,但景德镇陶瓷学院,作为国内唯一的陶瓷教育高校,也受到了现当代陶艺风潮的影响。我和同学喻磊、王永亮、李强,在湖田租了一间房子做工作室,几近痴迷地研究现当代陶艺创作,并做仿柴烧的试验。当时,景德镇的产品大多是仿古器物,大三时,我们手作了一批陶艺小杯子,5元一个,竟然全卖光了。对于身为穷学生的我们来说,这简直太让人开心了。我们拿着几张薄薄的大票,去买了最爱的制瓷原料和平日不敢买的两包白沙香烟。回到工作室后，每个人的创作热情，都因印着红色领袖的大票而高涨。后来看，这些作品虽有特点，但还非常稚嫩，尤其是当我们与更大的艺术圈接触时，更觉差距明显，但同样，启迪也非常深远。

2005 年，我们参加上海春季艺术沙龙，这是一个纯艺术的展览，能以陶瓷门类创作者的身份受邀参加，在当时非常难得。展览设在上海恒隆广场的地下一层，位处繁华的南京西路。我带了一件名叫《悬壶记事》的仿柴烧陶艺作品过去。在作品展陈之外，主办方还让我们带景德镇的拉坯机、泥巴一起过去，做现场表演。白天，我们在展厅里忙个不停，晚上，南京西路五彩缤纷的霓虹灯光，映在四个外乡青年的脸上，我们一边交流讨论创作想法，一边畅想未来。

之后，我们经常去上海、杭州参展，接触到很多现当代绘画与装置设计的艺术家，也会在上海的艺术园区小住，与更多更厉害的大家接触。山外有山，上海真是海，我们激发出的创作灵感，如海里鲸鱼喷发出的水柱。这"水柱"迎着海风被吹开，其"水雾"飘飘洒洒，落在了千里外的镇上……

叁
波光粼粼，云花满眼

大四时，我在学校里的一个日用瓷比赛中获奖，由此得到一个机会进入陶瓷学院工程中心，从事产品设计。因为还想着做自己的产品，没过多久，我便辞职了，回归成一名自由手艺人。

景德镇不大，兜兜转转，年轻人很容易结成一个圈子。那时候，我在普修村（现陶阳新村）认识了安锐勇，他是我在景德镇认识的第一个老大哥，他算得上是最早的一批景漂，曾在大学任教，后来又做设计和产品开发，时下处于半隐居状态，住在山野之间，一边坐看云起时，一边做着陶艺。他对材料的理解超高，他的作品辨识度强，作品如同他留的一根长辫，不论走到哪里，都引人注目。安大哥不但是艺术家，还是生活家，隔三岔五，便"闲"得五脊六兽，要把朋友招到他家，一边包水饺、喝酒，一边探讨对艺术的理解。我羡慕他的状态，知道了原来生活还可以过得这般惬意，这也激发了我对生活的憧憬。

因为意趣相投，在普修村，我结识了越来越多的朋友，后来随周墙几位老大哥，自发成立了景德镇首个现当代陶艺团体——冰蓝公社，其中有安锐勇、干道甫、朱迪、张玉山、黄春茂、黄梦新等来自五湖四海

冰蓝公社成员

的朋友。周墙是带头大哥，是美食家、造园家、成功的商人，善操洞箫，据说是武当派的高手，另传言镇上成功的民间陶瓷组织里，几乎都有他的影子，有的他还参与了投资。干道甫老师的青花，已然深刻影响了镇上一代新人的青花制作，自成一格，无可替代。而黄春茂日后的作品，大蠹飘飘，打入象牙塔尖：APEC 峰会国宴用瓷设计、G20 峰会国宴用瓷设计、金砖五国峰会国宴用瓷设计、博鳌亚洲论坛 2018 年年会国宴用瓷设计等，都出自他之手。

我不仅过去写过诗，就是现在也仍会拽上几句诗。一旦朋友聚齐，基本是艺术与诗意交杂，超逸与烟火互融，没有宣言，但有态度。我们希望以现代、年轻的形象，展现中国古老的陶瓷文化和历史，在拓展泥巴的语言空间上，做了很多开拓性的尝试。虽分属不同艺术领域，但众人达成共识，以瓷板为载体，探索现当代陶艺的无限可能性。

那几年里，我们常聚一起，玩泥巴、清谈、喝酒、晒太阳，也接触了很多国内艺术界的大家，不遗余力地游说专业的艺评人、策展人、知名画廊的画廊主介入陶艺。其间，还与朋友共同举办了很多展览，也参加了很多展览。我们共同参加了上海艺术博览会，我自己也参加了中国美术学院在浙江省博物馆举办的陶艺双年展。总之，每个人都孜孜不倦地探索。我们还合力，在雕塑瓷厂拿下一个大厂房，将其改造成冰蓝公社的展厅。团队里，数我年纪最小，可能也最"乖"，像只猫一样，"趴"在那儿的时间最多。

现在回想起来，普修村的生活，依然十分美好，那是中国现当代陶艺群体中的一段"激情燃烧的岁月"，波光粼粼，云花满眼。一直到现在，我们也保持着联系，无论在生活还是艺术方面，仿佛有共同的精神原乡。

肆
"如果我来做器皿，应该能比他们做得好"

那几年里，我陆陆续续地接了一些单子，比如某品牌的限量版首饰盒定制。这个单子我试验了好久，才烧出了与原首饰盒一样的蓝色，烧出来的效果挺好。

我也和朋友朱斐霏，为中国美术学院的老师定制结婚用瓷。寒冬腊月，景德镇的制瓷师傅一般喝酒聊天，打起"麻雀战"。手在泥里、水里反复进出，很容易冻裂。我们几个人，为了赶上交货时间，包括拉坯、上釉、绘画在内的几乎所有工序都自己来。那是套青釉茶具，辅以青花装饰，以竹子作为提梁，如冬日里的春花，令人耳目一新。据说当那位老师将这套伴手礼送出时，客人看到后，又赶紧往红包里多塞了几百块钱。

为了兼顾理想和生活，我接单子与做现当代陶艺，一直双线并行。我当时做了一些朋克鱼雕塑，反响也不错。朋克头加上鱼身，算是一种视觉的冲击；同时也做瓷板画，很过瘾，也很烧钱。我还做过一组陶艺作品，是以传统器型为原型，进行改造，在传统的瓶瓶罐罐的器型上，划不同口子，然后施釉烧制，原有的器型改变了，高温烧制时，坯体自然会出现坍塌，我在坍塌处打上锔钉，呈现另一种审美和质感。

为什么会做这组产品？因为当我看到市面上的一些传统器型时，心中冒出一个想法："如果我来做器皿，应该能比他们做得好。"

没想到，这个一闪而过的想法，竟成为牵引我后面作品的一个"火车头"。

2010年，在靠近湖田窑窑址的小村子里，我租了一间小屋做工作室，小屋夹在两栋居民楼中间，阳光不好，湿气重，加上每天佝偻在案台上做产品，我很快患上肩周炎。每逢雨水来临，我肩颈剧痛，厉害时手都举不起来，可制作陶瓷，离不开高强度的手部作业。当时妻子刚怀孕，因为工作室刚弄好，我没有精力照顾她，加之经济上捉襟见肘，我只能送妻子回山东老家待产。无辣不欢的川妹子，能否吞下大葱蘸酱卷大饼，全凭父母看着办了。亲戚之间，催促我离开景德镇回老家工作的声音，也如夏树蝉鸣，此起彼伏。

为尽快让生活稳定下来，我选择更加拼命地工作。后知后觉、进入状态很慢的人，大约有个共性，就是"认死理"。做器物无三五年之功难以入门，甚至做十年八年也难小有风骨。可就算这样，也不能走捷径，要一直下笨功夫。做一种工艺，要把这种工艺的来龙去脉嚼烂，嚼出汁来，非得找到它的源头。凡事初心很重要，大约怎样做一件器物的本心，将决定器物显现出来的气息。

早期工作室的产品，主要聚焦在香炉和茶具上。我几乎查阅了所有的青铜器器型，然后筛选、分类、梳理，找到最喜欢的几款，进行改良和设计，最终做出几款仿青铜器的香炉；茶具则设计为偏现代、更实用的器型，同时与汝窑工艺相结合。最初这些产品做好后，都送到外面去烧制，运输过程中的颠簸，让产品很难避免磕碰，且烧制效果也不理想。而且，我还发现有人在仿制这些器型。我只能又硬着头皮，从朋友手中买了一个二手的小窑。烧制，是制瓷当中的一道重要工序，如何满窑，如何设置火道风口，气氛怎么还原，升温曲线如何走……均有很深的讲究。之前，我几乎一无所知，花钱请了一个窑老板烧了四窑，老师傅怎么说，我怎么做。后来，我特别揣摩了他观察火候时犹如巴顿将军的脸部神情，而后，便摩拳擦掌，开始独立烧窑了。

从产品设计到生产，主要是我一个人在做，哪有时间兼顾销售。那个时候还是"博客"时代，产品出来后，我简单地拍照，上传至新浪博客。可能因为产品的辨识度还行,很多客户通过博客找到我,这解决了最初的销售问题。时至今日,信任依旧,这些客户依然在支持我。

那时,我租住在普修村,通常是走路或骑电动车去工作室,中途会路过南河。南河可以说是景德镇陶瓷的一个发源地,古时人们依水而居,依水制陶,大名鼎鼎的湖田窑,就在南河边上。在承载了如此丰厚历史的一条小河旁,经常能看到附近居民提篮去河边洗衣,那个画面还蛮美好,若有白鹭划过,牵来诗的意境。

雷子在修坯

来景德镇之前,我根本不知道什么是湿气,但在工作室里待了几年,得了肩周炎后,我才了解这看不见摸不着的"无敌之阵"是怎么回事。我开始观察本地人是怎样与潮湿相处的。在工作室附近,常能看到六七十岁的老人,挽起裤脚,下田种地,身体还健朗得很。后来发现,他们经常去山里采艾叶、野菊花,回来煮着吃,还会在冬天吃红薯,通过这些食材,祛除这"无敌之阵"。

在那几年里,我体会到了四时变化,对时间变得敏感,对大自然自有的"一物降一物"的安排,充满探知的喜悦。

伍
至今仍需"日拱一卒"

制作器皿,需要有传统技能做根基,对传统不了解、不熟悉,再怎么鼓噪"现代",也走不远。

工作室旁边是湖田窑址,我常常在南河边捡到一些湖田窑的瓷片,早些年,我在那边甚至发现一个古窑址。看瓷片与翻故纸堆完全不同,实物可以让你往瓷的更深处走,你能看到胎料、釉水和款识。你会感叹,古代器物的美,真乃由内至外。要将这些形而上、形而下的所谓的"气息""神韵""质感"一一展现,背后需要有讲究的工艺和材料做支撑,更要有那个时代的风貌和审美做背景。

我捡到的一些湖田窑的瓷片,属宋代青白瓷,其上多有印花。当代人无感于印花之难,看起来,印花表现在器物表层,却是由瓷胎中沁出的美之展现。它体现了各个环节(无论制模或翻印)的精妙,仅制模就不简单:瓷坯有收缩率,自古就有"凡器之模,非修数次,其尺寸、款式烧出时,定不能吻合"的说法,通常"一尺之坯,只得七八寸之器",故修模工匠务必"熟谙窑火、泥性,方能计算尺寸加减,以成模范"。

七年间,我几乎无日不思,癫狂般尝试——

我选用镇上最传统的泥料,用传统釉果制作的釉料,保证瓷胎泛鹅蛋青,釉料莹润;再远赴北宋时期著名的,尤善印花、刻花、划花工艺的定窑(今在河北曲阳灵山

镇附近的涧磁村和燕川村一带），实地寻访，近距离观看定窑陶瓷，提升对宋瓷优雅的线条、高洁的审美的认知。

回来后，我复盘定窑的工艺，将器物的内型和内部的花纹，一同组合在陶质蘑菇状的印模上，又将碗盘初坯覆于其上，转旋成器并翻印纹样，器型和花纹一次完成。精心施釉后，再以远超其他窑口的烧造时长，达 30 个小时的"小火慢炖"，让瓷坯釉面高度玻化。在莹润的釉水中，器物表面起伏细密的纹饰显现。经过这些工序，瓷质更结实耐用，伴随着日常使用，还将达到退火包浆的效果。

我沉醉于传统工艺，前后差不多十年。

很开心的一点是，曾经辉煌又衰落的传统圆器制作工艺，在我手里，

雷子新宋瓷作品《影青荷叶碗》

大抵如古墓莲子再度发芽。我至今仍需"日拱一卒"：摸索宋明时期的墨稿、缂丝工艺、玉雕之美感，复拓印花之域界，无一日敢倦怠。于制器而言，工艺是方法，审美永远是灵魂。

因爱好、收藏宋瓷而名噪江湖的杭州"大肉庄"，称我工作室的作品为"新宋瓷"。对此，有论者说：

作品中观赏到难得一见的笔墨意趣，十分精妙的深浅浮雕，让人啧啧赞叹的双线缂丝手法，将中国经典手工艺融进青白瓷中，令人游目骋怀。同时，作品又非常当代，构就了日常生活中的艺术席宴。

陆
在宋代窑址附近做新宋瓷

刚来景德镇那一年，上户外体育课，老师组织我们爬山。我与另外三个同学在山中迷路，最后从另一座山中找到路口，其间，风吹稻谷，流水淙淙。寻路得知，此地为马鞍岭。几年前，因为租约到期，需要搬工作室，而找寻新址的过程仅用了一天就确定了——三宝马鞍岭。我与瓷，与景德镇，与此地，皆是缘分使然。

在史料中有记载，北宋时，此地是重要的瓷矿。在这里，我学习了建窑，并在建窑之时，闲来走山，从泥里挖出了南宋的瓷片。我有点相信，这是冥冥中注定的事，在宋代窑址附近做新宋瓷，该是多么绵长的缘分。

我把家人都接到这里，一楼制器，二楼生活，院子里，果木森森，草木华滋。工作与生活很好地交融在一起。工作室刚好与山林形成了一个圈，非常安静。每天，都可与虫鸟声、泉水声、风吹山林声做伴。清

/ 与时间的对话 /

明春发时节,这里的色彩也远比山外鲜明,苦槠树、酸枣树的新叶,在阳光下像自然万物中跳跃的小精灵……

制瓷是一件很辛苦的事,但好像住在山里之后,体力可以很快恢复。有时朋友来访,我打趣道:"去城市办事,要开大半天车,比我留在山里干一天活儿都累。"

制瓷的过程中,常常会面临各种问题,比如一窑没有烧好,便要追问,为什么没烧好,是哪个环节出现了问题;产品缺乏内容,要想如何提升,器型线条要如何变化;等等,不一而足。当碰到一些恼人的问题时,我会去山上呆坐一会儿,看云听松风,心中的焦躁,好像就被吹散了。在山野之间,万象空灵,人更容易专注。在制瓷之时,思考之时,自然

雷子作品的展陈方式对宋代文人审美情趣做了精妙的表达

创作间隙的雷子在擦拭瓷器

常常给予我灵感,无论是明晃晃的阳光、风吹山林的沙沙声、画眉鸟的啼叫声,都让手中之泥,焕发出不一样的韵致。我称其为"有如神助"。

靠近山林,生活、创作便与自然连为一体,对四时特别敏感,我可能比很多当地人都更了解如何与景德镇的气候规律相处:立春之时,耕且陶焉,摇泥物事;三月,带着妻儿,进山采茶;五月,雨水丰饶,安身休整(雨水季也不好烧窑);冬日,喝罢老黄酒,起炉煮陈皮,又到年末再烧一窑,昔日的窑具收拾一番,就可回老家过年了……

新宋瓷,是我一直在找寻的方向,以宋韵之风,照入当代器物。且这件器物是要从骨子里,便拥有宋韵。

瓷器活儿,大都是在吃老祖宗留下来的东西,于现代人当然是一种福报。

正念。惜物。尽美。

器事教人，瓷器反哺给我的更多是她本身与东方哲学的一种诗意的链接。

正视生活、感知自然的叙事方式不应该只有一种。我会试着理解，再试着表达、传递，尝试更多未知的可能性。

姜还是老的辣

　　王豫明是一个好（第四声）玩儿的人，也是一个好（第三声）玩儿的人。

　　这个重庆沙坪坝的汉子，在河南做过知青，曾浪迹中原大地，又北漂8年，终于在年过半百之后落脚于景德镇。他沉醉于高温颜色釉的变幻莫测的艺术世界中，或磅礴而出，或内敛静思，或恣意率真，或醉酒花间，岂一个"玩"字好概括？

　　景德镇，容得下他的好（第三声）玩儿，也撑得起他的好（第四声）玩儿。

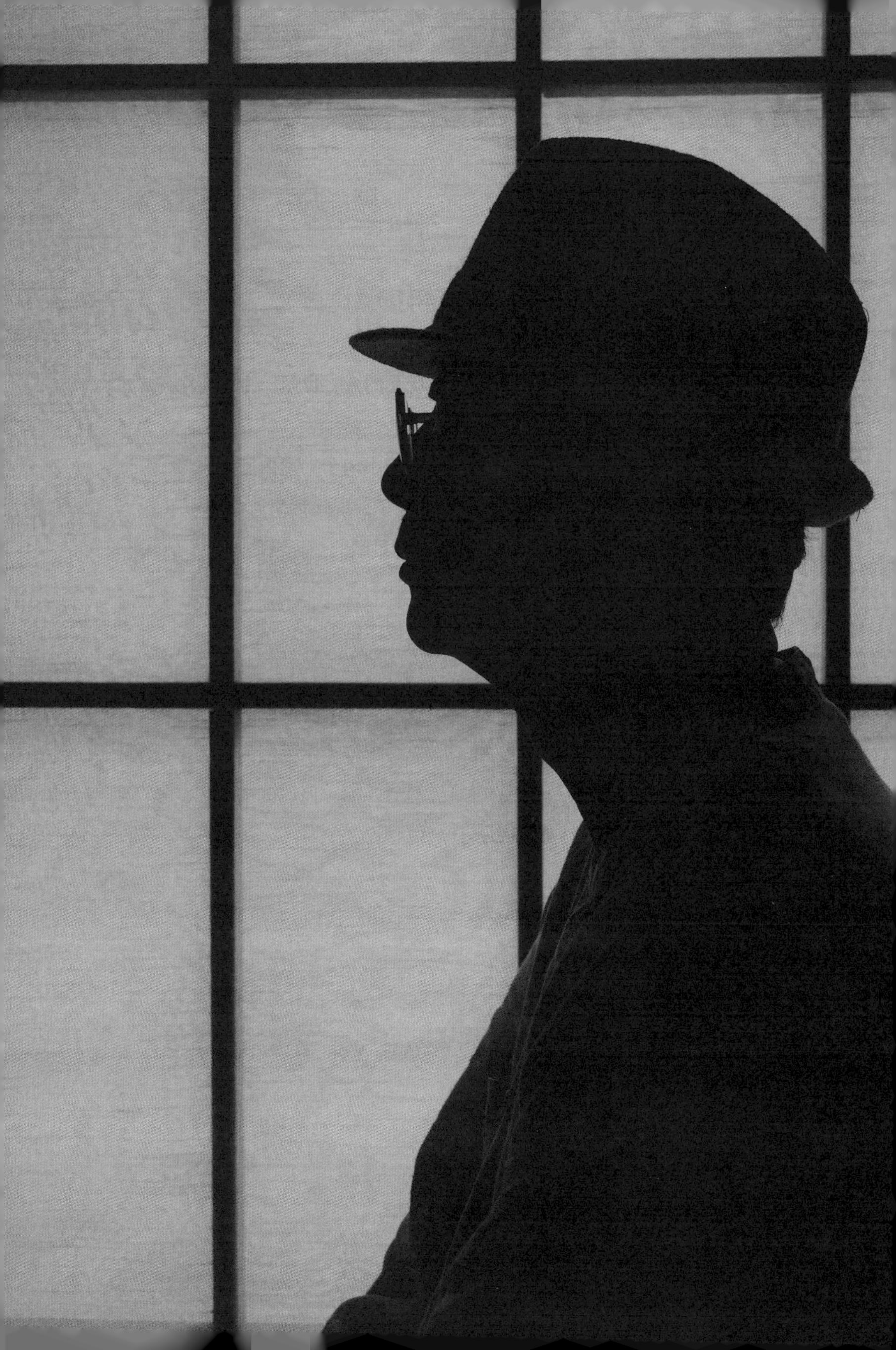

壹
他，岂是一个"玩"字好概括？

朋友说，王豫明是一个好（第四声）玩儿的人，也是一个好（第三声）玩儿的人。

我以为，他瘦长身板，清癯脸型，抹一把小胡子，室内室外总戴顶小礼帽，有绅士感、名士风。但60多岁的人了，说起话来若急枣雨下，说到动情处，不免渲染，不免陶醉，就差手舞足蹈的他，岂是一个"玩"字好概括的？

思来想去，唯有他画中的一段文字接近他，比较靠谱：

"在中国古代，最懂得生活，最懂得情调的，一是两宋，一是晚明。晚明是一个动荡而又繁荣的时代，这个时代里，既有狂躁跳跃，也有内敛静思，既有叛逆超脱，也有回归守成，无数寄情山水生活的文人，他们或悠游林下、披月山巅，或携友观戏、醉酒花间，他们读书治园，他们遵生爱己，他们的生活，是晚明最璀璨的烟火。"

烟火，自不甘于精神世界月球般的荒寒。

小时候上学，他就爱在课本、作业本上涂抹，之后在技工学校读书，毕业后做了钳工。下班后，他每天临摹字帖，天天写诗，自己油印诗刊。20世纪80年代的诗歌，是走遍神州大地的饭票，是招惹姑娘的必胜暗器，他顾盼自雄：

"年轻的时候我长得可帅了，当然，现在也帅，是不是？哈哈！"

"你得习惯我的自恋。哈哈！"

调到企业办公室，得写新闻报道。他人用文字表述，他喜用图片呈现。端着铁饭碗，对乡镇生活上瘾，黄河沿岸的市集、婚丧、节庆等民俗活动上，屡有他机敏若猴的身影。捕捉和调度那些不搭调的素材，产生与现实相去甚远的意象。不少人认为他的东西"不入流"，照片中的男女老少，罕有静态，神情罕有完整，虹膜仿佛发出一种磷光，看起来像躬身源远流长的古老仪式，又像在悄悄等待某种神谕的降临。

他又说了："这是我细敏的情感、悲悯的情怀与素雅的情致。无论是绘画还是摄影，都需要这样丰富的情感和品位！"

烟火，自然敢于跳跃、蹿升，否则，如何上天？

重庆沙坪坝的娃子，河南嵩山下的知青，中原大地的"神行太保"。北漂8年，2012年，接着景漂。

地北天南一甲子，改不掉骨子里重庆人好爬坡上坎，还有火锅里不怕辣、辣不怕的那股劲儿；磨不去河南老乡仁义、宽厚的心性，以及千里万里要刨根问祖的念头（有人说，河南是中国人的娘），却没有一些河南人的深厚城府与矜持。

近几年，他乐此不疲于《梅问》高温颜色釉系列，这些作品展现的"梅骨竖琴、岩梅合一、与天传香、树老凝梅、小梅初展"等百态千姿的梅林形态，正始于对母亲、对少年时家的梦绕魂牵。旧时过年，有钱没钱，母亲总在瓶子里插上一束蜡梅，那一抹醉人的素艳与幽香，一下照亮昏暗的小屋，沁透寡淡若水的生活……

王豫明作品《卧游·山居图》局部

北上，要的是放眼八荒；南下，要的也是再上层楼。那份勇气与意

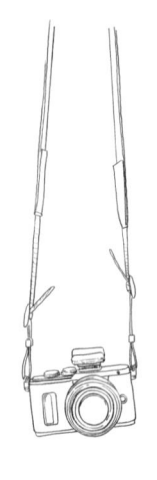

气,让他在 2003 年"非典"期间,扛着长枪短炮到处跑,记录都市、乡村的场景,拍到了不少质感可触、温情可溢的照片。当年,由于有作品在平遥国际摄影节获奖,世界驰名的摄影经纪公司——国际玛格南图片社——主席马丁·帕尔,专程到平遥来找他……

烟火,色彩总是交汇的,缤纷的,出其不意的。

他从不按套路出牌,为古典文化沉醉,从老子的"道",到庄子的"逍遥游",再到魏晋、晚明文人的"卧游",皆有体悟,又谙熟当代社会蛛网般复杂的脉络。他摄影,写诗,画画,设计,编辑,策展;人家是熊瞎子进高粱地掰棒子,走一路丢一路,可他走一路存一路,所有的"棒子"皆变成荧光棒,揣怀里发光发热。北漂 8 年,他主要拍摄制作音乐视频,袁运生、陈丹青、韩美林……国内一线画家,大都曾呼他拍照片,做视频,"我做的音乐视频,很多人模仿不了,我能拿捏得很准"。

提笔绘瓷,亦然。

来景十余年,王豫明画过青花牡丹,设计过三寸"粉彩金莲"系列,尝试过各种技法,包括运用摄影所获得的视觉经验。60 岁学打拳,迷上高温颜色釉,其变幻莫测,变化无穷,所谓"入窑一色,出窑万彩",让他欲仙欲死。《梅问》系列,《卧游》山水系列,磅礴而出,他不只注重对绘画本体语言功能的追索,亦注重了解、掌握工艺并打破工艺,拓展陶瓷绘画陌生化表达的可能性空间。他的装帧别具一格,有强烈的现代、时尚气息,以及高级感。

王豫明工作室内景

跨界于他，是诱惑，是挑战，又若本能——

他不愧是跨界的采花大盗，绿林好汉。

烟火，总是明亮的，欢乐的，让人心旷神怡的。

三宝蓬艺术聚落的一次活动，我去他的工作室，总有观其作品、询价的人进出。围其茶台边的美女，好一群，他眉飞眼弹，侃侃而谈，纵怀大笑。他振臂一挥："我请吃饭，美女们一块去！"

在三宝蓬3号艺术街区，他是所有活动的力挺者和参与者，不放过和任何群体"寻欢作乐"的机会，且无一遗漏地将其拍摄、剪辑、配乐，发布到网上。仿佛要终老于斯,他由衷地盼着三宝蓬花好月圆,天长地久。

而烟火，总是要隐没的，暗淡的。

他也有沉默寡言、心事重重的时候。人们很难体会他在想什么，或曾有过什么咎痛。

反思人生、创作的轨迹，准备下一次"跨界"？

要不，他的一对眼睛，就是摄像头，正捕捉周边世界的美丽、悲怆，和各种成色的人性？

贰
原来你有理由不回去

2009 年，王豫明第一次来景德镇。

回去的路上，他就想，要是在三宝有一个工作室，该多美妙啊。凭直觉，他认为这个地方挺有意思。一是离市区不太远，二是那时候还没修路，比较乡野，安安静静，做点儿东西挺好。可当时不过想想而已。

那几年，他在洛阳、景德镇两处跑。2011 年某日，在三宝"世外陶源"吃饭，有个朋友说："王老师，你为什么不在这租房子？"他说："也想，但没找到合适的。""我给你找。"几乎刚吃完饭，就有消息："那边有一间空房子，刚腾出来。"

他觉得这地方不错，一下子租了 20 年，当时房东笑了，你租那么长时间干吗呢？人家都是两年、三年一租。他说："租 20 年，意味着我想在这长期待下去，这是第一。第二，可以把你的破房子收拾成我想要的样子，不然，过一两年，你可能翻悔，不让我住了……"他一次给付了 5 年房租。往后，就是一年涨一年，一年付一年。

有一年，本市电视台记者采访他："请问王老师，你为什么要到景德镇来？"

他说："有几点，第一是传承，来享受、接受古人传承下来的一切工艺、器型等等；第二是美食，我在重庆长大，喜欢辣，这儿的食物很合我口味；第三是美女……"对方一听说美女，赶紧打断："欸，王老师，你要说美女吗？"他说："是啊，我要说美女。""那我们先不录，你先说一遍，我看行不行。"

景德镇的七八所高校里，有太多艺术学院、专业，艺术生里边，女生占比很大。因为专业的特殊性，许多人会留下来创业。刚到景德镇，每天晚上出去喝酒，擦肩而过的全是小美女——算是这座城市一个亮丽的小风景吧——让他眼睛一亮。这种感受可以触发他的创作，那就够了。

再有，他在北京也漂了七八年，一天只能办一件事，在景德镇可以办好多件事，同时能碰见很多偶像级的老师，吴山明老师（中国美术学院中国画系教授）来了，方楚雄老师（广州美术学院中国画系教授）来了……不但能在这碰见，并且能看到他们创作。

在包括北京在内的其他地方，你去老师家，他只有放下手头工作，跟你闲聊，但在这儿，可以实实在在地看到他的工作状态。在景德镇生活有很多惊喜，几乎天天都有惊喜。这过程，触发一些你潜在的休眠信息，一旦碰到一个契机，它们迸发时，就会出现很多意想不到的可能性。

他在洛阳生活了好些年。有朋友说，玩瓷器，河南也有窑口啊。汝窑、钧窑，他也去过，那些窑口基本上是小而全，一个窑口里各种工艺都能做，不免局限；景德镇不一样，分工很细，每一个分工里都可以做得很绝，你根据自己的需要，组合梳理。它有很完备的手工及资源体系，而且，这个体系有传承的支撑，千百年来特别诱人。

河南朋友问他，为啥来了景德镇不回洛阳？洛阳还是一个古都，从夏到后晋，十三朝古都。

他带他们走走看看，景德镇一是集中，好东西古东西太多，大俗、大雅，都推向极致，一种无形的人文气息，特别真，很震撼人。二是奥妙无穷，由泥土经水过火，印坯成型，直到巧夺天工的瓷器诞生，很是神秘。这窑炉里的变化，特别挠人，打动人。出窑后，变形也好，收缩也好，总会和你内心深处的某种情感波动对应。在景德镇的许多地方，他们静静看着，不大声说话，安详，安静，如待神祇。他不无感慨地说道，看到那些流转几百年依旧光彩照人的好东西，才知道我们自己算个啥呀？

他们说，原来你有理由不回去。

四五年前，有朋友说，来景德镇太不方便，没有高铁，得转车转飞机，去南昌、九江，再坐大巴过来。从洛阳到九江时，是凌晨2点，得等3个小时，才有大巴发车。

王豫明对他们说，正是"不方便"，造就你在景德镇出好作品的可能性。在这儿，你没有接应不完的熟人、电话，不会想到明天得跟谁喝酒，可以静下心来画画，做很多事。虽然景德镇发展得慢一点，但恰恰是这种慢，可造就"无他"的心境。

很多人老说，现在人画不过古人，古人的东西太厉害了！古人物质生活贫乏，精神生活个体化，而非社会化，再有交通不便，通信靠鸿雁、尺素传书，能逼近自然瞬间的灵光，察觉内心本真的泛动，创造出非一般化、不同质化的作品。现在高铁通了，航班稠了，来人多了，没准你的心态就变了……

他敢肯定，若干年以后，在创意设计上，景德镇可以跟北上广比。为什么呢？

这些年，国内外的艺术家，都往这儿来，有些人他认识，有些人他不认识。他曾听一个德国的艺术家说："德国有个人，准备到你们那儿去做一个什么项目。"他说："不会吧，那很牛啊。"他在三宝住了8年，三宝村半山腰上，有好几个艺术馆他都不知道，默默存在的艺术馆太多了。

景德镇，大概是当今全球单位面积拥有艺术馆最多的一个城市。如

正在创作瓷板画的王豫明

果请最牛的设计师在这儿坐镇，评出年度最佳艺术空间、年度最佳艺术品，梳理并逐年出版《景德镇艺术馆（空间）年鉴》，吸引更多艺术家与设计师前来合作。打造三五年后，一定会有几个艺术馆在世界上独领风骚，逐梦某项"吉尼斯世界纪录"，甚至产生影响世界的文化现象、思潮，这是一件多么令人激动的事情！

但是现在不见一个详细清单，到底有哪些人，来自什么国家，有何代表作品，作品是什么风格。没有这个清单，你就不能肯定，这里单位面积的艺术馆数量全球第一。他也没有一个绝对的数字。得承认，艺术家对这座城市的认知、想象，要高于一般人，要打造一个和世界对话的城市，构成对话的要素是什么？仅仅是陶瓷吗？还需有跟陶瓷有关系的艺术和艺术馆，还有很多……

把这些东西一一归置好，才能更好地与世界对话？

山里的一对"聋子"
——他们就是一孔柴窑

刘其弈踏双拖鞋，扎着丸子头，身着已经褪色的旧衣，带着妻儿在景德镇山里烧柴窑。抬头见山，水边行走，虫鸟为伴。他远离喧嚣，坚持手工创作，安静地做自己的东西，默默坚持自己的艺术理念。

柴烧的生命是永恒的，在安静中爆发出巨大的能量，而又在能量爆发出来的时候安静地承受。

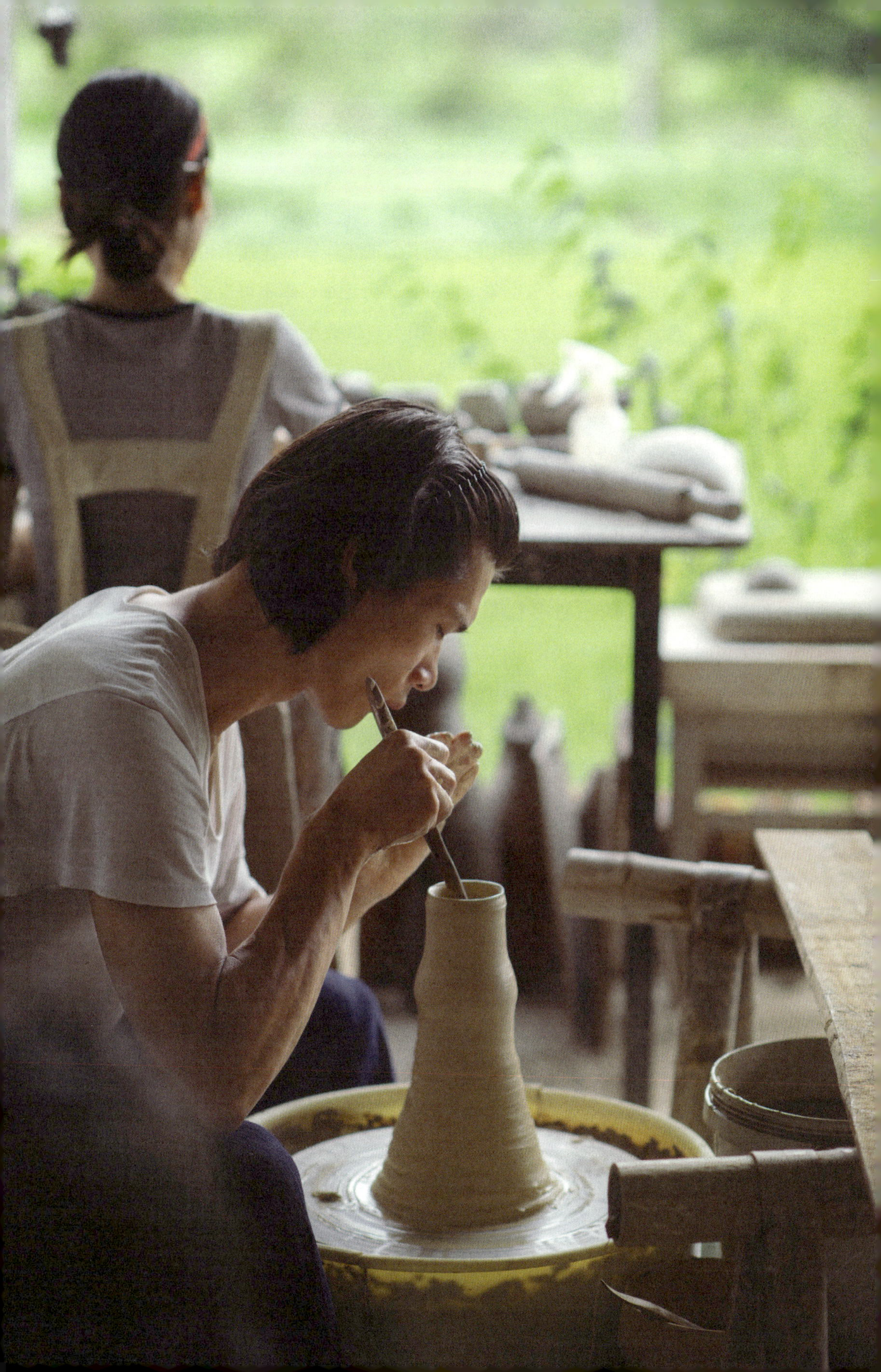

车刚驶离大道，开往乡间小路，刘其弈的工作室就在几个转弯后。

远方，山峦起伏，雾色空蒙；近处，田野连绵，翠不可当。刘其弈曾写道："雨停而清新的初夏，湘湖的山水，总给人一种安宁的感觉。"

工作室在湘湖村的东河头，地下埋着的是南宋很有名气的湘湖窑址。两人花了 4.8 万元，买下这栋村民的旧居。没有门的门口，随意摆放着一些工具，木屑散落其间，空旷的草地上，还有几张简易桌椅。不远处，刘其弈建的柴窑露天杵着，与山村的风景融在一起，刘其弈用它烧制一些看似简单平凡却又别致新雅的器物。

刘其弈的妻子陈知音，领我们参观了一下。一楼是工作室、陈列室和咖啡室，装修简单，近乎毛坯，没有多余的家具；二楼是民宿，不过两个房间、三张床，不接待住宿超过三天的客人，尽量不让自家的生活被干扰。他们自己的住所紧挨隔壁民宿。咖啡室不过十几平方米，靠墙架子上，有一个用陶土做的小型烘豆机，造型像极了老式的爆米花机。这"山野咖啡馆"，每周末对外预约开放，常有远道而来的客人前来品尝。

刘其弈穿着随意，踏双拖鞋，扎着丸子头，衣服正面已经褪色，直接反着穿，有历经多次水洗后泛白的旧感，但整洁干净，不"潮"而"潮"，如我们刚经过的湘湖村（景德镇陶瓷大学新校区就建在这里），新旧味道交织于一身。

壹
事不过三

刘其弈的老家，在湖南长沙的白马桥。2006 年，他考上景德镇陶瓷学院雕塑系。大二那年暑假，他去北京为一位艺术家布置展览。那里原是一个武馆，他被弥漫的武术氛围深深吸引，习武的想法，油然而生，当即决定休学一年，在武馆学通背拳，这期间在北京798艺术区一个画廊做兼职。2009年，一年的武馆学习结束，回到学校继续完成学业，在附近的村子租了一个地方，独立做工作室。之后，他建了孔柴窑，算是国内最早的个人柴窑工作室之一。2011年大学毕业，继续做工作室，时不时在乐天集市摆摊，卖柴烧的实用器皿。

这年11月，正好是瓷博会期间。陈知音在江南大学上大四，来景德镇做毕业设计考察。那是她第一次来到景德镇，对一切感到新奇，东转转，西逛逛，在好几个地方与刘其弈有交集。

两人第一次见面，刘其弈在乐天市集摆摊，形形色色的摊主里，唯独他给她留下深刻印象——头发长过肩际，拂动起来如马鬃，有明显的波希米亚风。他潇洒的一个小动作，也勾起她的目光：有位客人觉得他的作品不错，想要联系方式，他愣了那么几秒，直接在地上抄起一张牛皮纸，飒飒几笔，再干脆利落地扯下一角，交给对方。在集市摆摊的，多是投入这行不久的年轻人，或经验不足，或信心不够，卖东西时对客人尽量捧着，言辞里满是花好柳好。他与客人交流，话却不多，眼神里藏着一道贼光，光影里暗含一个意思：你知道好，有水平；你不识货，我还懒得搭理你！

看他急切地在地上捡牛皮纸的动作，其实，无所谓里又有所谓，可能那东西卖成了，便是一个月的饭钱……

这一幕，让知音记了十几年，婚后也津津乐道。当时的刘其弈，却没注意到这个亭亭玉立、眉眼带笑的女孩，更没想到几年后，二人将结为夫妻。

刘其弈的嫂子，在雕塑瓷厂开店。第二次见面是在一天后，他在店里看到了这个女孩，没有过去打招呼。这次又是偶然。更巧的是第三次，

刘其弈白瓷作品

　　那天，他和嫂子在店门口说着家乡话，巧不巧，同是湖南人的陈知音，恰恰路过，听见熟悉的乡音，像长沙人闻到了臭豆腐，回头便停了脚步，两人这才头一回眼对眼：哦，好熟。想想，原来几天前见过！

　　难得遇见喜欢的老乡！刘其弈心中暗喜，赶紧抓住机会，留下她的电话，趁热打铁，第二天就邀请她一起吃饭。在陈知音待在景德镇的十几天里，两人总共一起吃了三顿饭，都是他下锅做的家常菜。知音忍着没有出手，她会烧有名的"毛氏红烧肉"，蒸一锅好馒头，冬至时，辣椒、盐、大料一撒，来年就是令人馋涎欲滴的腊肉……但相处过程中，她的气质还是流露出来：活泼又不卖萌，有吸引力又不张扬，是秋山叶静的山泉水，是六月清晨的栀子花，有一种清纯和成熟并存的美感。两人互相吸引，认识7天就谈恋爱了。彼此没有刻意加速减速，一切顺其自然。

贰
柴烧创作

　　她比他晚一届，毕业后马上过来，随刘其弈一起组建工作室，她做助手。

　　说起来，没有哪里比在景德镇做瓷更方便的了。公共窑设施的齐全、各行的匠人齐备：配料、做坯、利坯、画坯、上釉、烧窑，乃至包装，所有的工序都能被细分。这许多外来入行者眼里的优势,在刘其弈看来,却可能是自己创作的"累赘"。他坚持手工创作,每一个步骤都靠自己来完成,远离商业,在山间安静地做自己的东西,在柴烧艺术中坚持自己的创作理念。

"人们都在夸景德镇的陶瓷高端,但这优点会绑架个人的信心,将作者的情怀磨灭掉:这个环节你可能做得特别好,但是下一个环节,不受你控制,信心又被消解掉。"

全部的创作流程,刘其弈都亲力亲为。唯有肌肉和制作模式互为反射,并且形成一种记忆,这作品才能完整地呈现出来:从柴窑的设计、建造开始——第一口窑,从准备柴火到烧窑,前后 49 个小时不眠不休,开窑时发现百分之八十的东西却好像没有烧过一样;重新设计第二口窑,火焰均匀了,但烧了十多次后,窑体出现多处裂缝;又拆了,再建第三口窑……不怕人比人,就怕货比货。从不虚晃一枪,寸寸心血汗水砸下的结果,就是刚开始每月还得去乐天市集练几回摊,后来无须去了,喜欢柴烧的客人直接寻到家里来,口口相传下,一些客人变成了朋友。他的作品成了人与人之间的媒介,工作室也变成接待室。

刘其弈却涨脾气了,不接订单,不接受定制,不做预售,不招代理,在景德镇来说算是"任性"。他要的是灵性的挥洒,自由地创作,每烧一窑都要能获得一点新的经验和感受,有几件心仪的作品,他就充满喜悦了;且工作室常处于生产任务饱满的状态的话,那两个主人就是两只转不休的飞碟,这不是他和知音要的"二人世界"。

叁
民艺旅行

  2014年，刚结婚半年，两人把工作室送给两个助手，搬进现在住着的村子。

  村子古风犹存，夜不闭户，从来没听说谁家丢过东西，反倒是门口往往会多一堆时令蔬菜，逢年过节，甚至有本地的点心等特产。将住所装修后简单收拾了一下，两人携手出门去旅行了。开着一部五菱宏光，后排座椅已改造成床铺。他们一路在车上睡，洗好的衣物摊开晾在路边的岩石上，钓到的鱼儿，用泉水煮汤。寻片山谷，月下吹箫抚琴，那看不尽的山光水色，一并融入乳气缭绕的早晨……

  原本计划旅行一年，实际旅行了10个多月：

  从景德镇出发，先向东至海岸，后南下，再向西南。足迹遍及南方诸省，如浙江、福建、广东、云南、湖南、四川等，他们走的大多数是乡道、省道、国道，基本不上高速，以寻访当地的手工艺和民艺为主。他们会在今天决定明天去哪，有时向当地人打听，有时在网上搜索，有时是朋友介绍，推荐附近值得一去的地方。那些能透露出简单的美的东西，表现出的那份用心、时间感，工艺的深厚、复杂，以及令人感受到的沉淀在各类手工里的生命之美，是他们的"通行证"。因而所到的每个地方虽然陌生，方言各异，他们却可以迅速"伪装"入队。

  旅行没有功利性，他们不会刻意要求挖掘些什么，有缘遇到有可创作的空间，就停驻一段时间。其间，在安徽省宁国市待了20多天。该市历史窑址众多，有的地方连片成群。其中的古宣州窑，兴于唐、盛于宋，属南方青釉系。他们抓住机会，不仅考察，还驻场近一个月，创作出很多作品，烧成后寄回景德镇。

"大多数时间,我们是文化建筑的一块砖瓦,难以抽身观全景。"

10个多月的旅行,让夫妻俩感触颇深。

安徽宁国的余师傅,当时48岁,事陶30余年,在捶货这一行算年轻,在当地有着数一数二的好手艺,最擅长做大件,至今延续"泥条盘筑"手工做大缸的绝艺。除了过年,他几乎不休假,他说:"闲下来也不知道做什么,闲一天都很难过,只要身体能坚持,就会持续做下去,因为想要把每个东西都做好,所以从不觉得厌烦。"

安徽泾县陶窑村,有着仍在烧制的龙窑,长60多米,平均一年烧八次窑。以烧制储水大缸为主,也做少量食器。五个师傅多在60岁上下,最年轻的也有48岁,他们自述再难坚持五个春秋。前期窑头两人轮班,要烧五天六夜,后期攻火要十人配合,烧14个小时方能结束。

泾县制造宣纸的古法,也延续至今。原料为檫皮檫草,这些原料需经几十道工序,再日光漂白,几蒸几晒,方能制成宣纸。捞纸时,最长的宣纸一丈六尺,得由12个师傅共同发力,既要一气呵成,又得如履薄冰。可如今造出的纸,质量就是不及从前。与陶窑村一样,场面宏大,又枝枝叶叶满怀诗意,却饱含心酸。

一路上,他们看到很多传统手工艺在衰败,甚至不久就会消失。如泾县的龙窑,生产水缸和炖菜的陶罐,多在农村售卖,客户群太窄。如果能请设计师改进,这些产品可以走出农村,在更多的地方被人看到,甚至出现在大城市的顶级商圈,如用在人行道上养花栽树,置于商场休息处蓄水养鱼。仅仅一点不起眼的设计和宣传,就可起到立竿见影的效果,有机会拯救一个产业……

在泾县有多家手工造纸作坊的小岭村,他们利用大量的废弃边角料,匠心独运,做了一些产品,茶席、笔帘、杯垫等日常器物,在网上售卖,反响不错,一旦售罄,便不继续做了。而他们所经之处,不少手艺人,

刘其弈在做陶艺

只能眼睁睁看着自己从事半辈子的行业在渐渐消失，前景不好，也没有年轻的学徒愿意加入。有些产业虽通过申请非遗或者政府干预起死回生，但这也只是回光返照，热闹不了几天。如果产业链没有引创意、设计与青年人进来，迟早还会枯萎。

他们一方面叹惜，深觉自己无力，小小螳臂，怎可当车？另一方面，深为身在景德镇而感幸运，"景德镇"这块金字招牌下，景漂如过江之鲫。景漂大多是年轻人，或本身就是大学生，自身知识结构较好，许多人脑子里新颖的创意与设计，"花开花落"，"云展云舒"，更接近现在的时代风尚和市场需求。

旅行到福建，他们碰巧跟着一个纪录片剧组，拜访当地那些有意思的人。

漳州市华安县的深山里，有一位出名的民间摄影师，叫李天炳，出生于1935年，原本是一名普通农民。他年轻时放牛，机缘巧合之下，给一个从英国回来的摄影师做助理，因为战乱，摄影师要回国，急需资金，想卖掉摄影机。做了一段时间助手的李天炳，知道相机怎么用，偷了家里的牛，卖到100多公里外的漳州城，换了70块大洋，买下那台30年代的摄影机。从此，他在乡间给人拍照，一拍就是一辈子。他徒步走遍300多个村庄，照了30多万张农民相片，记录了真实的农民样貌与农村百态，村民们热情地称他为"天炳师"。新中国成立以来，他是第一位在北京举办个人摄影展的农民摄影师，吉尼斯总部确认他为"世界上采用自然光拍摄、冲洗照片、晒放照片时间最长的人"。李天炳出名后，有很多媒体采访他，写了许多"鲜花着锦"的文章。

半个多世纪的照相生涯，带给他的，不仅有数不清的头衔、荣誉，也有些许名利带来的困扰。他现住县城，有时为了配合有关方面，还要回老家那个房子，看看菜地，频率并不高。纪录片剧组一行人运气比较好，去的时候他正好在。老房子屋里屋外，打了很多宣传板，讲述他的事迹，却与他自己的心态不在一个频道上。他心里想的是：媒体的过度包装和美化，对他生活干扰很大。每次媒体一来，拍许多光鲜亮丽的照片，采访后写一个浪漫故事，就走了。每次采访，他得把自己的生活经历掏空一遍，又重新填满"故事"，最后仍留下他一个孤零零的老头。虽然，他真诚地对待每一个上门的人，然而他并不需要这些。

受李天炳老人家的影响，刘其弈和陈知音不想引起太多关注，因而没有特意写有关民艺旅行的书。这些年，此类书很受年轻人，尤其是驴客的欢迎。他们只做了一本在杭州展览的小册子，觉得记录的必要性已经体现，自己从传统民艺中汲取到那缕缕精气神的美，留下了珍贵的回忆就足够了。他们仍想回景德镇，过好平淡安稳的生活。

肆
"你在哪，家就在哪"

其弈选择归隐乡村生活，和童年经历有一定关系。他老家是一个小县城，读小学之前还是农村，后来城市扩张，变成城区。他童年在农村度过，种过田，养过猪，对乡居生活比较亲近。知音家，离他家不远，更乡野一点，因而知音对在山里生活也没意见。父母对他们的生活选择——走出农村后，又回到乡野——不以为然，曾满心希望他们留在城市，家里可以"体面"一些。

知音大学专业是工业设计。当初来到景德镇，也是受她在江南大学的师姐辛瑶瑶的影响。在学校时，听师姐介绍过景德镇，被师姐描绘的情景所吸引，心驰神往，毕业设计选择在景德镇进行。此前，她的想法与大多数同龄人相仿：毕业后去大城市做设计，朝九晚五，面对形形色色的甲方，以及改来改去的方案；工作几年，到年龄了，在社会与家长的无形压力下，考虑婚育，可能会相亲几次，不求刻骨铭心，选择一个差不多却靠得住的人，结婚生子……她也想过其他可能的生活，皆比较平淡，但从来没有想过生活会在山野里展开。

遇见其弈后，他的很多想法、做法，谈不上让知音刻骨铭心，却也耳目一新：入世又出世，切入又疏离，看起来是山里的"聋子"，却有清晰的自我认知。很多人觉得"大家可以做螺丝钉，那我也可以"，而自己是不是一颗螺丝钉，其实自己并不清楚。在不清楚自己的角色、定位时，就已被山外跌宕起伏、轰轰隆隆的各种潮流、诱惑裹挟，成为那颗"螺丝钉"。他们的形态，本可能是锥子、起子，应该在相应的位置做相应的事。现在机器突然发出异响，缓下来，"螺丝钉"不保险了，得被迫"卷"起来，他们想跳脱，可不那么容易，不甘心啊，那就干脆"躺平"……

做陶艺的刘其弈

其弈让她打开一扇非常人可推开的大门,门后他们的家,居无定所。他们不一定在景德镇度过一生,也从未有一直待在某地的想法。有能力的人,在哪都可以生存,其弈早期摆摊,后来也开网店,知音现在主要做首饰,偶尔用缝纫机做衣物。都是个性化手作,不会大批量生产。两人皆满意这样"高冷"的经营方式,既没有过"金融危机",也没有过"一夜暴富"。

流动中始终不变的,是把握人生的主动权,有足够的方向和定力,成为独特的自己。

而这独特的自己,又是共同的"自己"。

山里的生活比较闲适,早上睡到自然醒。起来后吃个饭,喝喝咖啡,到菜市场,或者村民那买点菜,一上午就过去了。下午做做东西,发发呆,没有急三赶五的催命订单,不需要手脚朝天地赶工。他们的人生观就是"活在当下"。至于每天具体做什么,无须期望,只须感受当下,当下的心境和反馈,才是最真实的状态。

整日生活、工作在一块,朋友圈也就那十几个人,村里那么块清寂的地方,狗不叫了,鸡不鸣了,甚至能听见水稻的拔节声……他们难道不会起腻?

面对矛盾、问题,无须伪装,他们以最真实的样貌,把问题拆解到最基本的点,不管是生活细节,还是沟通方式,都做到最坦诚。什么事都可以聊,也聊私密话题,包括"今日在路上遇到一个异性,还蛮喜欢的"。最坦诚的状态,即最基本的尊重。他们不设想对方要成为什么样的人,更不要求对方为自己改变太多,包括自己的孩子。就算他成为你想要的人,那个人也是不可爱的,你不可能会真正喜欢他。

民艺旅途中,他们共享一句话:"你在哪,家就在哪。"

而定义"家"的,从来都不是地理意义上的坐标,也不是物理意义上的房屋，而是那些被称为家人的人。有家人的陪伴，山遥水迢，天涯海角，也算家。

伍
不脱农民的血缘

他们选择结婚的原因之一，很简单——要小孩。

他们认为，假如不考虑生孩子，没必要通过婚姻锁定在一起，双方各自独立更好。考虑到孩子上户口以及他们的认知和成长，才决定结婚。夫妻二人计划生两个孩子，后来很多事都在节奏内进行。结婚也没有太多繁文缛节，在各自老家摆了酒席，邀请亲朋好友见证一下。他们没买婚戒，她没有戴首饰的习惯，彼此的感情，也不需要一枚戒指作为证明，婚礼简洁到连婚纱照也没有拍。

2017年，第一个小孩出生，是个活泼可爱、充满奇思妙想的女宝宝。两年后，弟弟诞生。其弈和知音非常"佛系"，他们养育小孩的成本很低，几乎只花了时间和精力。两个孩子长到现在，除了尿布是固定成本，基本没有额外花钱，衣服大多是朋友小孩穿不下送的，孩子们也从未生病住院。小孩从出生到现在，都是他们亲自带，没有让长辈帮忙。2021年9月，小孩上幼儿园了，知音才满血复归工作状态。

带小孩并不难，陪伴他们的同时，他们也在陪伴你，父母与小孩共享亲子时光。现在很多小孩不愿意和父母待着，也不愿意出去走走，而是沉溺于电子产品、网络游戏，这都是家长没时间，或者不愿花精力陪伴他们的后果，孩子哭了闹了，就给个手机"安抚"，长此以往，孩子认为"这是对的"，或者稍微哭闹就能玩。他们从不让孩子长时间接触电子产品，小孩想玩就陪着玩，会陪他们爬山、散步、去田野观察四季、捏泥巴做陶器玩具，或者一起逛街市……

2020年之前，他们带着4个月大的孩子自驾游，孩子1岁不到，跟着他们坐飞机，去了很多地方。在山野原始的环境下成长，孩子有大把机会亲近自然。加之小孩天性好奇，会问很多古灵精怪的问题，比如在树上看到鸟窝，会好奇鸟窝是怎么搭建的，为什么是这个形状？光是口头解释还不够，得让他们亲自搭一个……

对于孩子的教育，他们有自己独到的想法：不打算让孩子完成全部的体制内教育，而是让他们读到小学四五年级，小时候集体生活是必要的，孩子长大后可根据个性，通过其他渠道完成教育。现在网络资源充足，知识唾手可得，重点是自己愿意主动学习。

知音离座，去村幼儿园接孩子了，前面说话不多、坐在窗边暗处的其弈坐了过来，五官线条分明、颇具希腊雕塑感的脸上，漫上一阵夕阳落山般的柔光。他不无感喟，告诉我们："知音站在我面前，就足够吸引我，不需要改变太多。她只需要再发掘自我，变成她想成为的人就够了。"

我顿感，我们初进门时目光有些冷淡的这个男人，矜持又温暖，看上去做派有几分波希米亚的调性，他其实不脱农民本性的扎扎实实，如结婚一定要生孩子，且像农事一样事前做好各种安排……

采访结束后，我们看见了他们的两个小孩。姐姐在玩沙子和木屑，嘴里嘟嘟囔囔，沉浸在自己的"创作"中。弟弟满脸鼻涕泡，拿着个小木帘不肯放，在不足一米宽的道上跑来跑去，毫不畏缩。姐弟俩琢磨着各自的"玩具"，在这片充满野性的土地上，尽情地释放天性。

抬头见山，水边行走，虫鸟为伴。

刘其弈又说："我们常为身边微小的细小所感动。"

景德镇是我第二个家

景德镇有独特的待客之道：给你一个小茶杯的素坯，你可以用青花料在杯子上画画，画好了，当天就可以进窑烧；第二天，就可以拥有一个属于自己的青花瓷杯了。

文那和一般的人不一样。她用诡异复杂的线条刻画神仙，不仅在瓷坯上画，还在三宝村村口的院墙上画，在厨房的烟囱上画，连村里的电线杆也不放过。她画"束海"——能够控制水的神仙形象；画"云膏"——调制烟气的神仙形象，可以在窑里调制烟氛，让陶瓷在火焰里蒸腾；又画《调云图》《福窑图》《调料图》，各式各样的神仙形象跃然墙上，大到山神海神，小到山柰八角、大葱芥菜，大家想得到想不到的东西，都被她抓出来当神仙。

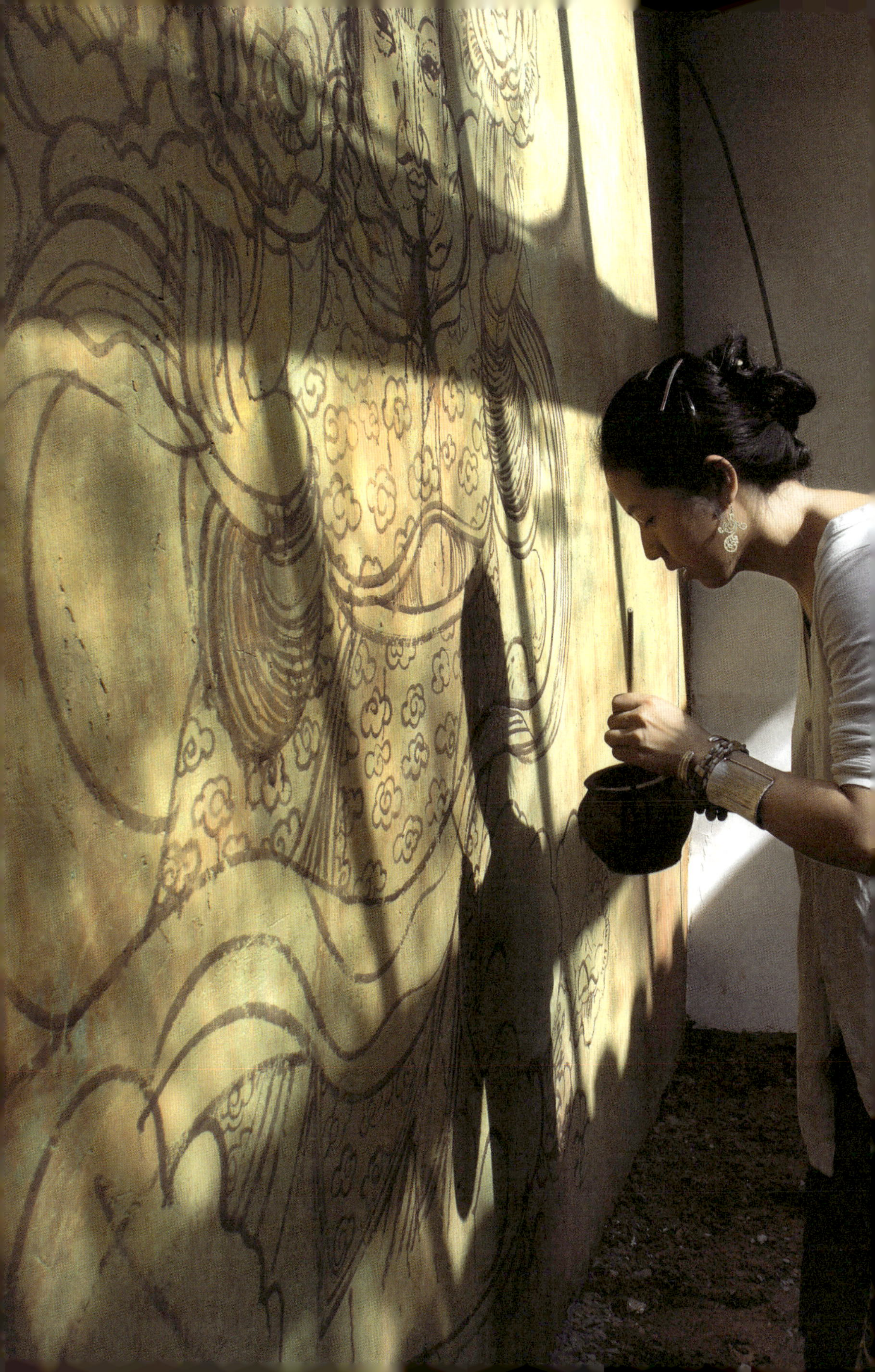

壹
景德镇在哪里？

我到处说景德镇是我的第二故乡，因此好多人都以为我就是景德镇人。

其实，我第一次去景德镇就是个笑话，坐飞机迷了路，而且这一路，就是一部挺长的不靠谱的纪实文学。

当时，我还在《北京青年报》做插图编辑，心里从未怀疑过自己艺术家的身份，每天往返于家和单位。我总是时不时地迟个到，早个退，请个假，因为作为插图编辑也不必按时到岗，领导知道我想做作品的那点儿小心思，大度地给予了支持。直到2008年奥运会的时候，全报社加班，我每天要给奥运专版画五六张插图或者图示，还要等成绩名单，连续一个月加班到凌晨3点多。奥运会结束后，领导对我说，你休息一个月吧！然后，我的心就野了，那一个月之后，我再也没认真上过班。

也就是在那段心猿意马的时期，一个同在清华美院陶瓷系毕业的同事在宋庄租了个院子，也打算恢复创作，我就跟着过去瞎掺和，七七八八捏了各种小人儿雕塑。不过，总是等不到他凑个满窑可以烧制。我手又欠又爱嘚瑟，还没有烧的陶瓷坯子脆弱无比，我一会儿戳一下，一会儿捏起来给人看，因而作品基本上残缺不全。

玩了半年，突然有一天，同事说要去景德镇逛逛。当时的我对景德镇毫无概念，但一听说有新鲜地方可去，便立刻表示想要一同前往！同事说："等我们走的时候通知你。"过了一个星期毫无动静，我给他们打电话，回话说他们已经在景德镇了！

气死我了："你们给我等着，我这就买票过去！"我冲向最近的一个售票窗口，售票员说："景德镇，1500！"看我当时瞬间受惊的表情，售票员说："九江便宜。"我问多少钱。"500。"我欢天喜地买了去九江的机票。

第二天，到了机场后，我给他们打电话做最后的确认："今晚啊！九江机场！"我同事疯了："什么九江机场啊？你怎么没来景德镇啊？"我回答道："售票员说九江便宜啊！九江不在景德镇吗？"

机智如我，以为就像北京有北京站和北京西站一样，九江也是景德镇附近的一个机场！

我说反正已经买了，等我到了九江再说吧，到时候看看还有没有大巴票。"你落地时已经9点了，大巴站早关门了。先上飞机吧，我们这边再想想办法，争取借一辆车过去接你！实在不行，你先在九江住一晚。"

说实话，就这样上飞机，我有点儿紧张。我还是按照习惯自己跑到最后一排座位——那里总是很宽敞，我可以一个人独坐一整排椅子。

起飞后不久，来了一个男生。他说想看看窗外的星星，自己的座位不临窗，问我能不能让他在靠窗的位子坐一会儿，我说："行啊！"

他趴在窗户上看了好一阵，最后坐直了开始和我聊天。他说他家在九江边上的小山村，家那边有好大的祠堂，还有漫山遍野的白鹭。他家的收件地址长到一般的信封都写不下。这两年，他把全家老小都接去了九江，现在，刚从大栅栏给自己的侄子侄女买了糖葫芦和烤鸭，9点才能落地，但是一家人都等着他回去一起吃饭！他滔滔不绝地说着家人。飞行过半，他突然指着我的本子问："你这是啥？"我说我是画画的，这是我画画的本子。

他惊讶极了："天哪，这个世界上还有人以画画为生吗？""啥？艺术家？从来没见过活的，就长你这样是吗？"之后一路上的闲聊，转瞬成了他对艺术家这种奇珍事物的大访谈：画画怎么挣钱？谁会买画？画画的人就是艺术家吗？艺术家怎么挣钱？艺术家就只画画吗？差点儿给我笑死，都来不及说我其实还在《北京青年报》工作。

等他又用了将近一半的飞行时间让艺术家这个命题稍稍得到了喘息后，我就和他说起了我的困境：

我要去景德镇，但是我买的是去九江的机票。

这个男生想了好久，说："要不是我家里人都在等着我，我就陪你一起等同事也没关系啊！但是现在，我只能推荐你去一个叫'玻璃小吃店'的地方，那里有九江所有好吃的，12点也不打烊，你可以踏踏实实地边吃边等人。"出了机场后，他径直把我送到了玻璃小吃店。

11点，我的同事们终于来接我了。看了他们的配置，我是很服气的。我的两个同事，一个一米七五，一个一米八，跟着他们来的，是接待他们的景德镇工程师龙公（大家叫他龙工，我心里叫他"龙公"），还有龙公的一个学生，叫盛里，体重一百八十斤。四个男生，不知道在哪里借了一辆QQ车，从景德镇一路开过来。路灯下面四个黑影向我靠近时，我就算"认亲"成功了。

带着行李，挤在满满当当的QQ车的最中间，感到非常温暖和踏实。就这样，我在凌晨2点的

时候，第一次看到道路边都是陶瓷路灯的景德镇。那种温暖和踏实，就好像我终于回家了一样。

贰
在景德镇，画出只属于我自己的神仙形象

景德镇有独特的待客之道：给你一个小茶杯的素坯，你可以用青花料在杯子上画画。不会画？写个名字也行。杯子当天就可以进窑烧，第二天，就可以拥有一个属于自己的青花瓷杯了。那会儿，我刚刚开始用诡异复杂的线条刻画神仙，于是随手画了一个哪吒。

龙公一看惊住了："这么多年来，许多人要不就在上面画荷花，要不就画山水，从来没有人像你这样！你得再画一个送给我！"我说好啊，随手又拿起一个杯子。龙公说不是这个！他直接爬上梯子，从柜子顶上拿下来一个巨大的罐子！

于是我在景德镇的这五天，每天晚上都被关在屋里画罐子，这就是我靠着画画骗吃骗喝的开始。最后，我在罐子上画了两个神仙形象，都是武将的造型，像对门神。我不愿意给它们起寻常的名字，思前想后，一个叫"束海"，一个叫"云膏"。

海水是无形的，抓不住的，但在景德镇，我们有泥土作为介质，当水渗进泥土，你抓住了泥土，就把无形的水抓在了手里，可以任意塑造形体，所以我画了"束海"，一个是能够控制水的神仙；而"云膏"是调制烟气的神，可以调制积在窑里烟氛，让陶瓷在火焰里蒸腾。

我喜欢"束海"和"云膏"，它们是新鲜的、只属于我自己的神仙形象。我还为它们的身份编了两段文字：

束海——大水无形,失迹成海,海之辽远,汹涌,压天盖地。水长流,沿其岸,入岩缝,渗泥土。岸围海形,岩筑川道,泥隙存水。取为掌握之中,谓之束海。

云膏——云蒸气升,焉焉回环,浓淡轻薄,上移下蒸,具不可求。火御腾然混气,摘云调雾,凝脂结霜,以其氛围拢,或柔若稠油,或脆若琉骨,是为云膏。

那时候我对陶瓷塑形和上釉烧瓷只有一个模模糊糊的概念,细节一概不懂,而这两个神仙的故事,就是当时我对这个过程的理解。这也是第一回,我刻画的神仙不仅仅是我的想象,而是和现实的生活有联系的。

叁
初次和三宝打个照面

在景德镇的最后一天,龙公带我们去三宝吃饭。三宝是一个国际性的艺术村,全世界的艺术家在那里来来往往、停停走走。听说创办人李见深老师在20世纪90年代末从美国留学回来后,买下这块地,用几家土房子作基础,慢慢修建起了三宝国际陶艺村。这里的一瓦一路,都是他亲手建的,大家都戏称他为三宝国际陶艺村"村长"。

那天是清明,毛毛雨天,山雾朦胧,我们骑着自行车,在山路里骑了整整半个小时。突然眼前开阔,越过一片绿色的麦田,可以看到一片老式的山中木屋,安静地卧在云烟里。

实在是太美了!我一路"哇"着进去,不论是这里的水、院子、瓦片、芭蕉树，还是来时的小路以及水雾中的稻田，实在是太美了！我看哪里都觉得惊奇！当时的三宝只分为两个区域，一个是生活区，有餐厅、客栈、商店、酒吧，另一个就是工作区。两条清澈的小溪分开又合并，连接着两个区域。一间间房看过去，上下台阶，七拐八绕，别有洞天。

我们偷偷溜去了工作室，不见人影，但到处都有工作的痕迹，墙上密密麻麻地挂着我没见过的工具，还有很多印着外国人的海报。要是这里有一张木头桌子属于我，那该多好！第一次和三宝打照面的我这么想着。

"你们是艺术家吗？我们这里只接待艺术家！"一个看院子的阿姨突然跑出来喊道。这个地方果然不同凡响。我吓得赶紧回答道："我们是艺术家，是艺术家！"其实三宝的餐厅是对所有游客开放的，但如果要住宿或者参观工作室，需要经过主人邀请。当时阿姨没问清楚，我也没听清楚，但三宝只接待艺术家，就成了我对三宝的第一印象。

那次我在景德镇一共只待了五天，除了三宝，对景德镇的印象就是到处是地摊，卖刻着"床前明月光"的笔筒。

错飞到九江后，同事们来接我时说，给我从九江接回景德镇去也就罢了，以后我要是去欧洲，得看看下飞机后是不是周围都是企鹅，因为可能买了去南极的机票。后来我真的常常穿梭于世界各地，在世界各地的墙上画画，而最初开始的那面墙，就在三宝。

肆
百神斗术

从景德镇回来后不久，在6月的某一天，我在央美闲逛，突然看见一个写着"闽龙杯陶瓷大奖赛"的海报,上面写着"一等奖,七国游"。这对于当时还没有出过国的我来说,确实诱惑太大。我就站在那个海报前,当场给龙公打了电话!

因为我记得走的时候龙公跟我说:"以后你只要想做任何跟陶瓷有关的事情,可以随时来景德镇找我。"我就立刻给了龙公履行诺言的机会:"龙公,我想去景德镇,做个作品参赛!"龙公说:"来吧!"

我接着打电话跟领导请假,说我要花两个星期去景德镇做一批自己想要的作品,领导同意了。然后我就满心期待地买了火车票,坐了一夜,再从九江坐大巴去了景德镇。

其实到了景德镇,我还没有什么想法。第二天龙公问:"你想做什么作品啊?"我想起我之前在本子上画的那些神仙、小妖怪的形象和那些写得歪歪扭扭的故事,就临时发挥,说我要画一百个神仙,做一个百神斗术!龙公听了都没犹豫,就说好。想想我当时是多么不知轻重啊!但是龙公一句也没有多说。

我说,我来做一种好像倒塌了的石碑的形状吧,在上面刻画我的神仙形象,就好像久远的遗迹一样。我用泥做了五个实心大疙瘩,水吱吱,墩滋滋,说就这样吧,这一百个石碑就用这五个形状翻模组成!接下来一个多星期,龙公带我东游西逛,吃吃喝喝,再也没提翻模的事。我一边很开心,一边嘀咕说东西呢?怎么完全没人提?快十天时,我假期都快结束了,我问龙公东西做了没有?龙公说:"东西?哦,你那坯子估计最近也快干了吧?我看看是不是这两天可以翻模了!"差点气晕,原来等干要这么久!我和龙公说,我到底还是有单位的人,虽说我再请一星期假,也不是不行,不过咱们是不是能快点?龙公安排做了模具,又帮我把模具放到正在烧的大气窑顶的边上,在慢慢晾干的基础上尽量加速烘干。

又一个星期过去了，我问："是不是可以开始画了？"终于，龙公带我去了老厂，七拐八绕，暗巷深深。老厂在一个我根本不知道是哪的院子里，房间里有女工在干活。我过去一看，她是在翻我的坯，屋子里已经摆好翻出来的十来个坯子了。龙公说："这个房子是我刚租的，这个工人是我昨天雇的，你就在这画了！"

我这哆哆嗦嗦请到第三个星期假了，但是看这个阵仗，怎么觉得这一切都才开始啊！我看现在逃跑也来不及了。

我觉得后来我能不打稿就画，那基本功和魄力就是通过这一次练出来的。100个说起来容易，但实际上用青花料画画速度比用墨画慢，往30多公分的土坯上画，两个小时才能画1个，一天最多也就画5个，状态好的时候画6个，想画满100个至少也要20天。

我是一分钟都不敢耽误，单位那边我是横了心，一直请着假。这边龙公的两个学生盛里和小韩每天跟着我，早晨8点给我旅馆房间的座机打个电话，我接了电话就下楼，跟着一路走到工作室，往桌子前一坐就开始画。每当快画好一个的时候，我就说："快画好了！"盛里拿好一个新坯在旁边预备着，小韩双手就在我的坯旁边虚把着，等着我画最后几笔。我画好最后一笔，都没时间检查一遍，就说行了。眼前的坯子瞬间被抬走，新的坯子一秒内接上，轻轻"咚"的一声从天而降，我拿着毛笔盘算着下一个神仙的姓名就直接往上杵。真是不敢思考啊，思考太浪费时间了，就算脑子在想，手也不能停下来！中午吃饭的时候，龙公溜达过来，弄了个小桌板儿，在附近叫了菜，就在我座位侧面摆好。龙公说："吃饭！"我放下笔转个身，屁股都不抬直接开始吃饭，吃完饭放下碗，再往回一转身，拿起笔接着画。晚饭也一样，一直画到晚上11点，龙公带着两个学生再送我回旅馆。我进屋就推门进厕所，打开花洒直接淋，直接把一身背心短裤洗了挂

文那《108个神仙》部分作品

上。第二天早上电话响起,背心短裤都干了,穿上就出门。一个炎热的夏天就这样周而复始,衣服都不用变。

眼看画到第50个、60个,工作推进得如火如荼,但结束之日还很遥远。我手里的一本《中国神仙图说》目录到头了,这本书上所列的神仙,竟然都没有100个!那就别怪我不客气了,于是为了这次创作,我开始编神仙,一口气编了36个,加上原来的72个,总计108个。

假请到第五周的时候,领导都坐不住了,最后,派出两个同事来接我!龙公很开心,小桌板换大桌板,在工作室当场摆接风宴。五个人连吃带喝带监工,我侧过去,屁股都没抬又吃了个席。我一边画画,他们一边喝酒到深夜。

我同事说:"走!趁来的这一趟,我们带你去庐山、婺源和瑶里玩！"可饶了我吧，我还差最后 15 个，你们自己玩去吧！于是我的同事们开开心心地玩了三天。第四天，108 个神仙形象终于进入完工倒计时。同事买了下午 3 点回北京的火车票，龙公用小桌板摆送行宴。到了下午一点半时，我画完最后一笔，把笔放下后，全体人员直奔火车站，跳上火车回北京了。

　　创作前后一共用了 22 天，最神奇的是，有一天我得了重感冒，可是我不敢停笔，眼睛都睁不开了也接着画，到了下午，重感冒竟然不治自愈！我战胜了自己！

　　总之，龙公把 108 个坯子一批一批地烧了出来，又打包好一起给我寄来了北京。我真的傻乎乎地参加了闽龙杯大奖赛，竟然还进入了复赛。到了复赛，发现名单上都是各路陶瓷大师，还有很多央美陶瓷系的学生。认识了几个聊了聊，发现他们都是给拉来充数的，那我当时在这个比赛里到底是个什么样的存在就可想而知了。果然复赛之后就不了了之，但是我的 108 个瓷疙瘩在我的工作室里安放至今。

　　这一次在景德镇画神仙的经历，就叫"无知者无畏"。无脑而去，愣头而做，骑虎难下，壮烈存活。连续 22 天高强度的创造性工作，把我的创造能力提高了一个台阶。算是应了那句话，不逼一下你自己，你简直不会知道自己到底能有多厉害！说起来，我经历过很多次这样的情况，关键时刻的意识会强烈地告诉自己绝不能掉链子，此时往往灵光乍现，超常发挥，这果然是我的人生准则！

　　这是一次很难忘的经历。

　　不过这次来景德镇，我基本上都没离开过工作室，三宝就一次也没去过。

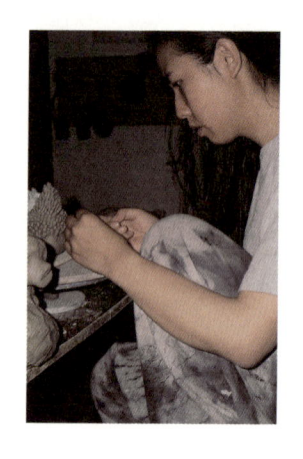

工作中的文那

伍
我的 BIG DAY

第三次去景德镇，是2010年的3月初。这次是为啥呢？说来话长了……

那时候我还在画插画，2008年，也就是拖稿两年后，终于帮二十一世纪出版社画完了彭学军老师的《腰门》的插图，责任编辑是魏钢强老师。在这两年里，我和彭老师、魏老师都结下了深厚的情谊，其间我还介绍了不少我的同学和二十一世纪出版社合作。后来，出版社组织作家开笔会，虽然笔会一般都是作者参加的，但是在魏老师的提议下，我和另外三个画插图的小伙伴也跟着去了。

行程表显示在南昌开会，三天后会去景德镇和婺源。景德镇我熟啊，我可是在那战斗过的！旅途中大巴游览车在景德镇开错了路，被我敏锐发觉，赶紧和众位作者报告："我们的车开错了！这条街我走过两次，这地儿我可熟了！"在这次行程里，我把景德镇所有旅游景点都溜达了一圈，比如古窑、博物馆，以游客身份更深入地认识了景德镇！

笔会结束以后，我请出版社先保留我的回程机票，又来了景德镇找到龙公。这次我做了四副陶瓷麻将牌，每天都在龙公学生的工作室里捏方块玩。有一天，我又想起来当年曾经去过的三宝，那就去三宝溜达一圈吧！吃完饭我还要偷偷溜去工作区的那边，再去体验一下那里的环境!

这次没有龙公的陪同,是我想再去看看那个一直魂牵梦萦的工作室。当天正巧是个大晴天,整间工作室和上一次的氛围又完全不同了,亮晃晃的,院子里有好多人。同样,也碰上了看院子的阿姨。她问我找谁,我答不上来,正尴尬着,有个人站在院子里的小溪边问:"要不要进来喝杯茶?"

"好啊好啊。"我点头如捣蒜,也不知道他是谁,甚至心想不会是这里的长工吧?

接着就听到他和别人在商定一个展览名单,其中提到一位大师级的人物,还有许多年轻人的名字。我心想管他是谁,先宣传自己一番,赶紧说:"我也是画画的!"然后拿出电脑展示自己的作品。水彩、版画、插图、个人创作,可这些都没能让他的目光多停留几秒。灵机一动,我亮出了用马克笔帮朋友画在餐厅墙上的壁画,可他仍旧没有反应。我暗想:完了。没想到他却抬起头问我:"你叫什么名字?"我答道:"文那!"他扭头对旁边人说了一句特别上道的话:"把她的名字加在参展名单里。"

原来他就是我上次不曾见面的三宝国际陶艺村"村长"李见深老师!那天下午,我留在三宝喝茶、参观,又吃了晚饭,才欢天喜地地回去。

6月份时,我在北京收到李老师的短信:"展览快开始了,要给你准备什么?"我回道:"您给我准备一面墙,再准备一个碗,我去给您把墙画满,再给您做碗红烧肉!"

说准备一面墙,没想到李老师真的新建了一面夯土墙,上面涂了一层白粉。我只有拿马克笔画墙的经验,面对一面夯土墙根本不知道该从何下手。

也许，用毛笔也可以？而且，还可以上色！我一下子福至心灵。虽然我从来没有动过毛笔，也没有画过国画，握毛笔的姿势和拿铅笔一样，但面对这面墙的时候，我拿起毛笔，没有打草稿，直接就开画了。

墙建在三宝餐厅的对面，我花了整整两个下午，画了一幅《世外陶源聚三仙》。主画面画的是灶王爷，两边分别画的是酒神杜康和茶神陆羽。灶王爷的衣服上，我写满了所有能想到的和厨房有关的字，因为我觉得它们特别适合那个山村。

第二天，快画完时，李老师突然把村里的剃头师傅叫来，把头刮得油光锃亮，还刮了脸，然后说："文那，你往上画！画到我脸上来！"我就真画到他脸上去了，还在他刚剃好的后脑勺上画了另外一张脸。

那年的10月，我又跑去三宝参加国际艺术节，这次李老师在他新盖的厨房里又砌了一堵墙。我用了一个星期在那堵墙上画了《喜神携众调料下凡图》。喜神是作品的主角，其他什么是生姜、大蒜、八角、辣椒……反正全是厨房里的香料——既然中国传统神话里有山神、花神，那么，小小的香料自然也可以以小仙面目示人。

刚画完《喜神携众调料下凡图》，我又相中了三宝村口一左一右的两面外墙。我想起"束海"和"云膏"，这两个神仙形象太适合三宝了，简直就是为了这里而生的！我问李老师："村口那两面墙能不能给我画？"李老师说："这是我的脸啊，你这是要在我脸上画画呀！"

"可是，不是在真的脸上早就画过了吗？"

于是，"束海"和"云膏"这两个最初的神仙形象就留在了村口。我把"云膏"改成了"调云"，两幅画合在一起叫《泥盆纪》。这两面墙，也跟着三宝村历经了一个个春夏秋冬，所有来三宝村的人，第一眼就能看到这两面壁画。它们就好像我放在三宝的一张名片，我的壁画正是从这个时候开始被很多人知道的。

如果在北京，一张巨大的纸或一块巨大的布都很难得，现在，我却可以有一面接一面的墙，而且这些墙都直接建在山体上，相当于直接画在了大山的脚下！

李老师说，人的一生，会有几个 big day，每当这些改变你人生的大日子即将来临的那一刻，你未必能意识到。在小溪边遇见李老师的那天，就是我的 big day。回想起来，这样的大日子，现在都能看得一清二楚了。

陆

"入侵"三宝

认识李老师之后不久，我就搬进了三宝，和这里的艺术家一起工作。这里的艺术家很多是外国人，而了解我的人都知道，我是一个超级大学渣，英语一塌糊涂。

来的第一天，就有一个高大的美国陶瓷艺术家 Gary 和我交流，用电脑给我看他的作品。在整整一个小时的英语轰炸里，我的脑子就是电视雪花的状态，但最终居然也听懂了说的是他的作品都源于自然。那之后，我就跟着他和他的一个学生顾嘉，用同一张桌子一起做东西，我就看见什么问什么。"泥""瓷""塑料""指甲""稳定"各种词，顾嘉告诉我用英语怎么说，我就用这些散装英语攒了几个句子，说给 Gary 听，他听懂了我也就记住了，一下子学了不少专业名词。Gary 爱跳伦巴，身高超过两米，后来也经常往返于美国和景德镇。两年前惊闻他因为心脏病发作去世了，但是三宝和景德镇有很多人都记得他的样子和作品。

还是刚到三宝那几天，我在那里拿着泥东捏西捏，一会儿做个怪鱼，一会儿做个小人儿，很不正经的样子，很快又被另一个加拿大的艺术家 Kasia 盯上了。她给自己起了一个中文名字"开水"。她跑来比比画画和我说了一堆。我问旁边英语也不太灵光的小伙伴，大家很紧张地互相看着，最后小伙伴和我说："她好像是要找你合作！嗯！"我当时就得意了，真的吗？不愧是我！

第二天，我就蹭到 Kasia 旁边，问我们要干啥？Kasia 给了我一张白纸，让我画画，我就随手画了个鳄鱼，几秒钟就画完了，给 Kasia 看后，她说："做！"我心想："不是合作吗？那好吧，我反正先做呗！"结果我刚拿起泥准备做，Kasia 立刻阻止我："别做！"她拿起一块泥，照着我的图做了个泥筒，然后跟我说："做这个。"最后，我终于明白了，Kasia 是要教我做陶瓷雕塑。每一个步骤，她都会示范给我看。

其实我根本没有做陶瓷雕塑的任何技术，之前在宋庄的一个朋友的工作室里，我把两块精心修整的泥互相一撑就算粘上了，最后撮出来的作品，看着花哨，其实完全不坚固，如果烧制它，结果一定不是碎掉就是散掉。不过当时也根本等不到烧，就又被我弄坏了，所以，我同事当时也没怎么理我。在三宝，我拿着泥东撑撑，西戳戳，一看就是连工具的准确用法都不明白的那种人。身为美术学院陶瓷老师的 Kasia 看见我这个样子，教育之魂熊熊燃烧了起来！

泥浆、清水、打毛、钻孔、搓筒……她教给我的都是实打实的雕塑基础技术。巧的正是 Kasia 不做容器，而是以做人物雕塑为主，这正好和我的创作类型是一致的。我用了一个小时，在她的指导下做完了鳄鱼。Kasia 说："Good！"

后来我在三宝还是画壁画比较多，或者跟着李老师到处乱跑。画壁画的前期，我只是根据当地特色，画一些想象中的神仙形象，给它们命名，再胡编乱造一些故事或者诗句。这样画了三年，我觉得应该把它们整理成册，安置这些小怪人、小怪兽、小怪事。它们不必像壁画里的神仙那样，依附于某个特定的地方，而是有自己的故事。通过天马行空地编撰，我仿佛又回到最初创作"怪"的初心。不过这一次，我决定称它为"文那经"。第三年，有一次在三宝村，看到李老师的陶艺作品，我灵机一动："拥有这么多的神仙形象，何不做成可以摸得到的陶瓷制品？"我突然想到要把"文那经"中的形象用陶瓷雕塑做出来，然而自此之后却再也没回过三宝。

  我曾经在三宝凛冽的冬夜，在火炉边揪着冰冷的泥做雕塑，那时候，我已经可以把泥和泥牢固完美地结合在一起。后来，我和同在三宝认识的Simon和Youker合作，在荷兰德拉画廊办了两次雕塑个展。我在荷兰代尔夫特她们的阁楼工作室工作，在那座建于13世纪的老教堂旁她们的朋友Ankie的工作室里，在比利时布鲁塞尔郊区艺术家Mark的工作室里，使劲地做着雕塑！之后，我发现，不管我要做多少陶瓷空心雕塑，Kasia在那一天教给我的技术几乎够用了，除了Mark传授给我的神奇的陶瓷雕塑巨大术，我所拥有的其他全部陶瓷技巧，都是Kasia在那一个小时里教给我的！Kasia还会记得我吗？我真希望她能再来三宝，看看我这个学生现在的学习成果！

柒
《三宝赋》

  在三宝的第三年，我画了一幅《三宝赋》。
  这是我在三宝画的最大的一面墙，它在新修的三宝美术馆的院子里。它的对面也有一面墙，断臂的观音，有裂纹的名人像，一块块渣饼，一只只碗底，是美国艺术家吉姆·李迪和李老师共同创作的作品《千年墙》。

而我画的《三宝赋》，讲的是三宝所处的自然环境，作品里描绘有风神、陶神、泉神、釉神，还有一位"鲜子"，是这里所谓的饭菜神，它们都环绕着三宝最核心的一个神仙形象——"窑神"。我在壁画里开了一个小玩笑，"窑神"的形象，是照着李老师的样子画的。他长得真的很像一个逍遥人间的"罗汉"，特别入画，如此有特征的面貌，一看便知是"窑神"。随着这些年《三宝赋》被转载、被复制，李老师作为"窑神"的形象也被传播出去了。有人说我的版权被侵犯了，但只要他们没有改变画上的文字，我就是开心的，因为，这正是壁画自古以来在这个世界上存在的方式和命运。

文那作品《三宝赋》

壁画旁边，我写了一段文字。这是我在前一年的冬天就已经想好的。

这几年里，我每年总要来三宝两三回，一次待上几个星期。李老师经常带着我们去南方看窑口，随手画一张画就让我写几个字。他第一次这么说的时候，我吓了一跳，竟然让我即兴写诗！

我根据李老师的画，随口押了个韵，歪歪扭扭描绘了一下情景构图，还真说得过去。好久以后，李老师才说起，当时就想让我随便弄个绝句添添画面就行，像"绿蚁新焙酒，红泥小火炉"，没想到我竟自己胡诌了几句歪诗，手写的宋体字也挺有特色。

从那之后李老师画个画就让我写，我就跟着战战兢兢地憋词。字随着画一路送人，我也忘记写了什么，倒是一次也没掉过链子。

某年隆冬，李老师做了一幅泥板作品，其中有一块，他只在中间做了一点儿处理，让我刻一些字把泥板填满。虽早已习惯，但当那块泥板放在我面前的时候，我还是头大，心想："又要写作文了！这么大的板子，得写到什么时候啊！"

李老师随口道："什么都行啊！比如，削泥如铁，入刀三分，一凿一撅，尽在险处。"于是，这个冬天的夜晚，我拿着小刀在空泥板上，从这十六个字开始，一个字一个字地刻上去。没有停顿也没有打稿，就这样一行一行刻了出来。我太老实了，一开始就把字刻得很小，直到刻满，真是憋出了一篇大作文。

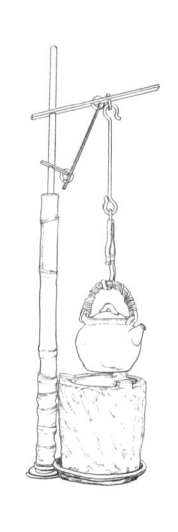

入刀三分 削泥如铁 一凿一撅 尽在险处
窗外月下 稻色茶茶 寒光冷刃 汤暖人熏
柴燥泥软 梦里春秋 白马化龙 自走苍穹
晴空春色 顿首不及 一时寐醒 壶干灶冷
凛凛冬夜 四顾空空 残茶泡尽 杯盏围炉
拾柴整灶 再起红膛 木屋铁炉 煮魂待客
思亲忆友 天各一方 东西南北 共聚一堂
隔山之辞 且挂空枝 空枝做摆 换盏苍头
越水且祝 潺潺自流 且去且来 思而不绝
对野推杯 荒野遥遥 遥遥峒影 念念心安
逐一对举 自饮一杯 身长影倒 持茶而醉
意兴酣然 击竹而歌 山村夜半 欢歌之乐
心无旁骛 且歌且和 萤火星星 弄舞叠叠
风疾水暖 雾重山轻 空中一月 地立三宝
　　竹浮碧野 泥筑陶林 茶山漫漫
　　三宝似海 淡然席地 看海为生

　　这是一个完全没有修改的即兴作品，可惜后来泥板烧断了，整个作品也就不见了，但刻下来的字我都记了下来。一年后，当我画完《三宝赋》，突然想起那个隆冬的夜晚，顿觉《三宝赋》和那段文字应该是一个整体才对！

　　那天，我把墙面涂成白色，准备写字，但景德镇的潮湿让墙面一整天都没有干，可我下一次来至少还要等几个月。最后，我的朋友从美术馆接来一根电线，拿了两个吹风机，他吹干一小方块，我就写一个字。这样一直写到天全黑了，我还打着手电筒继续写。整片山谷里

文那作品《福窑图》

黢黑一片,只有吹风机的声音和我眼前一个字大小的亮光,就好像是在一个巨大的洞窟中书写,又奇幻又肃穆。

我买的是晚上 8 点的机票,到后来我们两个紧张得都不敢说笑了。写完最后一个字时,我扔笔就跑!

捌
《福窑图》

得到李老师的肯定后,我并没有收心,而是满村寻找可以作壁画的墙。

如着了魔一般,我又画下《调云图》《福窑图》《调料图》,越来越多的各式各样的神仙形象跃然墙上,大到山神海神,小到山奈八角、大葱芥菜,大家想得到想不到的东西,都被我抓出来充当神仙角色。村子的外墙画完了,我索性跑到李老师的厨房里作画,甚至连村里歪斜的电线杆也不放过。

《福窑图》是我为三宝画的最后一幅整体壁画。福窑,就是有福的窑址,也有扶摇直上的意思。当时的我已经对整个陶瓷制作工艺了然于心，对应着《三宝赋》里掌管自然的神仙形象，正好把整个陶瓷制作的过程用我的壁画描述了一遍。

"束海"是我为三宝创作的最早的神仙形象，负责制作泥坯，已经出现过多次，"披石"是后来我创造的上釉的神仙形象。釉是由石头磨成粉加水调成的，在窑中高温熔解，冷却后就成为均匀包裹坯体的各色亮晶晶的釉面，所以我管釉神叫"披石"。它把坚硬的石头做成柔软彩色的衣裳，披在瓷器上。"筑瓦"是制造窑的神仙形象。"担柴"是帮着烧柴窑的小鬼形象。在这里，和"束海"同样老资格的"调云"又幻化成了几个小神仙形象："烟戏"，是可以操纵烟气，调整窑中氛围的神仙形象；"花焰"，是操纵火焰的神仙形象，它能把美丽的花朵变幻成火焰，让烧出来的釉色像花朵一样好看；在烧窑时，有时候会放入大量盐，或者大量的味精、小苏打，调整釉色形成变化，我笔下"烹盐"小神仙形象是能够庇佑这些变化如人所愿。

作品中"击香"其实也是灶神，之所以我管它叫"击香"，因为我想将其塑造为一个热情快乐的神仙形象，手拿鼓槌，击打做饭的窑口，把餐饭中的香气一下一下地击打出来。"击香"和"吉祥"谐音，它的原型就是每天照看三宝、帮我们做饭的阿姨，也是当年差点儿把我赶出去的阿姨。厨房锅里蒸腾的一群"小怪物"，就是她的拿手菜。

而"锄禾"，是我永远难以忘怀的。第一次来到三宝时，越过那一片青葱的稻田，我看到了云烟中的木屋，还有一直生活在这片土地上勤劳耕耘的村民。

在福窑窑口，有一个背对着画面的神仙形象，它跳脱出三宝忙忙碌碌的场景，它就是我塑造的时间之神——"刻时"。它仿佛把这一切都镌刻在石碑上，无论多久，这里曾经存在过的日常，永远都不会被忘记：

束海于泥，披石为彩，聚瓦集柴，煮雾调云，花焰烹盐，古灶去香。郁郁风情，锄禾三宝，福窑之上，镌时为据。

玖
乐天市集

每周六，在雕塑瓷厂开的创意市集，我几乎从没错过，从十年前那里还都只有地摊儿开始，我就没有空着手回来过。对所有来景德镇的人，除了三宝，我一定首推乐天市集，买买买就是它最深刻的灵魂！从刚开始十块钱一条的手绘瓷片项链，我一口气买20个带回去——分给同事，到小狗头、小罐子、小盘子各种手工艺品，我每每满载而归，吭哧吭哧地把大包小包扛进李老师的院子里，那些东西有的被随手放在窗台灶头，可能至今还默默地待在那里；有的还没来得及拆，又被别的事情影响而搁那儿了。我不定时会突然间回想起有一个甚久之前的可爱之物，它们就这样消失在了村子里……就这样周而复始，消失的宝物难以计数。

随着市集的发展，铜壶夏布、木偶麻裙、玻璃大漆、竹刀银刻，渐次出现，种类越来越全。我在2022年时还发现了一个专做手工纸和手工本的摊子，按照自己目前创作的要求直接定做了本子来制作方案，提报工作时连甲方看了都羡慕不已。这里"物欲横流"，是文艺青年"纸醉金迷"的地方。参加市集的年轻人换了一拨又一拨，他们大多以最新鲜的样子出现，慢慢成熟又慢慢离开市集。我也在里面揪出一个又一个新的朋友，他们是学生，是手艺人，是创业者，是旅行者，是艺术家。每次来市集，你都不知道自己会遇到什么新鲜的作品和面孔。而市集，就这样孕育了一批批成长者。

但是这里我最想提到的，是我到景德镇后认识的第一个年轻人，叫小光。2009 年从 QQ 车上下来的第二天，我就在雕塑瓷厂旁，他长租的独栋商铺小楼里认识了他。这里不和任何建筑相连，有一种非常古怪的气质：明明赫然出列，却又低调安静。我觉得这使他成为占据交通要道，闹中取静，大隐于市，深居简出的时代楷模。当时的小光，背靠着整个市集，但是从不参加市集。他用泥歪七扭八地做各种车辆，有甲壳虫、装甲车、红旗、大解放、拖拉机。明明眼看着就散架，软塌塌的，但就是有一种倔强、努力的力量在里面，又糙又精致。我一下子就迷上了。小光不太会说话，永远眯着眼睛笑，说话时，以"啊"的长音开头，不会超过十个字。我就更觉得好玩，逼着他记住：他是我来景德镇以后认识的第一个年轻人。后来每一次去市集，最后我都要拐进小光的小房子里东拉西扯一阵，似乎只有这样逛集才算圆满。

而妙的地方就在于，这十年，我看着乐天市集，从十几个地摊儿，到有了展亭，到连成一片，到水泼不透；但是小光，他的屁股好像在椅子上扎了根，椅子腿又好像在小房子的地面扎了根，这个小小的空间异常稳定。这十年来，他的作品井然有序，整齐划一地变过两次风格，突然从机械车，变成了青瓷配白泥的女人。说实话，我觉得山西人小光对女人没有什么领悟，那些比汽车还怪异诡谲的女人透露着一种小光式的天真。整个屋子在那几年就被这些女人绝对占据，一点汽车的影子都没有了，我在这种青黝黝的氛围下又和小光唠了几年。最近几年，这些女人又突然一扫而空，统一变成了青色的奇珍异兽，用的还是那种不着调的手法和那种不羁的上釉方式，明明主题全然不同，但你一看就知道小光的倔劲儿还远远没有用完。后来，小光在景德镇有了女朋友，又结了婚，又有了儿子。这些都是我听人说、从朋友圈看到，和听小光自己说的，但在我的眼里，他还是几乎没有离开过那个房子的椅子。我真的觉得，他可能是每天晚上夜深人静时，才会偷偷站起来，去进入自己自由的生活！反正我上一次见到已经拥有了这些的小光时，他仍然还是坐在那个屋子里、那把椅子上，整个屋子里都是最新的瓷狮子。

小光就好像是个锚点，我不管怎么不客气地到处乱跑，来来回回，景德镇都有这么一个小小的、稳定的区域。

文那在景德镇画神仙

拾
好像我的景漂生活才刚刚开始

三宝的日子实在太快乐了。

去得最频繁的那几年，虽然每次最多一个月，但每年都来三四次，很快我就领略到了三宝的四季。

我在三宝基本不出村，这里有李老师，李老师的妹妹一家——李总、梅总、梅琳玉，还有马师傅、马师母……那时候我觉得最幸福的事，就是今天还开着车在三环上拐弯，第二天就在三宝的木头房子里，倚着栏杆剥马师母给我留的刚摸出来的土鸡蛋，看着尽在眼前的青山，满地的小鸡土狗番鸭，穿梭在溪水竹林之间。还有每次来时会碰到的来自各国的不同艺术家和各种背景的中国人。我每天都又忙又开心，忙着做作品，也忙着交朋友。在三宝一待一个月，再去机场回北京，下次来，又换了一批人。

可是，我就是喜欢变化，哪怕我只在三宝里闷着不出门，我也能上树摘果子下池去游泳，上山踢笋，摸黑儿捡柴。李老师的妹妹曾经也问过我，要不要在三宝确定一个专用空间，我说可不要啊！我就喜欢每一次来，碰上哪里空着用哪里，哪里没人住哪里。

我算是个景漂吗？我觉得不算吧，我也没企图在景德镇谋生，甚至来景德镇的大部分日子，我都还是一个有工作单位的人。说实话，在景德镇的前三年，我也没做过陶瓷，除了青花之外，主要还是以画壁画为主。很多人问我在景德镇有没有自己的工作室，我说我没有，但是在三宝，我又什么都有。说起来，我更像个三宝漂儿。

我总是说，三宝就是我的家，我是三宝吉祥物。

时间一晃就十年了，从三宝走出来的壁画，使我在各个地方的工作越来越多。这几年,反而是全国各地跑得多,景德镇去得少了。而且,我也参加了好多乡村建设的工作,这一切都是从三宝村开始的。之后,我就一直穿梭在村落和城市之间,以至于我对自己的个人介绍是:"城里生,村里长,画墙吃饭满地躺。"我爱那躺在三宝院子里的沙堆上晒太阳耍树枝儿的生活!

不过这两年,从 2021 年的大地艺术节"艺术在浮梁",到 2022 年,在御窑厂龙缸弄的我即将去做自己的艺术空间"束海祠",我又开始频繁来景德镇。我还是住在三宝那儿,但现在,我往村外跑得就多了。

好像我的景漂生活刚刚开始。

这个时候再接一句我以前说的不知死活的话:以前是玩笑,以后是目标——我,三宝吉祥物,景德镇代言人。

景德镇是我第二个家。

如草之兰，如玉之瑾

——吴广与老丁

在国外参展，吴广的自我介绍一直是："我来自江西省景德镇。"

有了解他的朋友，大惑："你明明不是景德镇人，怎么说来自景德镇？"

这答案，老丁再清楚不过：他虽不生在此地，却有本地情怀，不然怎么会长达十年，不管严寒酷暑，自带干粮，屁股钉在小板凳上，画出景德镇的几百条弄堂呢？

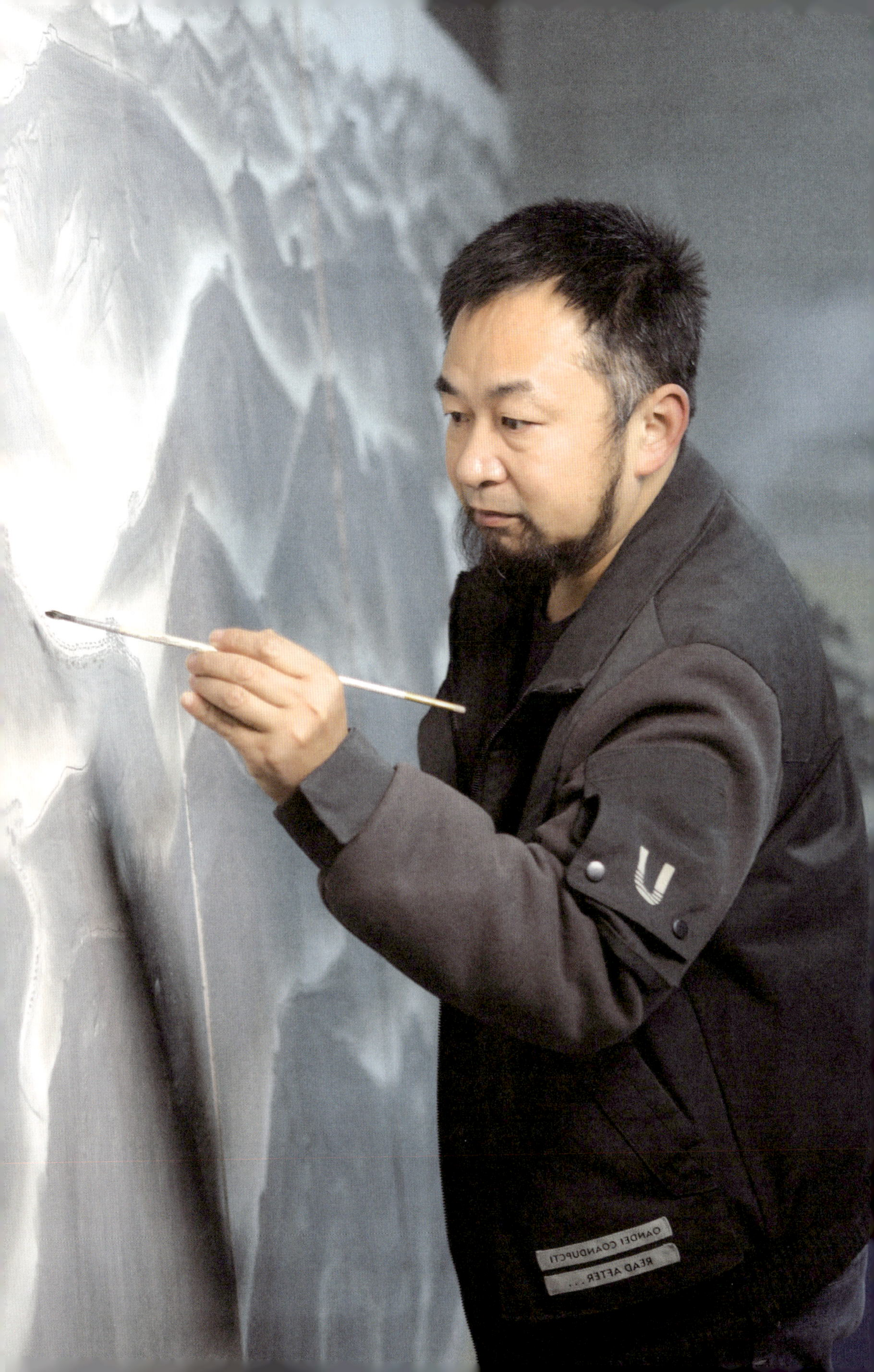

我的城，我的镇 | 景漂的故事

壹

吴广，笔名"无解"。1978 年，出生于江西万年县。

1999 年，吴广从河北师范大学艺术学院油画系毕业后，进入上海油画雕塑院城市雕塑专业深造。2002 年，获得硕士学位，毕业后在学校任教，认识了未来携手一生的妻子哈胜香。2006 年，他辞去教师的职务，去了上海莫干山艺术村，成立拓荒者艺术工作室，两年后结婚生子。孩子呱呱坠地，初为人父的兴奋还未散去，压力涌上心头。为了给家人更好的生活，他强忍与骨肉分离的不舍，将孩子交给万年老家的父母教养，自己在外打拼。

2009 年，吴广应邀到乐平，给朋友画戏台。得益于朋友的建议，第一次来到景德镇，两地相距只有几十里地。次年 7 月，他在景德镇老厂地段租了房子，算是安定下来，开始尝试在瓷瓶上作画。瓷瓶需用毛笔描画，他之前一直学习西方油画，习惯用刷子在画布上作画，就用刷子替代传统的毛笔，仿着油画的技法画青花。早年当了一段时间老师，功底扎实，熟练勤快，他画起来挥洒自如，且量多质优，得到不少企业家的赏识，受邀作画，供不应求。

渐渐有了积蓄后的吴广，在景德镇买了房，把在老家的老婆孩子接来。随后几年，他仍是体制外的"野鸭子"，过着自由创作、随性洒脱的生活。常常在清晨背着画板外出写生，或走街串巷，寻觅城市烟火、历史风尘；或去三闾庙、昌江边静坐，定格水天一色，想象当年"茅舍重重倚岸开，舟帆日日蔽江来"的场景。

此前，他已认识哈尔滨人丁洪光。老丁是北京最早的一拨流浪艺术家，年纪约比他大两轮。

1979 年，20 岁出头，成了圆明园里画画的人。条件异常艰苦，冬天睡觉没暖气，他冷得抖成筛子，得加盖画布在身上取暖。饿到不行，偷过村里大妈放在房前屋后储存的大白菜，还把遮盖大白菜的破棉被一起顺走。其穷困潦倒状，到了铅笔用到末端，手握不住了，仍把仅剩的铅芯剥出来接着用的地步……

正是老丁这样的 70 多号人——画家、诗人、歌手，形容他们"远看是捡破烂的，近看是美院的"再贴切不过了，但正是他们，以青春热血化作燃料，以对未来的无限憧憬为美食，聚出"圆明园画家村"最早的雏形，成为 20 世纪 80 年代中国大地解冻的一个文化符号。

2008 年后，丁洪光在北京西山做雕塑。这里有两个靠着的村子，分别叫"东落坡""西落坡"，谐音都有"落魄"，是宋徽钦二帝被掳走后临时关押之处。两村人都姓马，皆称是马致远的后人。国人知道马致远的不会太多，可 60 岁以上会说几句《天净沙·秋思》的人不少："枯藤老树昏鸦，小桥流水人家，古道西风瘦马。夕阳西下，断肠人在天涯。"他应邀创作了马致远故居里陈列的雕塑，四年里山上山下，只忙这一件事。

2011 年的某天，吴广喝了点酒，醉意微醺，给丁洪光打电话："我这些日子在弄堂写生，希望你老兄过来一趟，和我一起，把景德镇现有的弄堂留在油画上，这可是前无古人的事啊！"

当时，老丁在做马致远故居的第二期雕塑，特意挤出七天，前来帮忙，回去再手脚朝天加班赶工。自个儿手里马致远的活，是政府定制，老丁料想，吴广如此大的规划，身后怎么的，也会有政府背书。

却未料到，这老弟，丝毫没有寻有关单位拨款支持的打算。

似乎出自"天然"，像扭开龙头，就有自来水出来；每天 5 点起床后，他匆匆给家人做好早点，马上就背个画架，拎个小板凳出门，天天如此，除非不在景德镇，或者碰上恶劣天气。商场、饭店、风景区，尤其是人造景观,他懒得掷一回眼,兴趣全在弄堂。

自古以来,景德镇就是一座从"沿河建窑"到"沿河建市"的城市。历代手艺人依窑聚居,联排的房子成为弄堂雏形。渐渐地,规模不断扩大,在纵横交错的数十条小河巷旁,铺展开许许多多弄堂。昔日的镇上瓷窑,窑膛均用普通的黏土砖搭建而成,经过几十上百次的烈火烧炼后,得换上新砖,那些废弃的砖头,便用来修建民居,冬可御寒保温,夏可遮荫生风,坐在高大砖窑墙下纳凉,凉风拂拂,人立马就感到清静。深褐色的窑砖墙,每块砖都不一样,甚至有文字刻印在窑砖上,埋藏着数不胜数的历史印记,再配上徽派建筑的马头墙,就形成了景德镇特有的里弄文化。

每天走弄堂、画弄堂,他将之视为一大乐事,老丁后面还来过景德

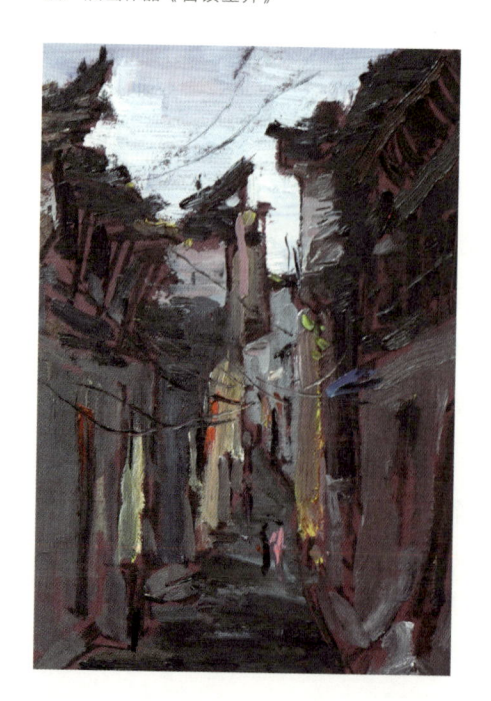

吴广油画作品《古镇里弄》

镇几次，每次吴广都会带老丁去弄堂里走一走。从不同人的口中，听到这片土地上许多鲜为人知的故事。瓷器街、龙缸弄、薛家坞、新罗汉肚、老罗汉肚、莲社弄、斗富弄、再胜弄、富强弄……是当下游客们去的最多的古城弄堂，但有个上了年纪的老太太告诉他们，一般人未听过的东司岭，才是古城弄堂的"大哥大"。她所说的"东司岭"，是方言，大意是当时有钱人家的后花园，兼恭厕所在，位于御窑厂正门西侧。她讲得很详细。她边讲，吴广边记录下来，生怕遗漏什么，并请老太太写上她的名字，又标清讲述时间、地点。

这类记录太多，都写在速写本的背面。老丁看过这速写本，有好几册，除景德镇外，还有我国其他地方的人物、环境速写。密密麻麻，丝纷栉比，像是一部调研笔记……

在弄堂里写生，经常会有一些老奶奶、老大爷，非常热情地过来打招呼："来画画呀！"老人看上几分钟，怕惊扰到他，很快离开。后面，他们又结伴来了，拿个水杯装满水，悄无声息，放在他的小板凳边。临走前，或手指某处，说："我把家里的钥匙放在花盆下，你喝完，自己到我屋里再添，莫要客气。"若到了饭点，还有老人过来，邀他进屋里吃饭……

这些老人，大概说不出"历史"这样的炎炎大词，但作为旁观者的老丁，能感觉到，他们原本有些昏暝、迟缓的目光，落到吴广的画板上，如水银泻地，一下变得光明、活泼起来。老吴的画笔虽还称不上如椽大笔，但笔下每一条弄堂、每一旮旯的风物，却与他们的来处有关，与这座城市的神祇有关。

据本地地名协会记载，景德镇有大大小小共353条弄堂。十多年来，吴广全部实地走访过一遍，居然发现了357条，比地名录上多出4条。同时，已陆陆续续完成200多幅弄堂题材的油画。

他给自己定下目标：希望能在 2025 年之前，完成景德镇弄堂系列的全部作品。

贰

吴广之前的工作室，在莲花塘。宋代时，苏东坡好友佛印曾在此居住过，因而莲花塘又得名佛印湖。地如其名，工作室对面的莲塘内，夏日盛开很多睡莲，绿白粉红相间，一片幽然清雅。

他试以陶瓷材料为介质，画了一组睡莲，取名《莲塘》。一组 7 幅，每幅 40 公分，可单独成作，拼起来共 2.8 米。2015 年 10 月，法国卢浮宫举办"一带一路"33 国艺术联展，他的参展作就是《莲塘》。

当时一起报名的，有中国工艺美术大师，如陶瓷、木刻、皮雕、剪纸等各门类的大师，还有国内饶有名气的画家，作品多是国画、抽象画。在一众大师眼里，本次奖杯，应隔吴广几条街，他就是个"打酱油的"。一来名不见经传，没啥头衔加持；二来，卢浮宫斜对岸，是奥赛美术馆，主要收藏 1848—1914 年的绘画、雕塑、家具和摄影作品，其中就有莫奈的《睡莲》系列油画，晚年莫奈为此倾注极大的创作热情，光和影的运用在该作品中表现得登峰造极。

有个国内的油画家，问他："你干吗拿'睡莲'参展？莫奈的'睡莲'就在对面，你这不是自己找死吗？"

他默然无声，只当着油画家的面，用手指敲了几下自己的作品，若春泉激越山涧，清亮而铿然。"竟然是陶瓷！"后者第一次见在瓷板上的"油画"，卢浮宫也是几百年头一回见，这组瓷板画的质地、笔触，"瞒"过了参展的专业油画家……

老丁也是学油画出身，接受的是西方画法：先画素描，再用油画颜料在画布上作画。这一画法深入骨髓，让哥俩想在瓷器上创作时，若毛虫爬上玻璃，无从下手。

景德镇的瓷画创作，趋于工艺层面，美术性够不够，圈内仍存激烈争议。青花、釉里红、粉彩……无疑是景德镇陶瓷的特色，可说来说去，都是些古人传下来的东西。不妨想想：如果现在有一个新的画种，在景德镇萌芽，且能开枝散叶，推动这座千年古城，走向新的时代，发扬它，是不是当今景德镇人的传承责任呢？

这些年，哥俩一直在努力解决这道难题：

怎么让外来的油画家到景德镇后，没有材料上的不适应，使其创作可以无缝对接？

镇上想在瓷板绘画上呈现油画效果的，远不止他们两个，但一直没有突破工艺的领域。但他俩突破了，这是一种釉料上的革新，烧制成功后，既有瓷器的鲜亮，又有油画斑驳的质感，使瓷板画真正具备绘画性，大大淡化其工艺性。

那位曾质疑他创作的《莲塘》的国内油画家，受教了，《莲塘》展览了三天，他在作品旁当了三天免费讲解，如数家珍，唯恐观众忽略这开在瓷板上的睡莲；在这油画之乡的老欧洲，卢浮宫开眼了。

随后，吴广在法国开始为期三个月的游学，并成为法国著名画家安德烈·布布奈尔的学生。2018 年 11 月，其《牛腿》系列油画作品，在德国表现主义七人联展上展出。2019 年，他的油画作品《官桥财主屋》，入选法国艺术沙龙展。法国美术家协会主席雷米·艾融，在一篇文章里提到吴广，大意为：艺术家早上起来，得要推翻昨天，这样才能有进步。艺术家要有叛逆的思维，还要有叛变的雄心，才能成为艺术界真正的大树。

在国外参展，吴广的自我介绍一直是："我来自江西省景德镇。"

有了解他的朋友，大惑："你明明不是景德镇人，怎么说来自景德镇？"

这答案，老丁再清楚不过：他虽不生在此地，却有本地情怀，不然怎么会长达十年，不管严寒酷暑，自带干粮，屁股钉在小板凳上，画出景德镇的几百条弄堂呢？

叁

"我很小的时候就有科学家情结，甚至还梦想自己也去当个科学家。虽然读的是美术专业，但我很喜欢物理、化学，对这些领域内的科学家，特别关注。"吴广如是说。

近三年来，历来画笔大抵用于抒写自然与人文风光的他，开始创作另一个以"两弹一星"科学家肖像画为主的系列作品。

先得搜集素材。全国"两弹一星"基地中，他探访了五个比较重要的基地。在 2021 年，就飞了七八万公里，路程能绕赤道将近两圈。

写生过程一波三折，特别是核试验基地，多处于荒漠戈壁，环境、气候极其恶劣。很多时候是在无人区，他伶仃只影，相伴的唯有如牦牛藏獒低吼不止的野风。有次在某基地，海拔 3300 多米，当时气温零下 27°C，寒风凛冽，他在低温缺氧的情况下坚持写生，拿捏画笔的手，冻得如同戴了厚厚的手套，脸上必须蒙块布才可以画画，否则，难以呼吸，风吹得脸上如刀割般生痛。这痛，若死神的凝视划过，一不留神，便会葬身雪海。真的是以命赌画，时至今日，他回想起来，不寒而栗……

其间，也闹过不少乌龙。

2021年3月，从马兰写生回来的途中，要从乌鲁木齐坐飞机到上海。飞机当晚8点起飞，从马兰赶到乌鲁木齐时，已错过了登机时间，被迫滞留机场。

"你是怎么进入军事基地的？"

他回答："我是一个职业画家，为了画画。就这么简单。"

他黝黑的圆脸上，居然笑出一对浅浅的酒窝。

诚实的酒窝，未能减轻对方对他的怀疑。要他将这几年去过哪些地方，怎么去的，画画的经历，全部说清楚。他神情淡定自若，交代时逻辑清晰，又有相关军事基地开出的通行证。一来二去，航班晚点，接近午夜，安检处的人骑了一辆电动车，直接送他上飞机，他悬在嗓子眼的心才落地。

每到一处，大约待半个月，现场画图。见的人物越来越多，不乏一些专门研究核武器的核一代、核二代，几十年来，他们为祖国的核事业奉献黄金般的年华，乃至牺牲了健康、生命，有些至今隐姓埋名，有着巨大贡献，却默默无闻，这非常人能达到的境界。由此，吴广联想到在核基地的旷野上常见到的马兰花。"马兰花扎根两米深，在戈壁滩上苍翠着叶，时节一到，便开出紫色的花。

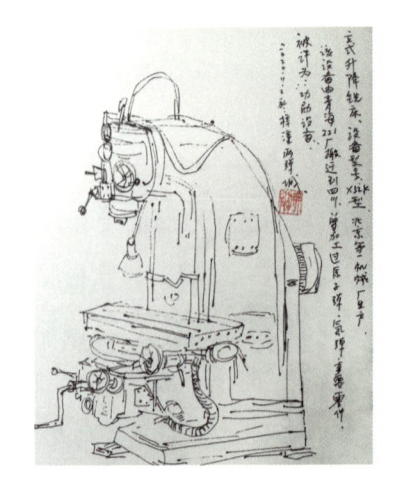

吴广在马兰画的速写　　　　吴广"两弹一星"主题作品《功勋设备》

马兰基地背靠着光秃秃的石头山，在落日的余晖里，透着一种神圣而又苍凉的色泽……"

他开始做《马兰花开》系列绘画。

第一位重现在他笔下的科学家，是钱骥。

"之所以把钱骥作为第一位绘画对象，是因为他是中国第一颗人造卫星东方红一号方案的总体负责人。"在空间应用技术探索上，钱骥是开拓者之一。

绘制时，吴广放弃了自己擅长的油画，选用了黑白炭笔素描，使画像显出庄重的美感，加上 76 cm × 104 cm 的尺寸，素描自有雄浑磅礴的气质。

被国授予"两弹一星功勋奖章"的科学家有 23 位，吴广心中的"英雄谱"长廊却列出了 460 位。至今为止，画了其中一部分，累计 70 多幅。中国工程物理研究院最先邀请他去作画，故这些作品现陈列在该院 780 平方米的展厅里。

2021 年，吴广出版画册《两弹一星——吴广绘画集》，《马兰花开》系列分为六部分，分别是"功勋肖像""有个地方叫马兰""在那遥远的地方""问天""那些年我们正年轻""西去的列车",里面有素描、油画、速写等多种风格的绘画。

肆

这几年,《马兰花开》创作受限,吴广多待在景德镇,完成弄堂系列作品。大部分时间用在了画画上,出门是为了找素材,写生;在家是为了寻安静,便于画画。他不是个趋势邀宠的人,左右逢源、炙手可热的情形,在他眼里不过如各色霓虹倒映街头的水洼,织成虚幻而短暂的罗绮。

尽量少约客人,尽量多地泡在六楼自家的小画室里,画室摆满、架满、塞满其油画作品,无处落脚,转身艰难。客厅阳台下方的储物柜里,也全是密密麻麻的颜料、工具。远不像镇上许多陶艺大师的家,走进去,古典、高雅、舒适的气息,盈盈而来……

哈胜香,来自新疆,不是维吾尔族人,而是土族人。两人有师生之谊,她深谙丈夫对画画情有独钟,志存高远,在创作上,她对丈夫的帮助有限,在家庭生活中,便不遗余力地默默付出。多少年孤身在外漂泊,一肩风尘,"遥远"到一般人未曾听说过的遥远,但只要想到在南方的那座小城有一个家,时刻为自己敞开,他就不为艰险所困,内心充满安全感与归属感。

为丈夫、家庭无私地付出的女人,在中国家庭里并不少见,但对丈夫所有外出活动自掏腰包,只见钱出去,不见钱进来,从不干涉,从无怨言,且用自己开办少儿美术班的收入,维持全家开支者,笔者还头一回见到。这何尝不是一支卓然独姿的马兰花呢?

两人的爱，没有什么传奇曲折，皆细水长流，在涓涓的波光处，滋润对方。只要是在景德镇，两个孩子的功课都由丈夫辅导。每天早上出门前，一定会为家人准备好早餐，让妻子多睡一会儿。吴广厨艺不错，收工早，便进厨房。哈胜香吃饱喝足，不忘夸赞："我做的菜，我只能吃一碗饭。你炒的菜，我能吃两大碗，还不嫌多嘞！"

不愧是来自地大物阜的新疆的女子。

再说老哥丁洪光。

老丁远离喧嚣，天天在山里生活，现虽过花甲之年，身体却倍儿棒。做完马致远纪念馆的一系列雕塑后，作品圆满的他，带着一副从未吃过药的好身体，从北京南下，做起了景漂。

哥俩似乎都有这秉性——"如草之兰，如玉之瑾，匪曰熏雕，成此芳绚"，古人说这话的意思是，做人做事，得像兰草、瑾玉一样，用不着熏香、雕刻，自然而然，成就其芳香与绚烂。

感觉哥俩又有些不同。吴广性子急，风风火火，好像不把每天每小时填满工作，就会有警察上门捉他，凭空有"犯罪感"。老丁有些慢悠悠的，一是年纪大了，二是经过绚烂岁月后，把什么东西都看淡了。老丁每天要小酌几杯，小憩之余，翻翻先哲的书，尤其是庄子的，每次合上其书，奇幻、瑰丽、诡谲的想象力，便在他脑海里激荡，这大抵成为他和吴广聊天的共同话题。

2020年，在北京生活多年的女儿和女婿突发奇想，说要到全国各地走走。那时候，老丁正在镇上画画，他们打来电话，问："爸，你去了那么多次景德镇，现在又客居景德镇，那里好不好玩呀？"

他说："好不好玩，我说了不算，你得自己来感受。"

一个月后，他们飞来景德镇，郑重其事地说："爸，我们在景德镇买房了，以后要在这里生活。"

老丁毫无准备，大吃一惊，为他们的"神速"感到意外，同时又感叹景德镇的"魔力"：这座城市，竟能让两个年轻人，在如此短的时间内从北方搬到南方，从京城迁来四线城市，纵使生活习惯、气候条件如此不同……

女儿之前在北京给电视台的主持人化妆，现在给景德镇的网红化妆。景德镇直播产业发达，许多人有上镜需求，她成立了一个妆造工作室。女婿在银行上班，小两口在这里安居乐业，日子过得不错。之后，老丁正式关掉北京的工作室，定居景德镇。

2022年，老母亲大归，老丁把父亲接来景德镇。现在一大家子都在景德镇安家落户——父亲、老伴、女儿女婿、女儿的小孩、女婿的爸妈，一家八口，在一套230平方米的复式楼里生活，实现传统中国人向往的四世同堂。

是"错把他乡当故乡"，还是命运之神秘点拨？

像风一样自由
——玛丽与新凯的"斜杠"生活

  景德镇越来越多的新居民,是"斜杠者",他们是不再满足于以"专一职业"生活的人。

  东北姑娘玛丽生性自由且独立。她毕业于美术院校,开过西餐厅,学过唐卡,做过电商,办过画展。为了找到"最好的瓷器",她与景德镇结缘,在陶瓷直播领域收获颇丰。然而,她不喜欢别人称她为"网红",她更愿意做个手艺人,把时间和精力放在作品上。

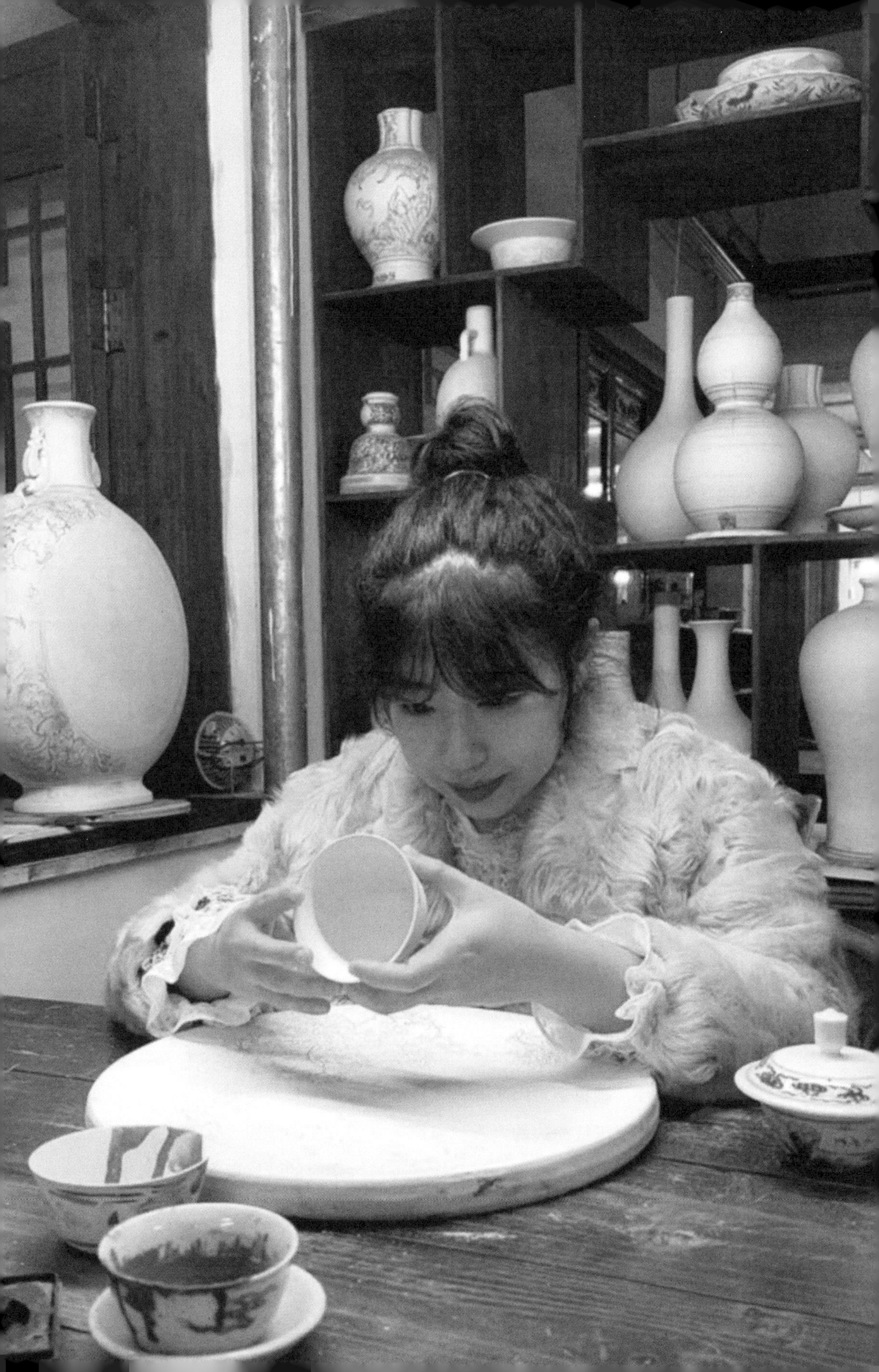

穿一身藏族服饰，操着一口正宗东北话，左手持唐卡，右手捧陶瓷——这是一种怎样的神奇组合？打开快手，名为"玛丽呢？"的主播，会给你答案。

"我本来是画画的，但是对中国传统工艺比较感兴趣，于是，我学了唐卡，学了做家具，学了掐丝珐琅，还学了点针线活。但这些远远满足不了我，我最想学的是陶艺。心动不如行动，于是乎我踩一脚油门，开车到景德镇。"

视频中的玛丽这样说道。一个汇集天南海北之特色的神奇女子，就这样"空降"了。

壹
东北—广东—西藏

初见面，玛丽身着一袭带有民族特色的长裙，留着微卷的齐刘海，高盘着头发，与视频中相差无几。她的丈夫新凯与之同行，穿着卡其色长款风衣，身材高挑，一问，也是东北人。夫妻俩本就和善不拘，加上东北人豪爽性格的吸引力，我们的谈话其乐融融，笑点频出。

玛丽，生于辽宁抚顺。2岁时，父母离异，由母亲独自一人抚养长大。她9岁开始画画，2005年，以辽宁省第二的艺考成绩，考入广东海洋大学中歌艺术学院。她本可以被沈阳的鲁迅美术学院录取，但跟许多年轻的东北人一样，她也想走出东北，去更远的地方看看外面的世界。这一选，就选了广东湛江海边的大学，修读美术学专业的平面设计。毕业后，为了进一步提升绘画技能，她拜访了一位大学时的选修课老师，在老师的建议下，她学习了三年现代重彩。

在湛江，玛丽依靠卖重彩画生活了三年，因为缺少市场，她回到了辽宁老家。2012年，在母亲的帮助下，玛丽花费70万元人民币，在东北开了一家叫"轮回咖啡"的西餐厅。餐厅的徽标、广告、餐盘等，都由她亲手设计，她还将自己的画作挂在餐厅墙壁上。可惜当时她年少，缺乏经验，经营不善，只得以10万元的价格将餐厅转卖。

创业的失败，曾使得玛丽陷入低迷状态。正当"山重水复疑无路"时，过去的一个客户，建议她学习绘制唐卡。

唐卡，也叫唐嘎、唐喀，系藏语音译而来，指用彩缎装裱后悬挂供奉的宗教卷轴画。唐卡是藏族文化中一种独具特色的绘画艺术形式，题材涉及藏族的历史、政治、文化和社会生活等诸多领域。在绘画界，唐卡有"最复杂的工笔重彩画"之称，可用来欣赏、收藏等。卷轴画形式的唐卡比较方便携带，更容易被大众接受。

2012年年末，玛丽一个人开车从青藏线、川藏线入藏，青海、四川、西藏等有藏区的地方，她都走过。因身具一定的绘画基础，相较于零基础的唐卡绘制者，玛丽学习起来容易一些，她说："学习唐卡的过程，真应了那句'师傅领进门，修行靠个人'。"在藏区教授唐卡绘制的师傅，一般只会教些流程、技法之类的东西，其他有关宗教、仪轨等方面的知识，需要自己去研究。

玛丽正在绘制《唐卡大白伞盖佛母》

2015年，学成归来的玛丽，在沈阳成立了自己的工作室。那时，她偶然认识了一位来自沈阳的"网红"，他在快手上有30多万粉丝，2022年时，粉丝数已经超过100万。这位"网红"对唐卡十分感兴趣，在他的建议下，玛丽也开始"玩"起自媒体。第二年，玛丽开始在快手上发布自己拍摄的有关唐卡、绘画、生活片段的短视频。

好景不长，没多久，母亲确诊癌症，这让自小和母亲相依为命的玛丽大受打击。为了延长母亲的生命，她耗尽家财，加上工作也举步维艰，这一切让她心力交瘁。分身乏术之际，只有在老姨照顾母亲的时候，她才可以短暂地进入创作状态。2019年3月，母亲逝世，孤身一人的她，未婚，无存款，亲戚都希望她能留在抚顺，去公司上班，或者开一个画室、培训班，安定下来。

生性自由且独立的玛丽，不想被生活限制住。为了寻求自己人生的价值，她买了辆便宜的二手吉普车，在母亲离世百日后，带着几件行李家当，还有想出去"溜达一圈"的老姨，一路从辽宁开车到云南。在云南，因受不住高原反应，老姨买了机票回家，之后，就剩玛丽一人继续前行。她沿着滇藏线到了日喀则。这里的后藏文化，久远且深厚，这里古老的寺庙、精妙的壁画，都让热爱藏族文化的玛丽叹为观止。

三个月后，玛丽在朋友的邀请下，到达拉萨，也是在这里，开启了好运。

在拉萨，玛丽在网络上卖自己绘制的唐卡和亲自设计并手穿的珠串，长时间占据快手电商西藏卖货榜榜一的位置。因生意越来越好，她也从朋友的酒店搬出来，租了一个独门独户的小院子。她邀请两个同样来自东北且带给她许多帮助的"网红"，一起住在院子里：一个是

卖文玩的，网络上有200多万粉丝；一个是残障人士，只有一条胳膊一条腿，一路骑行来到拉萨，也有30多万粉丝。

三个来自东北的"拉漂"，自此住在了一起，"没事弄个铁锅乱炖，日子过得挺好"。

贰
快、狠、准：就他吧，别选了

2021年5月，玛丽遇到了真命天子。

王大圣，人称"新凯"。新凯也是辽宁人，家在辽宁丹东，父母在大连工作，常年不在老家，他自言家境普通。高中时，他觉得自己不是学习那块料，果断肄业，另谋出路，开始四处打拼的生活。从辽宁丹东，到广西南宁，再到云南丽江，他在工厂打过零工，做过寺庙讲解员。2015年，他来到西藏拉萨，做起虫草、松茸生意，以安身立命。在朋友的介绍下，新凯认识了玛丽。

他回忆道："初见时，我媳妇儿给我的第一印象，是生人勿近。她当时扎了个这么高的朝天辫，"他一边说，一边在头顶比画出一拃的长度，"穿了一身民族服饰，给我的感觉是，若我说错话，这人可能要跟我翻脸。"

后来，两人成为合作伙伴，新凯提供货源，玛丽帮他直播卖货。时值西藏当雄县虫草文化旅游节，早上七点，参与者就要到海拔四五千米的景区等候。景区给嘉宾的座位也就是一个小马扎，环境简陋，还伴随着蚊虫叮咬。新凯本以为像玛丽这样的"大网红"会嫌弃、抱怨，但玛丽不拘小节，随性自然，一屁股坐在小马扎上，就开始工作，顶着火辣辣的骄阳，一直干到活动结束。这让他对她的看法，产生很大的变化："我觉得这个人跟之前完全不一样，我对她从心底涌出了一种异样的感觉。"

那次虫草节，玛丽也对新凯有了些好感，她形容新凯为"暖男"。他借给她羽绒服穿，时常问她"累不累"，尤其是作为一个大男人，他甘当闺密，帮助来了"大姨妈"的她，向接待小姐借卫生巾。这些举动让长年在家庭生活外颠簸的玛丽，心里产生了触动。

眉梢眼角，自溢天意。

虫草节正好是 5 月 20 日。当天晚上的庆功宴上，在两方好友的撺掇下，新凯给玛丽发了 5200 元的红包。两个人当时只是合作关系，玛丽本不想收，没承想一个大姐拿起她的手机，刷脸解锁，替她收了新凯发来的红包。第二天，玛丽又转给新凯 52100 元，称只是一部分货款，叫他不要误会。玛丽曾开玩笑地说，谁送她一枚戒指，就跟谁处对象。想起这件事的新凯便探听玛丽的手指大小，向朋友定做了一枚祖母绿戒指。玛丽知晓后，也随即买了一块手表，准备作为回礼。

"恋爱，一定要从收到一束花和正式的告白开始。"网上流行的这句话，被多少青年男女奉为圭臬。众所周知，要在高山雪原上买到新鲜的花束，有多困难。送戒指的那天，新凯特地跑了好几家花店，好不容易买到一束玫瑰，连同戒指一同送给了玛丽，两人自此正式确定关系。10 月 8 日，两人回到沈阳，领证结婚。

玛丽说，两人能走到一起的主要原因，是三观一致。她早已实现经济独立、思想独立、人格独立，根本不缺什么，就缺一个"闺密"来陪伴她。新凯正好是这样的一个男人，玛丽想："就他吧，别选了。"

一些未曾宣之于口，但早已心知肚明的小互动，往往是爱情绽放最好的催化剂。

叁
随缘：出发，去景德镇

两人来到景德镇，可谓率性而为。

2021年9月26日，玛丽在沈阳红梅文创园举办个人画展，卖唐卡卖了超百万元，打破园区销售纪录。

玛丽把办画展赚到的钱，捐赠给一所希望小学，学校坐落在江西赣州宁都县对坊乡，名为"王坑小学"。因这件事，玛丽被聘任为名誉校长。她说："我老公每年都会参与中国社会福利基金会主办的公益活动，多次捐赠善款和物资给希望小学。在他的影响下，我也想做一点儿力所能及的事情。"由此，她与江西结了缘。

画展的成功，没有让玛丽止步于此，她要给自己的艺术寻求一个新的突破。玛丽喜欢喝茶，十几年来，每天早起的第一件事，就是喝茶。基于兴趣，她自己研究绘制了许多掐丝珐琅茶杯垫，将茶杯垫当作小礼物，送给粉丝。在一次直播中，有粉丝建议，可以做个陶瓷茶杯，以与杯垫配套。夫妻俩一合计，自家熟悉的唐卡元素，说不定真可以跟瓷器结合。他们又想到"景德镇的瓷器是最好的"，便决定来景德镇看一看。

也许，一切皆系缘分。

2014年，沪上实业家、收藏家刘益谦，以2.8亿港元，拍下明成化斗彩鸡缸杯，刷新中国瓷器世界拍卖纪录。没多久，刘益谦来景德镇找到向元华，希望向元华1:1复刻鸡缸杯。向元华，身兼中国御窑工艺传承人、中国御窑工艺博物馆馆长、御窑元华堂品牌创始人等多重身份。御窑，是明清两代专为宫廷烧造瓷器的御用瓷厂，随着朝代更迭，代表着皇家最高标准的制瓷技术，濒临失传。1985年，向元华创立元华堂，在他的带领下，元华堂致力于传承御窑文化艺术。2007年，元华堂被认定为景德镇御窑历史文化唯一代表品牌。还原明代御器，元华堂无疑是最好的选择。

2015年3月，刘益谦又拍下有"唐卡之王"之称的明朝永乐御制红阎摩敌刺绣唐卡。

冥冥之中，仿佛有一根线，将绘制唐卡的玛丽和制作鸡缸杯的元华堂，连在了一起。

夫妻俩的客户中，正巧有一位认识元华堂堂主向元华，夫妻俩便请他牵线，介绍双方认识，至于能不能达成合作，就全靠玛丽的本事了。能与向元华合作，当然最好；合作不成，就当来景德镇玩，这不也挺好？抱着这般随缘的心态，10月1日，两人开车从成都出发，10月3日即到达景德镇。

玛丽的设想是，自己负责为元华堂提供喜马拉雅元素的纹饰图样设计，元华堂负责烧制，自己再负责销售。她并不建议把她提供的喜马拉雅元素的纹饰图样，画在瓷板上——唐卡是一种卷轴画，藏族是游牧民族，卷轴画形态的唐卡，便于携带，而大块瓷板不便携带，将唐卡画在瓷板上便失去了它最初的意义；而且，画在瓷板上也并非创新，这只是改变了媒介。如果能把西藏文化、喜马拉雅的经典元素，如瑞兽、花卉、牦牛、祥云等精心采撷后，加以融合，描绘到杯盘盏碟等既可摆设、又能日用的瓷器上面，就能够实现一种真正的创新。

早年烧柴窑时，向元华不慎摔过一跤，导致一只耳朵有点背，一下没听明白玛丽的创意与目的。只见两口子千里万里而来，开着一辆挂着辽宁牌照的绿色越野车，仆仆风尘的，心便被打动了，表示双方可以合作。合作的第一批联名款产品，名字有点长，但有冲击力——"当喜马拉雅遇上陶瓷之美系列之青花蓝地兹巴扎主人杯"。仿佛这不是杯子，而是一部科幻大片。这批从1到100进行编号的杯子，单价2888元，在过年前的一场直播中，上架不到十分钟，卖出91只，剩下的几只，元华堂自销一空。

现在，两人在名坊园租了一处别墅作为工作室，租期5年。一旦进入这个领域，立刻会意识到做陶瓷有多需要时间的累积，唯有不断地去摸索，才有望掌握关键的工艺。在景德镇参观各大窑口以及博物馆后，玛丽发现了许多陌生的工艺技法以及在市面上难以见到的釉色。以前，她想要设计一些带有藏文的器皿，后来发现这类做法老祖宗都玩过了，永乐时期就有好多写有梵文的盘碗，光是御窑元华堂，就收藏了许多类似的瓷器。景德镇给夫妻两人最大的感受，就是没有个三五年时间，摸不着这座瓷都的门道……

2022年下半年以来，别墅一直在装修，玛丽亲自设计，亲自指挥。在这里，不仅可做陶瓷设计、首饰设计、服装设计、画唐卡，还可做雕

玛丽与元华堂合作的作品《当喜马拉雅遇上陶瓷之美系列之青花蓝地兹巴扎主人杯》

玛丽与元华堂合作的作品《当喜马拉雅遇上陶瓷之美系列之青花蓝地兹巴扎主人杯》内绘玛丽双圈款，上釉中

塑作品，工作室的功能像她的人生一样有无限的可能。与元华堂的三年合同期满之后，玛丽想在景德镇建立一座私人美术馆或私人展馆。以她现在的创作速度，加上跟元华堂联名的一批作品，只怕到时租的房子还是不够用，未来可能还得在景德镇买房子！

肆
"暖男"也会变"跑男"

夫妻两个人之间的互动，十分和谐有趣。

在玛丽和新凯发布的短视频中，时常有二人的互动场面，两人一来一回，夫唱妇随，金句频出，笑点不断。在自媒体的运营上，两人亲力亲为，不论拍摄、剪辑，还是直播，都没有团队，没有文案，全凭兴之所至，欣然而作。

玛丽说，结婚以后，新凯问她最多的一句话是"媳妇儿，想吃点啥？"，一天最少问八遍。他知道玛丽爱吃海鲜，就让母亲从大连把海鲜寄到景德镇，家中的冰柜里，基本上都是从东北寄过来的海鲜——景德镇很难买到那样味道正宗的。除了海鲜，墨脱石锅鸡、炖牦牛肉等，都是新凯的拿手好菜。他的"暖男"特质一如婚前。

再恩爱的夫妻，也会有矛盾。玛丽给新凯起了个外号叫"跑男"。他有时候生气，拿着包就走了，走个两里地开个酒店住下。几个小时之后，两人可能就和好了，玛丽过来接他的时候，总开玩笑说："你下次跑就跑远点，我这一脚油门，就把你接上了。"但有时候，玛丽也会一脚油门跑了，自然最终也回家去。

两个人吵架，都是为了些小事。有一次，新凯问玛丽想吃什么，她说吃什么都行，结果菜买回来了，玛丽又要吃羊肉。玛丽笑着说："有时候，'得不到的永远在骚动，被偏爱的都有恃无恐'，知道不？我结婚之前，没跟他好的时候，就觉得这男的会做饭，妈呀这也太好了，这样天天给我做多好。结婚之后，天天做也烦死了，我天天看着他脑仁都疼。"

晚上睡觉，玛丽往往睡得早些，新凯却常常在旁边拿个平板看电影，有时一连看六部，玛丽就会因此生气。两人吵架，大多因为这些小冲突，并没有原则上的问题，"一合计就觉得，算了，也不是啥大问题"。

两人也曾在事业选择、何去何从的问题上，大战了三百回合。

玛丽模仿新凯的语气，绘声绘色地说道："你想在西藏待着，我就留下来，在西藏陪你，你说去景德镇，我就陪你去做陶瓷，你说回东北，我就陪你回东北，你说上成都，我就陪你上成都。放弃我的事业，我也没说啥玩意儿。"

玛丽也知道，两个人的事业很难平衡，新凯若待在西藏经营特产买卖公司，她就做不了陶瓷，总要有人退一步，迁就对方。"有的时候，我觉得他脸上写着无所谓，心里早已流过泪。他表面上挺好的，说'媳妇儿，你说啥就是啥，都听你的'，其实也是一肚子委屈，憋气窝火的。"

新凯总结说，吵架就是因为缺少沟通，两个人在一块儿，说开了就好了。后来，两个人坐在一起，平心静气地沟通了一次，把对彼此的不满都说了出来，之后的日子里就没有再吵过。

伍
我不是"网红"

玛丽在快手平台上拥有 13 万多的粉丝，被人介绍时，总被贴上"网红"的标签。

当下在景德镇，他们每逢周末，走在乐天市集、陶溪川集市上，总会看到青年主播"走摊串店"线上带货，流量稳定，热度不减。不论是玛丽，还是新凯，都只是万千在新媒体上创作的青年之一。他们抓住时代机遇，以直播带动城市经济发展，不仅为自己博取流量，同时提高了景德镇的知名度与吸引力；景德镇也得以年轻化、时代化，深化"互联网＋陶瓷"的产业模式，实现传统与现代的交融发展，历久弥新。

但玛丽不太喜欢别人称其为"网红"。

"网红"的身份，确有弊处，弊在"网红"这个身份能够掩没人，让人找不到自己。在汹汹浪潮前，艺术家一般很难平衡艺术和金钱。在玛丽学习唐卡的早年，一位老大哥曾对她说过："你如果选择走这条路，就要忍得住孤独，受得住寂寞，耐得住贫穷，一切的热闹、繁华，都与技艺无关，只是路上转瞬即逝的焰火。"

这句话，如羊脂白玉上的一道金字，让她至今记忆深刻。她始终认为，自己是一个手艺人，大多数时间和精力，必须放在作品上。

"网红"的身份，无疑也有利。若不是互联网上粉丝的持续关注，她由东北到西藏，180度的全面转身不会这么顺利，更别说由喜马拉雅直入千年窑火下的古镇，其速度之快，落地之便，几近在自家屋里由前院转进后院。在西藏时，就有很多来自天南海北的粉丝，千里迢迢入藏，亲自去找她。玛丽相信，如果三年以后，他们的私人美术馆或者展馆建成，将会有更多粉丝慕名前来。这并非吹牛，景德镇不比西藏，少了气候、交通方面的限制，没有高原反应，前来的人必定只多不少，也可以带动景德镇的旅游业。这将是她给这座城市实实在在的回报——她总觉得是景德镇造就了今日的自己，让她一下子发现自己这么厉害，还能做出这么好看的东西，她以前没有想过，也不敢想。

心安处，是故乡

　　景德镇，在安然的心中，是第二故乡。

　　十年前，她放弃去英国读博的机会，辞去在北京的工作，不顾家人的担忧和反对，到景德镇摆摊创业。租房、搬家、参赛、接活、建厂、做生产、做销售……忙碌疲惫，却也充满希望。因为，可以创作自己喜欢的作品，可以追求心中的艺术梦想。

　　如今回想起来，她当初选择成为景漂，是偶然，也是必然；是放弃，更是奔赴。

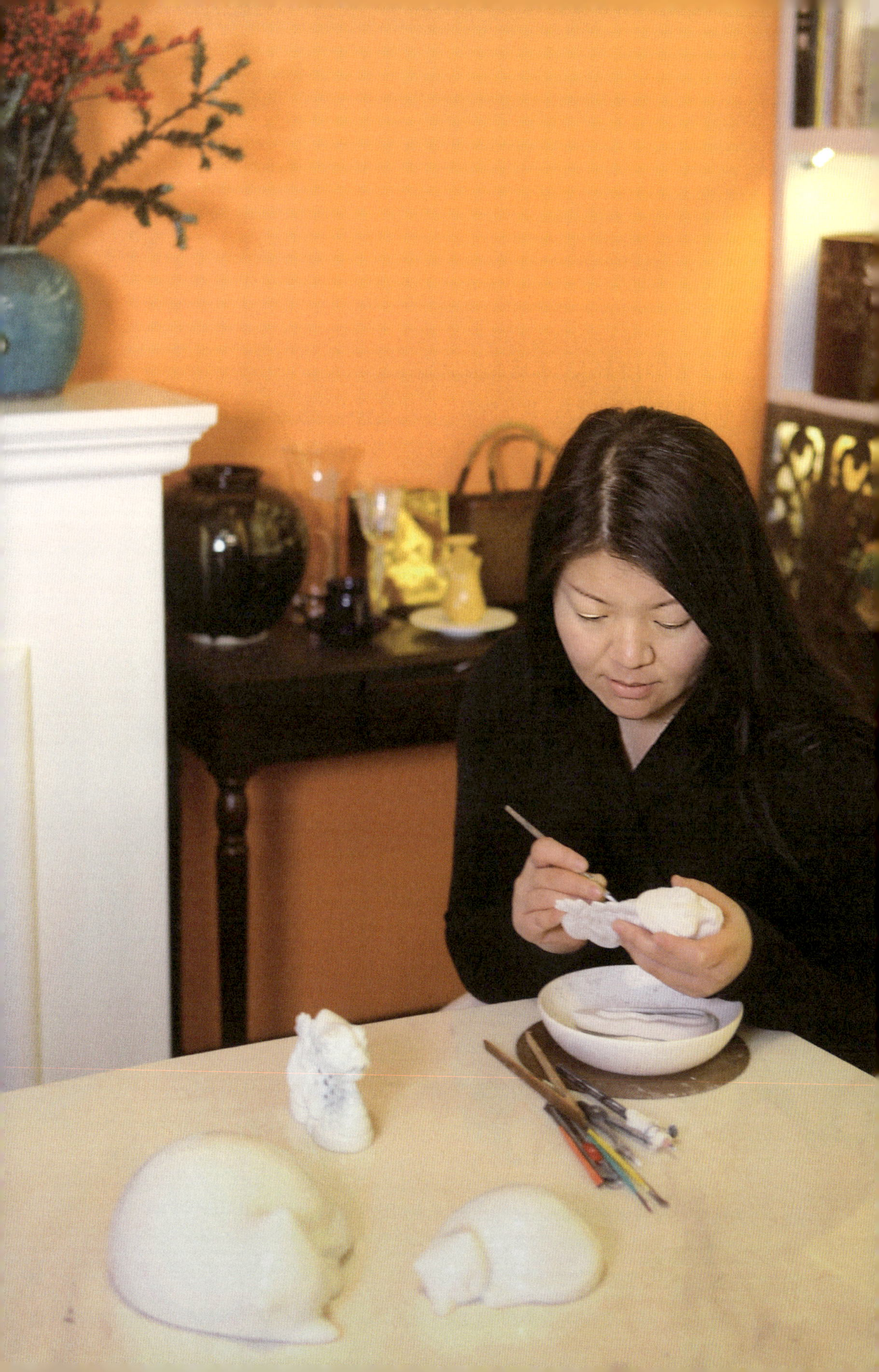

我的城，我的镇 ｜ 景漂的故事

壹
北京灰灰的天空下

很多城市的年轻人，都是漂着的状态。

清华研究生毕业之后，我在清尚集团建筑设计二所工作过一段时间，每天晚上，二所都是朝阳区莱锦文化创意产业园里最晚关灯的。我和同事出来时，园区乌漆麻黑的，末班公交车上，我摇摇晃晃地站着，回到家后，一点儿力气也没有。为招投标，熬了几个通宵后，笔记本电脑过热黑屏，我抱着笔记本，从朝阳区赶到海淀中关村去修，在地铁上要花半天的时间。在北京一天只能做一件事。清华东北门，有一趟串起北京各大高校的731路公交车，不是很赶的时候，我会上车坐在最后一排，耳朵里塞着耳机，听着许巍的歌，在两厢公交车晃啊晃的节奏里，听售票阿姨用独特的北京口音，吆喝着上车的人往里走，给老人让座。慢慢天色变暗，北京灰灰的天空下，车水马龙的街景里，归家的人在残霞的笼罩下，有着独特的北京的气质……

在北京漂着，有一种在大海里沉浮的感觉，知道自己没有能力在这里真正扎根，反而能放空身心，任凭水的浮力托举自己，让自己平躺在水面上，随着海浪的节奏，慢慢漂浮。不去想目标在哪里，不关心岸边在何方，只是仰头看着天空的风景，徐徐的风带来的感受，给刚毕业时的自己，最浪漫的想象。北京是一个有理想主义、人文气质又非常接地气的地方。朋友们喜欢分享彼此的生活，聊自己心里的想法，去博物馆看展，去人艺看话剧，去南锣鼓巷听爵士乐，去前门吃火锅，去故宫看初雪……如果你认真想一下，是不是觉得许巍、汪峰、朴树、老狼、郑钧的，那些伴随我们80后长大的歌，只有在北京才能写出来？在北京，年轻的我们被北京深厚的文化底蕴滋养着，眼界也在潜移默化中被打开，只是在北京,我永远是个旁观者,就像大海里的尘埃。我有自己的思想,但是我能创造什么?以后的生活,一直是这样吗?

十年后的今天,回顾最初回景德镇是个偶然,我没有想过我会回景德镇,更没有想过我会创业。

贰
从"京漂"到"景漂"

我是传统家庭长大的孩子,从小到大父母对我的期待,就是让我当老师。父亲总说,他的祖辈是书香门第,父亲认为教师教书育人,这份职业受人尊敬,有寒暑假又很稳定,适合女孩子。我自己也有一个执念,要在30岁前把学历都拿下来。2011年,我24岁硕士毕业,计划申请报考博士,四五年后,毕业刚好30岁。清华三年的硕士生活,我过得非常忙碌。选修了不同学院不同专业、自己感兴趣的课程,大部分时间,我泡在图书馆里,看书,写论文,背单词,准备雅思考试。在陶瓷领域开设博士学位的学校很少,本着本科、硕士、博士不在一个学校读的初衷,我申请了世界上最好的艺术学院之一——英国皇家艺术学院。

在考试方面,我一直很顺,清华并不好考,在我之前,陶院已经几十年没有人考上清华了。命运眷顾我,我后来真的考上了。那时算是比较大的新闻,好多人口耳相传,说有个女孩考上了清华,他们都很好奇,想来认识我。这次也一样,申请材料寄去后,很快收到该院一位教授的一封长长的回邮。她就我的材料提出问题,让我完善想法,甚至帮我改申请书。当时,已经临近春节放假,我第一次没回家过年,窝在宿舍里,按照教授的建议紧张地修改。宿舍楼里,也有我同届的申请国外学校的同学留下来，没回家，我们一起去食堂过了年三十。从食堂出来，独自走在校园长长的萧瑟的主干道上，觉得人生真是孤独。那个通向未知世界的路，少有同伴，像穿越长长的、黑暗的隧道，叫自己不要害怕，但又不知道隧道前方的那束光，何时才能出现，只能硬着头皮往前走。这种感觉，一直贯穿我后来的创业……

独自一人飞到陌生的国度，心里真的挺害怕。面试结束时，女教授对我说："你非常勇敢。"我是他们同意录取的第一个中国学生。最后我没有去读。有好几个原因，最重要的是回来后没有申请到国家奖学金，申请延迟一年入学，后来仍没有解决钱的问题，就放弃了。

第二个原因，是我在参观英国皇家艺术学院的陶瓷工作室时，下意识会与景德镇做对比。英国的陶瓷资源很有限，材料非常贵，研究方向也偏古典，还是艺术家方向，但我对设计更感兴趣。单从学习的角度，在景德镇做陶瓷创业，边做边学习，有各种优秀的人可以交流。也是这个原因，让我放弃后没有觉得很难过和可惜。

本科毕业那一年，我的毕业设计在国家陶瓷工程中心的中试车间做，在这里，我遇到了对我非常好的叶师傅。不同于景德镇的模具师傅，他很像一个工程师，和蔼可亲，不仅帮我们做模种，还很会教我们做模种。在忍受别人看来的脏苦累的、寂寞的工作时，我内心充满挖掘自己天赋的喜悦，我有非常好的三维空间想象力，可以很快地把平面图纸的三维图转化为三维立体造型，我的眼睛对于尺寸的敏锐度比别人高，一毫米的差距，我都可以看出来。叶师傅也发现我的天赋很好，他有时帮别人做造型，也会拿图纸给我看，告诉我背后该怎么做，前面该怎么做。渐渐地，我和叶师傅走得非常近，他有时下班，会骑自行车带我去他家吃饭。犹记得我看着头顶的梧桐叶在蓝天下晃动，听着风声蝉鸣，那个情景，还留在我记忆深处。

也在那段时间，日本的无烟柴窑大师日下部正和先生，应邀来乐天陶社，建造景德镇第一个无烟柴窑。每天工作中途休息的时候，日下部先生来咖啡馆喝咖啡，我们都会聊会儿天，慢慢地我们变成很好的朋友。最后一天结束工作时，他把我叫到他工作室，拿出一张巨大的全开纸，铺在地上，他拿着毛笔，趴在地上，画了一个手捧莲花、圆脸、胖嘟嘟的娃娃送给我，受宠若惊的喜悦，至今还珍藏在我的记忆里。当时，日下部先生刚刚从他的骨癌抗争里奇迹般康复过来，他给每个来听他讲座的人，都画了一个小小的娃娃，他在病床上的时候，就画了很多小娃娃，做了很多小樱花。他总是笑嘻嘻地跟我说，每天都要微笑。我们的友谊，维持至今。在这十几年，他的癌症又复发了两次，每次他都用微笑的力量去面对。他是天文爱好者，他的好友送去的礼物中，他最喜欢的，是

日下部先生（左一）
正在做陶艺演示

用他的名字命名了一颗小行星。每当夜晚，仰望星空的时候，我会想到有一颗小星星在跟我眨眼，它在跟我说要微笑……

读博士是我的一个执念，如果有奖学金，我会去读书的，如果让父母承受很大的压力供我读书，我心里不安，也读不好……这段纠结的心理路程，让我在日后做任何事时，都会反省自己，我的能力够得上做这件事吗？这是我的真实意愿，还是为了虚名？强求而不得的事，就不要勉强自己，因为在日后看来，会觉得这是执念。

放弃读博，辞了工作，2012 年为北京金宝街 43 号院定制餐具，回到景德镇。那两三个月里，我边做事边见老朋友，发现他们摆摊的收入蛮高的，很多客人塞钱给手艺人，瓷器还没烧，就先把钱付了，很有耐心地等，一点不担心收不到货，还会给手艺人寄茶叶等礼物。年轻人的手艺被尊重和喜爱，让越来越多的陶院毕业生留下来做自己的工作室，靠一双手，也靠诚心诚信和客户建立了既是生意伙伴又是朋友的良好关系。这种氛围，是后来形成庞大景漂队伍的基础。

我做的东西又不差，养活自己肯定没问题。那时我还没有"创业"的概念。那一年，在北京和景德镇之间，我不停地切换。我喜欢北京，也不舍得北京的朋友们，来回折腾中，慢慢想清楚了——我眷念的北京的文化氛围，互联网同样可以提供给我。我可以边做东西，边听"得到"和"喜马拉雅"，可以网购我要的书籍，可以在网上继续和好友聊天。网络突破了地域的限制，只要你想获得资讯，在网上都能搜到，具体在哪里生活并不重要。

我唯一在意的，是父母能不能接受我摆摊这样的生活方式。刚开始不敢说，大概过了两年，做得还算顺利，回家过年，跟父母说：我在创业摆摊，东西卖得挺好的。没想到父亲会很生气。

记得是 2015 年，过年前几天，我刚回到家，因为太累了，昏昏沉沉，从早上睡到傍晚才起，父亲坐在沙发上，脸色低沉，生气地说："现在好了，没人管你了，你想睡多久，就睡多久。"听他这么说，我脑子还是蒙的，不知道他为什么忽然这么说我。后来，他竟然说我是无业游民，是无所事事的小混混，我一下子就火起来，跑到房间把我抽屉里的获奖证书、英国皇家艺术学院的录取通知书，一股脑地扔在地上说："我这么努力，我怎么就是小混混了……"

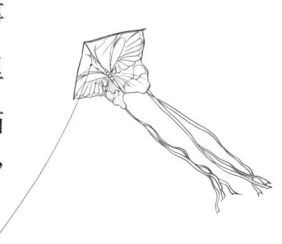

叁
那一代人的家国情怀

每一个在外漂泊的子女，都有一根风筝线，拉在父母手中。每当你要回家时，他们永远提前一两个小时，就在小区门口等你，无论你说多晚到家，他们都会说，等你回来吃饭。我和父亲的感情很深，但是我们真正相处的时间不多。

幼年时，我就开始漫长的住校生活，平时也不常联系，他话很少，只是默默地在微信里观察我的生活。我取得一点小成绩，画了好看的画，他会发到家族群里让大家夸我，表达他对我的骄傲。我很感激父亲给我自由，哪怕他心里很担心我一个人创业朝不保夕，也不太明白我做的事到底能不能赚到钱，但是他一直都是静静地看着，不太干涉我。他是一个非常隐忍的人。他用他的臂膀护着我的任性和自由，让我不要怕，要勇敢。

七夕那天，医生把我叫到办公室跟我说，父亲的病没有救治的必要了，要叫家人来医院，我默默答应。出来后，晚霞落在车水马龙的都市高楼间，满街洋溢着七夕的喜悦，而我却像脚踩棉花一样，站在川流不息的街上茫然无助。我就要失去父亲了，我不敢跟任何亲人说出这句话，40℃高温下，我还是觉得冷。人生真的是苦而孤独的，至亲的痛，你不能分担，无助的苦，只能自己承受……

在全网关注国际政治的时候，我正在紧张地把虚弱的父亲转院到上海的途中。关于什么是异地就医医保备案，要怎么无缝衔接地让父亲不折腾、舒服地到达上海后，就直接进入医院……我把能量值拉满，去查阅各种资料，把要做的所有事写在纸上，去高铁站踩点，看一下无障碍通道并询问病人怎么出站。亲戚说开车送到上海，但是开车到达上海时间很长，下高速后外地车进入上海的限行规定如何，我也不知道，我还是选择乘高铁到达上海。高铁商务舱和商务专车，都可以让父亲一路躺着到医院，通过高铁商务舱的出站引导，能直接避开拥挤的人流。

父亲一路都很坚强。我很心疼地抱他，生病的老人就像是个孩子。父亲拉着我的手说，我把他照顾得很好。我不禁难过，我没有安排过跟父亲的旅行，这一次的安排，竟是为了转院……

可是没有多久，父亲腹部疼痛得不能卧躺，他右手抓住车上的把手，强忍着疼痛自己坐起来，趴在膝盖上的枕头上。我赶紧把座椅摇起，用氧气袋把父亲的手臂垫高。车上略微有些颠簸，他的右手渐渐没有力气去抓把手，身体开始往侧门边倒，我用双手抱住他的身体，让他倒向我这边。我在手机里找他爱听的关牧村、韩红、阎维文的歌，让他在年轻时喜欢的红歌里，找到一点力量转移对痛的注意力。《我爱我的祖国》《我和我的祖国》《万泉河水清又清》《弹起我心爱的土琵琶》《绒花》……我看着窗外飞速过去的风景，想到这些歌和父亲的人生是多么吻合，那些旧时岁月的苦难，苦难里的浪漫主义，大起大落、波澜曲折的经历，以及仍然有颗赤子之心的那一代人的家国情怀……

肆
"海棠春睡"

我不把在景德镇的创业说得多美好，只能说如鱼在水，冷暖自知。找工作，租房，搬家，参加设计比赛，接设计的活，建立工厂，做生产，做销售，一个小女子像千手观音一样，化出千臂，去做很多事，真的很疲惫……

创业，不意味着能挣到钱，特别是像我这种执拗地要做品牌的人，一直在投入，手里没有余钱。如果以挣到钱为成功的标准，我这点小规模，实在是羞于见人。这也是我不想写生意经的原因。

一直以来，我有一个美好的愿景，将中国古典美学应用于现代生活，做一个中国古典美学风格的现代家居设计品牌。当我逛家居商场时，脑子里就有这样的疑惑：为什么没有一家中国古典美学风格的家居用品店呢？我们有那么多好东西，瓷器、漆器、丝绸、茶、香、家具等，还有那么丰富的饮食文化和古典美学文化积淀，这样丰富的财富，我们完全可以将它们整合在一起，做一个非常好看的、能体现中国人生活方式但是又非常现代化、国际化的家居品牌啊！

带着这样的疑惑，我对国外几个家居类品牌做了一些研究和对比，同样是家居类品牌，它们的共同点和不同点是什么？有什么是可以借鉴的？要怎么做，才能呈现出国际化的面貌而被各国文化接受，同时风格又和它们不一样呢？

在这样的愿景下，选择"海棠春睡"这样有中国古典美学色彩与气息的名字注册成品牌名称，设计徽标和视觉识别系统，专注于产品体系的研发和销售。这个名字来自《红楼梦》中提到的一幅画《海棠春睡图》。"海棠春睡"这四个字，包含了"睡"的动态，我雕塑的小动物，都是睡觉的姿态，"海棠"饱含甜美静谧的气息，"春"代表生生不息、欣欣然生长的季节。万物皆有出处，从中国最经典的古典名著中得来的名字，为我之后的设计，立下一个围绕着"甜美""静谧""生生不息"的审美标杆。

即使有非常好的设计，但不符合这四个字的审美体系，我也不会采用，只有这样才能保证一个品牌审美体系的一致性。

产品开发的起点，是围绕十二生肖和中秋两个主题，做雕塑造型。我深受宋瓷审美的影响，宋瓷简约的造型蕴含悠远的诗意，我做的这些动物造型也没有多余的装饰元素，只保留其神态中最动人的瞬间，让人感受到诗意和静谧。没有棱角的造型，可以和任何空间和风格互搭。釉色以青釉、白釉为主，温润如玉，似谦谦君子，含蓄且温和，在中国文化和审美里非常重要。在生产工艺上，造型采用模具一体成型，适合批量生产，这对于现代商业的规模化发展至关重要。

十二生肖和中秋兔子相关的题

安然作品"生肖兔"系列

安然作品"生肖马"系列

材，中国人非常喜欢；但对动物造型的喜欢是不分国界的，如复活节和兔子相关，也有不少外国人购买雕塑摆件来装点家居，各国人都非常喜欢。有了这些成功的尝试，未来其他产品的设计，同样会从诗意的角度来考虑，如色彩的诗意、造型的诗意，并慢慢丰富为完整的产品品类。

实体门店的开设对于品牌的发展至关重要。我们也需要一个综合的空间来整合家居产品，让人有沉浸式的体验。我认为，中国古典美学风格的门店的选址和设计，还得回归诗意。中国人有非常深的院子情结，这样一个综合空间，一定要有院子。院子里草木幽发，春生夏长，瓶花落砚香归字，风竹敲窗韵入书。院落生活场景，可以将人们的视觉、味觉、触觉贯穿起来。这样一个综合空间，可以是花店、咖啡店等生活空间及教育空间的集合体，在此基础上，衍生发展至给客人提供室内设计方案，丰富中国人的家居生活美学。

伍
这一切像极了父亲的为人

后面有几年，我和父亲一直冷战，互不联系。

父亲去世后，我和母亲聊天，才知道当时去伦敦面试，办理签证要很多证明材料，父亲都帮我办了，还给了我一笔钱，他说我第一次出国，不要着急回来，多转转多看看。为支持我，他承受着很大的经济压力，只有很简单的愿望，就是我读了博士以后，去当大学老师。他怎么也没想到我会去摆摊，我的任性和他的期待给他带来了巨大的心理落差，父母操心的是我的未来顺不顺利。年纪到了怎么不结婚？像无业游民一样去摆摊，养老保险怎么办？假如以后生意不好了，怎么办？父亲自己经历了事业的起落，当然希望女儿有一份稳定的工作……

　　医生安慰我们，护士安慰我们，所有的仪器被拆去了，我们签下一张张文件，看着殡葬的人过来给父亲换衣。我隔着玻璃窗，看到父亲躺在床上，这么近，那么远，不能接受他永远离开了我。母亲、姐姐、哥哥，在悲痛里离开医院回家，收拾屋子准备设灵堂，我留下和殡葬公司的人一起办理手续。世界上就有这么巧合的事，过来帮我们办理殡葬的公司名就叫"安然殡葬"，和我的名字重名。

　　父亲是由殡仪馆派来的一辆黑色的高级轿车接走的，殡葬公司的人说，他一年也见不到这种车几回。老天垂怜，让父亲走得很体面。晚风习习，我坐在"安然殡葬"公司的车上，工作人员说父亲很会选时间，晚上七点多，不早不晚不堵车，办完手续，刚好回家把灵堂设完，一点不耽误。之后两天中，办理手续砌墓，亲戚从各地赶来，父亲回乡一路顺利体面，时间刚刚好。这一切都像极了父亲的为人，永远体谅别人，永远准时，话不多，却在心里把所有的事情都安排好。看到父亲床头的玻璃板下，我的一张近照和儿时的照片，看到他手机里跟领导请假的短信，我泪如雨下。

　　我的父亲永远离开了我……

陆
景德镇有"第二扇门"

　　我常跟外地的朋友说，景德镇有"第二扇门"，跨过第二扇门的门槛后，就会发现景德镇很有趣。

　　大部分人留下来的起因，是因为这儿的有趣。不过，也慢慢有人，因为忍受不了这儿一年四季的雨、冬天的阴冷、夏天的酷热而离开；更有人跌跌撞撞，折腾了好几年，一腔热情投入，但是做来做去都不顺利，而开始讨厌景德镇。就这样，喜欢变讨厌，讨厌变暴躁，暴躁变忍耐，忍耐久了，忽然好像品出了苦尽甘来的回甘，又重新爱上了。总之，一次又一次对焦、失焦、对焦、失焦……不知不觉，就成了走不了又离不开、又爱又恨的老景漂。

在这个城市待得越久，就越能发现接触到的每个人，都会给你营养和启发，沉浸在这片广博深厚的土壤里，慢慢地你就从一粒小种子开始发芽生根，挖掘内在的根须往下生长，探索未来的树冠往上生长，这个城市以丰富的文化底蕴和低廉的生活成本，给你足够的营养、时间和空间去探索自我，只要不放弃自我学习，都会慢慢长成一棵茂密而独特的小树。

如今的景德镇，城市面貌有了翻天覆地的变化，但我和经历过那个时期的朋友们聊天时，还是会像老人家怀旧一样，很怀念那个热热闹闹、充满理想主义的乌托邦时期——口袋里没有多少钱，但茶要喝的，咖啡要喝的，茶点不能少，聚在一起，聊聊最近淘到了什么好看的老瓷片，拿出来研究、分享。聊聊东西卖得怎么样，被人夸作品好看，就很开心，看客户人很好，对眼缘，就拼命送人东西……

景德镇有一种完全区别于其他城市的生活方式和价值观。这里的娱乐，就是喝茶闲聊，写字画画，聊瓷器。奢侈品、豪车、华服，不是这个城市的年轻人攀比的基调，东西做得好不好看很重要，店铺装修得好不好看很重要，店铺老板好不好看很重要，店铺的店员好不好看也很重要。老板会做陶瓷、会烧窑，老板娘会插花、会品香、会喝茶、会写毛笔字、会画画，真的就是琴瑟和鸣、让人羡慕的神仙眷侣。美不美，是这个城市追求的核心。

川端康成先生在一篇著名的散文《花未眠》中写道：

凌晨四点醒来，发现海棠花未眠。发现花未眠，我大吃一惊……花在夜间是不眠的。这是众所周知的事。可我仿佛才明白过来。凌晨四点，凝视海棠花，更觉得它美极了。它盛放，含有一种哀伤的美……自然的美是无限的。人感受到的美却是有限的……至少人的一生中感受到的美是有限的……自然总是美的。有时候，这种美只是某些人看到罢了……美是邂逅所得，是亲近所得。

这篇散文很短，但读后我生发了一些关于"时间"的感触。花是一直不眠不休地在白天黑夜开放，悄无声息，但只有凌晨四点醒来时，人才发现了它的美。从第一次来读书时坐的绿皮火车，到现在的高铁，从觉得这是个破破的小城市，到心里热爱这个文化底蕴丰富的第二故乡，景德镇一直在那里，它没有变过，是时间的沉淀，给予了我发现景德镇的美的能力。

柒
终于有了自己的小小工厂

父亲心里最大的遗憾，是在他生前，没有来过景德镇，没有看过我的工作室，更没有看过我在这里的生活。

在他的病榻上，我跟父亲说："爸爸，你快好起来，我带你来景德镇，让你来看看江西的青山绿水。"父亲有好几次说要来看我，我当时心里觉得，我还没有做出个样子来，乱糟糟的，不知道怎么给父亲看，另外，我做的主要是礼品瓷，节假日是我最忙碌的时候，打包发货，灰头土脸，身心俱疲。

创业这十年，我搬了很多次工作室，从很小的工作室慢慢扩大，从一件两件产品，慢慢增加到现在的 100 多件产品，自己的品牌有了完整的面貌。目前这些雕塑类产品，获得了非常多的好评，形成拥有识别度的品牌风格，也远销到瑞典、美国、英国、澳大利亚等国。此外，在三宝路上，我已寻到一处依山傍水的院落，打造了一个新的空间。进行空间设计时，我没有选择中国文人风格的院落和室内布局，而是选择混搭风格。混搭体现多元化的生活方式，空间对产品的包容性更强，也更容易走向国际。

终于有了自己的小小工厂，有了像样的展厅，可想把父亲接过来的时候，计划因故不得不往后拖延。我想着，今年父亲退休，我的十二生

安然工作室外，春意冉冉而至

肖也做完了,心里也没有被客户催着赶着的压力,想着年底把父母接过来住,带他们好好玩一玩,可怎么也想不到父亲走得这么快!

捌
怀念,可抵岁月漫长

今年春节过后,离家前母亲给我装了很多她做的我喜欢吃的小吃,一大袋,实在太重了,我说我不要这么多,我没有时间做饭。母亲说:"饭都没时间吃,你在忙什么?"一下子说得我有点语塞,是啊,我在忙什么呢?

生活、工作的支离破碎,分解出无数个不同的我在"升级打怪",但心里总留有一片天地,可以去想一想,我院子里的那树红茶花开了么?篱笆墙上的蔷薇打花苞了没?我要去马鞍岭打一桶泉水,顺便看看山里的早樱,有没有吐蕾。还有,以我的观察,我们这样一批设计师,租下三宝村的民宅进行改造,精心营造中国古典美学的氛围,又把现代生活方式带入三宝村,对三宝村的村民,将会产生怎样的影响?我想,至少会对当地教育氛围产生影响。而过去的乡塾教育,是中国传统文化里非常重要的构成部分。

景德镇,在我心里慢慢成了第二故乡。

这是对景德镇的热爱,也是对父亲的怀念。

人一生,会对帮助自己找到价值的人或地方,心存感激。

父亲,尽管您没来过景德镇,但您就是这个人,而这座城,是女儿的"福地"。

▶ 第四章

稻香与远方

　　一千个人，有一千个心目中的景德镇；一千个人来景德镇，至少有上百种活法。

　　景漂，是一部朴素却动人的时代励志剧，剧里满是星河白鹭、霞友云朋、桑田沧海，也不乏风花雪月。

　　景德镇的流量时代，应该来了——传统与现代，乡土与国际，传承与创新，守成与突围……各种思想、思潮，交织碰撞，涌现许多有意思的人物。已然成百工之城的此城，从生活美学向城市美学全面提升，可能会成为中国乃至全球的一个核心艺术区；此外，这堪称新一幕的"景德气象"，其丰赡的蕴涵，当下无论涉世论世，还是立人做人，窃以为在某种程度上均有样本意义。

在稻香中期待明天

200亩的田地，聚拢在幽深的山谷里，走路深入，要花一个小时。齐肩短发的安静，牵着7岁的女儿，冒着蒙蒙的细雨，走在田埂上。

三年前，安静放弃广州的工作，来到浮梁县长源村种植水稻。春天，栀子花香气弥漫在空气中，她开始开荒割草翻土，开始为稻谷浸种、播种、育秧。然后，不用农药和化肥，等待稻谷在山谷中自然、缓慢成长，等待糯稻在枝头拔节孕穗，慢慢抽穗开花、灌浆，等待谷粒渐满，稻穗成熟。

对安静来说，她种植的稻米，有小时候的味道，更有对明天无限的希冀。

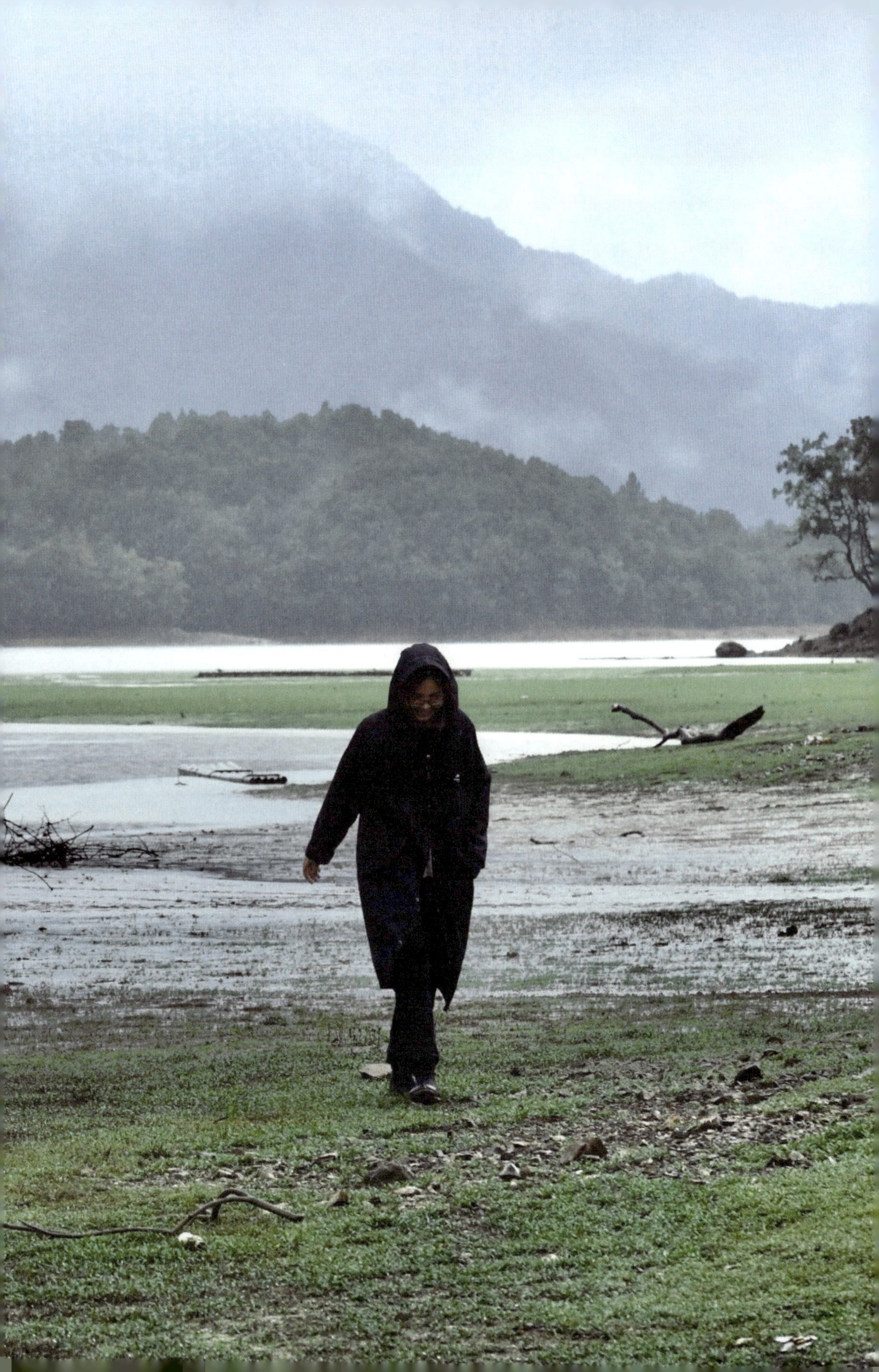

2022年4月18日下午，景德镇浮梁县长源村，刚下过一阵春雨。

齐肩短发的安静，穿着斜扣不规则的驼色开衫、黑色宽松哈伦裤，搭配防滑平底鞋，手指着面前这片长满绿油油杂草的田地，一边说，一边弯腰捡起脚底旁的一片糖果纸，抖了抖，一甩多余的水，握在手心。遗留在田埂旁的糖果纸，应是"小小家"某个周五远足日，一位小朋友吃完糖果没有带走的垃圾。空气湿漉漉的，田地的杂草里长满野堇菜（紫花地丁），开着成片紫色的小花，稍远处山峰的树，像是喝饱了水一样，笔直葱郁，山峰与山峰之间，萦绕着一片白色的雾气，顺着风的方向飘去。

安静带着我们参观田地的时候，7岁的女儿竹子，正骑着她的小小平衡车，领队似的冲在众人前面，不时地呼喊着不远处她家两条大黄狗。已经在长源村待了一年半的小家伙，皮肤长成了泥土和稻谷的颜色，眼睛圆溜溜的、大大的。她掉了一颗门牙，穿着雨鞋，在田埂里踩来踩去，野得很！

200亩的田地，聚拢在幽深的山谷里，走路深入，要花一个小时才能走完。眼看着又一阵小雨飘来，安静询问竹子："女儿，我和大家到学习中心去哦，你要不要一起去？"

竹子，原本在广州上幼儿园，安静一个人在浮梁，时间一长，女儿想妈妈，听幼儿园老师在电话里说，女儿常常因为想念妈妈而掉眼泪，她决定把女儿接来身边。

看着在广阔的山野间撒欢儿的女儿，安静神情很是享受，感叹这是由水泥钢筋铸成的城市给予不了的快乐！

壹

2007年大学毕业，喜欢粤语和岭南建筑的她，选择去了广州，从事空间设计工作，并在广州安家，一待就是很多年。

2015年的一天，面对着眼前的一堆建筑废弃材料、拆除的装修垃圾，她心里生出一股异样的情绪，感叹这类做法很浪费；同时好奇，这些堆积的废弃材料，将会如何处理？当得知它们会被焚烧，或直接丢到海里，或填埋进土壤中时，安静的心，陡然变得生痛。

"我们谁也无法知道，明天会是怎样的！但是，我们今天所做的一切，会影响明天。"

认真思考明天与死亡，是在她亲身经历亲人的离世之后：第一次是公公，走的时候80多岁；第二次是爷爷，90多岁。他们离开时的眼神，饱含着不舍与留恋。她想到自己终将逝去的生命，决心在离开之前做些能做、值得做的事情。她渴望看到环境变美好，孩子和动物都有安心的家园，加上对人类起源与稻谷起源怀着好奇与探索的兴趣，她看上了农业——去种植水稻。

她关注到，全球已知的最早的稻谷化石，已有1.2万年历史，于20世纪90年代在万年仙人洞遗址被发现，距景德镇辖境非常近。那些稻谷化石，让她对千百年前传承下来的老种子产生了浓厚的兴趣，后来她特地去云贵地区少数民族部落搜寻。

2019年，安静开始着手寻找地方种植这些老种子。在广东找了大半年，没有找到合适的地方，家人建议她回景德镇看看。在此之前，她没想过回老家，一直觉得，任何地方都可以是家。起初，她在浮梁县周边找田，到处在开发，只见道路宽阔伸展，愈来愈接近城镇，却没有遇到理想中的乡村。第二十八天，有个做交警的大学同学，建议她去长源村看看。

万年与景德镇，稻谷的起源与老种子最终的种植地，冥冥中似有一种牵引。

贰

2020年4月，也值万物生长的春天。

那天，微微下着小雨，安静开着车，穿过直通村里的道路。

两旁树木森森，枝繁叶茂，树冠交叉在一起，恍若一个"穹顶"，空气中伴着花与草木的香味。她形容"恍若进入了宫崎骏动漫中龙猫的世界"。车子从"穹顶"下方曲折前行，树枝旁逸斜出，农田间或闪现。一个豁口接着一个豁口，人在其间，有柳暗花明的感觉，她当时就被迷住了。那日，路旁有一群野山鸡悠闲自在地散步，那是她人生中第一次看到野鸡，它们有着纤长纯白的尾羽，鸡冠上有一点玫瑰似的酒红，若下凡的仙鸟，她情不自禁地被那份自在触动，甚至流下眼泪。那一刻，安静决定要定居此处。

对决心在长源村种田的安静来说，第一紧要的事儿，是找村主任租田。

找田的过程充满戏剧性，若有神助。当时正好有个人在划竹排，他上岸后，安静问他如何找到村主任，结果，那人正是。村主任说，本来田地是要租给别人的，但价格没谈拢，约好第二天再谈。巧是真巧，那天，安静就和村主任谈成协议，签了合同，200亩地，租用30年，租金五年一付。

安静和爸爸商量好，一部分的田，直接播种，一部分的田，插秧。一年种一季，不施化肥，看看只是依天地能量孕育的稻谷，会长得如何。

"如果你问我,不用农药和化肥,稻子长得出来吗?哈哈哈!"

中国农耕文化几千年,1950年后,农药、化肥才逐渐从国外进入中国。早前生长的稻田,并不依赖农药、化肥。远方的山川、河流、茂盛的草木……万物都按自然规律生长着。安静感叹,"也是种了田才知道,原来闪电,也会给稻谷带来氮肥!"

5月,50亩荒田开荒割草翻土,稻谷开始浸种、播种、育秧,栀子花香气弥漫在空气中。多年没下田的村主任,也跟着下田。

6月,秧苗破土而出。安静的爸爸,一位退休不久的老狱警,也学会了开拖拉机。

竹子在进村的路上,开心地跳跃

村里有一个搞装修的"光头哥",安静说动他来帮忙打田。一次劳作后,"光头哥"感慨"种田太累,还是搞装修舒服"。镇上难以找到愿意种田的人,农忙时,安静只能从邻县婺源,请还愿意种田的阿姨和奶奶们插秧、耘田,一天给她们250元,这比在广东雇人种田,贵上七八十元。

7月,拔秧苗,插秧,补秧耘田。

8月,稻谷在山谷中自然、缓慢成长。

9月,糯稻枝头拔节孕穗,慢慢抽穗开花,灌浆。

10月，谷粒渐满，稻穗成熟。

安静去了一趟乐平涌山，在一对专门打铁的老人那里，买了五把镰刀回来，准备秋收时收割稻谷用。一亩田，可以收四五百斤稻子。2021年，200亩地没有都用来种稻米，为了养田，一半都在抛荒。

安静在微信上写道：2019年，还感慨家乡是回不去的地方；2020年，却回景德镇种田。

没有种过田的爸爸，怎么也想不到，退休后警服一脱，要被女儿"骗"来种田。

在村子里，安静有时候也会想起丈夫。

有时候，会在自己微信闲散的文字里，称呼他为"某人"。

安静在村子里已生活两年，她的丈夫，连稻田都没去过。他出生在农村，但不喜欢农村，说"这辈子都不会再回农村——可以去农村旅游，但不能在那里生活"。目前，他在广州从事制造业，与安静分居两地，精神和经济上，都支持妻子做农业。安静最初的计划，是农忙时在村里种田，其余时间回广州的家。结果，计划赶不上变化，她一头扎进村子，过年才回广州一次。

"未来怎样不好说，当下我想在这里好好做下去。"

安静信奉夫妻两人相处的核心，不在于能不能相处在一个屋檐下，而是能不能自在地做自己，距离不是问题。

叁

与此同时，被进村这条路吸引并决定留下的，还有小熊老师。

小熊老师来自重庆，1997年生的女孩，十多岁时，随父母搬去广州居住，毕业后在一个私立幼儿园当老师，安静的女儿，刚好是她的学生。安静来景德镇后，寻找"合伙人"，原本打算去大理的小熊，在安静的一番形容——"景德镇比大理有趣"下，被哄来了。她还记得安静用的是三宝蓬掌柜肖学锋一炮而红的网文里的腔调。

"第一次来这里，只是想先来看看，探探情况。进入村庄的那天，正好遇上秋收，我闻到了稻谷的味道。这个村庄离城市有一定距离，这对我来说不是问题。我经常走路出去，享受走路的过程，那条绿树丛生的路，让我更加喜欢这里。"

2020年国庆，小熊老师第一次进长源村。那是收稻谷的季节，她坐在车里，车窗摇下来，山谷里的清风，吹起一整片金黄的稻子，送来稻谷的清香，还有随之而来的"麦浪"。打动她的，就是那一瞬间！她没和家里人打招呼，就决心留下来，一切尘埃落定后，才跟父母说，他们都尊重女儿的选择。

刚来村里的那个时期，基本只有两三个人做事，农忙时节收稻后，要重新装修、布置老旧的房子，工作量很大，常常干到深夜。这边弄完了，还要回去装袋、打包大米，那段时间小熊和安静都很蒙，不知道每一天是怎么过来的。完成一天的工作，将疲乏的身子倒在床上后，又都觉得这一天非常值得。

在广州生活时，小熊喜欢看李子柒的视频，对田园牧歌式的乡村生活，充满向往：画面清新自然，充满诗意，远离城市的喧嚣和污染，有的是青山、绿水、田野、花香、鸟鸣、炊烟，和"桃花源"式的自给自足的生活。全能生活家李子柒的乡村生活镜头，终究是美好大过真实。

安静带我们一行人走到"山丘中的小小家"学习中心门口时，小熊老师拎着个锄头，正在一旁栽树，黑色雨鞋沾满泥巴，洗得有些泛白的蓝色牛仔裤上，也有一些蹭到的泥土……

"小小家"学习中心，包含幼儿部和儿童部，幼儿部的孩子3—6岁，儿童部的6—10岁。学习中心提倡自然教育，学习内容以艺术与农耕为主，如绘画、唱歌、用天然蜂蜡塑形做蜡烛。玩具大都是天然材质的，除各种木制玩具，还有老师们手工织的可爱娃娃，一个个萌态十足；也有森林里捡来的松果、野生红柿子……"远足日"，是由室内学习转向去大自然"玩耍"的日子，老师会带着孩子们，在田地间识别春天长出的草木，夏天走进森林，感受自山里流淌下来的清澈溪流，秋天在收割过的草垛里，打滚翻跟头，冬季在干枯的湖岸旁燃篝火，孩子们围成一圈，唱歌跳舞……孩子们很喜欢小虫子，路上有很多蜈蚣一样的虫子，他们叫这些虫子"马路虫"，每次遇到，他们都兴奋得一边大叫，一边冲过去看。

每个孩子生日那天，太阳还没升起，小熊就做好蛋糕准备庆祝；"远足日"回来后，她准备可口软糯的点心。在节日的时候，孩子们和老师一起庆祝，包饺子、包粽子、做月饼……竹子，成了幼儿部第一位毕业的小朋友。那天，大家费心找来玫瑰、荷花、绣球花、鸡冠花和路边不知名的小花，送给竹子，老师给竹子缝制了新旅程中将要用的书包和笔袋。

现在，学习中心有18个孩子，来自全国各地，主要来自广东、河南、上海和浙江，也有外国人通过邮箱向安静咨询，想送孩子过来，接受学习中心的教育。

学习中心的老师，也从两个人，发展到现在的六七个人，他们大多是80后。这些人有些本就是老师，如安静一般怀抱理想而来，有着成

安静带着孩子们秋收

熟的思考，努力克服艰苦的条件，凡事无不倾其所能；也有人送小孩到学习中心上学，因此长住下来，转做中心的老师。课外，有时他们也会和安静、小熊一起下田，用来留种的六七亩田，全由他们插秧、晒谷、手工收割。他们重视孩子的教育，笃信童年只有在乡村本真的自然中度过，未来才能找到自己生命的道路。而他们放弃红尘中许多人用来赚取利禄的时间与精力，去陪伴孩子的成长，由此也丰富、快乐着自己的心灵。

是谁曾说——农业是最接近神的工作，教育是最靠近人的工作？

孩子们初秋远足

肆

"小小家"所用粮食，都是老师自己种植的大米。

所有老师都在村里的时候，安静会从教学工作中抽身，把更多的精力放在推销大米上。2021年，卖了60亩稻田产出的大米，大约2万斤。朋友圈吃她大米的朋友，反馈道"糯糯的，有股清香，是小时候父母种植的大米才有的味道"。有朋友称，"原生态超级棒，孩子主动添饭的节奏！""乳白色的淘米水，用它来洗脸，有股扑鼻而来的稻米香。"

买她大米的朋友，不仅自己吃，还给家里亲朋好友邮寄，有些直接一次买一两百斤大米，分袋送朋友，自己吃得美，也要朋友吃得美。朋友需要或网上有客下单后，才运适量稻谷出村碾米，完毕用可降解、无污染纸袋装好，再邮寄远方。

安静打算今后开垦菜地，自己种菜。菜种也是原始的老种子，不吃改良后的。肉类偶尔吃，学习中心的午餐，都是当季蔬菜。有些孩子刚来，不习惯，后面爱上吃蔬菜，这有助于他们的身体发育。

据说，整个景德镇，如这般播种老种子的已经不多了。安静做农业的初心，是让更多孩子，吃上由古老种子长出的大米，去吸收米里蕴藏着的天地间的丰富能量。同时，她也希冀，能靠做农业的收益，辅助并维持学习中心的运转。学习中心很难赚钱，她无法长期贴钱。

那天，从田野参观回来，安静领我们在幼儿部喝茶，听她讲关于长源村发展的看法。村里原本有30户人家，后来陆续搬去城里，现在只剩下5户空巢老人。安静搬到村子后，加上8户孩子家长，大概有20多人，都租用闲置老房。她不愿意做新建筑。建房子要挖山、取河床，她不想破坏自然环境。政府本来要给村里安装路灯，经过协商，装得很疏散，这样晚上能看见萤火虫。

幼儿部是一栋木式结构的建筑，清清爽爽。安静自己设计和改造，将木屋挑高2层，重新铺地板、改格局。连放置图画、图书、玩具的

安静种植的大米

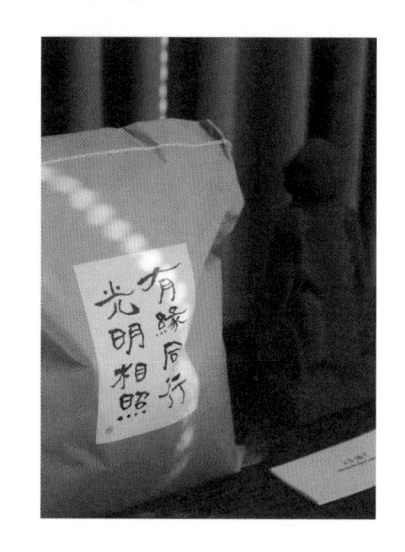

架柜，也是原木的，一尘不染。二楼，由粮仓改成的一格格休息间，是孩子们午休的地方。小孩子睡觉时，大都喜欢狭小封闭的空间，这让他们容易有包裹感和安全感，安静觉得自己小时候就是这样……

安静说起她非常喜欢《四千年农夫：中国、朝鲜和日本的永续农业》这本书，作者是一百多年前任美国农业部土壤管理所所长的富兰克林·H.金，他特意来到东亚三国，做农业考察。书里说道：

中国人像是整个生态平衡里的一环，这个循环就是人和土的循环。人通过泥土供养，食物取之于土，泻物还之于土，一生结束，又回到土地。一代又一代，周而复始。靠着这个自然循环，人类在这块土地上生活了五千年。人成为这个循环的一部分。过去中国人的生活状态，与农耕文明形成了一个圈，所有东西都可以取之于田，最后再回到田里，似乎一切都在"连续生存"着。

安静常常思考：是不是试着将人的天赋和土地的天赋结合在一起，就一定能创造出无限的地域价值？

景德镇，是全球的陶瓷朝圣地，依赖于泥土，但泥土资源总有消耗完的一天。1.2万年前的古陶片与古稻谷化石，都在这一片出土，这个当年世界十大重大考古发现之一，启示安静朝更远的宏愿去想：

何不让这里是陶瓷朝圣地的同时，也成为农耕文化的朝圣地？在景德镇这座与世界对话的城市，保留一方净地，共建一处稻田朝圣之地，让景德镇的乡村，成为地球村里所有人的家，探索一个可以长久而持续发展的社区和经济模式……

她越说越兴奋，围绕关键词"农业""艺术""环保""永续"，她说到了要守护老种子，让更多的孩子看到粮食怎么生长，农耕文明如何与现代文明交汇融合。也许，以后发展出一种游学的生活方式，去链接全世界向往"永续生长"的人群；待条件成熟，在长源村打造一个将稻米文化与东方美学融为一体的食养山房。

她对这片土地饱含浓烈的深情与厚望，希冀"无限的可能"。

大漆姻缘
——范建军和邱凡芝的故事

2018年6月，一位来自山东的小伙子，和一位来自台湾的姑娘，在日本一个叫作轮岛的小城，因为漆艺相识相知，喜结连理。

范建军："我对她的第一印象是，很漂亮。可我没什么其他想法。"

邱凡芝："第一眼看到他，我觉得他像《指环王》里面的Gollum（咕噜）。"

那时，谁也没想到，两年后，两人会走到一起，且在景德镇过起了日子。

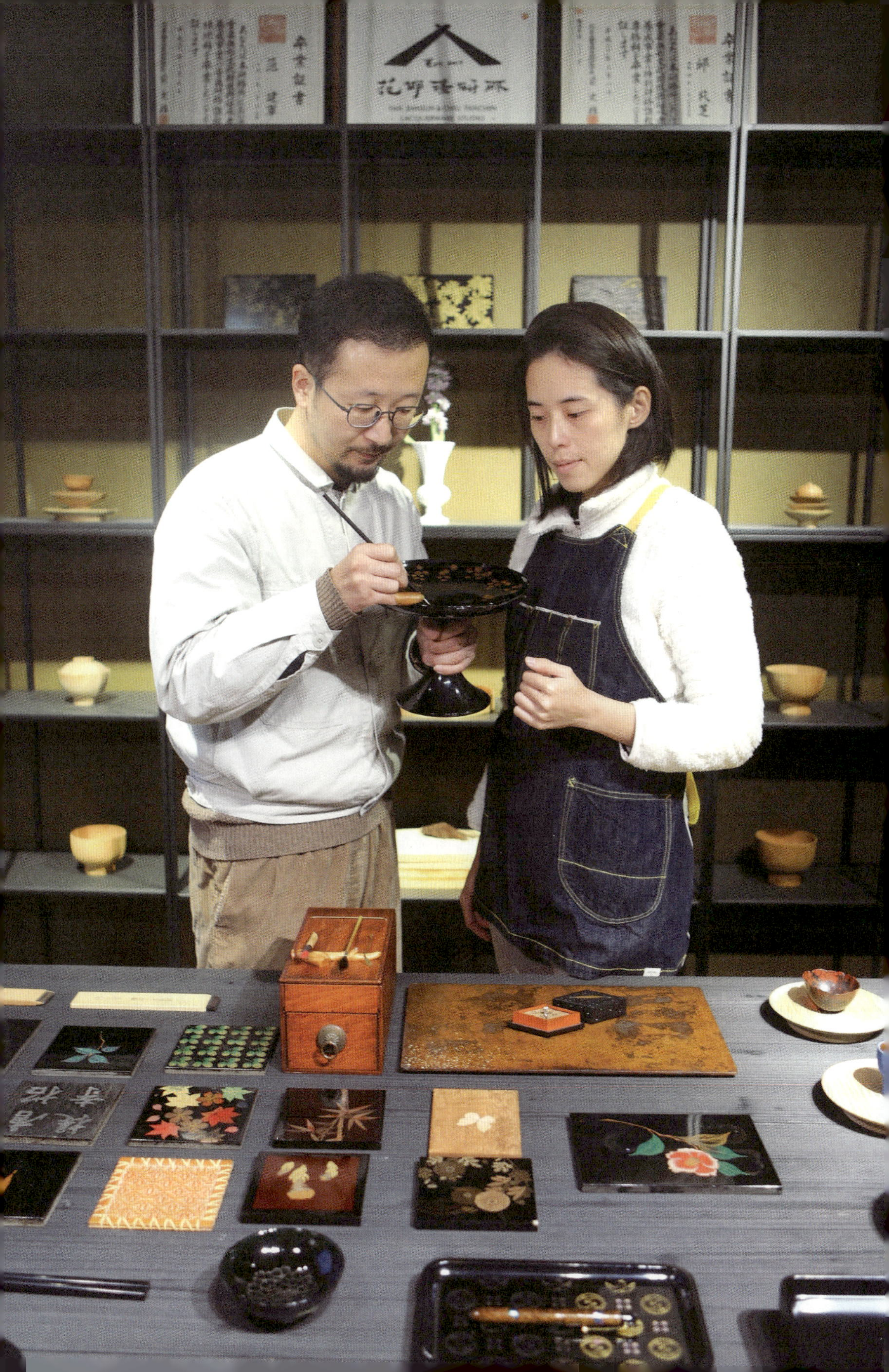

壹
范建军：漆器之于日本，就如瓷器之于中国

我是山东淄博人，毕业于江南大学，读的是工业设计专业。读大三时，我参加了学校组织的竹文化考察项目，去全国各地看竹刻、竹编作品，受到启发，设计了一些竹子做的首饰。竹子容易腐败、划伤人，我想在竹饰品的表面涂一层化学漆，以防腐、防剐蹭。有朋友建议我，涂大漆。

什么是大漆？

"漆"在古代写作"桼"。《说文解字》释："木汁。可以髹物。象形。桼如水滴而下。凡桼之属，皆从桼。"中国自古用的天然涂料，都称作"桼"，后来加入"氵"，写作"漆"。西方化学漆的进入，使得国内漆的种类丰富起来。

与化学漆不同，大漆产自漆树，是目前已知最优异的天然涂料。最早使用大漆的并非人类，而是一种马蜂。它们会吸取漆树里的大漆，并将大漆跟自身的唾液混合，用以固定蜂巢、为蜂巢防水。我有理由相信，上万年前的某一天，我们的先民看到马蜂筑巢后受到启发，也开始用大漆黏合工具，或涂于器物表面用以防水，并很快推广起来。明代漆工黄成，在《髹饰录》中有言："漆之为用也，始于书竹简，而舜作食器，黑漆之，禹作祭器，黑漆其外，朱画其内。"我国运用漆的历史，源远流长。

早在日本飞鸟时代（592—710），就有中国漆工移居日本。盛唐时期，日本全面学习中国文化，漆工艺也不例外。遣唐使甚至携带砂金，游走于中国各地求购漆器。鉴真大师东渡日本，扬州漆艺花开东瀛。唐玄宗曾在诞辰千秋节上，赏赐日本使臣漆器，杨贵妃也对其有过单独赏赐。使臣回国后，把漆器献给了当时的圣武天皇。圣武天皇去世后，其生前所用宝物，悉数供奉在奈良东大寺的正仓院内。这个时代的传世漆器，

正仓院几乎尽收囊中。或许可以这么说——遣唐使与正仓院，共同成就了日本的工艺文化。此后，日本仍不遗余力地借鉴宋代的素髹、元代的戗金、明代的剔红……直至漆器制造技术炉火纯青，闻名遐迩，人见人爱。日本人对漆器的亲近感，融入了肌肤和血液。他们惯用漆器，与餐饮文化有关。岛国以冷食为主，生鲜食品易滋生细菌，漆器有天然的抑菌作用，契合他们的饮食习惯。日本人对漆器的追捧为世界所熟知，乃至国名被西方称作"japan（漆器）"。

漆器之于日本，就如瓷器之于中国。

对漆有了初步的了解，我便想去日本亲自感受这种材料。

贰
范建军：再苦再累，也要将"红旗"打到底

我家在农村，父亲在陶瓷厂工作，母亲在电炉厂工作。从小，他们给我的教育是开放自由式的。我喜欢画画，他们就找老师给我美术启蒙；后来，我确定要学艺术，他们又陪我走艺考的道路。他们尊重我的选择，尽最大的努力支持我的梦想。我确定要在日本学习大漆后，一家人算了笔账：第一年学日语的学费，要5万元。他们努力凑了5万元，让我学习无虞。我在日本待了六年半，光生活费就花了大概100万元。有段时间，我父亲失业，全家仅靠母亲每月3000元的工资生活。后来，外婆偷偷告诉我，为了供我在日本学习，母亲连着吃了两三年的咸菜。一向疼我的外婆，哭着骂我："你妈心疼你，但我心疼我女儿！你让她遭罪了……"

我是家里的独生子，父母有多少东西，就给我多少东西。可以说，他们给尽了口袋里的铜镚儿。我特别感恩，却有愧于他们。

2014年3月，我顺利考入石川县立轮岛漆艺技术研究所。该研究所专门培养重要无形文化财产保持者（一般俗称"人间国宝"）的技术传承者。五年师徒制的教学，严格且苛刻：两年的基础课由一般师傅教学，到了第三年的高级课，学徒才可接触到"人间国宝"。由于研究所属于工匠体系而非教育体系，不会有所谓的"学历证明"，取而代之的，是"出师证明"。

在我之前，从来没有中国人在那里坚持学过五年。此前，曾有三位中国学徒拜在研究所门下，学习一段时间后，要么回国任教，要么另行深造。我们那一届，最开始有十个人，真正熬到出师的只有四个，大多数人因受不了巨大的精神压力而退学。

轮岛研究所的工匠文化十分浓厚，注重规矩，要求学员一丝不苟地做事。我一去，研究所就给了我个下马威。前几个月，学员几乎都不碰漆，主要学习礼仪与规矩：敲门鞠躬、端茶送水、迎来送往、打扫厕所等。学员里，男生比较少，每个学员都分配了一间厕所要打扫。研究所的师傅，跟大学老师不一样，不会细致耐心地讲解每一个细节。刚开始的半年，很多专业词汇我听不懂，加上有些师傅讲方言，我学得异常艰难。有一门工艺我学了半年，还不知其原理，直至作品完成后才得到解答。这里每天都有新的课业，不会因为我一个人，耽误其他人的进度。所以我几乎不敢请假。

孑然漂泊于异乡，我满腹哀愁，无处诉说，颇有"悄立市桥人不识，一星如月看多时"之感。一方面，我要抓紧学习漆艺专业词汇；另一方面，为了减轻家里负担，我半工半读，长期打着两份工：既在便当厂做便当，又在拉面馆做服务员。我每天工作四五个小时，一周四天的员工餐都是咖喱饭，营养也跟不上。久而久之，积劳成疾，病来如山倒。

我正若涸辙之鲋时，她出现了。

叁
邱凡芝：他一个人忙不过来，雇我给他打工

我是台湾人，大学在台北艺术大学学美术。

大学学习时，我发现书里书外，周遭的绝大部分东西，都是从西方传来的。我发现那些随处可见的器物，甚至司空见惯的食材，究其源头，没有多少真正属于本土，直到偶然在书上发现"漆"。我又想起大一，在"中国美术史"的课上，看到了马王堆的漆器，那才是我第一次知道漆——我被它古朴的华丽，深深地吸引。

2014年，我大学毕业，在思考日后发展方向时，漆器曾在我心中埋下的种子，蓦然露出了芽。我马上搜寻可以学习漆艺的院校，最后，将目标锁定在漆艺保存完好的日本。日本的漆工艺，当下是世界上一流的。

范建军在轮岛研究所学习

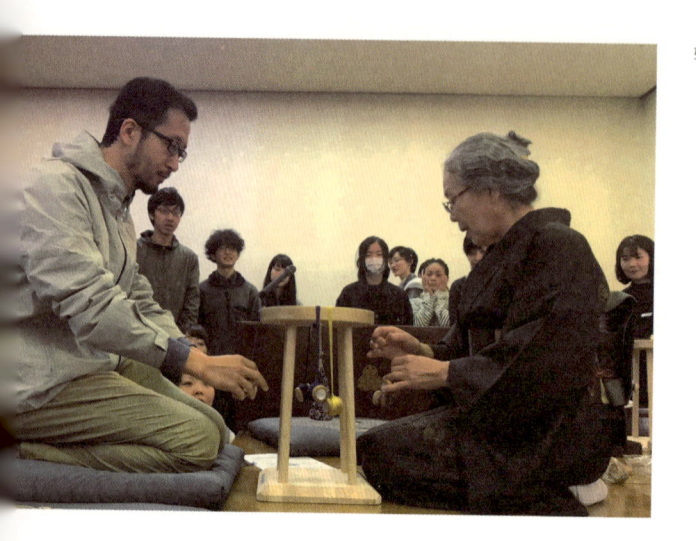

轮岛研究所绳编教学场景

　　家里经济条件还好,送我出国学习没有问题。妈妈和哥哥比较保守,有点担心我,但爸爸很支持我去日本学习大漆。2015年,我用半年时间自学日语,每日听日语音频,看日文报纸,昼夜不分,我尽量把身边的一切都转化得与日语相关,只为获得留学要求的语言资格证书。工不枉人,我考过了日语二级。2016年,我顺利被石川县立轮岛漆艺技术研究所录取,只身前往日本,开始了三年的莳绘与髹漆学习。

　　我入所的时候,他已经在那里三年了。开始,我们有身为同胞的共同语言,常在一起聊天。他性格温和,跟同学们的关系很好,我们以师兄师妹的关系,相处得十分融洽。

那时因为身体原因,他不再打工,便削尖脑袋用别的方法赚钱——拿花生壳做大漆胸针。他花了一年半的时间做实验,每天晚上十一点多到家后,还要再做一会儿作品才休息。他最开始做了20多个,得了2017年日本石川国际漆展设计部门奖励奖,此前,从来没有中国人得过该展设计类的奖。我觉得他非常厉害,领奖时是我开车和他一同去的。后来,有位上海的经销商要预订100个,他一个人忙不过来,就雇我给他打工,一小时给50块钱。我觉得这可以提高我做漆的能力,恰好我也有空闲的时间,便接受了他的提议。

当时,我刚跟前男友分手,在帮他打工的时候,顺嘴发了发对男人的牢骚。他也跟我讲他曾失恋的感受,交流中我对他产生了好感,便问他,要不要在一起。

肆
范建军:漂浮在河流上,眼前是大团浓密的树叶

这突然叩门而来的恋情,让我有些蒙……

2019年3月,我完成五年的学业。为了凡芝,本想在日本再待两年,等到她毕业,再回国。因为我们并不算留学,只能以文化交流的名义,拿"文化活动签证"——有两个韩国的同学,就因为没有拿到签证,被迫中断学习——后来,我尝试了各种方法延长签证,但想到后续会越来越艰难,她便让我不要再费心力。我没想到,她会为了跟我回国,放弃后面两年的学习。这让我非常感动,觉得她很伟大,我不能辜负这份心意。

此前,2018年8月,她父母曾来轮岛看望她,因此,我和她的家

范建军工作室一景

人已经短暂地见过一面。她的父母很开明。他们说，研究所也没有文凭，凡芝后面要学的课程，我已经学完了，不如就让我来教凡芝。凡芝的父母答应给我们两年的时间，看看我们能在大陆发展到何种程度。我表态说，我们俩住的房子由我出钱，工作室一人分担一半的租金。

她父亲从来不会跟我谈钱的问题，而是谈工艺，我们俩有时交换一个眼神，就彼此心领神会了。他可能在我身上看到了自己的影子。老人家小时候得过小儿麻痹症，干不了农活，必须从山里走出来谋生。17岁时，他通过努力走入城市，学习电工，一步步创业。虽然他腿脚不太方便，却走得很远，仅这些年，他就来过大陆两百多次。我和他很像，骨子里有一股韧劲，认准了一件事，就小车不倒只管推。

学习期间，我母亲来了一次日本，我们带她在轮岛逛了一圈。一日，我们坐在某个美术馆长凳上休息时，我跟母亲说："师父（大西勲）说你太不容易了，日本可没有你们这样的父母。"话毕，母亲低声哭泣。

5月底，我开始搬家。除了搬生活用品，最重要的，就是搬做漆器的工具和木料，后者得来尤为不易，得踏遍青山，多方搜寻。因为环境的原因，在日本生长的木料更适合做胎体。这些木材，小的我往行李箱塞，大的我包好，直接扛。航空公司规定，旅客所携带物品三边之和不能超过1.58米，很多原本是2.3米长的木头，我只好将其锯成两段。虽然我心疼到不行，但也没办法。

为了不损坏其品质，我和凡芝，还有我母亲——一个中国老太太——把木料一件件背在身上，满头大汗、步履蹒跚地到达东京成田国际机场。我们过安检，乘上飞机，一路"护送"着木材到达景德镇。途中，过往的旅客、海关人员看见后，多表现得十分惊诧。

这堆木头，生于日本，将归于景德镇；它们随我们一同来到此城，以后，将开始在景德镇的故事。

2018年夏天，我在百忙之中，曾抽空到景德镇游玩。我们去了刘其弈和陈知音的工作室，后者和现在在国内设计界名气不小的辛瑶瑶、冉祥飞都是我母校江南大学的校友。那时，知音的第一个小孩，刚学会走路。工作室附近有一条河流，河边有一棵参天大树，树的果实，夏天可以做成半透明的凉糕。那天天气很热，河水也不是很深，刘其弈直接把孩子往河里一"扔"，自己也跟着一跳。

我不太会游泳，比较怕水，在朋友的"怂恿"下，还是下河了，没一会儿，就得到了充分的放松，毫无恐惧感。我仰面漂浮在河流上，眼前是大团大团浓密的树叶，在岛国积攒的如高墙般的巨大压力及积压了四五年的郁闷，顿时烟消云散。那个下午，在没人教的情况下，我学会了漂浮、划水、换气，甚至是在水下睁眼。

国内看上去像是一片未经人工打理的丛林，其中有许多幽深、谐趣之处，没有严禁靠近的法则，更令人感到舒适而放松。

拿轮岛这个日本最大的漆器产地来说，虽然手工艺保护得很好，环境优美且透着古意，但实际上，我感觉缺少活力与惊喜，暮气沉沉的。日本是阶级社会，讲究出身、履历，年轻人处于"爬楼梯"的阶段，难以大步跨越，展露才华。这片河流和树荫，让我对景德镇产生了极好的印象。加之，这边生活成本低，房租便宜，手工艺氛围好，满眼望去都是年轻人，非常符合我们今后发展的需要。

我和凡芝，深深爱上了这座城市。回日本后，依旧念念不忘……

回国前，我从轮岛把能搬的东西——工具、家具，甚至木材——都运回了景德镇。

我费尽心力、汗水把木材扛回来，是因为做漆器不只和漆有关，从制作胎体开始，便需要对木材精挑细选。国内很难找到这样的木材，大多数木材来自速生林，树木品种与开料方式，也与做漆器的要求相差甚远，影响漆器成品质量。国内的干燥流程也与日本大为不同，日本只采用自然干燥的方式，这样能更多地保留木材本有的木质素、精油等有效成分，细胞壁也不会因高温而被破坏，这样的干燥方式往往需要几年，甚至十几年的干燥时间；国内几乎都是采用高温、微波、蒸汽等方式进行机械干燥，虽然效率大大提高，但这样的木材极易出现隐形裂痕，而且容易变形、腐朽。我们不得不从日本购买符合需要的木材。

其实不止是木头，中日两国的漆，从采割开始，就有差别。漆农采漆，三伏天为最佳时机，彼时阳光充足，水分蒸发迅速，生漆品质极好。

日本漆农会单独把天气炎热时割的漆分出来，质量与价格也高许多。中国大部分的漆农，都将不同温度下采的漆混在一起，可谓明珠与沙砾同囊，降低了好漆品质。不过，这样的漆也能正常售卖，只是会导致整个生漆市场的材料比较低端。

评判生漆好坏的标准，有光泽、浓稠度和变色时间等。漆的颜色变得越快越好，拉起来，要像皮筋一样，又轻又有力量。有一句俗语是"好漆清如油，照见美人头。摇起虎斑色，提起钓鱼钩"，说的就是这种状态。当年，为避免炮弹受潮、生锈，日本将其国内所有的漆，用于炮弹及炮管内膛涂料等方面。之后，天然生漆消耗殆尽，漆器制作岌岌可危，于是向中国求援。据说，新中国成立后，几家日本漆行获准从中国进口生漆，这是中日建交前为数不多的贸易项目。中国现在西气东输的管道，还有很多轮船吃水线以下的船体部分，都是用大漆做涂层，可以有效防止腐蚀、海藻生长等等。

冉祥飞是我的"直系"学长，我们都对手工艺感兴趣。他毕业后先去了温州，我毕业后在他的"三生无形"设计公司工作了半年。之后，我去日本学习漆艺，他到景德镇开工作室。我回国后，正好他在三宝村的工作室有闲置房间，我便和女友一起搬来。我和祥飞互相信任，他前期帮了我不少忙，工作室的很多机器都是他买的，但几乎都是我在使用。刚开始，我对产品定价没有概念，他教我要考虑下家，

定价得有弹性。这些指导非常重要。他教会我后，我才知道我之前定的价格都错了……

30岁以前，我没正式工作过，只是打打零工，赚点小钱。刚来景德镇，我身上只有几百元，工作室空空如也，地板都没有。开始接订单之后，我才真正有了收入，体会到赚钱的感觉。前期，我们给别人做代工。我喜欢当工人，准确说应该是手艺人，我不喜欢当艺术家。我在轮岛的师父——日本"人间国宝"大西勲，很是讨厌"艺术"两个字。入师时，他说："你拜在我门下，最重要的是要知道害臊，东西做不好，得感到羞耻。赚钱要放在第二位。"虽然艺术家形象"高大上"，更容易博得眼球，但我不愿以此自称，只想把工匠精神发挥到极致。后来，一切步入正轨，加上景德镇这边消费低，花不了多少钱，我们现在过得不错。

在日本受到"人间国宝"指导的中国人，只有我和凡芝回了国，其余的人都留在日本。

伍
邱凡芝：我俩，要像光滑大漆下的木纹一样

在日本轮岛，我的专业方向是莳绘与髹漆，建军学的是榡地。虽然我们专业不同，但一起工作反而可以互补。不过，彼此间的摩擦也不少。两人随不同的师傅学习，很多制作理念、方法有分歧，为了做好作品，常常争执不休。

有一次，我没和他说，就自己给一个器物脱模，结果操作不当，器物脱不出，只能报废。那是一个做了整整两个月的东西，就这么毁于一旦。他得知后瞬间崩溃，胸中生出一腔怒火，斥责道："我就在旁边，你为

什么不和我说一声？你为什么不提前告诉我，而非要擅自动手？"

我自然有理由："你一直在和朋友打电话，说得那么来劲，我怎么好打断你？我明明在做一件很重要的事，你却一点儿不关注，现在来怪我！"

公说公有理，婆说婆有理。怒火平息后，在我工作台前，他贴了两张字条："慎重""做与漆相关的每件事情前记得汇报"。

事后，我反省：可能两人对风险的心理承受力不同。我从小家境较好，家庭生活中的容错率高，在风险防范方面敏锐度低，总觉得犯点小错没关系，大不了从头再来。他正好相反，家里没有条件让他犯错，哪怕后果并不严重，他也很难接受。这导致他从小到大，见一点儿火星也怕烧着地球，做每件事情都非常慎重。

我们的摩擦，就是由诸如此类的"麻烦"堆砌而成。抛开这些不说，我们爱好相仿，目标一致，是彼此合适的伙伴、心仪的伴侣。

我们在景德镇基本没时间社交，几乎只接触工作室附近的人，绝大部分时间都在工作，没有生活，也不去旅游、看电影。就连大年初一，我们都在工作室干活——或许前期创业本应如此，或许这本就是工匠该有的生活。

我平日里唯一的兴趣，就是喝咖啡。困了累了时，咖啡是我唯一的"救星"。一杯咖啡下去，就好像交流电充进了亏电的手机，不一会儿，就能满电开机。他没工夫泡茶、泡咖啡，渴了，倒杯开水就行。

我们互相腹诽对方：他觉得我太"装"，我觉得他太糙。

不过我们井水不犯河水，只是习惯不同，远没有到针尖对麦芒的程度。

大多数年轻人喜欢旅游、看电影，我们基本没做过，也没买车。我们算了一笔账，从家打车到工作室，每天来回各一趟，一年也花不了多少钱。养车的钱，够打好几年出租车。我们的生活就是工作，工作就是生活，一年中有两三个月在荆州漆艺传统工艺工作站（建站单位：清华大学）教漆艺。他主要教胎体制作，我主要教髹漆、莳绘。其余日子我们基本待在景德镇，每天保证十个小时左右的有效工作时间，几乎没有休息。

  我们希望把漆器带给更多的人。或许，他们拿着我们呕心沥血制作的漆器，仅发出转瞬即逝的赞叹，但我觉得这就够了；或许他们只是浅

轮岛海边的范建军和邱凡芝

浅地了解我们将要奉献一生的漆艺，但我觉得这也够了。

我俩，只想像光滑大漆下的木纹一样，在吸收阳光雨露后生长、定型，默默为这门手艺付出汗水、心血，承载着文明、文化，就够了。

英泽年华

闽南小伙陈英泽在景德镇做银器。景德镇自古便是手工业城市，有浓厚的手作氛围，容易找到志同道合的朋友。在这里，关门可以做好自己，开门可以畅所欲言，让手艺人感觉如鱼在水，如鸢在天，既可以保证个性自由，又可以彼此分享喜悦，感受到温暖。

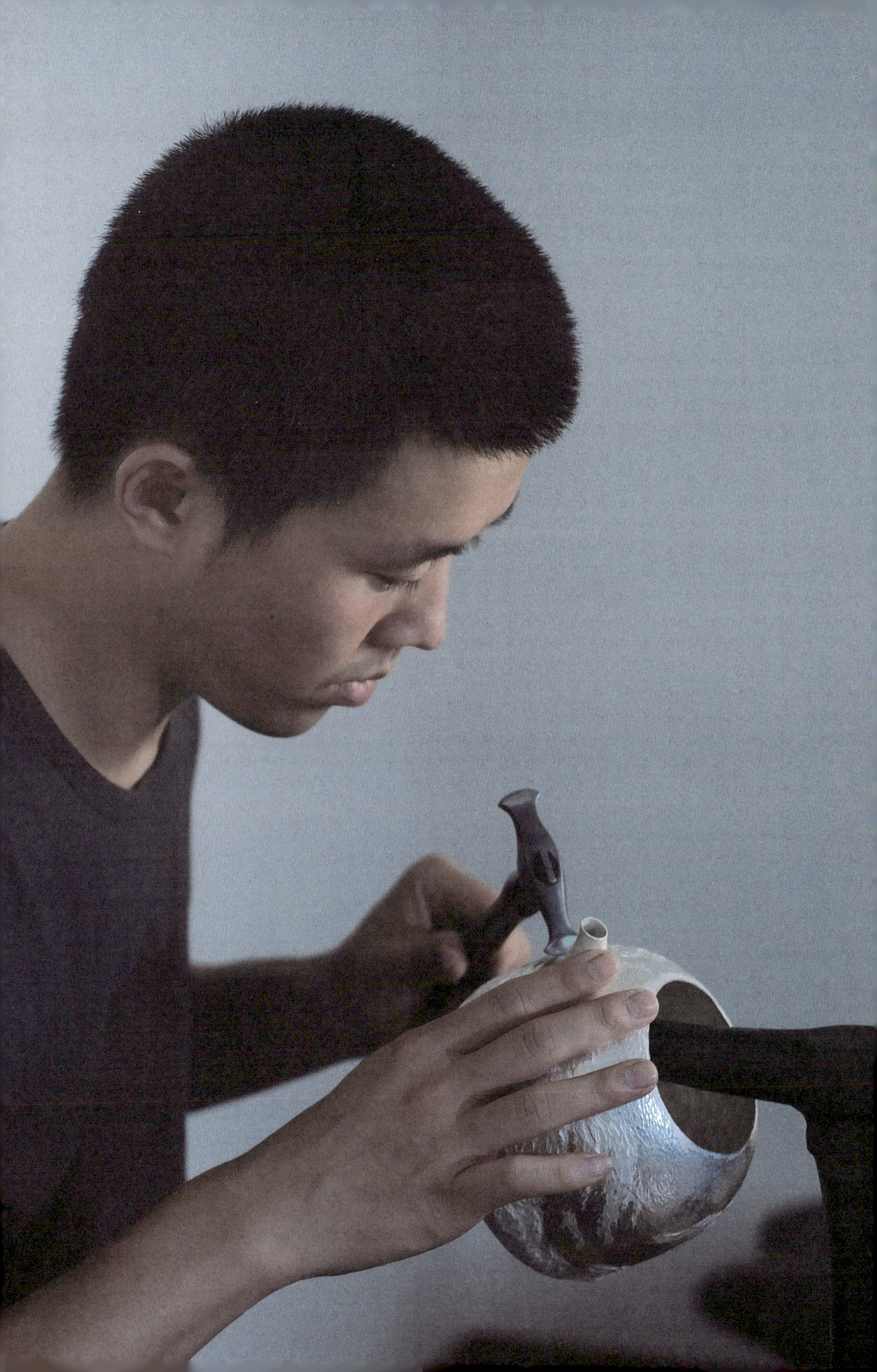

壹

2009年，陈英泽考上南京艺术学院金属工艺系，他背着行囊，来到六朝古都南京，继续他的求学之路。

在成长的过程中，他深深爱上了各种金属材料，迷恋它们被塑造后的肌理。2013年，大学毕业后，受四年金属知识的汹涌浸润，他决定继续从事相关行业，做金属创作。他选择在南京长江大桥附近的浦口区开工作室。此处租金比较便宜，适合大学刚毕业的初创业人员，陈英泽将自己的工作室取名为"南作器"，在那里一待就是两年。

工作室一开始仅三四个人，都是搭档和助手。陈英泽很注重团队的人员构成，现在的工作室规模也保持在小体量，为小团队作业。他自评性格比较烈，说话直接，不会虚头巴脑，认为交流意见与想法时太过客气，或太过委婉，反而会给开展工作带来麻烦。他的搭档，有同专业的同学，或是上下铺的兄弟，彼此知根知底，互相了

陈英泽（右一）与南京工作室成员合影

解做事风格，工作起来容易攥成一个拳头。现在，"南作器"的伙伴，从天南地北而来，有着不同性格，但相处融洽，大家齐心协力，互帮互助，在当前经济形势下共渡难关，一起努力把"南作器"越做越好。一些伙伴离开工作室后，仍与团队的朋友保持联系，"南作器"，成了他们生命历程中一个难忘的青春"驿站"。

2014年元旦，陈英泽来景德镇见朋友，认识了一位对他帮助甚大的贵人——叶纹好。她是台湾同胞，广州美术学院硕士研究生毕业，选了香炉作为载体，展开各种各样的创作实践。她在景德镇的工作室"香云赞"，已成立十几年了。至今，叶纹好设计的款型近千个，作品遍及国内及东南亚地区。台湾圈内朋友说：你把香炉做到这般精致、极致，让后来人还怎么活？！

初见第一眼，叶纹好觉得这个闽南小伙儿长得像自己的表弟。两人的家乡隔着一条海峡，说起话来一个漳州腔，一个是台湾腔，都是闽南话，交流起来，像极了在异乡碰到的老乡，亲切感油然而生。景德镇有七八个台湾同胞做瓷，其中有做茶具的，有做酒具的，他们不时在一起小聚。倘若她也出现，顿时，现场便会有一片惊叹号的丛林在聚会者的脸上冒出来，因为她会为花了两个钟头喝茶、吃饭而心疼半天。可这次，情况不太一样。次日，叶纹好邀请陈英泽到她的工作室，细谈手工艺人在景德镇的种种天时地利人和，介绍她个人开工作室的经验。"十里不同俗，五里不同风"，她还告诉这个年轻人怎样待人接物，如何收敛脾气……她事无巨细，有问必答，往日的习惯性"心疼"居然没有发作，就像真姐弟之间，说什么、做什么都不会心疼一样。

英泽也待叶纹好如亲人，毫不含糊地称她"纹好姐"。此后，他总会想着，"香云赞"院子门口的桂花树、茶树，是否循时开花了；或想着防洪季节，那边可能有什么事要帮忙。每隔些日子，他总会去"香云

工作中的叶纹妤

"赞"探望、受教。前些时候，纹妤从广州回到景德镇，他就记起纹妤说过肺部有点不舒服，心想她是不是去广州治病了？他若心悬石头，便马上去看望他的纹妤姐……

叶纹妤还帮了陈英泽一个大忙。当时，做银器的人中有影响力的手艺人各有门户，各有客户，初入行者不易上道。恰好，叶纹妤知道她的一位客户想订银器，便极力促成花落他家。这对创业不久的英泽来说，是笔不小的订单，一口气弥补了之前的资金缺口。做贵金属工艺品，原材料与工具都非一般的贵，光一台压片机就得近3万元。压力骤减后，"南作器"顺利迁移至景德镇，并有了较好的经济基础，这让陈英泽得以开始创作有自己风格的作品。

贰

陈英泽小时候，听说过景德镇，那时景德镇对于他只是个模糊的地理概念，知道辽阔的中国有这么一个巴掌大的地方，但不了解这座城市的风貌与内涵。真正在他心中落下痕迹的，是一句家里人用闽南话说的"景德镇"。

高中时，一次，他和母亲说起花盆。和许多闽南人家一样，日子不管过得富贵，还是清贫，陈英泽家里都要种上几盆或一廊花。陈英泽的父母是底层劳动者，每一分钱，都不是大风刮来的。闽南夏季老刮台风，台风大时，就算断航禁行了，他母亲仍会如常出去卖菜。极端天气下非常危险，行人都赶着回家，菜场没几个客人，但任凭陈英泽怎么阻止，都无法改变母亲的计划。小时候，他老被母亲斥责为患了"多动症"，成年后他自己做起手工艺，才慢慢地体会了母亲更深层的心理：她倒不一定只想赚那点钱，而是手脚闲不住，不出去卖菜，真不知道在家干点儿啥。这不也是一种"多动症"吗？

母亲爱种花，家里夏有茉莉，冬有水仙。几只花盆上，布满曼妙的青花图案。从幼

初到景德镇的陈英泽

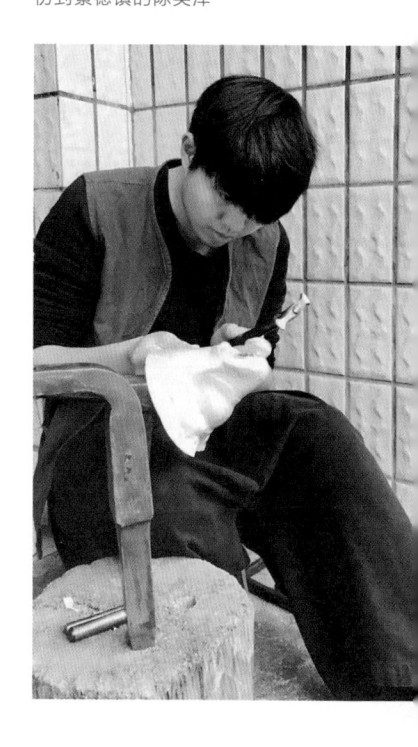

儿园开始，他就对绘画情有独钟，看见彩笔和画纸，就想来上几笔。一次，儿子目光不舍地久久注视着花盆，问起这是谁画的，哪个地方做的。母亲就说这是来自"Ging de din"的花盆。这是他第一次听到这个词，感到非常陌生，一下没反应过来，母亲解释："'Ging de din'，就是景德镇。"从此，"Ging de din"这个闽南语发音，深深地刻在他的心上。家乡闽南和景德镇，有了一种微妙的联结。

2015年，陈英泽将"南作器"搬迁至景德镇。

景德镇自古便是手工业城市，有浓厚的手作氛围——这很难得，别的有手工业传统的城市，不一定有如此高密度的创作者。对手艺人而言，这是可遇不可求的地方。手艺人潜心创作，难免进入自我的状态，相当于把自己"关"了起来。但也得有"开"的时候，因为在这里，周围随时能碰到聊得来的人，容易拥有志同道合的朋友。有的城市尽管繁华，车水马龙，灯红酒绿，但开门找不到可以聊天的朋友，人也会感到寂寥落寞。景德镇，好在关门可以做好自己，开门可以畅所欲言，让创作者感到如鱼在水，如鸢在天，既可保证手艺人的个性自由，又可让手艺人彼此分享喜悦，感受到温暖。

叁

陈英泽会做银器、铜器和金器。每种材质都有自己的属性与格调，但相同的是，经他的手后都大放异彩。

在他眼里，铜像俗世一般，容易氧化变脏，却五彩缤纷；金最稳定，永恒不变，一直熠熠生辉，外在的事物难以污染它，故有"真金不怕火来炼"之说；而银，具有独特的气质，和不锈钢一样亮白，隐约有一种生命感、温润感。这三种材质中，英泽最喜欢的，还是与自己名字相称的白银。他说："它就像1987版《红楼梦》电视剧的最后一个镜头——铺天盖地的雪，白茫茫一片——真干净，我喜爱这种干净。"

但银不会一直光洁如初，根据元素周期表的顺序可以发现，银是+1价的，故银也会氧化，氧化时，会从白色到黄色，到粉色，到紫色，到黑色，内敛地变化。每个阶段，都有每个阶段的面目。这是纯银表面的变化情况，纯银的里面，大抵还是"冰清玉洁"，竭力抗拒氧化贪婪的染指。不管怎么说，爱上银器，使用银器，就要接受它的氧化。

从业十多年，陈英泽一直在以赤子之心对待银器，他锻造银器时，银器也在锻造着他。以前，他比较多愁善感，多年接触性质稳定的贵金属材料后，他现在内心变得安静沉稳。银本身有镇定功能，给人踏实的

陈英泽正在制作银器

陈英泽作品《曹衣出水》

感觉。年轻时，陈英泽也曾对浮华、新颖的东西感兴趣，后来看了《白鹿原》《平凡的世界》，深深喜欢上了黄土的扎实感和脚踏实地的行事风格。如今，他每天贵金属在手，目光也如刻刀，每天正常工作六七个小时，感觉好时，可连续做十二三个小时，人间与时间感顿然消失，好似铅华洗尽，身处深山古刹。这"古刹"当然也给他打下了印记，那就是脊椎极易发动"暴乱"。

为了把产品做到最好，对得起所耗材料，光试验就需花费很长时间，二十天才能敲打好一把小壶，并不稀罕。如许天中，他不断变来变去，觉得这里还差点意思，那里能否更好，有时实在寻不到感觉，触不到手作与天造交合、犹如闪电悸动的那一秘境，便干脆让它回炉重造。他觉得自己和农民没有太大区别，本质上都是耕耘、收获、生活。后者，是在一片辽阔的庄稼地的热风里舞腰鼓、唤丰年，而自己，则是在一小片地藏的精华里作微塑、歌菁华……

"南作器"的作品里，有一款写意风格的壶，名叫"雪霁"，他用来练意。还有一款写实风格的，叫"曹衣出水"，他用来练手。陈英泽的作品不说一定很美，但一定具有风格独特的审美趣味。他用"花里胡哨"四个字，概括自己作品的风格。他创作时完全遵从内心的想法，用灵感牵动手感。即使做传统形状的壶，也不是为了好卖，而是单纯出于喜欢。

陈英泽当然希望自己的产品好卖，但他不仅仅是为了赚钱，还希望自己的作品在人间传递下去，这种传递不仅因为作品是贵金属，更因为它们是精湛的艺术品。买他作品的，多是一二线城市具传统文化情结的富裕人家。这些人或是朋友介绍，或是口口相传，或是看过某篇提到他的文字而过目不忘，自己摸上门来。曾经有位年轻人，翻过半个中国来看作品，但作品那高高在上的价格，却一下将其打入面红耳赤、手足无措的境地。英泽告诉他："能得到你的喜欢，我已经很开心了。虽然我是卖家，但我不鼓励你买。这东西非生活必需品，年轻人赚钱不易，即使有点钱，还是存下，多买生活必需品，先把小日子过好再说！"

年轻人盘桓再三，难以割舍，还是拿出两个月的生活费，咬牙买了一把小小的银壶。英泽的心头，如有大浪打来，一阵潮热涌上心头，其感动的分量，远超对方付出的几千块钱。

但这"感动"，不动声色地在脸上收起，悄悄化为继续做好这行的动力；他公开的原则是，"不管是谁喜欢，多喜欢，都不可能送他！我这里不会轻易打折,偶尔会有友情价或合作价,但都说得清清楚楚,否则,对不起其他买家。"

肆

五官之中,陈英泽最偏爱眼睛。他毫不吝啬地让其饱览许多美的事物,也让自己心旷神怡,逸兴遄飞。

他跑得最勤的是博物馆,每到一个地方,他都先去博物馆参观,故宫博物院、中国国家博物馆、陕西历史博物馆、南京博物院……皆留下他的足迹。他在博物馆绝非走马观花,拍几张照片就完事,而是脑壳胸腔一致打开,充分吸收古代瑰宝的精华,尤其是对于金属材质的展品,陈英泽无不细加揣摩,在脑中来回推演。其中,南京博物院十八件镇院之宝之一的西汉金兽,是迄今为止全国考古发现的最重的金器,重9100克,不仅在今天属价值连城之物,在战国晚期至西汉早期也绝对是一件极为珍贵的器物,这件金器对他后期的金工创作产生了巨大影响。

2017年,京都国立博物馆于开馆120周年之际,展示了所有馆藏国宝。为一睹为快,他特意去了一趟日本。京都、奈良的各种古建筑、古雕塑,虽与他从事的行业无关,却也是他的最爱。东大寺、清水寺恢宏大气的山门、绵延深远的长墙、成群结队的小鹿,以及寺内种植的绚丽华美的植物,随手一拍,就是张精美的明信片。更有

高大茂盛的银杏，让他在毫无准备的情况下，突然栽进金色的世界……瞬间泪影闪出，他感慨这无国界的无言大美，也感恩父母的赐福，让自己有幸来世上走一遭……

"南作器"工作室的展厅门口，摆了一架古琴，陈英泽调侃自己"附庸风雅"。他从小就喜欢古典风格的东西。他说："我向往高尚，如果做不到，也会努力试试看，不只是站在底下仰望、感叹。"2017年，陈英泽专门去西安学古琴，顺便参观西安博物馆。他与古琴老师谈妥，不用教得太深，让他能理解基本原理就好。学成回来后不经常弹，古琴一直挂着。几个月前，他突然想拨拨琴弦，找回感觉，免得白学。于是，擦干净琴，拿出乐谱，重新练习，发现水平有些倒退。他认为弹琴就像平日里写字、画画，只是让自己放松的方式，至于水平如何，他并不纠结。总有人问："你会弹吗？"他调皮地说："会弹，我能弹嘴皮！"

他平时也喜欢看书、听小说，对养花养鱼、养猫养狗，情有独钟。埋没在一堆旧民屋中的工作室，从外边看起来并不起眼，但院内恍若一个小型动植物园，种满了品类繁多的花卉树木，堂前还挖有一口鱼池，养了好几条颜色靓丽、体形肥硕的锦鲤。他花心思做了一套水循环系统，池水常年保持清澈见底的状态。

陈英泽在景德镇买了房。现在，他还是觉得自己是客居于此，但也可能他最后会将他乡变故乡。

他回福建老家，家里人注意到，他常说"我要回景德镇"，而不是"去"景德镇。表面上仅是一个字的变化，深层次上代表着他对景德镇情感的变化，在他心中，镇上在慢慢变成故园的样子。

能对景德镇有一份特殊的归属感，还来源于他的工具。陈英泽的工具都放在工作室，其他没有工具的地方，即使是家，他也待不下去。有时会带几把锤子回去，但"在家办公"缺少了工作室的那种独特氛围，

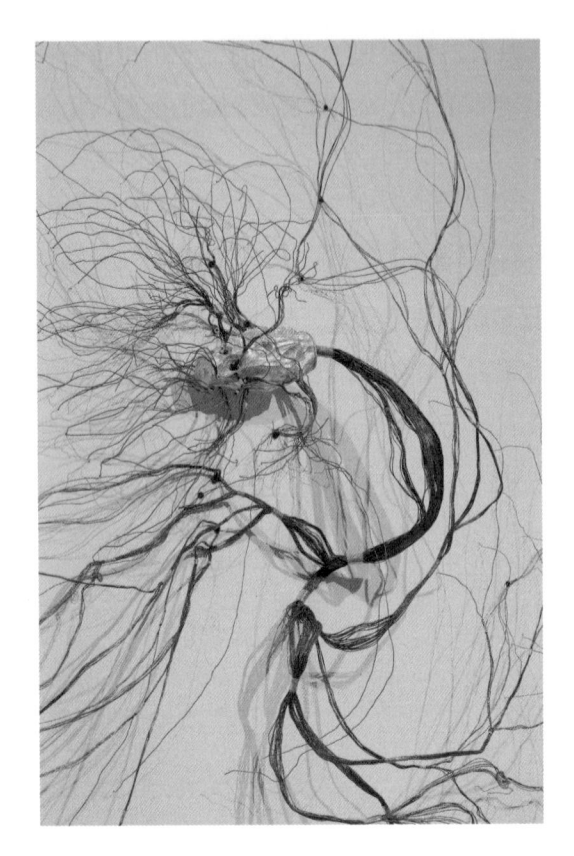

陈英泽作品《子》

　　四五天已是他的极限，再久一点就受不了，忍不住要"回"去。哪怕什么活都不做，只是坐在工作台前，看着那堆工具也好。

　　父母渐渐老去，他作为儿子，陪伴理所应当。如果以后回老家的频率变高，他会考虑在那边也设个工作台。

　　英泽也不想父母离开漳州，他们的一辈子已铸入闽地大榕树的年轮，有固定的老伙伴。他们肯定不愿意到一个环境、风俗、交际圈都完全陌生的城市。不过，他很想接父母来景德镇游玩。他的父母曾经去过他在南京的工作室，但他在景德镇待了七年，父母都没机会来，他们也很好奇儿子在景德镇的工作室是怎样的。

"等我在景德镇的家装修好，会让他们过来看看。"

"一山重过一人出"
——C村山野笔记（六则）

大学毕业后，云子放弃考研，逃离大城市，来到景德镇的乡村寻找梦想的栖息地。

她和丈夫孩子一起，在山里劈柴、喂马，看蓝天白云，体验诗人心中的理想世界。春天，采食野菜、野茶；夏天，牵马去山溪遛步；秋天，收割稻子；冬天，看书煮茶。闲暇之时，做瓷器谋生，过着自给自足的半隐居的生活。

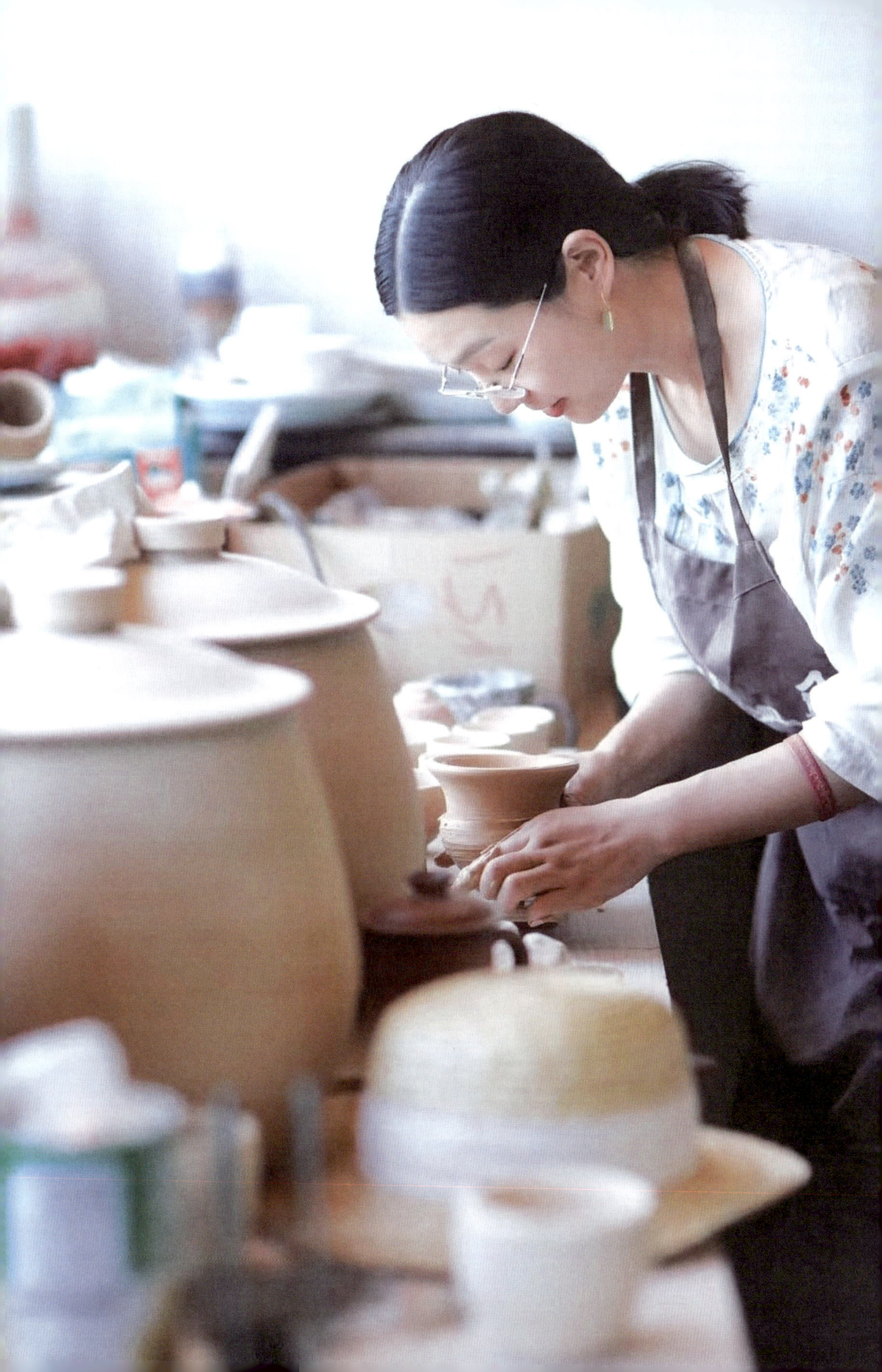

壹

大学毕业之际，我直接放弃了考研，感觉自己以后是要放羊的，不需要那么高的学历，也不想在这上面浪费时间。我也没有选择去大城市，大城市的高楼太高，没有梦想的栖息地。我也没有选择去考公务员，在那样激烈的竞争里，我就是被淘汰的那个。我不知道怎么做职业规划……

直接用排除法，发现自己可以生活的空间很窄，窄到只能看见一片蓝天和几朵散落的云，以及田里成群的羊，在慢慢啃噬着荒草，甚至都能够闻到青草味道。我也不知道自己从何时起一直向往那种自由的半隐居生活，那颗种子，在高中已经萌芽，不过那时想去内蒙古放羊，同学们纷纷嘲笑我不切实际，说羊粪多么臭，环境多么恶劣。我并不在意。

种种因缘际会下，我来到景德镇。

我发现景德镇的冬天也是有草的，这意味着，这里很适合放羊，可以省去冬天的草料费用。我为自己的聪明而暗自赞叹，比如别人养猪赔本了，我感觉不可思议，觉得猪这样蠢笨的动物，没有羊可爱灵动，还要每天喂养，很麻烦，不仅费饲料钱，还得盖猪圈、清理猪屎。羊就简单得多，有个简易草棚，看起来都比猪圈美观，每天放出去吃吃草，一边坐着欣赏天空的白云，一边看着羊，或者在田间把油画板支起来，写生画画，写写诗，想想都激动不已。

再不济吧，一年养个20只羊，按一只1000块钱计算，一年就是20万，需求无多的我，觉得这简直就是"躺赢"。直到后来，有个朋友告诉我，一只羊1000块，20只羊是2万。而且，还是在羊没有生病的情况下。这让我有点蒙，不过稍微调整一下心态后，觉得2万就2万吧，毕竟在村里生活所需无多，不足以放弃这么美好的梦想。

当初梦想的羊，没来得及养，倒是先养了马，这简直超越了我的梦想，

云子与她的马儿

　　劈柴喂马，这不正是我一直以来梦寐以求的吗？大学毕业后，我基本生活在山野和田园，在春天，采食野菜、野茶；在夏天，跟马一起去山溪遛步；在秋天，收割稻子；在冬天，看书煮茶。闲暇之余，做瓷器谋生，过着自给自足的半隐居的生活，在现实中体验海子心中的理想世界。

　　早饭过后，把马放到田里吃草，一边喝茶，一边处理着琐碎的事情，偶尔还要看看马有没有越过小溪破坏邻居的菜地。在晴朗的下午，套上马鞍，慢慢训练马出去遛弯。我并没有成熟的驯马技术，不过是在摸索和尝试，把马当作朋友一样看待，尊重它。万物有灵，一切都在慢慢变好。我骑着马，走向深山，深秋的芦苇从眼前一点点退让，森林里的虫鸣和鸟叫，莫名使人惬意，秋天的天空越发地高和蓝，白云随着马蹄的颠簸而摇晃。溪山郁苍苍，幽近溪处，我马慢食黄。又是一幅美丽的秋高山野画卷。我有小诗一首：

　　　　　白鹭丛飞惊掠马，
　　　　　荻芒深处陌上落。
　　　　　晚照斜阳光正暖，
　　　　　一山重过一人出。

贰

2013年,我的先生大学毕业来到C村,至今已有9年,他是C村乡创的带头人,也是县里的乡创特派员。

这一切的缘起,是2014年,他与一个画家朋友,开车来C村写生钓鱼。一个老奶奶站在老屋的厨房门口,见他拿着手机拍照,便要他给自己也拍一张。后来,老奶奶叫了老大爷出来,他们搬着板凳来到房屋门口,我先生又给他们拍了一张合影。天黑了下来,老奶奶说,你们就留下吃饭吧。厨房里黑黢黢的,没开灯。老奶奶左手一把辣椒,右手一把盐,炒了两个青菜,动作非常娴熟。我先生突然眼热,找到一种在家的感觉,那顿饭,吃得很香,很饱。

隔日,他把照片洗出来,开车又进了趟村,将照片送去。老奶奶颤颤巍巍地举起照片,反复看了几遍,挂在堂屋的正墙上。她絮叨说,她已经有30多年没照相,20年没出过村子了。C村离县城远,老人家还记得,县城一家包子铺包子出笼的气味……我先生以后再来,便会带一些包子,分给遇到的村民。这种城里人再普通不过的早餐,对村里的老人来说,还真是一种奢望。

2021年,老爷爷故去,老奶奶也搬去跟女儿一起生活。住了一辈子的房屋空了下来,刚好赶上我先生做乡村改造。他把房屋收了过来,目前正对其进行修缮,打算以后每年分一些房租给老奶奶过日子。我先生也多了一份责任与使命感,希望把村子建设得更加美好,让这个原来暮气沉沉的村子,焕发几分生机,多吸引一些外来人,不至于若干年以后变成空心村。老爷爷作古的第二天,村里办了葬礼,作为村里的一分子,我们同村里人一样随了份子钱,喝下了可能是与老奶奶喝的最后一杯酒,送一送老爷爷。这是我先生与C村结下的一个很深的缘分,也是他梦的开始……

C村，同其他所有的乡村一样，村民过着平凡的生活，由于地处偏远，村民仍然保持着相对原始淳朴的乡土生活方式。中秋将至，村里养猪的邻居杀了一头猪，在清晨的睡梦中，我被猪的惊叫声、人的喧闹声吵醒，我有些惊讶，这个20来口人的小山村，对节日有着如此高涨的情绪。等我吃完饭出去工作，经过邻居家门口时，看到村里所有的人都来买猪肉，一些老人杵着看热闹。前两次人多热闹的时候，一次是早些年先生给他们放电影《富春山居图》，当时有些老人说，他们知道电影里的那个人，是刘德华。还有一次，是周迅一行人来拍综艺节目，他们并不认识周迅，只是听孩子们讲来了几个大明星。他们手里照旧做着农活，脸色稍有些活泛，抬头纹一水地炸开，从骨子到外，由衷地开心，却不会上前去要签名和拍照。热闹过后，日子又如村前的汨汨小溪，亘古如斯。

网络覆盖以后，山村的生活也发生一些变化。年纪不算大的老人，用起了孩子给他们买的智能手机。在这儿生活，我们与他们的交集并不

浮梁县湘湖镇北安C村的水上茶空间

多，他们有时会来我家蹭网，或者手机出了问题，来找我们修理，然后留下感谢离去。

　　山里的夏天并不太热，我却觉得热得要命。他们都不爱装空调，有些人的儿女给装了空调，他们也不怎么打开，一辈子习惯了，从不一惊一乍，而一些城里人几乎每年都惊呼：今夏热浪滚滚！傍晚有些燥热，村民在三角路口乘凉拉话，一边摇着扇子，一边说着乡土话。偶尔从外面来了个陌生人，引起一阵热烈的狗叫。乡土的气息在于，你加入其中，虽然听不懂村民说话，但是不会影响他们对你的热情与彼此简单的沟通。扯瓜带藤，他们中的大多数人彼此有亲戚关系，像一个大家庭，村子有着高度的默契与和谐。

　　对于我来说，县城只是车子多开半个小时就能到的地方；对他们来说，出门一趟太远太难，年纪大的老人只有生病才出门。有时候他们要出门，便于当晚到我家问问，明日是否出门，是否可搭个便车；有时候，则会早早地在路口等待。对于我来说，一种期待感和义不容辞的使命感，油然而生。我家后面的大哥，至今是个大龄单身汉，知道我会做手工，有个电缝纫机，便腼腆地找上门，希望我能帮忙，裁一下多余的裤腿，说是干活不方便。我做好以后，老哥竟然说：谢谢哈！不好意思啊！老哥老实得语无伦次。从此，我在村里多了一个裁裤腿的义务。

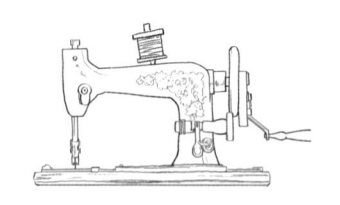

他们的感谢方式，也很质朴，邻居大妈自家晒的酸菜，总会在做好以后多送来一瓶，并且交代，吃完了瓶子不要扔，还给她。冬天，村里的大爷们会上山挖冬笋，那是他们的主要经济收入之一。挖烂的竹笋卖相不好，有时会送给我们吃。

我始终认为，农民是最理想的职业，日出而作，日落而息。现代的工业文明，让人没有了自然的调息，人总是像一个陀螺一样周而复始地旋转，很多人处于病态。最好的调节，应该是随着物候时令，晴天晒被子，雨天在家休息，一年四季，每季吃各季的食材。

我遇到一些领域的学者、专家，他们知识渊博，侃侃而谈，却有一套固化的观念。比如他们问我，山里为什么没有清洁工打扫？为什么这里没有装路灯，是因为太落后了吗？山里不修路，山民上山会不会不方便？在我看来，这些问题特别滑稽，山里的山路自然有风扫，这里属于野生动物保护区，应该以动物为本，本来就不应该装太多路灯，制造光污染，并且大部分是无人地段，路灯浪费能源，实在没有必要。山民晴天上山砍竹子，下雨干不了活，在家休息，这样的劳作紧跟天气的变化，千百年来他们都是如此生活。在一个原始森林开出一条路，不仅破坏环境，更有另一个问题，修路的资金从哪里来？

再就是，他们看到我随处在山里的泉水边喝水，问我有没有寄生虫，矿物质是否超标。山里的生活，不一定适合所有人。山里的老人，年龄基本在80岁以上，从来没听说矿物质超标。在我看来，矿物质超标，不过是矿泉水产业的商业噱头。

在山里，可以一边做瓷器，一边自给自足地生活。人只有生活在自然中，精神才能得到滋养，才能感受生活的美好，继而创作出好的作品。用两年时间，我创作了一系列猫和狗的雕塑，出版了一套陶瓷雕塑绘本——《云子的猫和狗》，我将它定义为陶瓷立体绘本。创作这套绘本之前，我已经创作了一百多个不同品种或姿态的猫狗，经验还算丰富。在狗狗形象的选择上，从陶瓷工艺角度来说，创作像巴哥犬、斗牛犬这样的品种，会更容易一些，中华田园犬嘴巴是凸出来的，无论是做坯还是烧制，受重力影响，嘴巴很容易塌陷。但生活在山里，我对田园犬有种特别的情感。

近年来，我们身边外国品种的狗越来越多，本土的中华田园犬，越来越边缘化，聪明忠诚的中华田园犬，伴随着我们的文明直到今天，却怎么也想不到败给了傻傻的二哈。这让我很心痛，更想为它们发声，绘本中麻袋猫的形象，就是我们本土的橘猫。我不希望在孩子心里种下一颗崇洋媚外的种子，希望孩子们树立平等、爱和尊重生命的价值观。

来过 C 村的人，都对沿途优美的风景印象深刻。这一路，要穿过

云子的陶瓷雕塑《猫与狗》

云子工作室的一角

几段像原始森林一样的树洞，那里有着存在了几百年，甚至上千年的古树，道路曲折、蜿蜒，有一种原始感和曲径通幽的美感。空旷的地方还有昌江流域的水带，自然又充满神秘的野性，四季都有不同的美。我们进驻之前，经常来这边露营、野餐。现在我经常带着茶水，在水边喝茶拍照，有时候，会在树洞下的道路上遇到小松鼠、野鸡，夏秋还曾遇到过路的毒蛇。若开车，见晚归的牛羊，我会慢慢跟在它们后面，也不敢打喇叭，慢悠悠地跟过一段岔路，非常有意思。

在这条美丽的林间路上，不时会碰上附近几个村子的乡亲。熟不熟的，都会打个招呼。打动人心的，从来都是这些平淡善良的回馈。我庆幸当初的选择，确信在这里找到了我喜欢的生活，这一点，足以让我为此停留、驻守。

叁

我的女儿——青花。

人们都道孩子是爱情的结晶和见证，只有我知道，这不过是一场避孕失败的意外。这个意外，让我很意外。我还没有足够的心理准备，去迎接一个小生命，没有准备好承担起做母亲的责任，因为我一直觉得自己还没有长大，同时觉得经济条件不够好，因此，我常对宝宝心怀愧疚。

青花与她的玩伴

有了孩子，一个母亲就开始了妥协的人生，但是如果没有孩子，那不过是一纸空约，我的人生照样可以潇洒自由。有了孩子，也就开始了捆绑着的人生。

孩子虽然是意外，但除了惊吓之外，也有惊喜。

孩子的天性本带着治愈属性。由于生活在山里，我的女儿对自然界的一切都充满着热爱，在她很小的时候，我会把她放在背篓里，背着她去玩，她似乎很享受那种游戏的状态。她喜欢在春天的山野间采摘野草莓，面对这种自然的珍馐，她开心得像只小鸭子，发出嘎嘎的笑声，一边寻找野草莓，一边往嘴里塞，顾不上说话；或者跟在我的身后，颤颤巍巍地，挎着篮子，一起拔野地里的小沙葱，一起穿过去菜地的小溪流，在菜地里用尽吃奶的力气拔萝卜。奶奶去溪边洗衣服，她也跟着一块儿去，自个儿在一边玩水。她还会帮着爷爷一起拌沙子，又是一场沙滩游戏。

她对田间的昆虫等小动物，充满好奇和喜爱，爷爷会把蚂蚱的翅膀摘掉给她玩，像放风筝一样把蝴蝶用线绳绑起来；把毛毛虫放在叶子上，像钓鱼一样绑在棍子绳的尾端；对墙上的大蜘蛛说，让它回家找妈妈；拿起断掉尾巴的蜥蜴，苦恼该怎么给它安装回去，并且把果冻喂给蜥蜴吃，蜥蜴没有回应，她想了一会儿，找到了原因，那是因为蜥蜴没有牙齿……

当然，青花也有她的苦恼，有一次捡到一只从窝里掉下来的小鸟，细心照顾，给它喂大米，但由于天太晚，没法帮助小鸟找妈妈，第二天小鸟死了。她一直捧着小鸟，说它在睡觉觉。孩子无法理解死亡的意义，我只能告诉它，是的，小鸟永远地睡着了。在乡村生活，难免磕磕碰碰，我从没有紧张，摔倒了自己爬起来，在野外被蚊子咬了，就按照我爷爷当初的土方法，用食指在嘴里沾点唾液，往蚊子咬的地方涂一下。久而久之，我的女儿也学会这样做。她在C村生活，长得皮实又健壮。丰富的山野是她快乐的源泉,我相信,山野生活的经验,以后能成为她人生中对抗挫折的原始力量。

肆

我先生爱好古瓷器,学习考古多年,家里随处都是淘来的古董,还有我们做的各种瓷器。我先生有自己的规划:建自己的窑,烧自己喜欢的东西,让艺术家们驻点创作,而我策划做的以雕塑为主题的艺术村庄的事,也得以同时推进。他还有更远大的梦想——改造C村,把C村做成一个田园文化综合体的样板。

与他的相识,不过是一场简单的饭局,毫无波澜,后来聊起,发现两人在很多地方志趣相投。他带我来到C村,讲述他如何进入这个村庄的故事。他买了包子,还有水果和牛奶,给这里的老人,村民们对他很友善、热情……这么美好的画面,让人很动情。坐在车里,他描绘着,以后在这里买所老房子,改造一下,一边做瓷器,一边种田放羊。这样的蓝图勾画,让我心头奇痒无比,倘若他许诺我豪宅好车,我可能直接就不理他了。

再有,他深情款款地说,我们在一起,可以做很多事情,有些事情我们不去做,别人一辈子也不可能去做。那一刻,我觉得他是一抹丁达尔光,在深邃的暗界里,光明且耀眼。后来,他严肃地问我,如果他创业失败了,怎么办?我说没有关系,失败了,还可以做瓷器,种田放羊,这样的失败,怎么算得上失败呢?他告诉我,让我放开来,飞起来,做喜欢的事情,做自己的艺术,他来做商业赚钱。那一刻,我觉得人生在对的时候遇到了对的人,我在心底发誓,一定要做一个贤惠的老婆。

美好,不过是初恋那一阵绚丽的焰火,落下后,却可能是一生的碎屑。

如果你想过河,无论河水怎么湍急,你都能有办法过去。但是婚姻,就像两个人的拼团游戏。即使你再怎么努力,也确保不了另外一半不会掉队。曾经渴望人生的伴侣,能够在身心上彼此搀扶,却不知绝望的根源由此而来,我不知道明天该怎么面对。

往往,夜半时分,孩子已经入睡,电话那头,是老公烦躁的语气,与磕碰的麻将声。夜里的蛙声,显得气氛尤为凝重,引人失眠。有个朋友曾经告诉我,你跟他一起打麻将呀!笑话,我怎么可能为了迎合别人,而把时间浪费在不喜欢的事情上。

我一边盘腿而坐,一边静静听着夜晚细碎的声音,夜愈发安详,愈发宁静。一个旁观者眼里和田园风光一样美的家庭,是否要,是否可能,承载着两个不同世界的人,不相打扰,且各自安好?

那一刻,我与自己和解了。

伍

生活的日子大多枯燥平凡,不似外人看见的那般美好,可能牛郎织女,也有感情揭不开锅的时候,打架、骂娘也是有的。过后,还是继续做事,一样笑容可掬地招待朋友,迎接领导。

外人看来,C村是"诗和远方",很多朋友来这里,想买地,搞工作室,我听得耳朵起茧。我告诉这些朋友,你先住上一个月,再考虑。他们心中的田园,不过是个短暂的行游打卡地。他们经常隔着手机给我点赞,评论里面一番赞叹。我想说,山中岁月长,孤寂的日子居多,耐不住寂寞,真的待不下去——地里的绿色蔬菜,也有青黄不接的时候,每日那几样菜，对于城里人来说，实在是清苦。素食的我，却可以吃得自在从容。

我吃素，很多人不理解，这里明明有那么多鱼虾，随便一捞，就是一顿美餐。孟子说君子远庖厨，一点不假。生活能简则简，我们毕竟不是李子柒，靠做美食变现，我们是做瓷器的，这个才是本业。另外，我自己反思发现，简单的生活和低欲望的食法，让我内心更为平静。从生物机能讲，身体没有了动物血脂的影响，会更清净。加上这里地处偏远，有时候没有信号，电话也打不出，有诸多不方便；但自由清净，可以省略许多不必要的社交，每日清晨煮一壶茶，可以从清晨喝到黄昏。摆弄一下花草，打扫一下卫生，遛一下马，一天过去一大半，夜里，看书，看月，发呆，这一天看似清闲，加上孩子一闹，实际上是忙中偷闲。

我没有很大的抱负，从没想过自己要成就多么辉煌的人生，连幻想都没有。我也曾经随波逐流，投其所好，却不感到快乐，甚至觉得悲哀。重新思考人生，我想活得真实，过一种简单、真切、有温度的日子。

我开始认真地过每一天，观察日月、植物，平等对待动物，对待身边每一个人，无论认识，或者不认识，只为活出一个真切的自己。

陆

人生，是一场不易的旅行，不经意间抬头，也会观望到刹那间的美景。那片风景填充了整个世界，那一刻的美好，足以抵消所有的不快。

人生很难有选择，预料不到前方的路，凭着模糊的感觉行走，虽然不知道为什么那么做，但是知道应该要这么做。

我们住的地方，房子后面便是山，一年四季，只要用心观察，总能发现花的存在。我比较容易从身边事物受到感发，自然地把两者结合在一起。最初的启发，源于川濑敏郎的《一日一花》一书，受他的观念影响较深，但唯一觉得遗憾的，是里面的花器重复率很高，我自觉在这方面比较有优势。我爱插花，喜欢那样的慢节奏，喜欢那种发自心底去热爱生活的方式。我很感恩所处的生活环境带给我的福利，感恩大自然的恩赐，想把这种美好生活的理念，在我们的生活基础上延续下去。

人类在一代一代中消亡、生长，植物扎根某处，遵循着四季的变化，经受时间的洗礼。除此以外，它的生命里不曾有太多的变化。大地厚德载物，大美无形而不言，我觉得正是对它们最好的赞美。相对于人，植物的存在，支撑了人类和其他动物的生命。它们因时而生，循时而殁，遵循地球的时光轨迹，不曾有过迷茫。这种顺其自然的生长态度，没有大喜大悲，没有朝秦暮楚，没有患得患失，是对生命的最好诠释，让我十分羡慕。

如果，你的生活正在经历瓶颈期，那么，请看看植物吧，无论是在酷冷的南极冰山之下，还是酷热少水的热带沙漠，都有它们的存在。生于此，长于此，不嗔不恨，不怨不怒，只是努力地生长。植物的生存法则，跟人类有着共同的某种特性。这是我在研究花道与植物时的感悟。

观察植物时，一种很普通的植物，引起了我极大的兴趣。车前草，这种草常生长在泥土马路边，在硬实的土壤、夹缝中扎根，它避开跟别的花草争夺养分之地，另辟蹊径，逆境而生，这是一种强者的态度。我曾想，它怎么就知道生长在车轮旁边？看来它的确是有认知的，而且这种认知非常高明，否则它如何敢用性命相搏，甘冒无常的车碾的风险。我佩服车前草，虽然不起眼，却有处事不惊、稳如泰山的态度，我们很多人，终其一生，也未必能够达到这样的高度。

写下小诗为记——

无有牡丹缤纷色，

不似寒梅逆高冷。

万物竞天择安处，

原来只在车前生。

无论何时，无论处于何种境地，我觉得人生应该自我成全。如果我是开在高山的雪莲，我会仰望蓝天和雪山，享受着孤独的冰寒；如果我是长在山谷的幽兰，我会不吝啬地绽放。可原来，我只是生活在路边的车前草，这里虽然简朴，但没有人跟我争夺养分和阳光。险境亦有它的妙处，却也安以自得。

在山野，适宜地劳作，是最好的生活状态，四肢的协调配合，足以

C 村野地，滨水放马

让我晚上睡个好觉。忙碌之后，坐在稻草上休息，连风都是温柔的。采下的苍耳放在头发上，成了最好的发夹，一切都很自然，任何的装饰都显得多余且做作。在 C 村，我看到诗一样的景象：白露为霜，水域泱泱。野草枯黄，昨夜始芒。

生活在 C 村，不过是简单的三餐调羹饭，四季制衣衫，最是烟火人间，有道是忙时也最闲。

灵珠山居

在山东农村长大的涂格,喜欢乡村宁静、质朴的生活。学雕塑的他毕业后留在景德镇,偶然发现了这个分外幽静、被森林层层包围、到处散落着制瓷用的碎匣钵的灵珠村。他和朋友一起,建起了有陶瓷体验室、柴窑体验空间、艺术展厅、茶室的民宿"灵珠山居",还筹划着要把灵珠村发展为集民宿、民俗、陶瓷文化传播、生态农业、休闲娱乐为一体的商业综合体。

他说,乡村是所有人的根,保住乡村才能保住文化,记住乡愁才能记住传统。

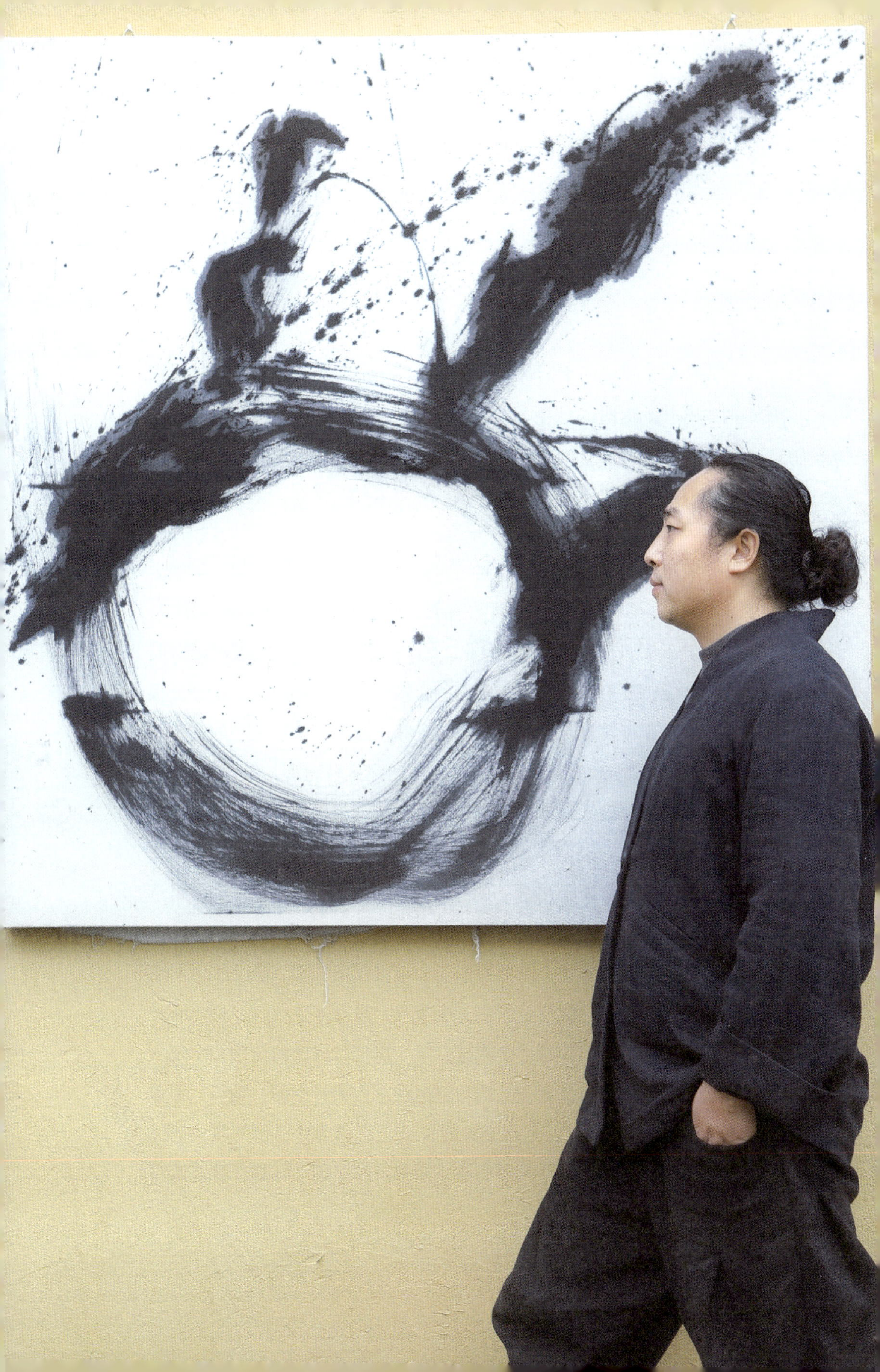

壹
"面包会有的，牛奶会有的……"

一晃毕业十年。同学们曾约定毕业十年聚会，当时感觉很遥远的约定，而今就到了眼前。

大部分同学毕业后，再也没回来过景德镇，而我，从来没有离开过。

毕业后，有些同学回家继承家业，有的父母安排好了工作，有的找公司上班，有的继续读书，而我一头雾水，对未来，迷茫了很长一段时间。

我是家里第一个考上大学的孩子，家人寄予了很大期望，可雕塑专业毕业的我，实在不知道回老家能做什么。唯一的工作经历是大学实习，应聘去了上汽集团，因为是雕塑专业，实习的地方是油泥模型制作部门。刚去的时候觉得还挺有趣的，很多人一起做一个等比例的汽车模型，很壮观，很好玩，可没过几天，渐渐觉得乏味了起来。大学里学的艺术是自由的，生活也是自由的。在公司里，不能穿拖鞋短裤，做汽车模型，也只是把设计师的设计具体实现出来，我就像一个机器。白领蓝领间钩心斗角的相处方式，还有上海快节奏的生活，让人紧张……而这一切，我都觉得不自在，即便公司给了在当年看起来很丰厚的待遇，我还是选择回到景德镇。

学着其他人做些陶瓷，拿到雕塑瓷厂市集摆摊售卖，这是绝大多数景漂都经历过的阶段。我摆了大概一个多月，没有多少收入。后来有一次摆摊，我抽签抽到门口的一个摊位，第一次把带去的两筐陶瓷全都卖完，还接了一些小订单。我开心地骑着电动车去买好吃的，觉得"面包会有的，牛奶也会有的"，觉得能养活自己了，也为自己做的陶瓷居然有人喜欢，兴奋得想在马路上翻筋斗。摆摊持续了约一年后，我在雕塑瓷厂附近租了个店铺。

创作中的涂格

    我从小养成了没有计划、随遇而安的性格。那时候，我没有目的地乱做东西。茶具、杯子、饰品、风铃、摆件、雕塑，我做过一大堆，与其说是在做产品，不如说是跟泥巴玩，也是"自嗨"。店开起来，没什么生意，店铺基本上要关门。靠着零星的订单，工作室维持了一年。

    这一年，学服装设计毕业的花媛（我妻子婷婷的发小），毕业后来景德镇，帮我做了几个月的陶瓷，后来发现跟错了人，及时止损，选择去上班了，现在是一名人民教师。她喜欢穿棉麻的衣服，棉麻的衣服有一种天然的风情，还有股清新淡雅的文艺气息，之前我从没有接触过。渐渐地，我对棉麻布衣有了兴趣，有了把店改成棉麻布衣店的想法。

    我一如既往地冲动，和婷婷开着车，奔去杭州进货。当时，花媛在杭州一家服装公司上班，她陪我们一起去选货，批发市场里棉麻类型的衣服很少，一天下来，就选了几十件，汽车车胎还被人扎了。回到景德镇，我在店里立马挂起衣服来，这种风格的衣服，当时一般人会觉得有点古怪，但是景德镇是一个神奇的地方——不怕怪，就怕你不怪，这里做艺术的人很多，恰恰喜欢小众的产品，进来的服装很快销售一空。

在网络快速发展的冲击下，倒买倒卖的好日子，就持续了一年。我们尝试自己设计衣服，找代加工厂制作。花媛毅然走了自己的道，但念着在一个盆里捣过勺，也有"智力扶贫"的因素，在她的灵性加持下，店里出售的都是我们自己设计的服装。服装店的生意，一直不温不火，但是我对服装有着极大的热爱，投入了大量精力，这不但是一件有创造力的事，而且是有趣的事情。

陶瓷工作室也就耽搁了。当初和房东签了三年的合同，谈退租的时候，合同上写"如果租约期内退租，5000 元押金不退"，我们自能接受；可房东却急赤白脸，上下唇一翻：房子哪能一时半会租出去，你们得多给我 5000 元！想着多一事不如少一事，钱给了。当我们去搬自己的东西时，房东又狮子大开口，说屋里的东西都是她的……我们涉世不深，第一次受到如此欺凌，我也急了，想到咱山东有前辈武松视老虎为大虫，我怕你作甚？我们把东西强行搬走。

想来这是后面选择来到村子的一个动力，而走入乡村的这个执念，其实在我心里埋了很多年。

贰
大概美好的奋斗，总是从"背叛"开始

我从小在山东村子里长大，村子在鲁冀豫三省的交界处。一望无际的麦田，是村子里最好的风景，诚实勤劳的村民，是乡村最大的财富。

小时候，我跟着家人去田里干活，看爷爷奶奶割麦子、撒化肥，看着爸爸开拖拉机，拉石磙脱麦壳，看着妈妈做好饭送到田里，大家围坐

在田边吃饭。我觉得那是最好吃的饭菜，是人生最美好的时刻。晚上，就在田里搭一个简易的塑料布棚子，守着白天收割的麦子，那可是全家一年的口粮。闻着成熟的麦香，数着天上如一把巨大水壶洒出来的星星，感觉非常幸福。那星星，那么均匀，那么明亮，此后，我再也没见过那么亮的星星。

相比于城市的繁华、喧嚣，以及快节奏的生活，我更喜欢乡村独特的宁静、质朴和自然。那时候我买了一辆摩托车，国产的"大龟王"，没事就去附近的村子溜达。景德镇的乡村，没有一望无际的旷野，却有着风景如画的梯田，有着山清水秀、绵延不绝的景致。在山村里穿行，人们总是会不自觉地哼起歌谣，那是发自内心的自由和畅快，他们的嘴角会不自觉地扬起笑容，对整个世界都充满了友好，乃至看到条狗，都会跟它打个招呼："嗨，你好吗？"

记得那是个万里晴空的日子，我骑着"大龟王"漫无目的地穿行，景德镇的村子错综复杂，不像山东的纵横有序，有时候觉得前面应该到头了，再往前骑，发现又是一个村子。我发现一个分外幽静，被森林层层包围，到处散落着宋代制瓷用的碎匣钵的村子，它满足了我对乡村与古典的向往。一个念头油然而生：如果能在这个村子做个工作室，就太好了。因之前城里的工作室遭遇退租一事，搞得像吞下一只苍蝇，这次我便暗下决心，再做工作室的话，必须是在自己的房子里做。

正好村委会主任路过，我把想法和他谈了。一开始，村主任没把我当回事，觉得这不过是一个20多岁毛小伙子的信口开河。次日，我再次来到村子，与村主任深入沟通。村主任介绍，这个村子是尚未脱贫的贫困村，同时是省级生态村，有污染的企业不能建在村里，村子要想寻求发展，只能走发展文化产业的路子。村主任还说，曾有很多人信誓旦旦说要来村里投资，村委会好吃好喝地伺候着，可怜巴巴地等待着，但是席终人散,后来都杳无音信。

交谈中,村主任感受到了我的诚意和对乡村由衷的喜欢,但可以感觉出,他还是有几分保留。村主任带我看了好几个地方,我都不太满意,最后来到一处荒地,前面有一个不大的水塘,说这里曾经是一个废弃的厂房,废弃了好多年,加上旁边的荒地荒坡,总共有将近十亩地。地方挺好,山翠水幽,可山脚下,一望无际的杂草和破烂不堪的小道,还是让我心里打了退堂鼓。村主任鼓励道:"如果你愿意在这里投资,做第一个吃螃蟹的人,村委会会给你最大的帮助!"

回去后,我召集几个好朋友商量,他们都有一起投资的意愿。到实地考察后,大家一致觉得,此地可以做一个小的陶艺村聚落,大家一起做陶瓷,一起过慢生活。激情煽起了,恍如"海上生明月",我脑海里立即生出许多未来美妙生活的图景。

很快,我们和村委会商量合同的事宜,我们出资建设,村委会负责把土地手续办好。镇里领导担心我们的热心凉了,说手续办下来比较慢,但为支持大学生创业,也为招商引资,让我们先建后批。本着相信政府的原则,我们打消了顾虑。村委会希望我们借此解决一些村民就业问题,盘活闲置的土地,带动当地的发展。在交谈中,我感到村委会领导颇有远见,对村子未来有清晰的规划,更坚定了我们在这里投资的信心。

大概美好的奋斗,总是从"背叛"开始。本来说好一起投资的朋友,有了种种顾虑,它们如啤酒泡沫一样泛起:有人觉得地方太偏,购材料、招工不方便;有人觉得每天接送孩子上学太麻烦。当时正赶上景德镇棚户区改造,到处拆迁,有的怕未批先建,会如竹篮打水……签合同的前一天晚上,原定投资的五个人,就剩下我和李继浩两个人。

李继浩夫妇和我、婷婷,是大学同学,我们四个一个班,婷婷和李继浩的老婆,还同宿舍。我们四人来自四个省份,山东、河南、浙江、江苏，又一起留在了江西，想来也是莫大的缘分。我平时是个不爱热闹的人，大学虽然和李继浩宿舍门对门，平时来往却不多。记得有一次，他拿了一包花生米、一瓶二锅头，要和我拼酒量，一瓶酒喝完，发现两个人都没事，便说以后约时间再比高下。现在十几年过去，大家的酒量都不行了……

两人知根知底，彼此信任，一起做事没有后顾之忧。按约定时间，我们来到村委会签订合同。签完之后，村委会领导激动地说：你们是第一批来我们村投资的大学生，我们一定会给你们做好服务，答应你们的事情，也一定会做到。

村委会叫来挖掘机，先给我们锄草平地，同时，我们也着手做规划，先去找了专业设计公司，发现动辄要花上百万元的设计费，一下把我们"劝退"了。后来，我们请来好朋友高小白，决定自己动手，丰衣足食。

叁
是否有人在冥冥中点拨

整个设计风格，采取徽派建筑和现代建筑相结合的方案。这源于2008年去西递村、宏村的一次写生，那年，我第一次从北方来到南方，头一回见到徽派风格的古代建筑群，看到那些斑驳的白墙、榫卯的木结构、精致的砖雕、长满青苔的灰瓦，还有那高高的天井……不禁惊叹古人高超的智慧与精湛的手艺。走在巷子里，感觉自己这是要去与古人"接头"，心神为之一阵恍惚。

李继浩夫妇也同意我的想法，开始去了解徽派房子的搭建流程。

先做内部的木结构框架，四处打听可以做木结构的师傅。有个广

西的同学，说他家就住在侗寨木楼，他父亲就会做。我去网上看了侗寨木楼的样子，确实喜欢，可遥远的距离、特别长的工期，还有高昂的价格，再次把我们"劝退"。后来又听说，有人专门做老房子木结构的倒卖生意，我们遂赶去考察，有个老板确实很有生意头脑，20年前，他就开始采购古董房子，把里面的木结构，还有完整的砖雕门楼、青石门套，全部整理存放起来，足有几十套古董房子的部件，大多数是明清的。我们看到仍有一些木工师傅在现场做修复。据说有些明星闻讯赶来买他的房子。榫卯木结构的房子，之所以能保留几百甚至上千年，主要原因就是可修复，哪根木头坏了，就换哪根，操作方便。可是，这些房子都是古董，自然卖价骇人，我们大饱眼福之后，还是灰溜溜夹着钱包逃跑了……

踏破铁鞋，终找到一个做老房拆建的师傅，他告诉我们：现在很多当地人住烦了徽派老房子，想把房子拆了，盖钢筋水泥的楼房，你们可以收购他们的木结构框架，各取所需。于是，凡听说哪里有徽派的房子要拆，我们就火急火燎赶去哪里看。

我们看中的第一栋房子，属清代晚期，部分瓦顶已经塌掉，但整个房子的框架看起来还完好，未经细察，我们就订了下来。我们找了几个木工师傅，平均年纪60岁以上，年轻人不懂榫卯结构，自然也不懂拆装。拆之前，要提前过去做标号，每一根木头、每一块木板，都得标注好，不然组装的时候组不起来。看起来美好，但我们还是被坑了，组装的时候，发现很多柱子是空心的，师傅说是被白蚁蛀空了。一根两根的可以更换，可是太多就不划算。就这样，买来的第一栋房子，不得不忍痛转卖给别人，坏柱子填了柴窑，亏了大几万块钱。后来，我们有了经验，去看房子的时候，随手拿根木棍，敲一敲柱子的底部，如果像鼓声，就是空的……

有一年多，我们奔波在各个村落，包括婺源、乐平、瑶里等地的村落，好多村子都在山上，上山的路都是沙石路，摩托车轮胎换过两次。我们也听说了很多故事，比如甲村是为了逃避战乱建的、乙村是土匪躲避官兵建的……在故事里逡行，我们会有历史的苍茫感。有一次，到了福建的一个村子，零散地能看到几个乘凉的老人。偌大的村子，能看出它曾经的繁华，它有着迷宫般复杂的巷子，所有的墙壁都是夯土掺沙石做成，高高的土墙，凝聚着前人安土重迁的心结。村子里的房子被拆得七七八八，可是村民并不准备在原地盖新房，只是把卖前人留下的房子当作换取钱财的途径。我们恨不得把那充满沧桑感的土墙都给运回来……

去看的房子，有的是村民的祖屋，兄弟好几个人都有继承权，他们有的想卖，有的不同意，最后，我们白走一趟。还有一次，听说南平有个寺庙要拆，我们连夜赶了过去，看中一个大殿，实在眼热，谈好价格和相关事宜，结果回来后没几天，中间人告知大殿卖给别人了……

一路走来，大多村子荒凉不堪。守在村子里的，皆是白发苍苍的老人。

我想，山东老家的村子，又何尝不是呢？

小时候，觉得爷爷家那条胡同那么长，墙那么高，晚上放学都是跑着回家，越害怕，越觉得胡同没有尽头，直到听到爷爷奶奶喊我的乳名，恐惧感才立即烟消云散。现在回到村子，发现以前用来晒粮食的房顶长满杂草，它好矮啊，矮到我跳起来就能摸到房顶；那条胡同看起来也好窄啊，窄到我伸开双臂就能摸到墙，它就像时光一样的短，短到身为大孙子的我还没能尽孝，爷爷奶奶就已经不在了……乡村，是所有人的根，保住乡村，才能保住文化，记住乡愁，才能记住传统。

后来，我们终于买到了第一套框架，拆回来之前，要根据其尺寸做好地基。陆陆续续地，所有的房子都搭建了起来。很多朋友问我，你们是先设计好再找房子的吗？我说不是啊，每栋房子的大小都不一样，结构也不一样，品相也参差不齐，我们只能有一栋搭一栋，尽量符合规划，把它放在最合适的位置。

框架搭起来后，就是做砖墙、马头墙、盖瓦。景德镇可选择的本土瓦有两种，一种上了釉的琉璃瓦，一种是仿古的片瓦。琉璃瓦安装简单，后期基本不用修复，可是没有古朴的质感，给人一种洋房的感觉。片瓦有古朴的质感，可是一年要维护一次，实在烦琐。后来，我们在网上找到山东的一家瓦厂，它的产品基本包含上述两种瓦的优点，就买了。这边的师傅没有盖过这种瓦，盖好之后，有一次起台风，两栋房子边沿的瓦都给掀飞了。后来师傅们想办法加固，才解决了这"百年隐患"。

村委会给我们打了两口井，通了三相电，解决了生活刚需。我们又承包了一个废弃的鱼塘，村委会给做了修缮。村领导说："你们是第一批进村的，只有你们这个点弄好了，以点带面，才会有更多的人才进到这个村子，村子才能更好地发展。如果不给你们服务好，两三年你们就跑了，那么，后面就不可能有人再进来了。"

村里的一些老大爷，经常过来找我们聊天，讲起灵珠村的一些故事，比如灵珠村的由来：元中期，宁氏从福建迁到此处，将村子建在形似乌龟的山前，取名乌龟山。清光绪年间，后人认为乌龟山村名过俗，据乌龟成仙化为灵珠的传说，而有了"灵珠村"的新名字，雅化成今。如今，我们把几栋房子从福建迁到此地，穿越古今，引颈鹄候，是否有人在冥冥中点拨……

村领导告诉我们，灵珠村也是有名的千年制瓷古村，村里散落着瓷窑遗址，毗邻着南市街。有位老师告诉我，在唐代的中国地图上，这一带地域的标注，只有"南市街"三个字。中国陶瓷博物馆记载，灵珠古窑，是景德镇陶瓷的发源地之一，该窑最早兴烧于五代，大规模的烧造在宋代早中期。一千年前，古人在这里烧制陶瓷，千年后我们又来到这里——深山挡不住岁月，遗址遮不住创业。我们引用村名，给场地取名为"灵珠山居"。

肆
生命不停，折腾不止

从开始转此念头，至八栋房子立起来，我的精神和身体，感受前所未有的痛苦，这包括奔波的劳累、经济的拮据、反复折腾的挫败，还有其他各方面的压力。

我是一个不善言辞的人，平时喜欢把自己封闭起来，而现在不得不改变自己，学着跟各样的人沟通。我找到了一个发泄自己情绪的途径，就是画画。我画了一系列的画，取名为冷眼观世。在娱乐自己的同时，我也审视自己，用画笔表现出自己想说却难以说的话，将压抑的情绪在色彩和线条里稀释，乃至不无夸张地表达自己对某些事物的态度。

画画之余，我还喜欢摄影，记录当下发生的事情、正流逝的风景。我的拍摄工具，是老的胶卷相机，因为从前得不到的东西，会让人念念不忘。小时候，家里开小饭馆，一次，进了十几箱白酒，经销商奖励了一个一次性胶卷相机，爸爸给我玩了。我拿着它给家里人拍照，只能拍一卷，而那一卷洗出来的照片，竟然是那些年"存在"的唯一证物。我以为，当今数码相机的外观不如胶卷相机，后者的设计更赏心悦目，把玩时觉得很舒心。数码相机和胶卷相机，就像智能手表和机械手表。功

我的城，我的镇 | 景漂的故事

能简单的东西用起来没有焦虑，机械手表上弦后的嗒嗒声，听起来是那么的悦耳。我出去玩，包里总是会带一个胶卷相机，有时候几个月也拍不完一卷。照片冲洗出来之前，也不知道效果怎么样，甚至拍了些什么，都记不清了，但就是这"挠痒痒"之处，像烧窑时，泥坯进窑之后的那种不确定性一样，总是让我紧张而又兴奋……

一晃眼，来到灵珠村已经五年，以前村里沟沟壑壑的烂路，灿然一新，铺成了柏油路。招我们进村的老主任，两年前也驾鹤西去，但现在村里的何书记和胡主任，也都是他一手培养起来的。胡主任就是本村人，之前他有个装修公司，浮梁很多新农村改造的工程都是他接的。他不差村委会的这点工资，但因为故土情结，还有对老主任的承诺，后来担起了这个责任。今年，县政府让我做了乡创特派员，何书记、胡主任常叫

涂格的绘画作品《冷眼观世》

上我一起商量村庄改造的事情，大家共同出力，想法子让"灵珠"真正灵动、润泽起来。

到目前为止，灵珠山居的所有建设全部完成，做了二十间客房，打造了陶瓷体验室、柴窑体验空间、艺术展厅、屋外茶室，在民宿评比中，我们获得"精品民宿"的牌照。浮梁县人民政府给予了我们一些奖励。为了实现对村里的承诺，把山居做得尽量完善，我们也花生油炒花生米，自己炒自己：到处筹款，包括向亲人借款、向银行贷款，到现在负债累累。很多人说我们"傻"，但我们如果不"傻"，政府、村委会怎会如此信任、支持我们？我们的未来，又怎么才能与这个村庄的命运风雨同舟？

对于灵珠山居，后期我们还有很多的规划，希望结合灵珠村的生态环境，发展为集民宿、民俗、陶瓷文化传播、生态农业、休闲娱乐为一体的综合体系。一开始，只有我们两户来到这里，后来，陆陆续续，现在很多年轻人也来到灵珠村创业，我们还常会碰到来村子打听租房的艺术工作者。再后来，由村委会出面，我们协助把村里闲置的大大小小的民房全部归拢、整理好，大学生等人，可以完全放心地直接找村委会租房子。期盼几年后，灵珠村能呈现一个艺术家聚落。

我们虽有期盼，却不敢拍胸说未来一定可期。这五年的经历，如人饮水，冷暖自知。由于全身心、倾尽资源地投入到山居建设装修上，陶瓷制作搁置了，服装生意耽误了，而且，投入后的回报还在依稀的愿景里，而精神上的焦虑、经济上的负重，却不时逼近眼前……

这么多年，我一直在寻找，一直在改变，总感觉自己做了很多事，却什么事都没有做好。可能人生就是这样吧，生命不停，折腾不止。好在我做的所有事，都是自己喜欢的。好在成长、成熟可以是缓慢的，如同一棵树有年轮，年轮越密，说明长得越慢，但木质也总会更好。

我把之前收养的两条狗，带到了村里，一条叫西路，是八年前从西路菜市场救过来的；一条叫小布，双目失明，是七年前收养的被遗弃的奶狗。来到村子里，两条狗明显开心了很多，因为不用被拴着，天天都可以自由自在地玩耍。我做事，它们就在旁边趴着，我出去溜达，它们就默默跟在后面。村子里有很多好玩的"梗"，比如泥土除了可以做陶瓷，还可染衣服。有一次挖土种花，泥巴粘到衣服上，发现很难洗掉，后来我开始尝试做泥染，天然无添加的染料染出来的衣服，古拙自然，颇有调性。以后，我准备开辟一片菜园，再养几只鸡呀，鹅啊什么的，自足自乐……

我和婷婷的孩子，再过三个多月就要出生了。他（她）的第一声啼号，将响起在景德镇。

涂格喜欢摄影，正给妻子婷婷拍照

新生命的到来,给我带来更多的对未来的憧憬。

我想——

田园和山河变好了,世界就变好了;

我你他的心变好了,世界就变好了;

家好了,国家好了,世界就变好了。

后记
美丽风景的非虚构展现

新时代的景德镇以其深厚的文化底蕴和春潮涌动般的发展势头，吸引着海内外成千上万的艺术家及陶瓷爱好者会聚于此，寻求艺术梦想和文化发展机遇，形成了令世人瞩目的新时代景漂现象。这一充满创意与活力的群体，以其独特的审美方式、鲜明的艺术创造力和别样的生活追求，给景德镇这座千年古镇注入了新的蓬勃生机。

为充分展现景漂一族真实的生存样貌与情感状态，深入剖析这一独特社会现象和文化现象背后丰富的社会人文内涵，2022年年初，江西教育出版社与三环出版社决定联合出版一部以景漂为题材的作品，为此我们特邀著名作家胡平担纲此书的创作。胡平老师曾以贴近现实的笔触与深挚的情怀，创作"景德镇三部曲"，探寻景德镇的历史足迹，呈现其当下盛景并瞻望其未来。他在应邀创作以景漂为题材的作品后，立时领衔组建了一支强有力的创作团队。历经一年半，创作团队深入采访了陶艺、教育、乡村建设等多个领域的20余位中外景漂，在收集了数十万字的原始素材后，沉潜创作，数易其稿，终于打磨成国内首部以非虚构文学形式展现景漂群像的作品，书名定为《我的城，我的镇——景漂的故事》。在此基础上，为了全景式、立体式展现景漂群体，创作团队联合专业视频团队，以图书内容为素材，创作出12集微纪录片，力争将其打造成为读者认可度高、品牌影响力大的融合出版项目。

/ 后记 /

  自这一项目启动以来,知名出版人、三环出版社总编辑张秋林多次率编辑团队在南昌、景德镇两地召开书稿创作研讨会,同时还敏锐地发掘了文那、刘涵宇这类经历独特、个性鲜明的景漂人物。本书的成书过程得益于景德镇市委、市政府的鼎力支持。在创作初期,时任景德镇市委常委、宣传部部长林蓉还陪同胡平老师实地采访景漂代表,为本书的顺利出版提供了有力的支持。

  书中所呈现的景漂来自天南地北,他们离开家乡或繁华都市,有些甚至漂洋过海,安家于景德镇。他们在各自领域努力耕耘,以创意性十足的工作,汇集成一页页缤纷绚烂的篇章,成就这座古老城市的鲜妍今朝。胡平老师曾说:"这些,比起发生在高架盘旋如龙、职场摩登男女如云的北上广的故事,或许更属于人们常说的'中国的故事'。"在胡平老师看来,"他们自由且诗意的灵魂,如秋空的白鹭,在昌江之畔划过一条条动人的曲线;他们融入这片山水间的立命方式与生活方式,在这座铺满历史厚重包浆的城市,推出一片新鲜、美丽的气象……"

  本书从策划、采写到编辑,历经近两度春秋,终于到了付梓的时刻。希冀本书能为陶瓷文化走出去助力,能吸引更多的人前来景德镇体验烟火气十足的"镇生活",体味这座城世代文化积淀的沉稳、静心的生活样貌和精神形态在当代的独特魅力。

  本书的顺利出版凝聚了众人的智慧,感谢李冬君、肖学锋、江智徽、程莉芳、文那、安然、云子、孔维胜、骁骁、潘博等多位老师的默默付出,感谢张子晴、吉祥、蓝芳协助作者胡平进行多次深入的采访并整理相关资料。

2023 年 9 月